"十四五"国家重点出版物出版规划项目

国家社科基金重大项目（21&ZD269）阶段成果

新中国少数民族文学史料整理与研究（1949—1979）

学术委员会

主　任：朝戈金

委　员：（按姓氏笔画排序）

丁　帆　丁克毅　王宪昭　文日焕　包和平

刘　宾　刘大先　刘亚虎　汤晓青　李　瑛

李晓峰　吴　刚　邹　赞　汪立珍　张福贵

哈正利　钟进文　贾瑞光　徐新建　梁庭望

韩春燕

国家出版基金项目
NATIONAL PUBLICATION FOUNDATION

新中国少数民族文学史料整理与研究

整理与研究（1949—1979）

【神话、传说、歌谣、艺人卷】

李晓峰　王　妍　卢燕华 ◎ 编著

辽宁师范大学出版社
· 大连 ·

© 李晓峰　王　妍　卢燕华　2024

图书在版编目（CIP）数据

新中国少数民族文学史料整理与研究：1949—1979.
神话、传说、歌谣、艺人卷 / 李晓峰，王妍，卢燕华编
著. -- 大连：辽宁师范大学出版社，2024.11.
ISBN 978-7-5652-4513-8

Ⅰ.I207.9

中国国家版本馆CIP数据核字第2024UX2198号

XINZHONGGUO SHAOSHU MINZU WENXUE SHILIAO ZHENGLI YU YANJIU（1949—1979）·SHENHUA、CHUANSHUO、GEYAO、YIREN JUAN

新中国少数民族文学史料整理与研究（1949—1979）·神话、传说、歌谣、艺人卷

策划编辑：王　星
责任编辑：王　星　杨焯珵
责任校对：韩福娜
装帧设计：宇雯静

出 版 者：辽宁师范大学出版社
地　　址：大连市黄河路850号
网　　址：http://www.lnnup.net
　　　　　http://www.press.lnnu.edu.cn
邮　　编：116029
营销电话：0411 – 82159915
印 刷 者：大连图腾彩色印刷有限公司
发 行 者：辽宁师范大学出版社

幅面尺寸：170 mm × 230 mm
印　　张：23.5
字　　数：384千字

出版时间：2024年11月第1版
印刷时间：2024年11月第1次印刷
书　　号：ISBN 978-7-5652-4513-8

定　　价：138.00元

出版说明

　　本书所收均为少数民族文学研究领域的珍稀史料,其写作时间跨越数十年,不同学者的语言风格不同,不同年代的刊印标准、语法习惯及汉字用法也略有差异,个别文字亦有前后不一、相互抵牾之处,编者在选编过程中,为了尽量展现史料原貌,尊重作者当年发表时的遣词立意,除了明显的误植之外,一般不做改动。对个别民族的旧称、影响阅读的标点符号用法及明显错讹之处进行了勘定。

　　同时,为了保证本书内容质量,在选编过程中,根据国家出版有关规定,作者和编辑在不影响史料内容价值的前提下,对部分段落或文字做了删除处理,对个别不规范的提法采用"编者注"的方式进行了说明,对于此种方式给读者带来的阅读困扰,敬请谅解。

目 录

全 书 总 论

"三交"史料体系中的新中国少数民族文学史料

各民族文学史料是中华民族共同体史料体系的重要组成部分,文学史料的整理和研究,在中华民族共同体研究的话语体系、理论体系建设中,具有不可替代的作用。习近平总书记在 2023 年 10 月 27 日中共中央政治局第九次集体学习时提出"加快形成中国自主的中华民族共同体史料体系、话语体系、理论体系",这对民族文学史料科学建设具有重大历史意义。

在"三大体系"中,史料体系是基础。犹如一栋大厦,根基的深度、厚度和坚实程度,决定着大厦的高度和质量。而中华民族共同体史料体系的完整性、系统性、科学性,在"三大体系"建设中至关重要。对现代学科而言,完整的史料体系,包括政治、经济、社会、法律、文化各个方面,缺一不可,否则,就难言史料体系的完整性、系统性、科学性。正是从这一意义上,将各民族文学史料纳入中华民族共同体史料体系之中,就显得尤为必要。

一、民族文学史料在"三交"史料体系中的地位和价值

各民族文学交往交流交融史料,在中华民族共同体史料体系中具有举足轻重的地位,在中华民族共同体话语体系、理论体系建设中,具有不可替代的作用。这是由文学自身的特点,以及文学史料在还原中华民族多元一体格局形成的历史,全面总结和评价新中国成立以来,少数民族文学以文学的方式,在宣传党的民族

政策、促进各民族团结、培养各民族国家认同中发挥的不可替代的作用决定的。

首先，文学是人类最广泛、最丰富的活动，是人类情感与精神最多样、最全面、最生动、最直接的表达方式，是人类历史最生动、最形象、最全面、最深刻的呈现形式，所以文学经常被认为是人类的心灵史、民族的命运史、国家的成长史。

文学诞生于人类最早的生产活动和精神活动。《吕氏春秋·古乐》云："昔葛天氏之乐，三人操牛尾，投足以歌八阕：一曰载民，二曰玄鸟，三曰遂草木，四曰奋五谷，五曰敬天常，六曰达帝功，七曰依地德，八曰总万物之极。"在学界，一般认为这是对中国原始诗歌和舞蹈起源的史料记载，对人们了解原始诗、歌、舞三位一体的形态和内容具有重要的史料价值，同时也是文学起源于劳动学说的最好例证。鲁迅先生在《门外文谈》中也说："我们的祖先的原始人，原是连话也不会说的，为了共同劳作，必需发表意见，才渐渐的练出复杂的声音来，假如那时大家抬木头，都觉得吃力了，却想不到发表，其中有一个叫道'杭育杭育'，那么，这就是创作；大家也要佩服，应用的，这就等于出版；倘若用什么记号留存了下来，这就是文学；他当然就是作家，也是文学家，是'杭育杭育派'。"这里谈的也是文学起源、作家与作品的关系、文学流派的产生，其观点与《吕氏春秋·古乐》一脉相承。

从文学发展历史来看，文学是人类对外部客观世界、人类的生产生活实践和人的内在精神世界的直接反映。口头文学是早期人类文学生产、传播的主要形式。口头文学的口头性、集体性、变异性、传承性，一方面使大量的文学经典一直代代相传地活在人们的口头上，同时，在传承中出现了诸多的变异和增殖；另一方面，人类口耳相传的口头文学具有综合性，不仅与劳动生活融为一体，而且和其他艺术门类综合在一起，所谓诗、歌、舞、乐一体即是对其综合性的概括。中国活态史诗《格萨（斯）尔》《江格尔》《玛纳斯》便是经典例证。

文字产生以后，有了书面文学。但口头文学与书面文学并行不悖且同步向前发展，二者之间的关系复杂多样。

从史料的角度来说，文字的产生，使人类早期口头文学得到记录、保存和流传。可以确定的是，文字产生之后相当长的时期，文字一方面成为文学创作的直接手段,即时性地记录了人们的文学创作活动,另一方面也成为口耳相传的口头文学向书面文学转换和固化的唯一媒介和符号。在早期被转化的文学,就包括人类代代相传的关于人类起源、迁徙、战争等重大题材和主题的神话传说。历史学已经证实,人类早期的神话传说包含着丰富的历史信息、文化信号和精神密码。例如,殷商时期的甲骨文,记录了商人的生活情形,使后人约略获取一些商朝历史发展的信息。而后来《尚书》《周礼》中关于夏、商、周及其之前的碎片化的记载,以及后来知识化的"三皇""五帝"的"本纪",其源头无一不是口头神话传说。

也正是口头文学的口头性、集体性、变异性、传承性,使这些口头神话传说在不同的典籍中有了不同样态,五帝不同的谱系就是一个例证。司马迁在《五帝本纪》中对五帝的记叙,仅仅是其中的一个谱系。即便是目前文献记载最早的中华民族创世神话三皇之一的伏羲也是如此。吕振羽在《史前期中国社会研究》中,认为伏羲神话是对渔猎经济的反映,具有史前社会某一个时期的确定性特征。刘渊临在《甲骨文中的"蚰"字与后世神话中的伏羲女娲》中,骆宾基在《人首龙尾的伏羲氏夏禹考——〈金文新考·外集·神话篇〉之一》中,都将目光投向早期文字记载中的伏羲,是因为,这是最早的关于伏羲的文献史料。有意味的是,芮逸夫在《苗族的洪水故事与伏羲女娲的传说》中,认为伏羲女娲神话的形成可追溯到夏、商;杨和森在《图腾层次论》一书中,又认为伏羲是彝族的虎图腾及葫芦崇拜。他们的依据之一便是这些民族代代相传的神话传说的口头史料和文献史料。这些讨论,一是说明早期文献典籍对人类口头文学的记载,既多样,又模糊;二是说明对中国早期文明形态、文明进程的研究,离不开人类口头文学;三是说明对中国早期文明的研究应该有中华文明起源"满天星斗"的视野;四是说明同一神话传说在不同民族传播的表象下呈现出来的各民族文化交流交融是一个值得从中华民族共同体角度研究的历史现象。

从文献史料征用的角度来说,作为人类口头文学的神话传说,后来被收进了各种典籍,作为历史文献被征用。此后,又被文学史家因其文学的本质属性从历史文献中剥离出来,纳入文学史的知识体系。文学独立门户自班固《汉书》首著《艺文志》始,在无所不包的宏大史学体系中,文学有了独立的归类和身份,但仍在"史"的框架之中。至《四库全书》以"集部"命名文学,将其与经、史、子并列,文学身份地位进一步确定和提升。但子部所收除诸子百家之著述外,艺术、谱录、小说家等无不与文学关涉,这又说明历史与文学的关系是盘根错节、难以分割的。这种特性,也造就了中国古代历史和古代文学史的"文史不分"——没有"文学"的历史与没有"历史"的文学,都是不可想象的,这也充分说明文学史料在整个史料中的地位、价值和意义。文学描写的是人类活动,表达的是人类情感和思想,传递的是人们对美好生活的向往,是人类诗意栖居的共有家园。这是历史学其他分支学科所无法做到的。而人是活在具体的历史之中的,正如"永王之乱"之于李白,《永王东巡歌》作为李白被卷入"永王之乱"的一个文字证据而被使用。因此,历史学的专门史,是文学史的基本定位。如此,文学史料在史料体系中的地位和价值就是不容忽视的存在。

其次,在马克思主义理论中,文学艺术与哲学、政治、法律、道德、宗教一起,构成了马克思主义社会意识形态的主体要素。文学被视为意识形态的原因在于,它是社会意识形态的一种表现形式,并且具有意识形态的属性。

我们知道,意识形态是人对于事物的理解和认知,是人的观点、观念、概念、价值观等的总和。意识形态也是一定的政治共同体或社会共同体主张的精神思想形式,是社会意识诸形式中构成思想上层建筑的组成部分。文学作为人类一种精神活动及其产品,是由人们对人类社会发展的历史和社会现实的认知所决定的。就文学与历史、文学与生活的关系而言,文学以不同的形式,表现或传达人们对历史和现实生活的认知和内心情感。一是"文以载道""兴观群怨",说明文学并不是社会生活在人们头脑中的简单重现,而是包含着创作者的世界观、人生观、价值观等意识形态元素,这些元素通过作品的人物塑造、情节安排等方式,向读者传达出来。二是文学是审美的意识形态,它既是一种创造美和欣赏美的社会活动,同时也是一种以美为创造对象和欣赏对象的意识层面的活动,这种活动伴随着什么是美和美是什么的追问,也伴随着人类情感、精神和思想境界的升华。因此,习近平总书记在《在文艺工作座谈会上的讲话》中指出:文艺事业是党和人民的重要事业,文艺战线是党和人民的重要战线。文艺是时代前进的号角,最能代表一个时代的风貌,最能引领一个时代的风气。这说明,党和国家对文学的意识形态属性高度重视。而事实上,在意识形态之中,文学正是以对历史的重构、现实的观照,人类对美的追求的表达,承担着其他意识形态无法替代的社会功能,这也决定了文学史料在整个史料体系中的特殊价值。

再次,文学上的交往交流交融,对推动中华民族从多元走向一体的历史进程,推动中华民族凝聚力的形成和中华文化认同,影响深远而巨大。这是由文学的巨大历史载量、巨大思想力量、巨大情感力量、巨大审美力量所决定的。没有什么是文学所不能承载的,所以文学在各民族交往交流交融中,既是显性的交往(如文化层面的交流互动、文学作品的跨民族、跨文化传播),又是精神、情感和心灵层面的属于文学接受和影响范畴的隐性的深度渗透。作为文化的直接载体和表现符号,文学具有先天优势。正因如此,在中华民族交往交流交融历史上,留下了浩如烟海的文学史料。例如,根据历史文献的记载,文成公主入藏时,所携带的书籍中不仅有佛经、史书、农书、医典、历法,还有大量诗文作品。藏区最早的汉文化传播,就是从先秦儒家经典和《诗经》《楚辞》开始的。再如,辽代契丹人不但实行南面官北面官制,还学汉语习汉俗,更是对《诗经》、《楚辞》、汉赋、唐诗、宋词照单全收。辽圣宗耶律隆绪对白居易崇拜有加,自称"乐天诗集是吾师"。耶律楚材在西域征战中习得契丹语,将寺公大师的契丹文《醉义歌》翻译成汉语,不仅使之成为留存下来的契丹最长诗歌作品,也使我们从中领略到契丹人思想领域中的多元状态——既有陶渊明皈依自然的思想,又有老庄思想与佛教的思想观念。而这种多元的思想是契丹基本的思想格局,它不仅反映了契丹社会的开放性和包容性,更显示了契丹文化与其他民族文化的交融,特别是对汉族文化的吸收。这些生动丰富的文学史料,从生活出发,经由文学,抵达人的思想和精神层面,共鸣并升华为中华民族的向心力和凝聚力,极大地促进了各民族交往交流交融,成为中华民族从多元走向一体的文学记录。

也正因如此,党和国家对各民族文学史料高度重视。早在1958年,党和国家在全国各民族社会历史调查和语言调查取得丰硕成果的基础上，决定由中华人民共和国国家民族事务委员会主持编写《中国少数民族》《中国少数民族简史丛书》《中国少数民族语言简志丛书》《中国少数民族自治地方概况丛书》《中国少数民族社会历史调查资料丛刊》（简称"民族问题五种丛书"），这一系统而浩大的国家历史工程历经艰辛，于2009年修订完成，填补了中国历史研究的空白，成为研究中华民族从多元走向一体的基础文献。

而同年，由中共中央宣传部直接领导，各省区党委负责，中国科学院文学所主持的中国少数民族文学史（概况）编写工程启动。

中国少数民族文学史（概况）编写与"民族问题五种丛书"作为社会主义意识形态重大工程和国家重大历史文化工程的同时启动，说明党和国家对少数民族文学的重视，也说明各民族文学史料之浩繁、历史之悠久、形态之特殊，是"民族问题五种丛书"无法完全容纳的，须独立进行。例如，《蒙古族简史》在"清代蒙古族的文化"一章中，专设"文学作品"一节，但这一节仅介绍了蒙古族部分作家作品，没有全面总结蒙古族文学与汉族、满族等民族文学交流融合的历史进程。其他民族的"简史"存在同样的问题。

事实证明，正是新中国成立后对各民族文学的有组织的全面调查、搜集、整理、研究，使我们掌握了各民族文学的第一手史料，摸清了各民族文学的"家底"，尤其是在搜集、整理过程中发掘出来的各民族文学关系史料，为揭示中华民族从多元走向一体的思想、情感、文化动因，提供了重要的支撑。1983年中国社会科学院毛星主编的三卷本《中国少数民族文学》第一次呈现了中国少数民族文学发展的历史，绘制了中国少数民族文学版图。此后，马学良、梁庭望等也陆续推出通史性质的中国少数民族文学史。而这些通史性的少数民族文学史，正是以各民族文学史料的整理、各民族文学史（概况）的编写为基础的。

特别需要说明的是，20世纪90年代，梁庭望、潘春见的《少数民族文学》，立足于各民族交往交流交融的理念，拓展和深化了少数民族文学研究，也为中国特色的比较文学学科体系、学术体系、话语体系建设做出了积极努力。2005年，郎樱、扎拉嘎等人的国家社科基金重大项目"中国各民族文学关系研究"立足

"关系"研究,通过对始自秦汉,止于近代的各民族关系研究,得出了"你中有我,我中有你"的历史结论,成为中华各民族交往交流交融关系研究最早、最系统、最宏观的成果。而这一成果也是作者们历时数年,对各民族文学交往交流交融史料进行的最全面的梳理和展示。

事实上,自少数民族文学学科建立以来,对各民族文学交往交流交融研究就是重点领域,特别是 20 世纪 90 年代以来,各民族文学关系研究成为少数民族文学研究的分支学科。相应地,对各民族文学交往交流交融的史料整理也自然成为研究的基础。《中国各民族文学关系研究》《20 世纪中华各民族文学关系研究》《元代蒙汉文学关系研究》等都是具有代表性的成果。这些成果,不仅重新梳理、发掘了一大批各民族文学交往交流交融关系的史料,同时也进一步揭示了中国各民族自古以来的交往交流交融的历史发展规律。

因此,在"三交史料"体系中,各民族文学交往交流交融史料的重要地位是不能忽视和不可替代的。剥离了文学史料,各民族交往交流交融史料体系是不完整的。

二、新中国少数民族文学史料的性质和价值

少数民族文学史料,既是少数民族文学发展、学科建设历史的足迹,也是少数民族文学史知识生产的基础材料。

新中国少数民族文学史料是新中国文学史料体系中重要而独特的组成部分,是各少数民族文学史料的集成。这是新中国少数民族文学的性质决定的。

新中国成立后,少数民族文学被纳入社会主义新文学的整体之中,被赋予了社会主义新文学的性质。同时,少数民族文学还被党和国家赋予了宣传党的民族政策,维护国家统一,促进民族团结,促进各民族之间的了解和文化交流,反映各民族人民社会主义新生活、新面貌、新形象、新精神、新情感、新思想的社会功能和政治使命,受到党和国家的高度重视。少数民族文学因此成为国家话语的组成部分,从而与党的民族政策、各民族经济和社会发展保持密切关系。因此,无论从社会主义意识形态角度观之,从统一的多民族国家的角度观之,还

是从新中国社会主义文学的角度观之，少数民族文学的性质、功能、使命和作用都决定了少数民族文学史料国家性的特殊属性。

例如，1949 年 7 月 14 日中国第一次文代会通过的《中华全国文学艺术界联合会章程（草案）》，首次提出在即将成立的中华人民共和国的文学艺术事业中，要"开展国内各少数民族的文学艺术运动，使新民主主义的内容与各少数民族固有的文学艺术形式相结合。各民族间互相交换经验，以促进新中国文学艺术的多方面的发展"。这里的"各少数民族文学艺术"概念以及对少数民族文学的定位和发展规划，虽然与 1934 年《苏联作家协会章程》有一定联系，但重要的是，为什么在规划新中国文学时，就已经充分考虑到各少数民族文学艺术。显然，这与即将建立的新中国是一个不同于苏联的统一的多民族国家的国家性质直接相关。这样，"促进新中国文学艺术的多方面的发展"，显然超越了《苏联作家协会章程》中对各苏维埃联邦共和国中不同民族文学翻译的重视和发展各兄弟民族的文学——《苏联作家协会章程》在第四项任务中称："实行相互帮助，交换各兄弟共和国作家和批评家的创作经验，有组织地将艺术作品从一个民族的语言翻译成其他民族的语言——借此尽量地发展各兄弟民族的文学。"也就是说，《中华全国文学艺术界联合会章程（草案）》中统一的多民族国家的立场和对少数民族文学发展目标的确定明显不同于《苏联作家协会章程》。这一点在《人民文学》发刊词中得到了更直接的体现。在发刊词中，少数民族文学的国家文学、国家学科、国家学术的国家性被正式确定，各民族文学共同发展的国家意识，也都指向了统一的多民族国家，指向了统一的多民族国家中各民族一律平等，指向了反对大民族主义和地方民族主义的国家意识，指向了在统一的多民族国家的社会主义新文学的整体格局中定位少数民族文学的性质，指向了在国家文学和国家学科中通过推动少数民族文学的发展，落实党和国家的民族政策，指向了党对少数民族文学在统一的多民族国家建设中的作用的重视、规范和期待。

所以，国家在启动"民族问题五种丛书"编写的同时，也启动了少数民族文学史编写以及"三选一史"的国家工程。1979 年，少数民族文学史编写工程再次启动,《光明日报》发表述评《重视少数民族文学》,再一次发出国家声音。故而,在对少数民族文学发展和对少数民族文学史编写的重视方面,只有从建构统一的多民族国家历史知识的角度,从中华民族共同体历史知识生产的角度,才能理解和认识党和国家的良苦用心。而少数民族文学史料所呈现的历史现场也是如此。老舍在《关于兄弟民族文学工作的报告》和《关于少数民族文学工作的报告》中,从统一的多民族国家的高度,提出少数民族作家的文学创作要达到汉族作家的水平,清楚地表明了以平等为核心,共同发展为目标的民族政策在少数民族文学事业上的国家顶层设计。

历史地看,新中国少数民族文学以积极主动的姿态实现了国家对少数民族文学性质、功能、作用的定位和期待。例如,玛拉沁夫的《科尔沁草原上的人们》在《人民日报》的短评中斩获了五个“新”,从作家角度说,是因为其对少数民族文学性质、功能、作用的实践;从国家层面说,是因为党和国家对少数民族文学所承担的责任和使命得到了很好践行的充分肯定。再如,冰心的《〈没有织完的统裙〉读后》也是一个典型案例。冰心从“云南边地自然风光和民族风情”“新人新事”“毛主席伟大民族政策在云南的落地生根”三个观察点进行分析,这三个观察点同样也来自国家赋予少数民族文学的功能和使命。与《科尔沁草原上的人们》不同的是,在冰心这里,少数民族文学在促进各民族之间的了解和文化交流方面的功能得到强调。冰心说,“那些迷人的、西南边疆浓郁绚丽的景色香味的描写,看了那些句子,至少让我们多学些‘草木鸟兽之名’,至少让我们这些没有到过美丽的西南边疆的人,也走入这醉人的画图里面”。而且,民风民俗同样吸引了冰心,特别是作为民族智慧结晶的民族谚语,更引起她的注意:“还有许多十分生动的民族谚语,如:‘树叶当不了烟草’,‘老年人的话,抵得刀子砍下的刻刻’,‘树老心空,人老颠东’,‘盐多了要苦,话多了不甜’,‘树林子里没有鸟,蝉娘子叫也是好听的’……等等,都是我们兄弟民族人民从日常生活中所汲取出来的智慧。”所以,冰心“兴奋得如同看了描写兄弟民族生活的电影一样”[①]。

---

① 冰心:《〈没有织完的统裙〉读后》,《民族团结》1962 年第 8 期。

冰心的评价既表现了国家对少数民族文学的期待和规范，同时也呈现了少数民族文学在增进各民族了解和文化交流方面的作用和少数民族文学独特的美学特质。正如老舍1960年在《兄弟民族的诗风歌雨》中所说："各民族的文学交流大有助于民族间的互相了解与团结一致。"①

少数民族文学史料的国家性，使之成为新中国文学史料体系中具有独特价值的不可或缺的组成部分。

首先，少数民族文学史料真实客观地记录了党和国家从统一的多民族国家和中华民族共同体建设的高度，发展少数民族文学的国家立场和实际举措。

其次，少数民族文学史料真实客观地呈现了少数民族文学对党和国家赋予的功能、使命的践行，真实客观地反映了各民族社会生活的历史性巨变。

再次，少数民族文学史料忠实记录了少数民族文学自身的发展历程，记录了不同历史时期政治文化语境的变化对少数民族文学创作、文学批评和理论研究的深刻影响。

最后，少数民族文学史料真实客观地反映了少数民族文学对中国文学做出的巨大贡献。各民族民间文学的搜集整理，少数民族古代作家作品的研究，当代各民族文学发展研究，不仅渗透到中国语言文学的各个学科，而且高度体现了中国文学史的多民族共同创造的属性。各民族文学史料对中国文学史料的丰富、完善，不仅为少数民族文学史研究，也为新中国文学史研究提供了基础材料。

所以，少数民族文学史料的性质和政治价值、社会价值、历史价值、文化价值、文学价值都是值得重视和研究的重要课题。

三、新中国少数民族文学史料形态

"形态"一词通常指事物的形式和样态、状态。在这里，笔者更倾向于从研究生物形式的本质的形态学角度来认识新中国少数民族文学史料，借鉴形态学

①　舒舍予：《兄弟民族的诗风歌雨》，《新华半月刊》1960年第9期。

注重把生物形式当作有机的系统来看待的方法,不仅关注部分的微观分析,也注重总体上的联系。

史料基本形态无外乎文献史料、口述史料、实物史料、图片史料、数字(电子)史料五种。专门研究史料形态及其演变规律的史料形态学,关注的重点是史料的形态、结构、特征以及它们在不同历史时期和文化背景下的变化,史料形态与社会、政治、文化等因素的相互关系,以及这些因素如何影响史料的形成、传播和保存等。通过深入研究史料形态学,我们可以更好地理解史料的本质、来源、传播和保存方式,从而更准确地解读历史信息,揭示历史事件的真相。这样,史料形态学的研究就要从史料的形态入手。新中国少数民族文学史料也是如此。

从有机的系统性角度来看,无论是对新中国少数民族文学整体评价的文献史料,还是微观形态的作品评论史料,乃至一则书讯、新闻报道,都指涉着特定历史语境中的意识形态、社会思潮、社会生活、文学创作、文学评价所构成的彼此关联和指涉的有机系统的整体性和内部的丰富性、复杂性。这些要素各有特定的内涵和不同话语形态,但其内在价值取向的指向性却具有一致性和共同性的特点。至于对社会生活反映的话语的不同,对不同问题的阐发的不同,学术观点的争论甚至某一人观点前后的矛盾,也都是一体化的政治文化语境下,不同的文学观念与社会价值观念的对话、冲突、调适,并且受控于国家意识形态规范的结果。因此,对史料系统的有机性的重视,对史料系统完整性程度的评估,对不同史料关系的梳理,对具体史料生成原因的挖掘,直接关系到真实、客观、全面还原少数民族文学的历史现场。

从史料留存的基本情况看,1949—1979 年少数民族文学史料形态涵盖了前述五种形态,但各形态史料的数量、完整性极不平衡。其中,文献史料最多且散佚也最多,口述史料较少且近年来也未系统开展收集工作,图片史料少而分散,故更难寻觅,实物史料则少而又少。因此,以文献史料特别是学术史料为主体的史料形态是本书史料的主要特征和重点内容,这也是由目前所见少数民族文学史料的主体形态和客观情况所决定的。

　　文献史料在史料形态中的地位自不必言，而文献史料存世之情形对研究的影响一直作为无法破解的问题，存在于史料学和各学科研究之中。孔子在《论语·八佾篇》中言：夏礼，吾能言之，杞不足征也；殷礼，吾能言之，宋不足征也。文献不足故也，足，则吾能征之矣。在这里，孔子十分遗憾地感叹关于杞、宋两国典籍和后人传礼之不足，十分清楚地说明了史料与传承的重要性。孔子尚感复原夏殷之礼受史料不足的局限，后人研究夏殷之礼的难度就可想而知了。正如梁启超所说："时代愈远，则史料遗失愈多而可征信者愈少，此常识所同认也。"同时，他还说："虽然，不能谓近代便多史料，不能谓愈近代之史料即愈近真。"①这也是梁启超在研究中国历史时，对晚近史料之不足与史料之真伪情形的有感而发。他的感想，也成为所有治史料之学人的共识。傅斯年所说的"有一分材料说一分话"，指出了远古史料、近世史料的基本状况、形态以及使用史料的基本规范和原则，但从中也不难体察出治史者对史料不足的无奈。

　　少数民族文学史料也是如此。本书搜集整理的是 1949 年至 1979 年间的少数民族文学史料。其起点距今不过 70 多年，终点不过 40 多年。按理说，这 30 年间，国家建立了期刊、报纸、图书出版发行体系，建立了国家、省、市、县、乡镇的体系化图书馆。早在 20 世纪 50 年代，许多工厂、机关、学校、街道在极其艰难的条件下，陆续建立了图书阅览室。另外，从国家到地方，也有健全的档案体系，文献史料保存的系统是较为完备的。但是，史料的保存现状却极不乐观。以期刊为例，即便国家图书馆，也未存留 20 世纪 50 年代出版的少数民族文学的全部期刊。已有的部分期刊，断刊情况也非常严重。特别是 20 世纪 80 年代后期，因为种种原因，许多地区和基层图书馆期刊、报纸文献遭到大面积破坏，20 世纪 50 年代至 60 年代的许多珍贵史料，被当作废纸按"斤"处理掉。对本地区期刊、报纸文献保存最完整的各省级图书馆，也因搬迁、改造、馆藏容积等使馆藏文献被"处理"的情况极为普遍。因此，许多文献已经很难寻找，文献史料的散佚使这一时期文献史料的珍稀性特点十分突出。

---

①　梁启超：《中国历史研究法》，上海人民出版社，2014 年版，第 39 页。

例如,在公开发行的史料中,《新疆文艺》1951年创刊号上柯仲平、王震撰写的创刊词,我们费尽周折仍无缘得见。再如,关于滕树嵩的《侗家人》的讨论,是以《云南日报》为主要阵地展开的,但是,《边疆文艺》《山花》也参与其中,最终的平反始末的史料集中在《山花》。其中还有《云南日报》的"编者按"以及同版刊发的批判周谷城的文章,其所呈现出来的一体化的时代政治文化语境中,边疆与中心的同频共振给我们深入分析这些史料的价值提供了第一手材料,也还原了特定的历史语境。是不是将这些史料"一网打尽"后,关于《侗家人》发表、争鸣、批判、平反的史料就完整了呢?当然不是。因为,这些仅仅是公开发表的,或者在社会公共空间生产和传播的史料,还有另一类未在社会公共空间公开生产和传播的珍稀史料存世。例如,云南省委宣传部的《思想动态》上刊发的《小说〈侗家人〉讨论情况》《作协昆明分会同志对讨论〈侗家人〉的反映》《部分大学师生对批判〈侗家人〉很抵触》《〈侗家人〉作者滕树嵩的一些情况》,这些未公布于世的内部资料,与公开发表的史料汇集,才能真实地还原《侗家人》由讨论到批判的现场。因此,未正式刊行史料中的这类史料的价值是难以估量的。

未正式刊行的珍稀史料除了内部资料外(如各种资料集),还有各种文件、批示、作家手稿、书信、日记、稿件审读意见、会议记录、发言稿等。这类史料散佚更多,搜集整理更难,珍稀程度更高。

例如,1958年首次启动,至1979年第二次启动,其间有大量史料产生的少数民族文学史史料编撰,目前我们所见的成果仅有中国社会科学院1984年选编的《中国少数民族文学史编写参考资料》这一内部刊行资料。其中收录了中共中央宣传部关于少数民族文学史编写工作座谈会纪要,关于少数民族文学编写原则、分期等讨论稿,以及李维汉、翦伯赞、马学良等人的信件等。事实上,在1961年关于少数民族文学史编写座谈会召开及对已经编写的少数民族文学史进行讨论时,中国科学院文学研究所曾编印了《一九六一年少数民族文学史讨论资料》和少数民族文学史编写、审读、讨论的"简报"等第一手资料,但这些珍贵史料已经不知去向。我们只能从《中国少数民族文学史编写参考资料》的断简残章中去捕捉当时的宝贵信息,还原历史现场。

再如，1955年玛拉沁夫为繁荣和发展多民族国家的少数民族文学"上书"中国作协。中国作协领导班子经过讨论给玛拉沁夫的回复和玛拉沁夫的"上书"，一并发表在中国作家协会的《作家通讯》上。但是，"上书"的手稿，中国作协领导层如何讨论，如何根据反映的情况制定了对少数民族文学发展起到重大影响的"八个措施"的会议纪要等，已湮没在历史之中。

再如，少数民族文学概念的提出是一个"元问题"。目前有人追溯到公开发表的第一次文代会通过的《中华全国文学艺术界联合会章程（草案）》。但是，本来是有记录的《中华全国文学艺术界联合会章程（草案）》的起草过程，各代表团、各小组对大会报告和《中华全国文学艺术界联合会章程（草案）》的讨论情况的第一手材料，已经无处可觅。近年来，王秀涛、斯炎伟、黄发有等人对第一次文代会史料的钩沉虽然有了不小的收获，其艰难程度却渗透在字里行间，仅第一次文代会代表是如何产生的这样重大问题，"目前学界的研究却仍然是笼统和模糊的"①。至于是谁建议将少数民族文学艺术纳入《中华全国文学艺术界联合会章程（草案）》，是谁修改了《苏联作家协会章程》中的"各兄弟民族文学"的表述，却没有一点记录留存。因为，从《苏联作家协会章程》中的"实行相互帮助，交换各兄弟共和国作家和批评家的创作经验，有组织地将艺术作品从一个民族的语言翻译成其他民族的语言——借此尽量地发展各兄弟民族的文学"，到《中华全国文学艺术界联合会章程（草案）》中的"使新民主主义的内容与各少数民族固有的文学艺术形式相结合。各民族间互相交换经验，以促进新中国文学艺术的多方面的发展"，显然进行了本土化创造。这种本土化创造的立足点是中国共产党和尚未正式宣布成立的新中国的文学发展的国家构想。那么，是哪些人参与了讨论并提出修改意见？特别是，两个月后《人民文学》发刊词中，才对少数民族文学概念有了真正意义上的命名，而且确定了少数民族文学的社会主义新文学和国家学术、国家学科的性质和地位。在这短短两个月中，少数民族文学发生变化的历史信息，都成为消逝在历史时空中的电波。而消逝在历

---

① 　王秀涛：《第一次文代会代表的产生》，《扬子江评论》2018年第2期。

史时空中的电波，又何止于此。这一时期的作家手稿、书信，作品的编辑出版过程，期刊创办的动意、刊名的确定、批文等，或尘封在某一角落，或早已消失。而这一点，也是我们在寻找一些民族地区期刊创办史料、作品出版史料、作家访谈时得出的结论。

再如，已有的史料整理，也存在着缺失或差错的问题。例如，20世纪80年代初，吴重阳、赵桂芳、陶立璠三位先生编辑整理并用蜡纸刻印过《当代少数民族作家作品研究资料索引》，该索引于1983年由中国社会科学院民族文学研究所作为内部资料印刷。这是目前所见最为全面的1949年至20世纪80年代初少数民族文学创作与研究文献目录索引。但是，其中仍有无法避免的诸多疏漏和差错。例如包玉堂的《侗寨情思》（组诗），该索引仅收录了《广西日报》刊登的第二首，而未收《南宁晚报》刊登的一首，包玉堂发表在《山花》上的《侗寨情思》（五首）不仅对原作进行了修改，而且具体篇目也作了取舍和调整。这些在《当代少数民族作家作品研究资料索引》中都没有呈现。而追寻这一源流，呈现《侗寨情思》从单篇、"二首"到"组诗"的扩大、修改、更换的历史现场，本身就是一件非常有价值和意义的史料甄别和研究工作。

至于少数民族文学的其他史料形态，如图片史料，我们所见更多的是一些文献史料的"插图"，而第一手的图片更难搜寻。第一手的实物史料、数字（电子）史料就更加稀缺。所以，本书的史料形态只能是文献史料以及部分文献史料中的部分图片。从这一意义上说，本书用十年时间从各种渠道搜集整理出来的这些文献史料，虽然不是这一时期少数民族文学史料的全部，但这些史料的珍稀性是确定的，它以这样的方式呈现的这一时期的少数民族文学史料形态上的残缺，提示我们应该加强这方面的工作和研究。

四、少数民族文学史料的结构体系

少数民族文学史料有文学史料的共性特征，也有少数民族文学史料的独特性，这一独特性，主要体现在史料的内容体系、空间结构和学科体系、学术体系、话语体系的特征上。

在内容体系上，少数民族文学史料分宏观性史料、中观性史料、微观性史料三个层次。

宏观性少数民族文学史料是指 1949—1979 年间少数民族文学宏观性、全局性的史料，包括新中国少数民族文学政策、制度，少数民族文学发展的宏观性、全局性总结，宏观性的文艺评论与理论概括等。如费孝通、马寿康、严立等人的《发展为少数民族服务的文艺工作》《开展少数民族的艺术工作》《论研究少数民族文艺的方向》等关于少数民族文学功能、性质和发展方向的论述，1959 年黄秋耕等人对新中国成立十年来少数民族文学发展的整体性评价的《突飞猛进中的兄弟民族文学》，华中师范学院、中国社会科学院、山东大学等高校和科研机构在中国当代文学格局中对少数民族文学发展的宏观总结，老舍关于少数民族文学发展的两个报告，中宣部关于少数民族文学史编写工作座谈会纪要，《光明日报》关于《重视少数民族文学》的述评，还有对民族形式、特点等少数民族文学重大理论问题的讨论等。这类史料的数量不多，但代表着特定历史时期国家对少数民族文学发展的规划、设计，对少数民族文学的社会功能、使命、作用的定位，对少数民族文学发展方向的指导和规范，对少数民族文学发展的总体评价，对少数民族文学发展中存在问题的分析及解决办法和具体措施。

在宏观性史料产生的时间上，1956 年老舍《关于兄弟民族文学工作的报告》是第一篇关于少数民族文学全局性、整体性情况介绍、评价和改进措施的报告。1959 年至 60 年代初，是宏观性史料产生最多的时期。其间，三部当代文学史对少数民族文学的宏观评价，标志着少数民族文学第一次进入中国文学史知识生产，意味着中国多民族文学的整体架构初步建立。

中观性少数民族文学史料是指 1949—1979 年间，以单一民族文学为单位形成的文学史料，包括某一民族文学史的编写、某一民族文学发展的整体评价、某一民族文学期刊创办等史料。

在这三十年中，伴随着党和国家民族政策的落实，中国各民族文学有了较快发展，特别是各民族民间文学资源的系统发掘，为全面评价各民族对中国文化的历史贡献提供了强大支撑，其意义远远超过文学本身。因此，这部分史料的价值不言而喻。

中观性少数民族文学史料有三个基本特征。

其一,各民族民间文学搜集整理、文学史编写、作家培养和作家文学的发展,党的民族政策、文化政策、文学政策的落实情况。

例如,国家对各民族社会历史情况调查和"三选一史"的编写,作为国家历史知识、民族文学谱系的"摸底"工作,覆盖了每一个民族。这种覆盖是有组织、有计划进行的。客观地说,各地方党委、政府的重视程度是高度一致的,这是一体化的意识形态规约和特定的政治文化语境中,国家、地方、个人意志、行动高度契合的生动表现。在民族平等政策的制度设计中,国家把各民族文学的发展纳入各民族经济、社会、文化教育发展的整体格局之中,并将其视为重要标志。这种无差别的顶层设计,具有文学共同体建设的鲜明指向。

其二,各民族民间文学史料多于作家文学史料,且其分布呈现出与该民族人口不对等的不平衡状态,这种不平衡是各民族民间文学发展历史的不平衡、文学积累的不平衡的真实样貌的客观反映。

例如,《纳西族文学史》《白族文学史》最早问世,是由云南各民族民间文学的丰厚积累和大规模的集中搜集整理决定的。云南各民族民间文学宝藏的惊人程度,可以用汪洋大海来形容。1958 年、1962 年、1963 年、1981 年、1983 年云南进行了五次大规模的民族民间文学调查。特别是前三次调查,为云南各民族文学史提供了第一手丰富而珍贵的史料。1956 年云南人民出版社就出版了《云南民族文学资料》。1959—1963 年,中国作家协会昆明分会民间文学工作部以内部资料的形式,编辑出版了《云南民族文学资料》18 集。这还不包括云南大学1958—1983 年民间文学调查搜集整理的 18 个民族的 2000 多件稀见的作品文本、手稿、油印稿、档案卡片和照片。其文类包括神话、传说、民间故事、歌谣、史诗等。而楚雄对彝族文学史料搜集整理后稍加梳理,就编写出《楚雄彝族文学史》。相比之下,满族、蒙古族、藏族、维吾尔族这些人口较多的民族,民间文学搜集整理的状况就远不及云南各个民族。当然,这些民族一些经典的民间文学作品首先被"打捞"上来。如在科尔沁草原广为流传的《嘎达梅林》,维吾尔族的

《阿凡提故事》等。

此外，各民族民间文学史料的搜集整理也不平衡，以三大史诗为例，青海最早发现和相对系统地整理了《格萨尔》。1962年，分为五部二十五万行的《玛纳斯》已经完成整理十二万行。1950年，商务印书馆已经出版了边垣自1935年赴新疆后整理的291节、1600多行的《洪古尔》（《江格尔》），但《江格尔》大规模的整理并未能及时跟进。

其三，各民族民间文学与作家文学发展状况复杂多样。民间文学发达的民族，在新中国成立后，作家文学并不一定发达；书面文学发达的民族，在进入新中国后，民间文学并不一定同步发展。这种复杂多样的文学格局也决定了史料的格局和形态。

以文字与文学发展关系为例。我国现在通行蒙古族、满族、维吾尔族、哈萨克族、朝鲜族、彝族、傣族、纳西族、壮族等19种民族文字，不再使用的民族文字有17种。有文字的民族书面文学发展相对较早，但新中国成立后，文学发展差异较大。如蒙古族涌现出一大批汉语、双语、母语作家，各文类作家作品保持了较高的水平。同时，民间文学也保持着旺盛的生命力。以玛拉沁夫、纳·赛音朝克图、巴·布林贝赫、安柯钦夫、敖德斯尔、扎拉嘎胡为代表的蒙古族作家群，游走在汉语与母语之间，为把蒙古族文学推向新中国社会主义文学共同体做出了杰出贡献。而傣族虽然有自己的民族文字，且产生过《论傣族诗歌》这样的古代诗歌史、诗歌理论兼备的著作，但是，新中国成立后，作家文学却并不发达，民间歌手"赞哈"仍是创作主体。当然，许多民间歌手在这一时期是具有双重身份的——傣族的康朗英、康朗甩、温玉波，蒙古族的毛依汗、琶杰等，他们创作的口头诗歌被广泛传颂，同时也被翻译成汉语并发表，实现了从口头到书面的转换。

然而，另一种情形是，诞生了伟大史诗《格萨尔》和发达的纪传文学、诗歌、戏剧的藏族，在新中国成立后，除了云南的饶阶巴桑的汉语诗歌创作外，无论藏语创作还是汉语创作都鲜有重要作家和作品产出。而维吾尔族、哈萨克族、朝鲜族，则以母语文学创作为主，民族文字文学史料类别、数量远远超过汉语文学创作及其史料。

微观性少数民族文学史料，是指 1949—1979 年间少数民族作家作品史料。这部分史料占比较大，既反映了少数民族民间文学、书面文学的发展状况，也反映了少数民族文学批评、研究的基本格局。特别是，我们在介绍少数民族文学史料形态时所强调的有机系统性、宏观史料与微观史料的关联性，在微观性史料中得到了更加具体的体现。例如，前文所列举的《科尔沁草原上的人们》在《人民文学》发表后斩获的"五个新"的高度评价，表明该小说很好地实践了国家赋予少数民族文学的功能、使命、作用。同时，这种评价也对少数民族文学创作方向产生了巨大的引领作用。因此，正如史料显示的那样，这一代少数民族作家的心是与祖国同频共振的，他们的作品成为新中国少数民族翻天覆地的深刻变化的忠实记录，关于这些作品的评论，也规范、引导了各民族作家的创作。

值得一提的是，在微观性史料中，还有一类容易被忽视的简讯、消息或者快讯类的文献史料。这类史料文字不多，信息量却很大。例如，《新疆日报》1963年 4 月 12 日发表的《自治区歌舞话剧一团演出维吾尔语话剧〈火焰山的怒吼〉》一则简讯不足 300 字，但该文却涵盖四个方面的信息：一是《火焰山的怒吼》是维吾尔族作家包尔汉创编的维吾尔族革命历史题材的汉语话剧；二是该话剧由中央实验话剧院在北京演出后，又由新疆歌舞话剧院话剧二团在乌鲁木齐演出；三是包尔汉对汉语剧本进行了修改并转换成维吾尔语；四是新疆歌舞话剧院话剧一团排演了维吾尔语的《火焰山的怒吼》并在新疆各地巡回演出，受到了各族群众的热烈欢迎。那么，这些信息背后的信息又有哪些呢？其一，这部原创汉语话剧反映了辛亥革命后维吾尔族、汉族共同反抗阶级压迫的革命斗争，揭示了"汉族人民同维吾尔族人民自古以来的兄弟般的情谊"，在革命斗争中，新疆各族人民的命运同汉族人民的命运紧密地连接在一起，在今天看来，这里蕴含的正是共同体意识。那么，包尔汉为什么选择这个题材？而中央实验话剧院又为什么选择这部话剧？其二，新疆话剧团是一个多语种的话剧演出团体，这种体制设置和演出机制的背后，传达出什么信息？其三，维吾尔语革命历史题材话剧的演出，对宣传民族团结，增强维吾尔族人民对中国共产党革命历史的认识起到了重要作用。那么，包尔汉的选材，是自我选择还是组织安排？其四，由汉语转译为维吾尔语的《火焰山的怒吼》的排演，说明当时话剧团的领导和创编人员有高度的政治觉悟。那么，这种觉悟在 1963 年的政治文化语境中，究竟是自觉意识还是体制机制规约？因此，这则微型文献史料让我们回到 20 世纪 60 年代的新疆政治文化语境，看到了各民族作家的可贵的国家情怀和共同体意识。

在空间分布上，本时期少数民族文学史料空间广阔性和区域性特征十分鲜明。如《促进云南文学艺术的发展和革新》《云南民族文学资料》《内蒙古文学史》《积极发展内蒙古民族的文化艺术》《关于内蒙古自治区民间音乐、舞蹈、戏剧会演的几个问题》《十五个民族优秀歌手欢聚一堂　昆明举行庆丰收民歌演唱会》《新疆戏剧工作的一些新气象》《西南少数民族艺术有了新发展》《少数民族艺术的新发展——在西南区民族文化工作会议期间观剧有感》等，这些史料，大都是对某一区域性少数民族文学历史、现状和文学艺术发展的评价、分析和总结，在空间上呈现出了中国多民族文学丰富多彩的文学版图，是少数民族文学史料体系最为独特的体系性特征。

在少数民族文学史料的学科体系、学术体系和话语体系上，1949 至 1979 年的少数民族文学史料的体系性特征十分突出。

首先，已有的史料形成了文学理论、民间文学、古代书面（作家文学）、现当代文学、戏剧电影文学的学科体系，尽管各学科的史料数量不等，但学科体系的确立已经被史料证明。

其次，从学术体系而言，少数民族文学在各学科的框架中同样以大量的、丰富的史料为基座，初步形成了各个学科的学术体系。例如，在少数民族当代文学学科中，形成了包含诗歌、小说、散文等文类和相关文类作家作品批评和研究的史料体系。在民间文学学科中，形成了以各民族史诗、叙事诗、神话、传说、故事、谚语搜集、整理、研究为主体的学术体系。而且，因研究对象的不同，各民族文学形成了特色鲜明、丰富多样的学术体系。

最后，从话语体系而言，新中国少数民族文学史料话语体系的国家性、时代性、民族性相融合的特征十分鲜明。

在国家性上，少数民族文学史料是新中国社会主义文学话语体系的重要组成部分，也是最具中国特色的文学话语体系。这表现在，统一的多民族国家、中国共产党的领导、民族平等政策、民族团结是少数民族文学史料最核心、最关键的共同性和标识性的话语。在所有宏观性、全局性的史料中，统一的多民族国家、民族平等、民族团结、社会主义是少数民族文学话语生成和发声的国家语境，少数民族文学总是在这一语境中被强调、阐释和评价。

在时代性上，"兄弟民族文学""兄弟民族文艺""新生活""新人""新面貌""新精神""对党的热爱""突飞猛进"等话语，无不与"团结友爱互助""民族大家庭"这一对中华民族的全新定义高度关联，无不与新中国成立后的各民族生活发生的历史性巨变高度关联，因此，各民族之间的关系，各民族文学中的新生活、新气象、新面貌成为具有鲜明时代辨识度的评价少数民族文学的关键词。特别是，在共同性上，社会主义新文学、社会主义新生活、社会主义新人，各民族文化遗产，以及作为国家遗产的各民族民间口头文学、书面文学、文学史的编写原则等，是少数民族文学各学术体系共同的标准和话语形态。

在民族性上，社会主义内容与各民族传统艺术形式的结合，使少数民族民间文学、作家文学的民族形式和民族特点的表现，成为少数民族文学的标志性的合法话语被提倡。各民族丰富多彩的民间文学文类和样式，如蒙古族的祝赞辞、好来宝，哈萨克族的阿肯弹唱，藏族的藏戏、拉鲁，维吾尔族的十二木卡姆，白族的吹吹腔等各民族丰富而独特的艺术形式被发掘并重视。前述冰心在评价杨苏小说《没有织完的统裙》时称赞的边疆风光、民族风情作为少数民族文学的民族文化和地域文化特征，在统一的多民族国家的中华民族文化多样性和国家文化集体性的高度上被认同。如何正确反映民族生活，如何正确评价少数民族文学的民族特点等理论问题，也在新中国社会主义文学的框架下被提出、讨论并得到规范。取其精华，去其糟粕不仅广泛运用于民族民间文学整理，也用于民族风情的描述和展示。可以说，这一时期少数民族文学民族性话语范式和评价标准基本确立。

尤其要说明的是，少数民族文学史料话语的国家性、时代性、民族性是融合在一起的。这一点在各类文学批评史料中都得到充分体现。而且，这些史料也清楚地表明，1949—1979 年间，是少数民族文学全面发展的第一个黄金期，因此，这一时期少数民族文学史料的历史价值、社会价值、文化价值、文学价值都弥足珍贵。

五、问题与展望

如前所述，史料是学科大厦的基座。这个基座的广度、厚度、深度，决定学科大厦的高度和生命长度。

应该看到，与中国文学其他学科相比，中国少数民族文学学科的历史并不长，史料学建设还相当薄弱。少数民族文学史料整理从 20 世纪 50 年代各地民间文学大规模的搜集整理时就已经起步，"三选一史"和"三套集成"都是标志性成果。1979 年中央民族大学整理编辑过《中国少数民族作家作者文学作品目录索引》《中国少数民族民间文学作品目录索引》。20 世纪 80 年代中国社科院民族文学研究所成立后，于 1981 年、1984 年将吴重阳、赵桂芳、陶立璠合作辑录的《当代少数民族文学作家作品研究资料索引》纳入《中国少数民族当代文学研究资料丛书》，还有《中国少数民族文学史编写参考资料》等以内部资料方式刊行的文学史料。全国各地在少数民族文学史料方面也做了大量工作，如云南多种版本、公开与非公开刊行的《民间文学资料》，广西的《广西少数民族当代作家作品目录索引》，玛拉沁夫、吉狄马加主编的《中国少数民族文学经典文库》，中国作家协会编辑的多种少数民族文学作品选（集），以及纳入"中国当代文学研究资料"丛书中的少数民族作家专集，等等，成果是显而易见的。特别是近年来，各民族学者依托各类项目对少数民族文学专题性史料的系统整理，形成了点多面广的清晰格局。

尽管如此，史料学意义上的少数民族文学史料系统整理和研究尚没有真正展开。本文所述的少数民族文学史料形态中，文献史料占据主体地位。这也意味着，除中国社会科学院民族文学研究所积几代学人之功建立的口头文学数字史料库外，其他形态史料整理还尚未起步。

本书选择 1949—1979 年少数民族文献史料作为整理对象,一是基于文献史料在所有史料形态中的主体地位;二是基于目前文献史料散佚程度日益加剧的现状,本书带有抢救性整理的用意;三是这一时期的史料在少数民族文学发展史上具有重要价值,特别是在少数民族文学学科发展处于转型升级阶段的今天,这些史料不仅还原了这一时期少数民族文学的历史现场,同时对少数民族文学发展也具有重要的历史参考价值;四是在少数民族文学研究中,面向少数民族文学历史的研究,必须以史料为支撑,面向未来的研究,同样要以史料为原点。

本书对文献史料特别是以文学批评和文学研究文献为主体的史料的整理与研究,仅仅是少数民族文学史料学建设的一个开始,本书所选也非这一时期史料之全部。只有当其他形态的史料也受到重视并得到系统发掘、整理和研究,当少数民族文学史料学体系真正建立起来,各形态史料构成的有机系统所蕴含的历史、社会、文化、文学等丰富的思想信息被有效激活时,我们才能在多元史料互证中走进少数民族文学发展的真实的历史空间。在此,笔者想起洪子诚先生在《问题与方法——中国当代文学史研究讲稿》的封面上写的一句话:"对 50—70 年代,我们总有寻找'异端'声音的冲动,来支持我们关于这段文学并不单一,苍白的想象。"那么,这个寻找和支持来自哪里?——史料。

本卷导论

从史料看 1949—1979 少数民族民间文学"三大体系"

在新公布的中国语言文学学科简介中,民间文学正式成为中国语言文学学科下的二级学科,这是中国语言文学学科完善和成熟的重要标志,是新中国成立 70 多年来民间文学史料整理与研究取得的丰硕成果对民间文学学科推动的结果。其中,1950 年代至 1980 年代大规模的民间文学搜集整理与研究,更是功不可没。现存的中国少数民族民间文学史料证明了这一点。

一、民间文学与民间文学学科的初创

中华民族在发展过程中创造了浩如烟海、文类繁多、形式多样的民间文学,这是人类文学史上的一大奇观,是中华民族为人类文明做出的重要贡献。

然而,民间文学的口头性、集体性、传承性、变异性,使民间文学一直活在民间。中国早期文献对民间文学有大量记载,《诗经》中的"十五国风"便是民间文学多姿多彩的生命样态的历史记忆。19 世纪 30 年代,黑格尔在其著名的《美学》中断言中国没有民族史诗。而彼时中国的《格萨尔》《江格尔》《玛纳斯》等三大史诗已经在民间传唱了 700 至 1000 年。巨大的漠视与中国各民族民间文学巨大的储量,形成巨大的反差。这种反差强烈呼唤中国民间文学学科的崛起。

1918—1937 年,北京大学的"歌谣运动"正式将这种呼唤转化为实际行动。《歌谣》《民俗》和诸多民间文学学科的奠基性成果纷纷问世,如刘经庵编著的《歌谣与妇女》(1925)、钟敬文编的《歌谣论集》(1928)等,从民间文学的文类、内容、形式、形态、语言、传承以及文艺学、民俗学、宗教学、社会学等多学科视角，对民歌进行了深入的研究。这场运动推动了民间文学与民俗学在中国的兴起。正因如此，钟敬文于1935年正式提出了建立中国民间文艺学的学科构想，并写下了《民间文艺学的建设》一文，系统地阐述了这门学科的研究对象、研究特点、研究的必然性与研究方法等基本理论问题，为民间文学学科在中国的建立和发展奠定了重要的理论基础。

然而，学科的建立和发展绝不是个人或相同志趣的学术群体所能推动或完成的，它必须有该学科的积累和学科独立发展之内生性要求，这种要求又必须与国家对该学科之需求相一致。所以，当年钟敬文的倡导只有在1949年建立的统一的多民族国家中才能实现。

《人民文学》发刊词在其"稿件"要求的第三条中规定："要求给我们专门性的研究或介绍的论文。在这一项目之下，举类而言，就有中国古代和近代文学，外国文学，中国国内少数民族文学，民间文学，儿童文学等等；对象不论是一派别，一作家，或一作品；民间文学不妨是采辑吴歌或粤讴，儿童文学很可以论述苏联马尔夏克诸家的理论；或博采群言，综合分析而加论断，或述而不作；——总之，都欢迎来罢。"

这里两次提到的民间文学，分别指民间文学研究与民间文学作品。民间文学、少数民族文学与中国古代文学、近代文学、外国文学、儿童文学并置，说明在新中国最初的中国文学学科设置中，民间文学和少数民族文学独立的国家学科地位就已经确立。

1950年3月29日，中国民间文艺研究会成立。研究会明确规定它是中国共产党领导的、由全国各民族民间文艺家、民间文艺工作者组成的专业性人民团体。郭沫若在中国民间文艺研究会成立大会的讲话中，从国家立场肯定了民间文学在中国文学史上的地位。中国民间文艺研究会的成立以及《民间文艺集刊》的创办，标志着中国民间文学管理机制、学术机构、学术平台的建立。

之后，在《一九五六——一九六七哲学社会科学规划纲要（修正草案）》中，民间文学与古代文学、外国文学研究等，再一次被纳入国家哲学社会科学体系之中,其国家学科的地位进一步巩固。

从民间文学学科的国家属性的角度来看,对各民族民间文学的重视——无论是把它作为中华民族文化遗产,还是将其视作中华多民族文学遗产——不仅是多民族文学历史知识生产的需要,也是多民族国家历史知识生产的需要。

正是在这一意义上,我们才能够正确认识国家主导的大规模的各民族民间文学的搜集整理工作,才能正确理解1958年中共中央宣传部主持的"三选一史"的国家工程的用意。这一国家工程,一方面体现了国家对少数民族的文学传统和文学历史的重视,另一方面也是国家通过建构多民族文学历史知识体系,支撑国家历史知识生产的顶层设计和全局性考量,所以,其意义是超出文学本身的。

可以说,如果没有民间文学学科和中国少数民族民间文学学科的国家规划和架构,就谈不上少数民族民间文学学术体系、话语体系的建设。

二、少数民族民间文学学术体系和话语体系的建立

中国少数民族民间文学学科架构的完成,并不代表少数民族民间文学学科学术体系、话语体系建构的完成,而三者又必然是相互支撑、密切关联的一个整体。所以,少数民族民间文学在国家确立了其国家学科地位和相应的学科架构之后,迫切需要少数民族民间文学学术体系、话语体系的支撑。因此,少数民族民间文学学术体系、话语体系的建设就成为1949—1979年少数民族民间文学学科发展的重点。

(一)1949—1979年,以民间文学理论、神话、传说、故事、歌谣为主体的少数民族民间文学学术体系初步建立。

第一,少数民族民间文学理论体系建设。郭沫若在中国民间文艺研究会成立大会上的讲话中对新中国民间文艺研究工作提出了五点要求:第一,保存珍贵的文学遗产并加以传播;第二,学习民间文艺的优点;第三,从民间文艺里接受民间的批评与自我批评;第四,民间文艺给历史家提供了最正确的社会史料,要站在研究社会发展史、研究历史的立场来加以好好利用;第五,发展民间文

艺,不仅要收集、保存、研究和学习民间文艺,而且要给予改造和加工,使之发展成新民主主义的新文艺。这五点要求,也成为新中国成立之初民间文学理论的思想内核,成为随之开展的少数民族民间文艺搜集、整理工作的基本遵循。而钟敬文的《口头文学:一宗重大的民族文化遗产》、贾芝的《谈各民族民间文学搜集整理问题》《谈解放后采录少数民族口头文学的工作》等理论讨论,将郭沫若的五点要求系统化和理论化,涉及各民族民间文学搜集、整理、研究工作的各个方面,对各民族民间文学的搜集整理和研究起到了理论指引和规范作用。

首先,民间文学搜集整理的具体原则、方法是这一时期少数民族民间文学理论的重点内容。贾芝根据党关于民族文化遗产“两种文化”“精华与糟粕”“人民性”等原则,在《谈各民族民间文学搜集整理问题》(1961年)和《谈解放后采录少数民族口头文学的工作》(1964年)中进一步提出了更加具体、更加规范的搜集整理少数民族民间文学的原则和方法。他明确指出,发掘整理各民族民间文学,是清理我国古代文化遗产的一个重要部分,清理这宗民族文化遗产的目的,一是为发展民族新文化,二是为提高民族自信心,必须坚持“忠实记录,慎重整理”原则。他还结合具体案例,就全面搜集问题、忠实记录问题、整理方法问题进行了论述。1980年代被称为“世纪经典”和“文化长城”的“中国民间文学三套集成”,也遵循了“忠实记录,慎重整理”的原则和方法。

其次,社会主义思想与各民族传统文学形式相结合,是少数民族民间文学文学性和审美性最核心的理论评价标准。例如,毛依罕运用蒙古族传统好来宝形式创作的《铁牤牛》受到广泛的赞誉。另一位蒙古族著名民间艺人琶杰运用蒙古族传统民歌、好力宝、祝赞词等传统形式创作的《两只羊羔的对话》《献词》等受到一致好评。傣族民间歌手康朗英、康朗甩对傣族民歌、神话传说的创造性继承,也受到评论者的广泛认同。原因在于,社会主义新生活与民族传统文学形式在他们的作品中获得了完美结合,他们的作品被看成少数民族民间文学转型为社会主义新文学的重要标志。

再次,少数民族文学史编撰中的理论问题成为中国特色民族民间文学理论的重要组成部分。例如,各民族民间文学的价值和意义、民间文学的人民性、文学与宗教的关系、民间文学的分期、如何甄别两种文化、如何区分精华与糟粕、少数民族民间文学如何入史等问题,在少数民族文学史编写过程中都已涉及。因此,尽管这一时期少数民族民间文学理论体系的系统性和完整性还存在一定不足,但是围绕民间文学整理和少数民族文学史编写两个重大文化工程,少数民族民间文学理论体系建设的自觉意识已经萌发,这为之后的少数民族民间文学理论的发展奠定了坚实基础。

第二,神话、传说、民间故事、歌谣学术体系建设。中国少数民族民间文学文类体系和研究体系的建立始于"民谣运动"对民间文学的分类。1958年"三选"中的民间故事、叙事长诗、歌谣表明这三种文类是民间文学学术体系的三个支柱。在当时,神话、传说、民间故事、笑话和寓言被纳入"民间故事",史诗和各类叙事诗被纳入"叙事长诗",各类民歌用"歌谣"来统称。这种权宜之计是对各民族民间文学实际的尊重,也是出于各民族民间文学学术体系初创期"宜粗不宜细"的考量。

在神话学术体系方面,中国神话学研究早在民国时期就已经成为一种独立的领域或学术体系。尽管这一时期被认为是中国神话典籍文献的挖掘期,但诸如"神话论""研究""丛考"等话语已经十分清楚地表明神话研究的展开。这一时期的少数民族神话既在中国神话的整体中,又在少数民族神话的独立体系中。钟敬文、芮逸夫、吴泽霖、楚图南、马长寿、陈国钧、岑家梧、马学良等对少数民族神话学体系的建立做出了重要贡献。其中,楚图南对西南少数民族神话的综合研究具有宏观研究的性质,对少数民族神话与中国上古神话如伏羲神话关系研究的意义和影响更是深远。但遗憾的是,在1949至1979年间,少数民族神话的学术体系并没有在"民国学术"的基础上很好地承继。

在叙事诗学术体系方面,以《格萨尔》《江格尔》《玛纳斯》三大史诗为中心的中国史诗学术体系和叙事诗学术体系悄然确立。中国民间文艺研究会主编的"中国民间叙事诗丛书",不仅是各民族叙事诗的集成者,也是叙事诗学术体系进一步分化重组的标志。

在故事学术体系方面,民间故事整理的累累硕果,奠定了各民族民间故事的学术体系，为中国故事学研究积累了第一批成果。例如，藏族民间故事集《康定藏族民间故事集》、云南少数民族民间故事集《云南民间故事选》、蒙古族民间故事集《内蒙古民间故事集》、纳西族民间故事《阿一旦的故事》、黎族民间故事集《勇敢的打拖》等。贾芝、孙剑冰主编的《中国民间故事选》第一集和第二集，共收集42个民族的241篇民间故事。这些民间故事在勾勒出中国各民族民间故事版图的同时，也反映出故事体系的科学性还有待完善，例如，神话、传说与一般性的故事仍混杂在一起。

在歌谣学术体系方面，许多少数民族整理了大量民歌并刊行了多种民歌集，仅藏族民歌集就有《康藏人民的声音》《哈达献给毛主席》《西藏歌谣》《西藏短诗选》《玉树藏族民歌选》《金沙江藏族歌谣选》等。此外，云南多种选本的《云南民歌选》，内蒙古的《内蒙古民歌选》，新疆的《维吾尔民歌》等，都是具有代表性的选本。特别是许多1949年后产生的新民歌也得到及时的记录和整理。但是，这一时期少数民族民歌整理成果较多，而民歌研究成果较少，这是这一体系内部存在的问题。

应该指出，少数民族民间文学学术体系的建立，与国家主导的大规模的民间文学搜集整理行动密不可分，与各地党委政府的配合密不可分，与广大民间文学工作者的倾力投入密不可分。例如，仅云南省就组织了由云南大学、昆明师范学院的师生以及有关文艺团体干部共100多人组成的调查队。他们对白族、纳西族、傣族、彝族、壮族、苗族、哈尼族、傈僳族、瑶族等民族的文学情况进行了调查，收获颇丰。

总之，这一时期各民族民间文学文类整理成果的数量虽然有多有少，但不同文类构成的少数民族民间文学文类体系基本成形，并呈现出不断丰富和发展的态势，这一点在后来的少数民族民间文学学科的发展中得到了证实。

（二）1949—1979年是少数民族民间文学话语体系建立的初创期，话语体系的时代特征非常鲜明。

"民族文化遗产""人民性""去其糟粕，取其精华""忠实记录，慎重整理"是这一时期民族文学话语体系的核心。

"民族文化遗产"是对少数民族民间文学性质和价值的定义；"忠实记录，慎重整理"是少数民族民间文学搜集整理实践中得出的结论；"去其糟粕，取其精华"是基于"两种文化"结合社会主义意识形态和文化规范，对各民族民间文学的甄别；"人民性"是以对待人民的态度如何，在历史上有无进步意义为标准确立的价值取向，对中国文学价值评价体系影响巨大。

这一时期少数民族民间文学的核心话语具有内在逻辑关系，辐射到少数民族民间文学的搜集整理与研究的方方面面，以此建构的话语体系一直延续至今。

三、1949—1979年少数民族民间文学史料整理与分类

根据少数民族民间文学"三大体系"和史料的基本情况，本丛书的少数民族民间文学史料分《民间文学综合卷》《史诗、叙事诗卷》《神话、传说、歌谣、艺人卷》三卷。

《民间文学综合卷》中将少数民族民间文学搜集整理的政策、原则、方法等文献作为第一辑，选择了具有代表性、导向性的文献。其中还有相关理论问题的讨论文献，如《听取意见，改进工作》一文的选择，力图还原当时的历史现场，呈现少数民族民间文学发展不平凡的历程。第二辑"少数民族民间文学理论研究"以《中华民族大团结——〈兄弟民族歌颂毛主席〉后记》开篇，以《浅谈云南民族民间文学的人民性》收尾。其中有讨论民间文学与宗教关系、民间文学中的帝王将相问题、无神论问题的文献，这些文献从一个侧面反映了民间文学研究在理论向度上的拓展。第三辑"各民族民间文学综合研究"是各民族民间文学的综合介绍和概述，涉及20个民族的民间文学，这些文献反映了这一时期少数民族民间文学整理和研究在空间和民族分布上的基本情况。

《史诗、叙事诗卷》中的文献史料，呈现了这一时期少数民族三大史诗和叙事诗整理和研究的基本情况。从内容看，三大史诗的相关内容占据了半壁江山，其中关于《格萨（斯）尔》的内容最多，而且，藏族的《格萨尔》的搜集整理研究处于主体地位。搜集—整理—翻译—研究的学术理路十分清晰。

此外，彝族、傣族、纳西族、蒙古族、维吾尔族的史诗和叙事诗整理和研究情况，也在史料中得以呈现。

尽管少数民族史诗、叙事诗搜集整理和研究呈现出极不平衡的特征，但中国少数民族史诗、叙事诗的基本图谱已经较为清晰地呈现在人们面前。

《神话、传说、歌谣、艺人卷》呈现了这一时期少数民族神话、传说、歌谣、艺人研究的基本情况。尽管神话传说并未细分，且仅涉及傣族、白族、纳西族、彝族等民族，但神话类型却涉及始祖神话、洪水神话、战争神话等多个类型，尤其是白族龙的神话、傣族黄帝和蚩尤的神话已经涉及少数民族神话的传播、影响，指向了各民族共祖神话的某些特征，而傣族神话与古代家庭关系的研究更有理论深度。因此，虽然这一时期少数民族神话研究的文献不多，但学术价值和文化价值不菲，不仅为少数民族神话学的建立奠定了较好的基础，也标志着神话在少数民族民间文学学术体系中作为一个独立的分支学科已经初见端倪。

在"故事"类史料中，已有史料仅涉及藏族、维吾尔族、蒙古族、苗族等民族，显然并未展示出中国各民族故事丰富多彩的特征。

"歌谣、谚语"一辑的文献数量和涉及民族较多，研究角度和学术价值都值得重视。特别是《浙江畲族人民歌唱太平军攻克云和的山歌稿本介绍》《读译成汉文的蒙古族民歌》《独特的诗歌艺术形式——纳西族文学的民族特色研究》从发现、翻译、研究三个向度上，展示了少数民族民间文学搜集—整理—研究的完整路径，这为今天中华优秀传统文化"创造性转化与创新性发展"提供了可资借鉴的史料。

"歌手、艺人"一辑，涉及云南歌手比赛，傣族的赞哈、埃章和蒙古族民间歌手琶杰、毛依罕、哈扎布等。这些文献资料不仅印证了这一时期歌手在民间文学中的地位受到重视，也为后来的歌手（艺人）研究奠定了基础。

这一时期少数民族民间文学史料整理虽然取得了重大收获，但是我们也不难发现一些问题，如史料的类型和形态较为单一，史料佚失情况较为严重等。

史料的发现，永远在路上，我们期待更多的史料从历史的烟云中浮现出来，让历史真实的面貌更加清晰生动地呈现在我们面前。

第一辑

神话、传说

本辑概述

　　本辑收录了马学良、郑绍堃、朱宜初、宋恩常和李之惠撰写的五篇少数民族神话研究论文。这些论文分别发表在《历史教学》《文学评论》《云南日报》《思想战线》《中央民族学院学报》上，涉及云南少数民族神话综论以及彝族、白族、傣族三个民族的神话研究。马学良先生的《彝族的祖先神话和历史纪载》是中华人民共和国成立后较早的少数民族神话研究成果。郑绍堃在对白族龙神话的探讨中认为，白族龙神话是和白族的图腾崇拜——龙的信仰紧密结合的，白族龙文化受到了汉族龙文化的深刻影响，从一个侧面反映了白族与汉族在文化上的交往、交流、交融。朱宜初对傣族神话传说中黄帝和蚩尤的探讨尤其值得关注。作者从流传到傣族地区的黄帝和蚩尤神话的变异及傣族本土化创造等方面，揭示了汉、傣两族文化交流悠久的历史。

　　不过，从少数民族神话研究的整体高度看，这五篇文献论及的都是西南少数民族神话，关于其他区域少数民族神话的研究文献目前尚未见到，这也反映了1949—1979年间少数民族神话研究十分薄弱，区域性特点鲜明。

彝族的祖先神话和历史纪载

马学良

史料解读

史料原载于《历史教学》1951 年第 10 期。该文是新中国成立后第一篇研究和讨论彝族祖先神话传说与彝族历史记载关系的论文。文中,马学良先生对田野调查时搜集到的彝族祖先神话传说进行了分析,揭示了彝族祖先崇拜的来源。特别是在对"三兄弟"传说进行分析时指出,彝族三兄弟的传说随各地邻近的民族而定,如"有些彝区与苗族、摆彝族邻近,就以苗族摆彝为弟兄,甚至因邻近的民族较多有增至六兄弟的,这一点是随地而异的",从而揭示了西南各民族彼此交融的关系。今日彝族依然在村后幽静的山林中建供祖堂,供奉天、地、仙翁、祖人以及祖人之妻五位神灵。关于彝祖渎阿普与仙女婚配情形的神话,各地区的表述各不相同。在彝文经典中,"撮侏渎世代,娶妻南浴女"的表述与口传神话可以互相印证。

原文

关于彝族的历史,过去有些学者,根据中国古籍的零星记载,也作过一些考据文章,我不想在这里重述。现在只想把有关历史性的神话传说,和彝族自己记载的一点史料,介绍在下面,作为考证彝族历史的一点新材料。我们先看看彝族的祖先神话,就可了解他们所传说的祖先根源。

在上古的时候,有兄弟三人、务农为业,虽然他们是一母所生,但性情各不相同,大哥生性暴厉,喜欢争斗;二哥较乃兄和善,但有一坏脾气,常喜说人的坏话。至于三弟渎阿普呢？谁都喜欢他,不但生得比乃兄清秀,且待人和气,所以是他父母最疼爱的一个儿子。

有一天,他们的父母突然想起了一件心事,把他们叫到面前,吩咐道:"儿呀！你们的年纪也不小了,要想法谋生,从明天起,你们去开垦山后的那片农地,作为你们将来的产业,谁肯劳动,就可以得到圆满的结果。"三子听了,非常欢喜,于是只盼望着明天到临。翌日黎明,弟兄三人已经起床了,各人背着锄头,带着干粮,很高兴的往山野里去垦田,当他们穿过小山,就发现一片荒原,他们就挥动着手中的锄头,努力往地下垦,虽然在强烈的日光下,满头流着汗珠,这样不停的垦着,直到黄昏方回家去。

第二天,他们还是那样早的去垦荒,不料昨天所垦的田又复原了,老大老二气愤的骂着,老三却不顾的继续努力,今天他们犁的更起劲了,仿佛要在土中垦出什么怪物似的,到了黄昏才回家去。这样接连三天,都是现垦现复,这使他们大为惊奇,好奇心打动了三兄弟,于是就商量怎样去发现这个秘密。

第四天的早晨,他们仍照前一样,到了那里,并不动工,只呆望着天空,等候着夜的来临,但是这一日又仿佛特别的长,始终看不见太阳落山与月亮的光临,他们因为几天的劳累,伏在土堆上,便呼呼的入梦了。

当他们睡的很甜的时候,却来了一阵风,于是他们的好梦也就醒了,他们醒后,只见一钩新月高悬在碧空,几棵老树在清幽的月光下,枝叶可分。"大哥,你看,一个白发老人在翻平我们的土地呢！原来是他,与我们作对。"老二忽然发现了月光下一个白发老人拿着拐杖在翻弄土地,于是狂呼着,喊他的哥哥。"这死老头儿,让我去打他！"老大喊着,就飞奔过去,要打老头儿。老二怒骂着,这老头儿似乎没听见,仍然很安静的翻动着,老三急忙拦住,跪近老人的身旁,很温柔的问道:"老人家,你为什么要这样作？要知道我们已经白白的辛苦了三天了。"老人微微一笑,看了看老三,然后拍着他的肩膀:"好孩子,为了你,我不愿意隐瞒,老实告诉你,以后你们再不要垦荒了吧！因为不久要天翻地覆洪水滔天了。"老人说完了这几句话，回身要走，三弟兄恍然大悟，惊慌得马上跪在地下拉着老人的衣袖哀求："仙人救命！"老人慈祥地扶起他们，笑了一笑，然后慢慢地说道："孩子们，不要怕，我是特意来救你们的！你们听我的话，就可保全性命了，你们今夜回去，每人做一只木桶，不过各人的做法不同，老大要用斧斫，用凿子塞底；老二用凿子凿，锥子来塞，至于老三你一定要用针来穿，凿子来塞，这样做好了后，各人就躲进木桶中，要等二十一天才可出来，并且还要把鸡蛋放在腋下，待到小鸡叫时，然后出来，才可无患。"老人说完，忽的一阵清风就不见了。

三弟兄听了老人的话，跑回家去，连忙赶着作木桶，不到天明，居然给他们完成了，于是三人就很快的躲进了木桶，静静地等待着这可怕的一天到来。

果然有一天洪水泛滥，山崩地裂，狂风大雨，鸟飞兽吼，所有的人都被淹没了。只有躲在木桶中的老三幸免，他的两个哥哥，因为曾经得罪了老人，并且老人也知道他们俩是坏人，所以虽然躲在木桶里，也终于淹死了。

老三的木桶，在水面上很平稳的漂流着，也不知过了几天，在一个岩石上拦住了。在木桶中晕了过去的老三，直到腋下的鸡蛋孵出雏鸡在叫时才惊醒过来，当他伸出头来探望时，才发觉自己是在岩石中间，这可使他着急了：因为既不能上，又不能下，眼看着自己将要饿死，他急得哭起来了。

他这一哭，却惊动了老树上的一只老鸢，它正拥着它的害眼病的小鸢在睡觉，哭声惊醒了小鸢，眼更疼得厉害了。老鸢梦见白发老人，告诉它在这树下的岩石上，有一只木桶，假若把木桶蹬下岩去，它的小鸢的眼睛，就不会再疼了。老鸢想起了刚才的梦话，连忙飞出了窝，往岩下一看，果然一只木桶，直立在岩石中间，它气愤了，一脚将木桶蹬了下去。

木桶滚下了岩石，将要靠近岩脚的时候，却被一丛刺竹和丛生的竹节草挂住了，这时哭晕了过去的老三，被这意外的惊扰吓醒了，他钻出木桶看时，自己的木桶已离开了陡峭的岩石，在丛竹的包围中了；他在惊慌失措中，发现了岩下有一条羊肠小路，急忙离开了木桶，一手拨开山竹，奋勇的冲过了岩石，荆棘刺破了他的手，树枝磕伤了他的头，他不顾一切地兴奋地前进，终于被他找到了一条生路。

他仿佛是一只迷途的羔羊，只沿着小路，默默地向前走着，走至一条三叉路，就呆着了，眼看着天快要黑了，肚子又饿，心里又急，正在彷徨无主的当儿，忽然听到有人在后面叫他，回头看时，他惊喜异常，原来他的救命恩人（白发老人）出现在他的面前了，并且在老人的后面，还有一个美丽的女郎，穿着极洁净的衣服，老人得意的说着："好孩子，这是你的妻子，快过你们的快乐生活吧！"说完就腾空而去。

一对小夫妻，在一所简陋的茅屋中，就住了下来，因为他的命是竹子救的，于是他就认为这竹子是救他的神仙，连忙把竹子挖回来，用绵羊的毛包着，再以红丝绵线扎好，然后装在一个竹箩□①中，供奉起来，所以直至今日彝族都信之为祖先灵魂的寄托，这是他们最虔敬的神。

彝族的三兄弟

那一对夫妇过了几年，他们已经是有了三个孩子的父母，当然非常欢喜；但所不幸的是他们的孩子长了很大，始终不会说一句话，夫妻俩着急的很，后来老三在梦中看见那个白发老人，告诉他在山后有一种黄色爆涨草，点着了火，可以使孩子们说话。当他醒后，很觉奇怪，但神人托梦，又不可不信，于是他就到山上去采爆涨草，回家后把火点着，突然"乒乓"的一声，惊动了孩子们："阿尾、阿母！"最大的孩子，吓得喊了起来；"阿爸、阿买（阿妈）！"第二个也接着喊了起来；"爸爸、妈妈！"最小的也在喊着。在三个孩子的口中，喊出不同的口音，当然这时的老三夫妻很是快活，因为他们觉得三子的喊法最美丽，于是就疼爱三子，长子就是乾彝的祖先（他们自称果普是长的意思），二子为黑彝的祖先（他们自称是苏普是中的意思），三子是汉人的祖先，因为父母最疼爱三子，所以得到很好的发展，也就是今日汉族发达的原因。

这个神话，几乎在各彝区中都流行着，虽然经过各地添枝添叶的有些变化，但大体是相似的；关于后一节彝族三弟兄的传说，则随各地所邻近的民族而定，

---

① 编者注：原文中难以辨认的字用"□"表示，后同。

如有些彝区与苗族、摆彝族①邻近,就以苗族摆彝为弟兄,甚至因邻近的民族较多有增至六兄弟的,这一点是随地而异的。

今白彝全族尚于村后幽静的山林中,建一供祖堂,形如各村所建之土地庙,神堂后位于山岩,其中供奉五位神,依次排列。将神位插入堂内之瓦缝中,第一位为天,第二位为地,第三位为神仙(即神话中之仙翁),第四位即被难脱险之祖人,第五位即先祖之妻。这五位神,惟有祖神以青浆栎、松树等坚硬耐久之木材制作。其法:截木一段,二寸左右,木之两端,削成圆锥形,中部圆而粗大,刳之使光,横分为二片,在中心凿以圆空,中放一红色珠子,这是由深山中捡择来的天然明珠,再将两片合拢,以胶水黏住,两端扎以红丝线,防胶水脱落裂开之用,然后用竹子编成一个精致的竹箩,作圆柱形,高五寸,内容与木桶大小恰合,将木桶装进,再将竹箩封盖,此祖神即告成功。据宣威彝民说:象征其祖宗飘流时之状况,木桶中之红明珠,代表其祖坐于中间之意;竹箩是表示祖宗当初坠岩时幸为竹丛所阻,得免于难,故至今仍以竹保护木桶;其当中之缝,以示透空气与阳光之处。其余四神,以竹筒制作,长四寸左右,一端削尖,中贮竹节草一根,草上以红白色丝线缠绵羊毛少许,表示古人衣兽皮之意,并放入米粒十数颗,表示民生的主要食品;惟祖神之妻,以红绿线缠之,以示男女有别。用竹的意思,是表示当祖先蒙难时,承天地神仙之惠,得竹节草与刺竹之保护,一则纪念救护祖先之恩,一则表示为与祖先同时之植物。

彝民特别虔敬这五位神,每逢节日,必往祭祀,神堂周围二丈以内不得牲畜践踏,违者大忌,且于十年或八年,必换祖一次,此为彝人之大典,即将此五位神另代以新制之神位,而族中于此期间逝去之祖妣,亦于此时另换神主;在换之时,要用一只雏鸡(孵出五六日者为宜)的血滴于新换的祖牌上,这就是神话中祖先蒙难时,幸有鸡鸣,祖先才睁开眼睛,重见世界,不然或即饿死,故今日滴血,为使每个祖人得张目见世。

神堂的位置是固定的,不能任意迁移,神堂最好的位置,是建于堂后为陡

---

① 　编者注:文中的"摆彝族"即现在的"傣族"。

岩，前为平原，岩下满种刺竹，盖纪念其祖先之蒙难处，神堂附近树木，不得砍伐，违者受全族惩罚，并且传说，如砍伐此树，则全家得灾，所以神堂附近，老树参天，风景清幽，为夏日乘凉胜地。

在各地神话中，传说彝祖渎阿普与仙女婚配情形，各有不同，如寻甸彝区传说，当渎阿普在洪水退后，顿感寂寞无伴，后经白发仙人指示，在某一河塘中有仙女下凡沐浴，嘱他将仙女的衣服藏起，那仙女就不能回返天宫，一定可以同他婚配。又在禄劝武定一带彝区，传说白发仙人指示渎阿普作一转秋，引诱天上仙女下凡打转秋，这时乘机就可娶仙女为妻，所以现在有些彝区，每逢年节，尚有设转秋供青年男女游玩谈情，也是根据这个神话来的。

我们再从彝族自己纪载的文字史料中，更可找出彝族有系统的祖先来源。如丁文江所编《爨文丛刻》，是彝族自己用彝文纪载的经典历史，由贵州大定彝族学者罗文笔翻译成汉文，其中一段帝王世纪和人类历史，对于彝族世系，纪载颇详，节录如下：

天与地之间，世界成立，始祖希母遮。希母遮乃一，遮道公乃二，公竹诗乃三，诗亚立乃四，立亚明乃五，明长央乃六，长央作乃七，作阿切乃八，切亚宗乃九，宗亚仪乃十，仪亚祭十一，祭迫能十二，迫能道十三，道母仪十四，母仪尺十五，尺亚索十六，亚索得十七，得说所十八，说所多十九，多必益二十，必益堵二一，堵说仙二二，说仙佗二三，佗阿大二四，大阿武二五，阿武懦二六，懦侏渎二七，渎侏武二八，武老撮二九，撮侏渎三十，……渎母逆上推，造有三十代，祭司密阿典，到了才兴起，……武老撮之子，撮侏渎是矣，撮侏渎世代，娶妻南浴女，南浴女东是，南浴女有娠，生子渎母吾。

按谱中所载之"撮侏渎"，即上述洪水神话中之始祖渎阿普，因彝语"阿普"意为祖公，盖彝人讳称其祖之全名，而呼以祖公渎。由这段谱系，我们得知数事如下：

1.自人类始祖希母遮至撮侏渎共三十代。

2.撮侏渎的父亲是武老撮。

3.撮侏渎的妻子是南浴女。

4.撮侏渎的儿子是渎母吾。

《爨文丛刻》译者罗文笔,于此段纪载前面序云:"此书原因,起于世界成立之初,从人类始祖希母遮之时,直至撮侏渎之世,共有三十代人,此间并无文字,不过以口授受而已,流于二十九代,武老撮之时,承蒙上帝差下一祭司密阿叠者,他来兴奠祭,造文字,立典章,设律科,文化初开,礼仪始备,但其间当有《洪水略解》,余无此书,不能备载。"

所以罗氏也知道有洪水故事,因为他无《洪水略解》此书,没能纪载此段历史;我在武定彝区中,曾见有《洪水经》一书,惜未及译出,深以为憾! 幸有民间洪水传说,可以看出一点线索,罗氏所译谱系中,"撮侏渎世代,娶妻南浴女",盖即民间传说中所述之承白发仙人指示,娶下凡沐浴的仙女娶妻之说,由这段史料,可知民间传说的神话故事,是信而有征的。

一九五一、七、九、于北京

试论白族龙的神话的产生及发展

郑绍堃

史料解读

　　史料原载于《文学评论》1959 年第 6 期，为第一篇系统介绍、分析白族龙
神话的论文。1958 年中国作家协会昆明分会[①]共组织了七个调查队，深入
白、纳西、傣、彝、苗、壮等少数民族群众聚居区进行普查，发掘出不少古老的
神话传说和各种形式的民间文学作品。其中以白族的神话传说最为丰富，
不仅数量多，而且思想性、艺术性俱佳，其中的龙神话引起区内外学者的重
视。众所周知，龙一直被认为是汉族的图腾。但是，在白族，龙的神话更为
突出，它是和白族的图腾崇拜——龙的信仰紧密结合的。白族的龙图腾崇
拜来源于羌族的迁徙：坝区、河流、湖泊附近的白族民众接受了羌族带来的
龙图腾，并把龙与当地的水相联系，形成了新的原始信仰。白族龙神话最早
产生于氏族社会时期，这时的龙神话不带有任何阶级色彩，只是人们与自然
斗争、部落与部落之间斗争的反映，如《大黑龙与小黄龙》。这时期的龙神话
情节简单，描写粗犷，龙的形象巨大而凶悍，人的形象则是渺小的。进入阶
级社会后，社会主要矛盾是奴隶与奴隶主之间的矛盾；大理国以后，阶级矛
盾则转化为地主与农民之间的矛盾。在此期间，许多新的龙神话产生了。
一是反映与自然斗争的龙神话，如《雕龙记》，故事中的人利用自然的力量逐

---

① 　编者注：中国作家协会昆明分会于 1979 年更名为云南省作家协会。

渐增强。二是反映阶级斗争的龙神话,如《土官与恶龙》里刻画的恶龙其实是影射当时助纣为虐的土豪劣绅。三是反映爱情生活的龙神话。这类作品在龙神话里占很大比重,如《打渔郎》,通过爱情的纠葛来暴露社会生活中的不合理现象。分析这类作品,不难看出龙神话发展的另一脉络:龙神话逐渐具有现实性,逐渐朝民间故事过渡。四是反映劳动生产的龙神话。龙神话在民间发展过程中和统治阶级所杜撰的龙神话进行着不断斗争,并逐渐趋于人民性和现实性,由神权世界进入人权世界。这不能不说是龙神话一个极大的进步。

原文

我国是一个多民族的国家。每个民族都有自己极丰富的民间文学。单就神话而论,几乎遍及全国各地。可惜因年代久远和历代反动统治者的鄙视和摧残,使得古代许多优美的神话传说没有完全流传下来。就以多民族的云南省来说,就有许多神话没有流传下来。中共云南省委为了了解这个地区的神话传说,于去年和作协昆明分会共同组织了七个调查队,深入到白、纳西、傣、彝、苗、僮①等兄弟民族地区进行普查,结果发掘出不少的古老的神话传说和各种形式的民间文学作品。其中以白族的神话传说为最丰富。它不仅数量多,而且就其思想性、艺术性来看,也是很值得重视的。有些神话传说如《太阳神话》、《英雄神话》、《狩猎者之神话》等等,似乎都可以和希腊神话比美。马克思说:"希腊神话不仅是希腊艺术的宝库,而且是希腊艺术的土壤。"这句话对我们来说同样是有意义的。光辉灿烂的白族神话传说正是中国艺术宝库和中国艺术土壤中不可分割的有机组成部分。

白族是个善歌善舞的勤劳勇敢的民族,他们聚居在山水秀丽、出产丰富的

---

① 编者注:"僮族"为壮族的旧称,1965 年 10 月 12 日,改"僮族"为"壮族"。本文因发表年代关系,沿用旧称。后文同。

洱海区域。历来人们都称这一带地区为"诗歌的王国"和"故事的圣地"。这里的人民（白族人民）个个是歌手，人人会讲古本（指古老的神话传说和民间故事）。白族人民经常这样自豪地唱道："我的山歌实在多，好似牛毛千万篓；正月唱到端阳节，只唱完支牛耳朵。"他们的神话、故事，"讲三天三夜也讲不完"，可见白族文学是多么丰富。

白族的民歌固然丰富，但神话传说也并不逊色，除民歌之外，神话传说也深为广大白族人民所喜爱，尤其是龙的神话传说，则更为白族人民所乐于传诵。由于龙的神话传说能够真实地反映白族人民各个历史时期的生活、愿望和理想，所以它在白族文学史中占了极其重要的地位。

无论那个民族的神话都或多或少地与该民族的原始宗教信仰有关。白族神话当然也不例外，其中尤以龙的神话更为突出，它是和白族的图腾崇拜——龙的信仰紧密结合着的，因此要想了解龙的神话的产生，必须首先了解龙的图腾崇拜的来源。

白族远古时代的原始信仰是很复杂的、多种的，这可从现在洱沅西山、剑川东山等高寒山区的白族人民的原始信仰看得出来。这一带地区的白族人民直到现在还崇拜石箭、石宝、石岩、巨石、支锅石等等。关于以龙为原始的崇拜物到现在还没有发现任何痕迹，但是凡住在坝区、河流、湖泊附近的白族人民则绝大多数都崇拜龙；到处都修建有龙王庙，并且香火很盛。这种现象应如何理解呢？为什么同一民族的人们的原始信仰会有这么大的区别呢？要知道龙的崇拜最早起于夏民族。以后由于社会的不断发展，民族的大迁徙以及各民族之间的互相交往，很可能使某一民族的原始崇拜带到另一民族中去，而成为另一民族的原始信仰。大约在秦汉之际，夏民族的一支系羌族的一部分，自西北经川北及西康逐渐迁徙于现在的西昌（今保山）一带，他们带来的西北色彩非常浓厚。至三国时代，西昌一带的居民都以龙为图腾。这是因为古代洱海、剑湖、碧湖、海西海等区域经常处于洪水威胁之中。而龙本是水族中最巨大、最凶猛的动物，因此，当羌族把龙的信仰带过来之后，白族人民便很自然地把龙和水患联系起来，成为白族的新的原始信仰。但是，居住在高寒山区的白族人民由于山高地险，交通不便，因此很少和外地交往。即使有交往，龙也很难和他们生活中的事物发生联系，因而从古及今他们的原始信仰还一成未变的保留着，这便是白族的龙的图腾崇拜的来源。

在原始崇拜未改变以前，白族的神话传说中并没有龙的神话传说出现，随着图腾信仰的转变，文学也发生了变化，在神话传说的领域内才出现了龙的神话传说。因为古代洱海区域的白族人民的生产水平不高，他们虽则集体劳动，但所获得的生产品却很有限，他们经常处于半饥饿状态中。更为严重的是自然界对他们的威胁。大理一带在古时水患频仍，洪水不仅淹没了他们的田庄，冲走了他们的财产，而且还夺去了许多人的生命。因此白族人民不得不震惊于自然力量的强大，但由于生产水平及社会历史的局限，他们对汹涌澎湃的洪水不能给予科学地解释，凭自己的力量又不能征服它，往往沦为大自然界的奴隶，受自然力的支配。白族人民并不甘心长期的受自然力的统治，为了自身的生存，在人力所不及的情况下，就幻想一种超人的力量来和自然界对抗。龙就是他们认为能够和自然界对抗的神物，白族人民便把自己的愿望同理想寄托在为民除害的好龙身上，希望通过它来战胜自然，征服自然，减轻自己的灾难和改善自己的生活。正如高尔基说的："古代劳动者们渴望减轻自己的劳动，提高它的效果，防御四脚和两脚的敌人，以及用语言的力量、即用'诅咒'和'咒语'的手段来影响自发的害人的自然现象。"①龙的神话便是在这样的社会条件和自然条件下产生的。

龙的神话最早是产生于氏族社会里。那时人与人之间是平等的，和睦共处的，一切财富都是集体所有，无所谓贫富之分，更没有阶级压迫和剥削。虽然如此，但是仍然存在尖锐的斗争，这便是人和自然界的斗争，部落与部落之间的斗争。这也是他们生活中最主要的两个方面。文学是上层建筑，是现实生活在人们头脑中的形象的反映，因而这时期的社会现实必然会在龙的神话里得到反映。由于氏族社会没有阶级的对立，所以这时的龙的神话也就不会带有任何的

---

① 《苏联民间文学论文集》(作家出版社)第九十三页。

阶级色彩，它只是人们与自然斗争、部落与部落之间的斗争的反映。

《大黑龙与小黄龙》是一篇较早期的反映白族人民和洪水斗争的神话。里面没有阶级的对立，仅反映出人和自然界的尖锐矛盾。作品里刻划了两个主要的形象：一是兴风作浪，淹没田庄，吞食人畜的大黑龙，它是自然力（洪水）的化身，是具有强大破坏力的代表；一是勇敢机智为民除害的小黄龙，它是人民企图战胜洪水，征服自然力的理想的化身，是和大黑龙针锋相对的代表，更是古代白族人民英勇顽强的意志的集中反映。白族人民由于深受洪水的灾害，一心一意想征服它，于是把自己的智慧和勇敢都赋予了小黄龙，而把一切不利的条件和愚蠢全集中在大黑龙身上，即使大黑龙如何凶悍而小黄龙却有足够的力量来战胜它。白族人民并不是因赋予了小黄龙一切有利条件就让它去孤军作战，而是在集体力量的支援下，才把盘踞在洱海的大黑龙赶走。人民的理想在作品里终于获得了彻底的胜利。

这是一篇神话色彩异常浓厚的作品。通过正与反两个形象的尖锐斗争表现了原始人的天真幼稚的浪漫主义的丰富想象。另方面也极深刻地反映了氏族社会的生活及原始人的精神面貌。

关于这篇作品有人认为是反映部落与部落之间的战争，大黑龙是代表一个民族，小黄龙代表白族。这种看法是牵强附会的，因为要说大黑龙代表某一民族是没有什么根据的。

这时期的龙的神话有一共同的特点：故事情节简单，描写粗犷，龙的形象巨大而凶悍，人的形象是渺小的、软弱无力的。作品里的想象是很丰富的，但也很原始。表面上看来好像是虚无飘渺，不可捉摸，但它"并非一种抽象的概念，一种幻想的存在，而是一种武装着某种劳动工具的完全现实的人物"（高尔基）。因此，我们不能把这阶段的龙的神话错误地理解为当初人们对自然界的消极的反抗。由于"许多神话对于世界往往采取积极的态度，往往富于人民性；而迷信则总是消极的，往往反映统治阶级的利益。这种区别最突出地表现在对待命运的态度上面。神话往往表现人们不肯屈服于命运，并在幻想形式中征服命运。相反地，迷信则恰恰是宣传宿命论，宣传因果报应，让人们相信一切都由命定，只好在命运面前低头。……因此,神话往往是鼓励人努力摆脱自己所处的奴隶的地位而追求一种真正的人的生活,迷信则是使人心甘情愿地安于做奴隶,并把奴隶的锁链加以美化。"(周扬:《改革和发展民族戏曲艺术》)

随着物质生产力的发展,原始公社制度起了本质的变化,到了奴隶社会,人类进入了新的悠长的时代——阶级对抗的时代。白族从原始公社进入阶级社会的时期比汉族要迟一些。据白族古代一些史料记载以及解放前后出土的文物看来,当汉族早已进入奴隶社会时代而白族还处于氏族社会阶段。白族进入阶级社会大约在秦汉之际。到南诏国时期,奴隶社会已经逐渐向封建社会过渡。因为从南诏国的生产力和生产关系看来,南诏国的社会里已经孕育了封建制度的因素:农业生产已有很大程度的发展,许多奴隶有了自己的私有财产(包括土地在内)。到大理国时,白族社会开始进入封建社会,但奴隶制的残余却仍有保留,奴隶还大批的存在。

南诏国统治时期社会上主要矛盾是奴隶与奴隶主之间的矛盾。大理国以后,阶级矛盾则转化为地主与农民之间的矛盾,后者一直延续到解放前夕。在这漫长的阶级对抗的社会里,白族人民(包括奴隶、农民、手工业工人)受着极其残酷的阶级压迫与剥削,过着吃不饱、穿不暖的异常惨痛的生活。这在《神笛》、《杀州官》、《农民告状》等许多民间故事里都有深刻的反映。尤其到了元、明、清,社会更加黑暗和动荡,官府的苛捐杂税更加繁重,地主的地租像一块大石头般的压在农民头上,弄得民穷财尽,妻离子散,许多男人远走他乡谋求衣食,剑川的木匠多,便是最好的证明。除了残酷的阶级压迫外,自然灾害(如洪水、旱灾)仍然严重地威胁着他们。白族人民真是处于水深火热之中。但勇敢的白族人民并没有被吓倒,他们和阶级敌人,自然灾害进行着长期的斗争,从未停止过。由于阶级的压迫与剥削超过了其它一切的灾难,因此阶级斗争也就起着主导的地位,贯串在整个阶级社会的历史发展过程中。白族人民几千年来先后起来和土官、地主、县官、以及国民党匪军进行英勇的斗争,出现了许多次的农民起义(如杜文秀起义),直接震撼了白族地区的封建统治。文学是社会生活的真实反映,因此白族社会中的尖锐复杂的阶级矛盾必然会反映到白族的民间文学作品中来。

　　龙的神话传说从南诏国起到解放前夕止（七四八——一九四八），在这一千多年的阶级社会里面（主要是封建社会）产生了大量的新的龙的神话传说。尤其是元、明、清时代可算是龙的神话传说的鼎盛时期。龙的神话和其它文学作品一样是阶级斗争的工具，是为阶级斗争服务的，所以它能够反映这漫长的阶级对抗时代中的各个方面，揭示现实生活中的各种对抗性的矛盾和冲突。如农民与地主之间的矛盾，农民与自然界之间的矛盾，男女青年追求自由幸福的爱情生活与残酷的封建礼教统治之间的矛盾，民族与民族之间的矛盾，等等。但是贯串在白族整个阶级社会的历史发展过程中的起主导作用的还是农民与地主之间的矛盾，如扩大范围来说，则是统治阶级与被统治阶级的矛盾。但是也有例外的时候，如元朝时期元蒙统治者统治了中国之后，他们的势力逐渐伸向云南，在云南设立梁王，企图统治整个的云南全境，这时白族处于民族存亡的时候，民族矛盾就成为最主要的矛盾了，那时无论是最高的统治者（如段宝）、地主、商人、农民、手工业工人都团结一致抵御外族的侵略。阶级矛盾暂时缓和下来，统一在民族矛盾里面。即使这样，它并不是长久的，只是某一历史时期中才突出出来。起经常作用的还是阶级矛盾。所以在龙的神话传说中反映阶级矛盾和冲突的还是最主要的内容。这一大阶段中由于矛盾冲突异常复杂，因而产生的龙的神话传说也很多，反映的方面也很广，概括起来可分为以下几个主要方面：

一　反映与自然斗争的龙的神话

　　前面已经详细论述过，在氏族社会里龙的神话传说主要是反映人与自然斗争的主题，这当然是由于当时的自然条件和生产水平所决定的。但是为什么在这一时期里就会产生以自然斗争为主题的作品呢？我们知道，神话是"借助于想象以征服自然力"（马克思语），当人们还不能完全认识自然界的时候，神话是有其产生的基础的。白族社会的生产力虽然也是在不断地向前发展，但毕竟是很缓慢的，这是由于封建制度阻碍了生产力向前迅速的发展的缘故；另方面是从唐代到清代,大理一带仍然常遭水患。在人吃人的阶级对抗的时代里,要想兴修水利,防止水灾是根本不可能的。再加上文化水平的限制,人们还不能够科学地去解释自然,只好把征服自然的理想寄托在神物的身上,因而关于龙的神话便大量的产生。如《密息岩清水龙与混水龙》、《苍山九十九条龙》、《雕龙记》等都是这一阶段中产生的比较优秀的作品。

《雕龙记》是叙述一个游方的木匠,路过邓川□一村龙潭,他的小儿子不幸被龙潭里的母猪龙吃掉了,他悲痛万分,立志要杀死母猪龙,为儿子报仇。他经过千辛万苦和辛勤的劳动,凭借自己卓越的技巧,雕刻了一条小白龙。他懂得一些法术,使木龙变成了一条赫赫威灵的神龙,在当地父老的全力支援下,终于赶走了母猪龙,并把它永镇于洱海底,为子报了仇,为民除了害。这篇作品乍看起来和上一阶段的《大黑龙与小黄龙》一样都是通过神龙与恶龙之间的斗争来反映白族人民的意愿,但实质上是有很大区别的。《大黑龙与小黄龙》中的人是极其渺小的,在大自然的面前是软弱无力的,他们只起着协助者的作用,起决定性作用的还是为民造福的小黄龙。而《雕龙记》则不同,人对自然的力量逐渐加强了,他们不仅是单凭生来就是具有神性的为人造福的龙来对付自然灾害,而是通过人们劳动的双手制造出具有无上威力的龙来与自然界对抗,龙之具有神力并非天赋予的而是人给予的。人不再是协助者,而是战斗者,是指挥小白龙作战的劳动者。这里面虚幻的成分大大缩小了,它比《大黑龙与小黄龙》更接近现实,更体现了人对自然力量的加强。

在《密息岩清水龙与混水龙》里人的力量更大了,而龙的力量也越来越小,再不是人怕龙的威力而是龙怕人了。清水龙王为了逃避替人供水,变成小白鸡躲了起来,但无论逃到何方都逃不脱人的手掌。混水龙王也企图逃避人的追捕,但也没有逃脱,两条龙还是规规矩矩的替人供水。至于《苍山九十九条龙》里人的形象像一个顶天立地的巨人,龙的形象则小得可怜,仅仅是小泥鳅那么大,人变成了捉龙的能手,人的话好似法律一样。一个捉龙的农民捉了九十九条龙,把他们放到苍山顶上,临走时对他们说:"每年到五月十三,你们各自回家一转。"从此以后,每年五月中旬大理一带地区便普遍降雨。龙在这时再不是什么了不起的神物，而是人的奴隶。由《密息岩清水龙与混水龙》、《苍山九十九条龙》里可看出白族龙的神话发展的一个方面，即是龙的形象由具有无比威力的蝌蚪龙、大黑龙转变为形象渺小、在人的力量面前软弱无力的小白鸡、小泥鳅。这说明人有力量去征服自然，人逐渐成为主宰一切的主人。

二　反映阶级斗争的龙的神话

随着阶级矛盾日趋复杂，这在龙的神话传说里表现得很鲜明。白族人民牢固地掌握着这一锋利的阶级斗争的武器，用它来揭露官僚、地主对人民的残酷压榨；讽刺那些贪得无厌、利欲熏心的剥削者，抨击"苛政猛于虎"的暴政；同时还歌颂和统治阶级作斗争的人民英雄和反抗封建旧礼教的叛逆者。《高家土官的故事》里的《土官与恶龙》便是这方面有代表性的作品。

《土官与恶龙》虽是属于《高家土官的故事》这类作品的一部分，但它却具有独立性，神话色彩异常浓厚，因此把它单独提出来谈。高家土官是合庆的最高统治者，是该地区的土皇帝，他像一座大山一样压在合庆人民的身上，他无恶不作，并且还和西山上的一条恶龙勾结起来，极其残暴地统治着合庆地区，弄得合庆的白族人民家破人亡，流离失所。土官与恶龙的罪恶被上天知道了，才派天神斩掉恶龙，土官也因此失去得力的助手而死去，合庆人民才得以喘一口气。这篇作品很深刻地揭露了土官及其爪牙的罪恶，反映出了人民的惨痛生活及人民的理想和愿望。作品里刻划的恶龙其实是影射着当时助纣为虐的土豪劣绅，说明土官与土豪劣绅在对付劳动人民上都是一致的，他们都是劳动人民的敌人；另方面表现出白族人民对土官的咬牙切齿的痛恨，把土官和恶龙看成是一样的动物，他们都是毫无人性的东西。这篇作品的阶级界限很分明，对受苦受难的同胞表示了深切的同情，而对敌人则充满了仇恨。但值得注意的是这篇作品看不出劳动人民在斗争里的作用，仅把阶级仇恨寄托在"上天"这一虚幻的、不可捉摸的神的世界里去，企图想通过"上天"来解除自己的苦难，这里面具有一定程度上的宿命论的观点，好像自己的苦难只有"上天"才能解除，一切都是听天由命。估计这种思想是受了佛教的影响，但我们不能因此而否定了这篇作品的价值。因为它能够真实地揭露黑暗的社会现实，还是具有永远不灭的光辉。

《两头落空》与《土官与恶龙》又有所不同，它是通过男女之间的爱情生活来揭示现实，这篇作品把统治阶级的荒淫无耻的生活暴露无遗，同时也表现出了劳动人民具有无穷无尽的智慧和阶级敌人的愚昧无知。敌人在和劳动人民的斗争中，所得到的不但不是美女，就连自己的妻子、官职也落得一场空。

三 反映爱情生活的龙的神话

这类作品在龙的神话里占很大的比重，它不是单纯的描写男女之间的纯真的爱情生活，而是通过爱情的纠葛来暴露社会生活中的不合理的现象。因为在黑暗的社会里，如果作品里很露骨地反映黑暗的社会现实，描写人民对统治阶级的斗争，那样的作品是绝对禁止的，如被统治阶级知道便有杀头的危险。只有通过其它的情节来曲折地反映社会现实才得以广泛流传。像这样的作品举不胜举。最有代表性的要算《打渔郎》和《笛声吹动龙女的心》了。

《打渔郎》是描写龙王的公主和打渔郎的爱情。传说龙王的公主是个很美丽的姑娘，她爱上了早出晚归、勤劳、纯朴的打渔郎，她让自己被打渔郎的渔网捕着，打渔郎很喜欢这条金黄色的金鱼，养在水缸里，每天他打鱼回家便见桌上放满了菜饭，天天如此，后来才发现从水缸里出来一个姑娘替他做饭，他们终于成了夫妻，过着甜蜜幸福的生活。不幸龙女的美貌被县官知道了，他想霸占龙女，千方百计想陷害打渔郎，但是，龙女凭借她的智慧和勇敢终于战胜了县官，县官得到的不是龙女而是死亡。这篇作品无论从思想性艺术性来看都超过了《土官与恶龙》。它富有强烈的斗争性，显示出了人民的力量和智慧，告诉了人们：幸福不是乞求能得到的，要想获得幸福，必得和统治阶级作斗争。

《笛声吹动龙女的心》是一篇揭露深刻、描写细腻的优秀作品，除在民间广泛流传外，《合庆州志》上也有记载："昔有牧羊者于桃树河之西，忽见龙女出迎之。牧羊者驱羊随之入，羊悉化为鱼，因号羊龙潭。"这里只是极其简略地记下了羊龙潭的得名，详尽的故事情节则没有，这可能是因为作品中的强烈的反封建气息，被封建文人有意删去的缘故。所以没有民间流传的那么生动优美和具有极深刻的思想意义。

作品里描写了一个牧童和一个龙女。牧童每天都到龙潭边的草坪上牧羊，而且吹得一手好笛子。龙女住在龙宫里，她才貌出众，举世无双，她厌恶那冷清清的牢笼般的宫庭生活，她想自由自在的飞翔于海阔天空中，但被龙宫里的残酷的封建礼教的枷锁束缚着，得不到温暖与自由，她内心里充满了孤独和痛苦，每天她都被人间飘来的笛声所激动着。每当笛声传来，更增加了她的内心痛苦，更使她向往人间的生活。经过激烈的思想斗争后，她冲破了封建礼教的枷锁，逃出龙宫和牧童见面，而且恋爱起来。不久，事情被龙王知道了，把龙女囚在龙宫，不准她和牧童见面，牧童为了救出龙女，赶着羊群跳入龙潭，他变成了鲤鱼仍和龙王进行着斗争。

这篇作品刻划了一个封建叛逆者的形象，龙女的行动正代表了千百万在旧礼教束缚下的妇女追求自由、幸福的理想和愿望。龙女对封建礼教的鄙视，对自由幸福的追求，实质上是对封建礼教的宣战书。所以作品具有很深刻的反封建意义。至于作品里所描写的龙宫、龙王应该理解为是封建社会的统治者，白族人民只是借龙宫、龙王来揭露封建礼教对青年男女的迫害，来猛烈地抨击黑暗的社会现实。另方面则歌颂了龙女和牧童的纯贞爱情和他们反封建反礼教而进行的斗争。这部作品在民间之所以为广大白族人民世代传诵，之所以深深地打动着青年男女的心弦，其原因也就在此。

通过以上两篇作品的分析，则不难看出龙的神话发展的另一方面。上古的龙在神话传说里完全是充满神性的动物，它们只是风里来雨里去，变化万端，凶恶残暴。即使是为民喜爱的好龙，也只是它不凶恶残暴或多或少地替人做些有益的事而已，但它们都不懂得人间的生活，与人间的距离都异常遥远。到了元、明、清时，龙则逐渐具有人性，它们懂得人间生活，也经历着人间的一切痛苦和欢乐。龙宫里有阶级压迫和剥削，有完整的封建制度，它们和人一样进行着阶级斗争，追求爱情的自由和幸福。有时龙宫和人间根本没有什么距离了，人可以和龙宫里的龙联合起来和龙王进行斗争，争取自由和幸福，龙也有到地面上来和人参加一些地面上的阶级斗争。总的说来，龙的神话是逐渐具有现实性，逐渐朝民间故事过渡。

四 反映劳动生产的龙的神话

这类神话作品也不少，最具有代表性的莫过于《独脚龙王》这一篇了。《独脚龙王》是歌颂一个在天旱年间为了放出洱海水去救宾川一带的庄稼而牺牲在海里的水手。由于他的一只脚被激流冲断了，人们为了纪念他，封他为"独脚龙王"，并列入本主神中去，年年供奉。

在这类作品里，可看出龙的神话中的龙的形象起了根本的变化，这里面的龙已不是生来就是龙，不是来自龙宫里的龙，而是白族人民对那些在水利方面有功的英雄人物的光荣称号。龙和人根本没有任何的区别，龙即是人，人也可被封为龙，所不同者人民设位年年供奉而已。

龙的神话在清代以后日趋衰落，新的龙的神话传说产生得很少，但是值得重视的是在解放前夕却产生了为数不多的富有革命气息的龙的神话。这种神话与过去的龙的神话没有任何相同之处，可称为新型的龙的神话。如《青龙保驾》便是最好的例子。传说在红军离开合庆以后，蒋匪军和地主恶霸又卷土重来，更加残酷地压迫剥削白族人民。白族人民对蒋匪军的烧杀奸淫充满了无比的仇恨。另一方面更加深了对红军的思念，人民日夜盼望着红军的早日回来。白族人民知道无论是蒋匪军也好，地主恶霸也好，他们已被红军吓破了胆，只有红军才会给他们带来幸福。在这样的思想基础上，白族人民创造了象征着红军的青龙，用它来吓跑了盘踞在那一带的蒋匪军。这作品还告诉了广大的人民：谁是人民的军队，谁是反人民的军队。由于白族人民对蒋匪军的仇恨之深，也就衬托出了对红军的喜爱之重，这样更加激起了他们起来参加革命斗争的激情。

通过以上四个方面的论述，我们已经看出龙的神话从远古到解放前夕的发展线索。但在这发展过程中不是没有斗争的，不是一帆风顺的，而是和统治阶级所杜撰的龙的神话进行着不断的斗争。统治阶级为了维护他们的统治也杜撰出一些统治者的龙的故事,如杨干贞的故事里说:"其父捕鱼,贞立船头,见水中有人龙衣冠冕,左右有凤凰白光拥护。"(见《南诏野史》)统治阶级杜撰这些奇闻,目的在于麻痹劳动人民的斗争意志,缓和劳动人民与统治阶级之间的尖锐矛盾,便于他们更残酷地剥削和压迫人民,便于巩固他们的统治地位。而劳动人民创造的龙的神话则揭露统治阶级的罪恶,唤起白族人民去和统治阶级斗争。由此则不难看出龙的神话在发展过程中的斗争来了。

解放以后在党的领导下,工农业生产一日千里地向前发展,人民的物质文化生活也不断地得到改善,特别是大搞水利建设和绿化祖国的荒山野坝运动之后,千百年来一直为害人民的自然灾害得以基本控制,人民的生活得到了保障,过去那种朝不保夕的悲惨生活已一去而不复返了。但是,白族人民并不满足于现状,他们以从未有过的革命干劲和乐观主义精神投身于建设祖国更美好的天堂——社会主义社会和共产主义社会的伟大事业中去。由于社会制度的根本改变,由于生产力的高度发展和人民物质文化生活的提高,产生龙的神话的基础已不复存在了,正如马克思说的:"随着这些自然力之实际上被支配,神话也就消失了。"

龙的神话传说虽然不再继续产生了,但龙的形象仍在一些新的文学作品里出现,尤其是在新民歌中,汉族新民歌如此,白族新民歌也不例外,在某种情况下,白族新民歌还表现得更为突出。但是在新民歌中出现的龙的形象与解放前一千多年来的龙的神话中的龙的形象有根本的区别。白族新民歌中的龙往往是白族人民精神力量的标志。白族人民借用古代龙的形象来衬托自己的宏伟气魄和建设社会主义的冲天干劲。他们这样唱道:

撬开龙王嘴,挖出地下水;

斩断龙王腿,堵住江河水;

老天不下雨,人民是龙王。

——云龙民歌

在元、明、清时代,龙的形象是越来越小,但并未彻底被否定,然而在白族新民歌里,龙却被彻底否定了,这表现出解放后的白族人民在思想上起了根本的质的变化。他们不再信什么"龙"和"神",也不再信"上天"了,他们相信自己的力量是可以战胜一切的。如果要真说有龙的话,那"人民是龙王",人才是移山填海、呼风唤雨、扭转乾坤的英雄。没有什么比得上人的巨大力量。正因为白族人民真正意识到人在社会中的作用,认识到今天我们社会主义建设事业的重要意义,认识到自己是国家的主人,所以才"精神振奋,斗志昂扬,意气风发"地用双倍的努力进行忘我的劳动,用排山倒海般的英雄气概来完成社会主义建设的光荣任务。因而才喊出"人民是龙王"的豪言壮语来。

总起来说,龙的神话是随着社会的发展而不断地变化,不同的时代产生不同的龙的神话。白族社会进入阶级社会以后(南诏国以后),随着阶级矛盾的日趋尖锐和复杂,龙的神话传说也起了相当大的变化,它不仅是向自然作斗争的武器,更主要的是向社会作斗争的武器了。它不只是反映社会现实生活中的某一方面,而且是反映社会现实生活的各个方面,尤其是阶级斗争方面。龙的形象则由早期的赫赫威灵的大黑龙、蝌蚪龙缩小为小白鸡、小泥鳅那么大。人的力量也逐渐变大,甚至成为雕龙捉龙的英雄。到清末和民国初年,龙已经不再是什么神性的动物了,人可以被封为龙,龙也变为具有神力的人了,龙只不过是白族人民对在水利方面有功的人的称号而已。由此可以看出:龙的神话是逐渐趋于人间性和现实性,也由神权的世界进入到人权的世界里去,有神论的观点逐渐为无神论的观点所代替,这不能不是龙的神话的一个飞跃的进步。

白族龙的神话是我国丰富的民间文学遗产之一,它为我国民族文化增添了光辉。今后还应大力发掘整理,让它为我国的社会主义建设服务。

一九五九,七,三十。

傣族神话中的黄帝和蚩尤

朱宜初

　　该史料为一篇介绍傣族神话中黄帝和蚩尤的论文，原载于《云南日报》1963 年 3 月 28 日。汉、傣两族的文化交流历史悠久，而流传到傣族地区的汉族神话经年累月则发生了变异。如黄帝与蚩尤在汉族神话中是对立关系，而在傣族神话中却是同一阵营，蚩尤的面貌也发生了很大改变，而且故事中还出现了许多汉族神话中没有的人物。

原文

　　汉族与傣族的文化交流是有悠久的历史的。而汉族神话流传到傣族地区后，年长日久，常常有了很大的变异。比如傣族的《轩辕——黄帝》与汉族的《轩辕——黄帝》的神话，变异得就比较大。在汉族神话中，蚩尤与黄帝的战争反映出两个部落的战争，蚩尤与黄帝并不是君臣关系。而傣族神话中，蚩尤却变成了黄帝的"军师"。在汉族神话中，蚩尤是这样一付面貌："蚩尤兄弟八十一人，并兽身人语，铜头铁额。"（《太平御览》卷七八引《龙鱼河图》）或说蚩尤是"人身牛蹄，四目六手"。秦汉间说："蚩尤耳宾如剑戟，头有骨。"（任昉《述异记》）但是傣族神话中的蚩尤却是这样的：

　　　　我名叫蚩尤，武艺精通，

我原来是只猛虎。

猛虎修炼在深山老林中，
好不容易修炼成了人形。

只剩下一个虎头，
两眼发亮得像铜镜。

我嘴里生两个獠牙，
样样武艺都精通。

在汉族神话中，"黄帝与蚩尤战于涿鹿之野"（《太平御览》卷十五引《志林》）；"蚩尤氏帅魑魅与黄帝战于涿鹿"（杜佑《通典》）。但是傣族神话却是蚩尤与义王战于涿鹿。义王在汉族神话中是没有这个人物的。另外在傣族神话中，黄帝手下的风克、李木，蚩尤的朋友飞连、辉六、丙力等人物，在汉族神话中都是没有的。

汉族口头神话中，有说太阳是女神变的，因为她害羞，所以她撒下一把针来（指太阳的光线），使人们不敢正眼看她。月亮是男神变的，男的不害羞，所以人们都能正眼看月亮。这个神话，我们在傣族地区也常常听到。

西双版纳傣族神话与古代家庭

宋恩常

史料解读

　　该史料为一篇论文，原文载于《思想战线》1978 年第 2 期。作者通过分析西双版纳傣族部分神话，从创世与人的起源、兄妹开亲、神话中的亚血缘家庭、动物与人等几个方面研究傣族古代家庭形态。西双版纳傣族有关创世和人类起源的神话都是以对人类生命有攸关意义的自然界物质作为塑造神话的资源，反映了原始社会人意识中的自然就是略经加工的自然本身。有关兄妹通婚的男女性爱起源的神话则与血缘家庭这一古代家庭形态相吻合，而带有多人共妻或多人共夫情节的神话的出现，对应了血缘家庭形态淘汰后产生的亚血缘家庭形态。氏族组织产生于亚血缘家庭阶段，虽然西双版纳傣族神话未能正面反映氏族组织结构，但带有崇拜某种动物或妇女与各种动物婚媾情节的体现图腾崇拜的神话反映了氏族组织的存在。西双版纳傣族先人将现实生活经过艺术加工创造了与当时社会生产力相适应的神话，虽然现在创造神话的社会条件已经消失，但神话依然作为文学创作散发着魅力。

原文

　　在西双版纳傣族民间,流传着许多反映远古时代人们与自然进行斗争以及当时社会生活的神话。神话也如其他的原始社会的意识形态一样,直接产生于当时的人们物质活动,是当时人们生产关系的反映。通过对神话的研究,可以帮助我们了解人类早期社会的面貌。拉法格曾经指出:"神话既不是骗子的谎话,也不是无谓的想象的产物,它们不如说是人类思想的朴素的自然的形式之一。只有当我们猜中了这些神话对于原始人和它们在许多世纪以来丧失掉了的那种意义的时候,我们才能理解人类的童年"。[①] 尽管许多神话随着西双版纳傣族进入封建社会和小乘佛教[②]的传入,遭到封建统治阶级和佛教的歪曲和篡改,使其适应统治阶级的需要,但我们仍然不难从其继续流传中,找到已经消失的有关傣族远古社会生活的某些片断。下面就是试图通过西双版纳傣族的一部分神话,并围绕这些神话就古代家庭形态有关的问题提出几点看法。

一、创世与人的起源

　　西双版纳傣族,曾经围绕有关开天辟地和人类起源,创作了既富有幻想力但又颇近乎历史发展的神话。有关创世和人类起源的神话,都是以对生物,特别是对人类生存本身一开始就具有生命攸关意义的水、土和空气等自然界固有的物质,作为塑造神话的原料,如传说世界初遭受七个太阳的焚烧,继而又毁于洪水的洗礼,[③]最初的陆地则是水与土的熔合,[④]浓烟和露水结成海。[⑤] 火烧世界的神话传说,再后来,则直接反映进他们的"尚罕"即通常所说的泼水节的祭典里。在尚罕里所讲的七个姊妹战胜奔[⑥]的故事,成了战胜旱拔,送走了干季迎

---

①　拉法格:《宗教和资本》,第 2 页。
②　编者注:"小乘佛教"应为"南传上座部佛教",后同。
③　云南大学中文系:《云南民族文学资料集》(油印本)第六、七、八、十一集。
④　云南大学中文系:《云南民族文学资料集》(油印本)第六、七、八、十一集。
⑤　云南大学中文系:《云南民族文学资料集》(油印本)第六、七、八、十一集。
⑥　云南大学中文系:《云南民族文学资料集》(油印本)第六、七、八、十一集。

来了雨季的象征。在神话中之所以突出七个姊妹的作用，那是因为在出现农业的初期，男子就其主要作用来说仍然是个猎人。传说正是土与水气才孕育了人类的祖先布桑该和亚桑该[①]，布桑该和亚桑该诞生于水塘。[②]　又说在开天辟地之初，仅有风和阳光，风吹火焰凝成团，最初的人便脱胎于团；[③]有的则说人与动物系用泥土所塑造。[④]　有关人类起源的神话，随着社会生产力的提高，传颂的后人便不断加以修改。如用泥土塑造人和动物的神话，似乎与制陶手工业的出现和发展有着内在的联系。

神话中的造物主是英叭，英叭原来就是天空的水气。[⑤]　神话之所以赋与英叭以造物主的形象，这是由于在原始社会，每个民族或部落为了同异己的力量进行斗争，作为氏族或部落体现者的氏族长或部落酋长，自然也就成为氏族或部落一切精神力量的化身，并被渲染为拥有神的威力。我们知道，流传在北欧的芬兰的《英雄国——凯莱维拉》神话，就有些类似西双版纳傣族的上述传说，例如有关《维亚摩能的诞生》的神话，便是说"空气的小女儿是个处女，造化的女儿中她最美丽"。[⑥]　人类在远古之初所以以水、土、空气等作为开天辟地和创造人类的要素，反映了在原始人意识中的自然，其实就是略经加工的自然本身。恩格斯在揭示神与自然本质有着内在的联系时指出："神的真实内容只是自然，不过是在这个意义上，即神只是被想象成自然的创造者。"[⑦]

在西双版纳傣族的神话中，同样可以找到人类最初雌雄同体的传说。例如在神话《英叭》中就说造物主英叭最初造的八个人并无男女性别区分，而由傣语称为兴木笼的白蛇才把人划分成男女两性，于是才有夫妻。[⑧]　在神话里反映人

---

① 云南大学中文系：《云南民族文学资料集》（油印本）第六、七、八、十一集。
② 云南大学中文系：《云南民族文学资料集》（油印本）第六、七、八、十一集。
③ 云南大学中文系：《云南民族文学资料集》（油印本）第六、七、八、十一集。
④ 云南大学中文系：《云南民族文学资料集》（油印本）第六、七、八、十一集。
⑤ 云南大学中文系：《云南民族文学资料集》（油印本）第六、七、八、十一集。
⑥ 《英雄国——凯莱维拉》上册，第1—15页，上海文艺出版社。
⑦ 《马克思恩格斯全集》第27卷，第64页。
⑧ 云南大学中文系：《云南民族文学资料集》（油印本）第六、七、八、十一集。

类由无性别到有性别的发展过程,生活在希腊奴隶制度下并代表奴隶主阶级利益的哲学家柏拉图,在他的《文艺对话集》里也曾经较详细地叙述过这个问题,他说:"从前人类本来分成三种,不象现在只有两种,在男人和女人之外,从前还有人不男不女,亦男亦女。这第三种人现在已经绝迹了,只有名称还保留着,就是所谓'阴阳人',他们原来自成一类,在形体上和名称上都兼阴阳两性的。"柏拉图进一步阐述:"我们每人只是人的一半,一种合起来方见全体的符……每个人都常在希求自己的另一半,那块可以和他吻合的符。"柏拉图从而得出结论:"这一切原因就在人类本来的性格是如我向你们所说的,我们本来是完整的,对于那种完整的希冀和追求就是所谓爱情。"①拉法格对柏拉图通过有关阴阳人的截开与溶合揭示爱情②起源的作法给予肯定的评价。

在我国的南方,特别是在云南少数民族中流传的有关兄妹通婚的神话,通常就以分开的两扇磨盘重新合起,作为兄妹通婚的托辞。比如,流传在楚雄地区彝族民间传说《梅葛》就说:

兄妹忙回答	各在一架山
一个父母生	两扇石磨滚
那能结成亲	滚到河中间
地王再吩咐	两磨能合拢
山上两扇磨	合拢就成亲③

这传说就颇合于柏拉图在《文艺对话集》里所讲的,天神宙斯为了削弱"阴阳人"对神的谋叛,把阴阳人截成两半,然后又帮助人"恢复原始的整一状态,把两个人合成一个,医好从前截开的伤疼"④的希腊神话。马克思、恩格斯在他们合写的不朽的名著《德意志意识形态》中指出:"分工起初只是性交方面的分

---

① 柏拉图:《文艺对话集》,第238—242页,人民文学出版社。
② 拉法格:《宗教和资本》,第5页。
③ 中国作家协会昆明分会民族、民间文学委员会编:《云南民族、民间文学资料》第二辑,第33—34页。
④ 柏拉图:《文艺对话集》,第240页,人民文学出版社。

工。"①与上述的探求男女性爱的起源相吻合的古代家庭形态,正是摩尔根在他的《古代社会》一书中所提出的血缘家庭。

二　兄妹开亲

流传在西双版纳的傣族神话《布桑该·耶桑该》,在某种意义上说,就是一篇有关反映血缘家庭的叙事长诗。传说在当时,地上只有一个女子和一个男子,女叫耶桑该,又称喃那叫,男是布桑该。二人结为夫妻,生一男一女,一男一女再结婚,又生数目对等的男女,依此相续,直到三千人,发展为六千人,最后发展到八万四千人。② 在另外一篇叙事长诗《召书瓦》里,也保存了不少属于血缘家庭生活的特点。神话的主人公召书瓦是勐把西国的王子,过着多妻的生活,而所生的子女则互相通婚。如第一个妻,为了叙述方便才这样分,朗摩开所生的儿子独卡底亚,便与朗摩开所生的女儿洛间达结为夫妻;第二个妻沙莫达所生的儿子苏丽亚,与第三个妻南拉沙莫达扎所生的女儿互相通婚。③ 可见在《召书瓦》里所描述的兄弟姊妹间通婚现象,正是属于按辈份通婚的血缘家庭现象。

反映血缘家庭生活的类似神话,在壮、布④等族民间同样地广泛流传。在壮族民间流传的《盘古》说,在洪水滔天之后,地上仅剩盘古兄妹,于是盘古遂结为夫妻。⑤ 而贵州的布依族,也广泛地传颂《姊妹成亲》⑥、《盘古分天地》和《开天辟地歌》⑦等。在布依族的神话中,兄弟姊妹多半简单被称为姊妹,这种称谓反映了神话正产生于以母系为中心的原始社会。

---

① 《马克思恩格斯全集》第 3 卷,第 35 页。
② 云南大学中文系:《云南民族文学资料集》(油印本)第六、七、八、十一集。
③ 中国作家协会昆明分会民族、民间文学委员会编:《云南民族、民间文学资料》第二辑,第145—234 页。
④ 编者注:这里的"布"应为"布依",即布依族。
⑤ 广西壮族自治区科学工作委员会,壮族文学史编辑室:《壮族民间故事资料》第一集,第1—9 页。
⑥ 中国作家协会贵阳分会筹委会,贵州省民族语文指导委员会,贵州大学:苗族文学编写组《民间文学资料》第二十集,第 80—81 页。
⑦ 贵州省民间文学工作组:《民间文学资料》第二十八集,第 79—82 页。

涉及盘古兄妹和伏羲姊妹互通婚姻的神话,如考之于我国古代的汉文典籍,可以说源远流长。姑且以闻一多的《伏羲考》①所综合的文献为准,自战国到汉,记载有关伏羲与女娲神话的文献竟是这样的多,足以说明有关兄妹结为夫妻的神话,在当时流行之广和影响之大,迫使当时的许多人不得不去注意,这的确是事实。

类似的神话在欧洲也同样存在,在古希腊的神话里就可以读到有关兄妹通婚的描述。在《伊利亚特》里,把兄妹通婚描写为光明正大的行径。例如天后赫拉为了说服丈夫天神宙斯同意她去煽动已经停战的特洛亚人和阿开亚人重启战端,竟公然把她自己与宙斯是同父母所生的兄弟姊妹而又是配偶作为一个重要的理由,要求她的丈夫宙斯向她让步,赫拉说:"因为我也是个神,而且我和你是同一个父母所生的。在乖僻的克洛诺斯所有儿女中,我应该占先一着,一来因为我最先出世,二来因为我是你的配偶而你是一切神中的王。"②同时,我们也可以从《英雄国——凯莱维拉》谴责兄妹发生性交的描述中,发现有关兄妹通婚的回忆。在《英雄国》第三十五曲《库莱沃和他的妹妹》中,描述了英雄库莱沃在代他父亲交地租的归途,竟把在采集果子时迷途的妹妹拖上雪车,然后"玷污"了她。当他的妹妹知道"玷污"自己的正是她哥哥,便当场自寻短见。可是,在库莱沃把他的"悔恨"告诉他的母亲,准备自戕,而他的母亲却叫他把罪恶藏起来说:

> "苏奥米有十分宽阔的海岬,
> 萨沃的疆土也十分广大;
> 一个人可以把罪恶藏起,
> 一个罪人可以把自己隐蔽,
> 在那里你隐藏五六年,
> 整整的九年你要隐姓埋名,

①　闻一多:《神话与诗》,第3—4页。
②　荷马:《伊利亚特》,第64页,人民文学出版社。

> 　　直到你得到心情的平静，
>
> 　　让岁月镇静了你苦痛。"

不过，母亲的劝慰，并未能阻止库莱沃拔剑自尽，以了结他的"悔恨"。①

三　神话中的亚血缘家庭

　　兄弟姊妹互为夫妻的血缘家庭存在于全世界各民族的原始社会。摩尔根认为排除兄弟姊妹间通婚主要是从自然选择原则，因为它不利于健康和人口的增殖。同胞兄弟姊妹之间的通婚被废除，只能是逐渐的，由排除同胞兄弟姊妹推广到排除从兄弟姊妹之间的通婚，是个长期历史发展的过程，血缘家庭逐渐由亚血缘家庭所取代。有关亚血缘家庭的生活，同样，也可以在西双版纳傣族民间的神话中发现。例如，在《泼水节的来历》②、《火烧地球与泼水节》③、《巴他摩戛贺章》、《召哈罗》和《喃戛西贺》④等神话中所反映的家庭生活，如果不是一群姊妹或妇女过着共夫的生活，便是数个兄弟或男子过着共妻的生活。在《泼水节的来历》和《火烧地球与泼水节》等神话里叙述了叭英与塔麻巷西、麻贺塔拉、南碾达、给林年达、米拉干牙、给里达和波他等七个"天仙"相爱的故事。在《召哈罗》里所叙述的则是勐张巴国王召蒙邦的儿子召哈罗，先与莲花姑娘喃波罕结婚，但天上的三个公主却把召哈罗抱到天上，做三姊妹的共同丈夫，接着三个公主又把喃波罕也接到天上，共同生活。《喃戛西贺》所讲的则是衣兰坝王子的外孙喃戛与天神叭英长妻苏札纳每七天共床一次的故事。天神叭英共有苏札纳、苏塔麻、苏西达和苏电达四妻。喃戛原来已有二妻，自喃戛到天上会见叭英后，便开始每七天与苏札纳共床一次。我们不难从上述神话中发现，她们或他们，这些神话中的主人公，还未产生后来个体婚中所具有的嫉妒，她们或他们都许诺或宽容她们或他们的共夫或共妻的行为。恩格斯认为这种家庭生活是

---

①　《英雄国——凯莱维拉》下册，第 678—708 页。

②　云南大学中文系：《云南民族文学资料集》（油印本）第六、七、八、十一集。

③　云南大学中文系：《云南民族文学资料集》（油印本）第六、七、八、十一集。

④　云南大学中文系：《云南民族文学资料集》（油印本）第六、七、八、十一集。

符合当时的道德观念,他说:"在个体婚制之前,确实存在过这样的状态,即不但一个男子与几个女子发生性的关系,而且一个女子也与几个男子发生性的关系,都不违反习俗。"①随着西双版纳傣族原始社会的解体与跨进阶级社会,与亚血缘家庭几乎是同时产生的氏族组织都消失了。正是我们借助于这些保存的民间神话,判断曾经存在亚血缘家庭。马克思曾经以希腊的历史为例,以现存的神话考察以前曾经存在过的氏族社会组织,他说:"特别是一夫一妻制产生后,已经历时久远,而过去的现实又反映在荒诞的神话形式中。"②

生活在奴隶制下的柏拉图,在他的《理想国》中所设想的"理想家庭",实际上就是以原始社会的亚血缘家庭为蓝本。柏拉图说:"凡男女结婚已逾七月至十月。则对于此后所产之女儿。不论产自何人。皆当称之为儿女。而小儿皆当称之为父母。对于彼等将来之儿女。则己又居于祖父母之地位。而可以孙儿女称之。凡当人结婚时。他人所产之儿女。则皆为兄弟姊妹。而不能通婚。惟此非绝对不可能之事。设命运使然。而为神所特准。则兄弟姊妹之间。要亦可通婚嫁。"③摩尔根正是研究了柏拉图在《理想国》里设想的理想家庭之后,才肯定"柏拉图无疑地是熟习我们所不知道的希腊及皮拉斯吉族的传说的,这些传说一直上达到开化时代,并揭露希腊诸部落更古的社会状态的痕迹。柏拉图的理想家族,可能是从此等传说的描写中得来的,这一假设较诸说它是一种哲学的推理更为近于真实,我们可以注意到,柏拉图的五等亲属关系,恰恰是和夏威夷制相同的,家族是在每一种亲内结成,其中的亲属关系是兄弟姊妹;在团体内夫与妻实行共有"。④

四 动物与人

我们知道氏族组织的原始形态就是产生于亚血缘家庭阶段。西双版纳傣

---

① 恩格斯:《家庭、私有制和国家的起源》,第 9—10 页。
② 马克思:《摩尔根〈古代社会〉一书摘要》,第 173 页。
③ 柏拉图:《理想国》第三册第五章,第 26 页,商务印书馆,1957 年合订本。
④ 摩尔根:《古代社会》第 466—467 页,生活·读书·新知三联书店。

族的神话虽然未能正面反映氏族组织,氏族组织的存在却可以从有关图腾崇拜的传说获得证实。图腾崇拜在当时常常构成妇女与各种动物互通婚媾的神话。人类在当时由于比动物要弱些,他们要同各种动物斗争,甚至被迫崇拜某种动物为神,作为氏族或部落的保护神。

西双版纳傣族所保存的妇女与动物互通婚媾神话中,狗占有突出的地位。最著名的则是《召戛哈和狗》。传说勐心哈摩纳邦的妇女,被放逐到勐孙纳哈罗甲桑格(今天的景洪地区)。当时勐孙纳哈罗甲桑格没有人烟,仅有一条公狗,于是这条公狗便成为由勐心哈摩纳邦来的妇女的共同丈夫。猎人召戛哈——勐慕的召勐儿子,后来射死了公狗,召戛哈便代公狗而为勐孙纳哈罗甲桑格地方妇女们的共同丈夫。[①] 同时在景洪还流传类似《召戛哈和狗》的神话,说有八百个妇女与狗共宿,这个神话叫做《别怀米玛滚因》。[②] 另一个神话则说,从前地上仅有一个妇女和一条狗,妇女与狗结为夫妻,但每次所生男儿都被狗父咬死,最后所生的一子,则躲在林中方获得长大,他背着母亲用弓箭射死狗父。[③] 在西双版纳傣族民间甚至流传一条称为玛锡享的狗继任勐微底害国王的神话。[④]

类似上述的神话也保存在广大的瑶族民间。在广西与湖南江华瑶族自治县为邻的贺县瑶族社会,至今仍流传古代唐王妻生一条狗的传说。后来,当唐王与高王发生战争,该犬将高王咬死,而狗因此立功,唐王遂将三女儿嫁给狗。[⑤] 甚至在日本亦有妇女与狗通婚媾的传说,例如,在马琴小说《八犬传》中,就记载"当里见义实与敌作战,悬赏取敌之首级者与女儿伏姬时,他家的饲犬衔敌首而来,不得已以伏姬与犬,伏姬与犬皆关在山中。"[⑥]这些神话几乎都与汉文献所载

---

① 中国科学院民族研究所云南民族调查组,云南省历史研究所:《云南省傣族社会历史调查材料——西双版纳傣族史料译丛》(六),第7—8页。

② 《西双版纳傣族历史》第三册(手抄本)。

③ 云南大学中文系:《云南民族文学资料集》(油印本)第六、七、八、十一集。

④ 云南大学中文系:《云南民族文学资料集》(油印本)第六、七、八、十一集。

⑤ 中国科学院民族研究所广西少数民族社会历史调查组:《广西壮族自治区贺县新华、狮狭乡瑶族社会历史调查》,第3—4页。

⑥ 转引自:《妇女与儿童》(中译本),第57页,神州国光社。

嫁女与狗的神话,如《后汉书》所载高辛氏"以女配槃瓠"①和《搜神记》所讲的高辛氏"令少女从槃瓠"②有相似之点。

在神话中,既然人,特别是妇女与狗有这么密切的关系,与此相关联,又创作了祭狗与纪念狗神话。首先是傣族妇女为了纪念死难的狗丈夫,则穿象征血的带红条格的裙子,也在发髻里加一撮头发象征狗的尾巴。③ 据说正是因为这样,傣族禁吃狗肉,后来男子虽已废除这种禁忌,但许多妇女仍恪守这种传统的习俗。在广西的瑶族中则流传另一种传说,说"犬子长成之后,与狗父出猎,狗父老惫,坠崖而亡,子负犬还,犬时口流鲜血,沿子肩部交于胸,子哀之,自后缝衣,即象其形另缀红线两条,以为纪念"。④ 这些传说,似乎都与《后汉书》中所载,槃瓠与高辛氏女儿结婚"经三年,生子一十二人,六男六女,槃瓠死后,因自相夫妻,织绩木皮,染以草实,好五色衣服,制裁皆有尾形"⑤有共同的渊源。

而在瑶族的民间还保有祭狗王习俗。清人檀萃曾对瑶族祭狗王有过简短的报导:"时节祀狗王,以桄榔面为吴将军先献之,祭毕,择女之巧丽者劝客,极其绸缪。"另记板瑶,"七月望日祀狗王,以小男女穿花衫歌舞为侑"。⑥ 而今人刘锡蕃有关瑶族祭狗王的报导已较前人为具体,他说:"狗王,惟狗瑶祀之,每值正朔,家人负狗环行炉灶三匝,然后举家男女,向狗膜拜。是日就餐,必扣槽蹲地而食,以为尽礼。"⑦至于桄榔面提炼于桄榔树内,树"与枣槟榔等小异","此树皮中有屑如面,可为饼食之"。⑧ 恩格斯曾指出:"人在自己的发展中得到了其他实体的支持,但这些实体不是高级的实体,不是天使,而是低级的实体,是动物。由此就产生了动物崇拜。"⑨

---

① 《后汉书》卷一百一十六《南蛮》。
② 《搜神记》卷十四《槃瓠》。
③ 云南大学中文系:《云南民族文学资料集》(油印本)第六、七、八、十一集。
④ 刘锡蕃:《岭表纪蛮》,第82页,商务印书馆。
⑤ 《后汉书》卷一百一十六《南蛮》。
⑥ 檀萃:《说蛮》四。
⑦ 刘锡蕃:《岭表纪蛮》,第81—82页,商务印书馆。
⑧ 刘恂:《岭表录异》。
⑨ 《马克思恩格斯全集》第27卷,第63页。

其次,蛇在西双版纳傣族神话中也占有显著的地位。首先是大白蛇把人划分为男女两性。"召法龙慕钪"有七个王妃,是人身龙尾[①],神话《花蛇王》是一篇叙述妇女与蛇通婚的长诗[②]。在德宏傣族的民间也同样存在人与蛇通婚的神话。[③] 而在碧江县江西的怒族斗霍氏族就认为蛇与蜂交配而生自己氏族的女祖先茂充英。[④] 在古代汉文献中就有不少反映人与蛇关系的神话记载,例如"庖羲氏、女娲氏、神农氏、夏后氏蛇身人面,牛首虎鼻"[⑤],"传言女娲人头蛇身,一日七十化其体"[⑥],以及"伏羲鳞身,女娲蛇躯"[⑦]等便是。我们知道美洲印第安人的许多氏族就是蛇氏族。例如在崴安多特、彭加、衣阿华、奥托、密苏里、文尼伯、阿吉布洼以及肃尼等部落就都存在蛇氏族。[⑧] 摩其部落在提到其部落起源时,便直接了当地说他们的祖母,一种女神(Female deity),从她的西部家乡带来的九种形状的人种中,第七种就是响尾蛇人种。[⑨] 很明显,当时人们在原始森林、沼泽和草丛中,经常与蛇打交道,蛇构成人生活的威胁,而对蛇产生恐惧的心理是自然的,以致膜拜蛇,把蛇当作自己的祖先,以便换取为害的蛇达到保卫自己的幻想目的。传说广东的蛋人就是蛇种而祭蛇。清人陆次云曾记其传说,说蛋人为"蛇种故祭祀皆祀蛇神"。[⑩] 在柬埔寨甚至还保存有关蛇图腾的佛教神话,那些仅在短期当僧侣的人,都是以"蛇的化身"的资格进入寺院。在他们腰间所围的腰布上要表现出"蛇子"(Kon nak)的特点。这种临时僧侣,在柬埔寨叫作"Phikko"。[⑪] Phikko也就是梵语比丘(bhikkhu)。拉法格曾指出:"虽然蛇是爬

---

① 中国科学院民族研究所云南民族调查组,云南省历史研究所:《云南省傣族社会历史调查材料——西双版纳傣族史料译丛》(六),第8页。

② 云南大学中文系:《云南民族文学资料集》(油印本)第六、七、八、十一集。

③ 云南大学中文系:《云南民族文学资料集》(油印本)第六、七、八、十一集。

④ 《怒江傈僳族自治州怒族社会经济调查报告》,第26页。

⑤ 《列子》卷第二《皇帝篇》。

⑥ 《楚辞》卷第三《天问》,王逸注。

⑦ 《文选》卷十一《鲁灵光殿赋》。

⑧ 摩尔根:《古代社会》,第169—187页。

⑨ 摩尔根:《古代社会》,第199—200页。

⑩ 陆次云:《峒溪纤志》三。

⑪ 深作光贞:《反文明の世界》,第95—96页,东京三一书房,1971年版。

行的动物,或者或许正因为它'用肚皮行走',在人类的历史上起了卓越的作用……我们从吕基安得知希腊人为纪念亚历山大大帝而兴修庙宇并给他献牺牲,因为他的亲母奥林比亚同蛇结婚,所以他是蛇的儿子。"①又说:"不言而喻,所有这些惊奇的特性也多少慷慨地赋予其它的动物,甚至植物。原始人朴素地把自己的特性加在周围的一切事物之上;他不能把自己和它们作出任何的区别;它们的生活,感觉,思想和行动完全同他一样。因此他就认为它们是自己的祖先并且相信死后他的灵魂就依附到动物、植物和甚至到无生物的身上去。需要经过很长的发展过程才能使人达到把自己同动物和植物区别开来并且达到'人为万物之灵'(genus homo)的意识。自然科学的最新的过程又重新使人和动物界互相接近。"②

五、神话的魅力

西双版纳傣族的先人以自然本身固有的素材,凭借人类童年时期的想象力创造了与自然进行斗争以及与当时社会生产力相适应的家庭生活的神话。并把当时即原始社会的氏族或部落的生活形态,以及将当时人们的智慧集中反映到氏族或部落的领袖身上,并把他们典型化为英雄或神。马克思说:"想象,这一作用于人类发展如此之大的功能,开始于此时产生神话、传奇和传说等未记载的文学,而业已给予人类以强有力的影响。"③代表氏族或部落全部精神力量的英雄或神,被想象为拥有超人的力量,能来往于当时人们无法攀登,但又幻想攀登的天宇。于是在地上发生的事件,在神话里却搬到了天上,把地上的生活变成天上的生活。拉法格极其形象地揭示过神话中天上的生活与人世间的内在联系,他说:"天上反映地上的事件,正如月亮反映日光一样,因为人只有以自己的想象、自己的风俗、自己的情欲和自己的思想赋予神灵才创造出和才能创造出自己的宗教。他把自己生命中的一切卓越的事件带进神的王国。在天上

---

① 拉法格:《宗教和资本》,第55页。

② 拉法格:《宗教和资本》,第16页。

③ 马克思:《摩尔根〈古代社会〉一书摘要》,第55页。

人重演地上发生过的悲剧和喜剧。"①

　　实际上，按照马克思的说法神话都是"已经通过人民的幻想用一种不自觉的艺术方式加工过的自然和社会形式本身"。②用我们今天的思维发展水平来看原始人对自然和社会现象的理解是荒诞不经，幼稚可笑，因此，我们必须以历史唯物主义的观点去观察古代的神话。拉法格说："人的脑子随着不同的历史时期而变化。神话，我们对它加以嘲笑，把创造它和信仰它的行为看作是荒谬的，但是相反地，在原始人看来是可以理解的和自然的。"③

　　许多神话常常是采取诗歌的形式，在没有文字的原始社会，诗歌是当时最便于口头流传的艺术形式，例如上述的《火烧地球与泼水节》、《布桑该·耶桑该》和《召书瓦》等神话都是叙事诗体。在我国广大的西南和中南地区有关少数民族的古代神话多半是叙事诗体裁。其实，以诗歌记载各个民族原始社会阶段的生活，可以说是一种普遍现象。塔西佗甚至说："歌谣是日耳曼人传述历史的唯一方式，在他们自古相传的歌谣中，颂赞着一位出生于大地的神祇陨士妥(Tuisto)和他的儿子曼奴斯(Mannus)，他们被奉为全族的始祖。"④马克思根据塔西佗的《日耳曼尼亚志》并结合当时的民族学资料进一步加以论断，他说："古代的歌谣是他们(日耳曼人)的唯一的历史传说(memoriae)和编年史。西班牙人在定居的印第安人中也发现过古代歌谣。"⑤

　　一部分神话是来自外族，随着佛教的传入则带进部分的异乡乃至异国的神话。但这些神话一经传进西双版纳，经过语言的翻译，内容的加工和改造，也就使外来的神话逐渐变成具有傣族民族特色的神话。当然，产生于原始社会的神话，在进入阶级社会后，适应阶级的产生与存在，神话中的主人公也打上阶级或等级的烙印，如用"叭"和"召"称呼氏族或部落的领袖，把部落成员栖息的地区

---

① 　拉法格：《宗教和资本》，第53页。
② 　《马克思恩格斯全集》，第12卷，第761页。
③ 　拉法格：《宗教和资本》，第1页。
④ 　塔西佗：《阿古利可拉传·日耳曼尼亚志》，第56页，生活·读书·新知三联书店。
⑤ 　马克思：《摩尔根〈古代社会〉一书摘要》，第235页。

"勐"附会以封建采邑的含意。小乘佛教也利用神话,使其蜕化为神学,把反映原始社会的斗争活动,主要与大自然斗争的活动,把代表氏族和部落进行斗争的领袖的英雄事迹,窃取过来并加以篡改,作为佛陀——傣语称为帕召——的恩典。与此同时,神话本身也染上佛教的色彩,例如前述诸神话无不渗进佛教内容。[①] 我们民族工作者的任务就是要以辩证唯物主义剔除神话中的宗教糟粕。

马克思说:"一切神话都是在想象中和通过想象以征服自然力,支配自然力,把自然力形象化;因此,随着自然力在实际上被支配,神话也就消失了。"[②]尽管创造神话的社会条件已随着对自然的征服而失去,但是,在人类早期所创造的神话的魅力并未因此而丧失,神话不仅是研究没有文字记载的傣族社会的宝贵材料,神话作为一种文学创作将继续给人们以艺术享受。

---

① 中国作家协会昆明分会民族、民间文学委员会编:《云南民族、民间文学资料》第二辑;《云南民族文学资料集》,第六、十一集。
② 《马克思恩格斯全集》,第 12 卷,第 761 页。

云南少数民族神话初探

李之惠

史料解读

　　本文原载于《中央民族学院学报》（今《中央民族大学学报》）1978 年第 4 期。作者李之惠对云南各少数民族神话进行了介绍和类型分析，揭示了云南各少数民族神话蕴含的现实因素及深层隐喻。早期神话记录人与自然界的斗争，如象征劳动创造世界的开天辟地神话、歌颂英雄战胜洪水的洪水神话、打败象征毒蛇猛兽的妖魔鬼怪的魔怪斗争神话等，都表达了劳动者掌握自然的愿望。在文字出现以前，口耳相传的神话还具有史料性质，如反映血缘婚姻与氏族分布、图腾崇拜，记录原始部落战争等内容。阶级分化后产生的神话开始反映阶级斗争，这时的"神"是被赋予了优秀品格的英雄的化身，反映了奴隶反抗压迫的斗争精神。神话是人们用幻想表达愿望，具有浪漫主义色彩的现实反映，而因为各族人民所处的历史环境和生活方式不同，所以各民族神话在内容上、艺术上也形成了不同风格。如同样是火把节故事，纳西族、彝族、白族就形成了不同的内容与风格。而受不同环境的影响，各民族神话也有不同的地域特色。白族聚居于洱海一带，常遇水灾，所以洪水与龙的神话多；在亚热带森林的傣族因大火以及炎热的太阳从而产生了《泼水节》神话。云南各民族神话体现了各族人民在不同的历史时期形成的独特的心理状态和精神素质，是研究人类早期文明的宝贵资料。

原文

云南各兄弟民族的神话传说是丰富多彩的。这些神话有浓郁的浪漫主义色彩,它反映出各族人民在不同的历史时期中形成的独特的心理状态和精神素质,勾出了各民族历史发展的影子,是我们研究民间文学的宝贵资料。

(一)

最早的神话是人类征服自然的史诗。它记录着人类与自然界斗争的业绩,反映着人类希望减轻最繁重的体力劳动的幻想,和改变极端困苦的生活的愿望,也是人类对美好生活的向往。神话又是人类劳动经验和智慧的总结。无论那个民族的神话,不管其内容有着怎样的差异,幻想具有怎样的独特性,都是现实的反映,都反映着人类的生存斗争,主题都不外是与洪水、大火、猛兽等自然界的斗争,都体现着劳动者对掌握自然力的追求与向往。云南少数民族上古神话在这个范围内,大致分为以下几类:

一、开天辟地的神话

宇宙万物是怎样产生的,这在原始社会人们心中是一个谜,所以最早的神话都反映了这种心理。人类惊异于宇宙的浩渺,对千变万化的自然现象提出疑问,企图理解它的真实面貌,就对它作出了天真的、充满美妙想象的解释。这种解释本身就说明人们希望了解自然,控制自然。这种解释虽然充满着幻想,但却是立足于现实,是现实斗争的反映,因而有其积极意义。有的神话中还不仅仅解释万物的来源,而且也反映出人类与自然斗争的雄姿。

云南各民族都有开天辟地的神话,如纳西族的《创世纪》、彝族的《梅葛》《阿细的先基》、傣族的《变札贡帕》(意为古老的荷花)等。这类神话大致分为两类:即天地是神创造的和天地是神化了的人创造的。神创天地说有《阿细的先基》和《变札贡帕》。《阿细的先基》关于天地的起源这样说:天地生出来后,天上的阿底神用金、银、铜、铁各造四根柱子撑住了天,大地呢,原是铺在三个大鱼背上,鱼跳起来,地就跟着动了,天上的银龙神把银链子放下来,才把鱼拴住了,大地才稳当了。西双版纳的傣族神话则是这样说的："天神叭英本领很大,他先造了十六层天空,然后就造大地。但是地摇晃不定,于是他就从身上搓下一些汗泥,捏成九根柱子和一头大象,把柱子安在象背上,又把大地放在柱子上,大地就稳稳的了。以后,他又用汗泥捏成大象、狮子、黄牛,让这些动物头顶石头,在天边撑住天空。叭英的汗水淹没了大地和天边,他就舀了几瓢水泼在天上,这样陆地才又显现出来,叭英又用汗泥向地上一撒,遍地就长出了树木、花草……"德宏傣族的开天辟地传说则是:天神混散用犁耙来开辟天地,犁得高的地方,成了一脉一脉的山峰,犁耙使得太深的地方,一犁耙带过去,就成了大江大河。

这些神话幻想色彩很浓,乍一看,开天辟地的,都是超乎自然力的神。仔细想想,这神其实是创造和使用着劳动工具的人。傣族神话中的叭英是汗如雨下的普通劳动者,这和依靠魔法帮助的神是大不相同的,当他把天地造好时,汗水已经把大地淹没了,甚至淹到了天边,连海水也变成了咸的。这种劳动是多么艰难辛苦啊! 世界正是通过如此艰苦的劳动才创造出来的哩! 汗水淹没大地,淹到天边,这不能仅仅理解为艺术上的夸张,它实在是生产力低下的原始公社人们体力劳动的写照。这和汉族的禹变熊开山的神话真是可以媲美的了。叭英造天地万物用的材料是汗泥,说明他是氏族公社的一员,也许是大家推举出来的、有威信的酋长,他的业绩与汗、泥分不开。这个神话中的叭英,与后世养尊处优、君临一切的神有着本质的区别。不集体劳动就无法生存,这是原始公社时期的事实。领袖人物必然是劳动集体的楷模。叭英与混散的形象乃是原始公社中,具备战胜一切、创造一切的非凡能力的英雄,是原始社会人们理想的化身,它反映了人类支配自然力的愿望,尽管故事讲的是神开辟天地,而主题却是:劳动创造世界。这就是这些古老的神话表露出来的思想意义。

另一类神话则是神化了的人来创造天地、万物,这一类以彝族的史诗《梅葛》和彝族神话《阿录茵造天地》为代表。《梅葛》中造天的是神用金果变成的五兄弟,造地的是神用银果变成的四姐妹。《阿录茵造天地》中,造天地万物的都是人。造天的是阿罗的五个儿子(阿录茵的哥哥们),阿罗又生了一个女儿来造地。五个儿子贪玩、懒惰,把天造小了。女儿阿录茵,勤勤恳恳来造地,她造的地比五个哥哥造的天还大。天地合不起来，只有把地打些皱褶，这就是后来的高山和深沟。天地有了，但没有日月、星辰、江河、草木，阿罗叫儿子们取下自己的眼睛做太阳、月亮、星星。五个儿子都不愿意，女儿阿录茵就取下左眼做太阳，右眼做月亮，头发作林木青草，胃肠作海湖、江河。

这段神话歌颂的阿录茵，是一个开天辟地、化育万物的英雄，有如汉族神话传说中的女娲。因为阿录茵的牺牲，才有了天地万物，这个神话热情歌颂了妇女的英雄事迹，留下了母权制的痕迹。在母系氏族公社时期，人类的劳动是从事采集和狩猎，从事采集和原始农业的妇女，往往比从事狩猎的男子能提供较多的食物。孩子只知其母不知其父，母亲受到很大的尊敬。阿录茵可能是彝族人民传说中的女祖先。《梅葛》中开天辟地的故事，可能是由《阿录茵造天地》发展来的，传说大体相同，只是造日月星辰和万物的不是妇女了，而是"胆子有斗大"的五兄弟，"他们会攀山"，猎获猛虎后，用虎的左眼作太阳，右眼作月亮，虎须作阳光，虎牙作星星，虎油作云采……虎皮作地皮，细毛作秧苗等，连"金、银、铜、铁、锡"、石头，都是老虎的内脏变的，比起《阿录茵造天地》内容更丰富，描写很细腻。在开天辟地一章中，虽也写了造地的四姐妹，赞扬了她们的勤劳，"大姑娘飞快地做，二姑娘甩团地做，三姑娘手不停地做，四姑娘顾不得吃饭地做"，然而从总的情节来看，却着重描绘打虎五兄弟的勇武，以及他们缔造宇宙的力量。母权制的晚期，由于生产力的发展，使男子在原始农业和最早的畜牧业中，充分显露出他们的作用，男子的剩余产品提高了集体的物质储备，于是男子在社会中，在家庭中的地位越来越高了，而妇女生产的产品比男子少，这个时期家务劳动的意义降低了，孩子也逐渐知道了生身的父亲，所以妇女的地位就降低了，神话故事就由歌颂女祖先转而歌颂男祖先，这标志着由母权制过渡到父权制的历史过程。《梅葛》第一章开天辟地中，也曾说到造天的五兄弟是"守着赌，守着玩"，"躲着赌，躲着玩"，"把着赌，把着玩"，"忙着赌，忙着玩"。"赌"是阶级社会中才出现的，显然是在流传过程中后加上去的细节。但前面的情节是强调了五兄弟的懒惰、贪玩，而后一部分的情节却又充分描绘了五兄弟猎虎的智谋和勇气，布置日月星辰的气魄，这似乎是矛盾的，其实这正是口耳相传的民间文学的特点,是历史发展在史诗中留下的痕迹。

二、洪水神话

洪水神话在云南的傣、白、纳西、彝、苗、壮等族都有,而以白族的洪水神话为最多,最典型。白族聚居区水多,湖泊遍布,小溪环绕,有洱海、茈碧湖、蝴蝶泉,还有许多龙潭,苍山十九峰,峰峰有山泉、溪水。仅大理地区,据神话传说就有上百条龙由段赤诚(龙王)管辖,可见溪水之多。大理、邓川、鹤庆等地古代水患严重,人民口头创作的洪水神话就特别多,而且别具特色。小黄龙的神话就是其中最优秀的作品之一。

《小黄龙》的神话流传在大理、邓川一带。大意是这样的:小黄龙的妈妈做姑娘时,吃了龙潭里漂的绿桃而生了他(邓川的传说是吃了小红鱼而有孕的),他一落地就有黄龙来哺乳,老鹰来遮雨。几岁就有非凡的本领,一只手能拔回一棵松树当柴火;放牛时在地上画个圈,牛从不会跑掉。孩子快满七岁时,大黑龙作怪,洱海沿岸一片汪洋,淹没了千万亩良田。人都逃到苍山顶上避难。孩子自告奋勇要下海和孽龙斗,要大家准备几百甑包子和几百篓鹅卵石,嘱咐道:"黑水翻上来丢石头,黄水翻上来丢包子。"他先用九十九条草龙和大黑龙斗,最后自己才跳下去变成了一条小黄龙。人们按他的话助战,斗了三天三夜,大黑龙顶不住了,一口把小黄龙吞下肚,小黄龙在黑龙腹中刺它的五脏,大黑龙痛得在海里翻滚,掀起几十丈高的浪花,它哀求道:"我让位给你,再也不作乱了,你出来吧!""我从那里出来?""从我口里出来。""不行! 等我头出来,你把我脚咬住。""那你从我屁股中出来。""我才不从屁股出来。"小黄龙愤怒地说:"我要从你眼中出来!"[1]他刺瞎了大黑龙的一只眼睛出来了。大黑龙断了一只角,瞎了一只眼,朝漾濞方向逃走了,沿海现出了几十万亩良田。可是小黄龙却变不回人形了,母亲天天在洱海边喊他,哭得很伤心,小黄龙忍不住在海底答应妈妈,母亲硬要见见他,他告诉母亲不要害怕,他才能把头伸出洱海。不料他刚一伸出头,母亲就吓死了。小黄龙非常悲痛,他在海底,把眼睛都哭出血来。那两

---

① 　《云南民族文学资料第七集》第 53 页:"古神女而帝者,人面蛇身,一日中七十变。"

天,海中央有一线红色的海水就是这原因。

这个神话中的小黄龙是个勇敢、聪明的小英雄,他爱妈妈,更爱人民,为了拯救洱海沿岸的人民,离开母亲,离开人间,去和孽龙战斗,他牺牲了自己,为人民夺回了几十万亩良田,使老百姓安居乐业。小黄龙的形象是人们理想中敢于征服洪水,制服孽龙的英雄。人们不愿意这样的勇士死去,小英雄就成为塑造神的材料,人们用战胜洪水的业绩激发出来的思想来塑造了小黄龙。小黄龙这个"神"是劳动人民对自己的功绩,对英雄人物的一种肯定的形式,是对原始公社形成的舍己为公的精神品格的一种肯定形式。同时,这个神话反映出白族人民战胜洪水,在洱海沿岸定居的情况。白族关于龙的神话很多,龙争龙潭的神话也多,这都是水患留下的历史"轨迹"。

三、与魔怪斗争的神话

在人与大自然斗争的神话中,和猛兽斗争的也不少。这些神话主要产生于原始社会和前阶级社会,反映着当时的生活环境、习俗及心理。人类为了有个栖身之所,就必须去和熊、虎、蛇等猛兽斗争。虎、狼、蛇、熊都常常袭击人们,巨鹰会叼食孩子。人类与大自然的斗争是生存斗争。在保卫群体的斗争中,舍己为群或战胜猛兽的英雄,就成了神话中斩妖伏魔的神人。这类神话,比较早的是纳西族的《杀猛妖》和《都支格孔》,傣族的《泼水节的故事》,时代稍后的则有白族的《杜朝选》(杀蟒精)和《岛枝杀鹰》等。

《都支格孔》的大意是:有一个从绿蛋里孵化出来的大神,叫做都支格孔,他有九个头,十八条手臂,遍体发光,本领非凡。这神住在十八层天上。那时人间到处是恶魔,还有一个九头恶魔呆打古工。人们没有居住的地方,甚至连拴个牛桩的地方也没有。只有去请来天上的都支格孔,经过一场大战,终于杀掉九头恶魔。可是呆打古工的三滴血,却变成了跳蚤、臭虫和蛆,带给人们疾病,使人们发冷发热。

这个神话中的呆打古工的形象,实际上是毒蛇猛兽的化身,也是给人散布病痛的大自然的化身。而都支格孔的形象则是经过神化的人的形象,是人们战胜大自然的理想的化身。且听听都支格孔对呆打古工的宣战:

我左边的三个头,生来是吃魔鬼的,

这三个红的头,是能干的男子的头,

是把三百六十个佛神顶到天上的头;

右边的三个头,象天女四受的脸一样,

是不会惊动人类的魂魄的头;

中间绿的这三个头,是治服恶鬼堕、呆的头;

左边带着的这七杆白铁戟,是要到魔鬼的地方,

捉拿呆、拉、堕、朵这些恶鬼,是杀呆、拉、堕、朵这些恶鬼的兵器;

右边带着的九把白铁快刀,是要到魔鬼的地方,

唾弃呆、拉、堕、朵这些魔鬼,是杀呆、拉、堕、朵这些魔鬼的兵器;

带着九拿九揸长的链子,是去捆绑恶鬼用的东西。

试想,如果不是长着吃魔鬼的头,还武装着"七杆白铁戟"、"九把白铁快刀",拿着"九拿九揸长的链子",怎么能战胜九头恶魔呆打古工呢? 都支格孔不仅形貌奇特壮伟,而且具有征服恶魔的气魄与力量。以上短短的几句话,把都支格孔那嫉恶如仇的思想,蔑视敌人的神态,扫除魔鬼的魄力,表现得淋漓尽致,栩栩如生。就是不看下文,也能想象出,都支格孔收拾恶魔时,必定如砍瓜切菜一般,令人痛快。这对与野兽苦斗的人类,不仅是精神上的鼓舞,简直化成了一种力量,这反映了人类不甘于受自然力支配,而要支配自然的强烈愿望。《杀猛妖》虽不如《都支格孔》壮丽完备,但《杀猛妖》反映的时代更早,它反映了纳西族祖先的迁徙,原始社会的痕迹更多。

(二)

高尔基说:"如果不知道人民的口头创作,那么就不可能知道人民的真正历史。"口耳相传的神话总是这样那样地、或多或少地勾画出古代人类生活的某些侧面,总会反映出当时各式各样的社会关系,总会反映出当时生活中的重大事件,因而也就留下了历史发展的线索或影子。在没有创造出文字之前,人类的历史事件,民族的迁徙,部族之间的血缘关系,以及氏族支系的分布,都只有载

在口碑上,口耳相传地记下来,这就使远古时期形成的神话具有更宝贵的史料性质。碧江县白族的神话和纳西族的《黑白战争》就有这样的特点。

一、氏族的来源的神话

勒墨族①的祖先阿布贴和阿约帖,兄妹两躲在葫芦中避洪水,洪灾以后,人死完了,兄妹结了婚,生了五个女儿。四个女儿在种玉米和背草等劳动中,被熊、虎、蛇、飞鼠看见了,硬讨去作媳妇。父母怕第五个小女儿再碰到这种情形,就让她在家中织布,又被毛虫变作小伙子娶去了。熊、虎、蛇、飞鼠、毛虫都能变成人。大的四个姑娘结婚后都生了儿女。父亲阿布贴与善猎的虎女婿去打猎,不幸把变回原形的二女婿射死了。只好把二女儿和孙子们接回家中,母亲阿约帖到三女家照料孙子,女儿女婿干活去了,她又误把孙子们当作小蛇烫死了,蛇回来后,就把岳母咬死,蛇和三女儿就搬到别的地方去了。大姑娘的子孙住在兰坪一带,是熊氏族,二姑娘的子孙是虎氏族,有的住在丽江,有的住在贡山和泸水,只有二女儿搬来碧江怒江边上住。传说现在碧江山区的白族都是虎氏族。三姑娘搬到别的地方,她的孩子是蛇氏族,有的说着怒族话,有的说着傈僳话。四姑娘的后代搬到泸水去住,是鼠氏族。五姑娘被爱人接到密林里住,小伙子把绳拴在大树杆上,铺上柔软的花和野草做床,又宽又密的树叶就是帐子。小伙子告诉姑娘,晚上睡觉不要往上看。有一天丈夫很晚没回家,姑娘躺在床上,心想看看美丽的星星,却看见了许多毛虫,吓得叫起来,她一叫,毛虫就往下掉,五姑娘被吓死了。阿布贴又疼又气,就诅咒毛虫:"你们这些毛虫真不是好东西,不配变人,今后永远也变不成人,只配吃树叶子,喂雀子!"从此后,毛虫真的就再也变不成人了。五姑娘没生下子女,绝了后,所以就没有毛虫的氏族②。

这是一个古老的神话,它反映了这样几个问题:

1.反映了原始社会人类生活中的图腾崇拜。神话中的熊、虎、蛇、飞鼠、毛虫,就是图腾,是人类最早的祖先崇拜。人类崇拜熊、虎、蛇、飞鼠的力量,这是不奇怪的,而毛虫,很快就被发现它没有什么力量,因而也就没有毛虫这种图

---

①　编者注:"勒墨族"应为"勒墨人",为白族支系。
②　《云南民族文学资料第十集》第 351 页。

腾了。

2.反映了最原始的婚姻形式——血缘婚。

3.反映了由一个祖先传下来的熊、虎、蛇、飞鼠几个氏族支系的分布与迁徙情况。

4.反映了人类的早期生活，他们住在密林里，结绳为床，过着露天住宿的生活，还没有学会盖房子。

二、《黑白战争》——原始部落战争

纳西族的这个神话是写米里东主与米里术主之战，代表光明的东，战胜了代表黑暗的术。

善神依古阿格一变化，生下一个白蛋，好看的，白生生的蛋变成白鸡，白鸡又下了九对蛋，孵出了神和佛，米里东主就是这些神的后代。而恶神依古顶那生的，难看的黑黝黝的蛋，孵化出丑恶的鬼，米里术主就是他们的后代。

神与鬼不会是一样，东与术截然分开。东的地方充满了光明，术的地方一片黑暗，连飞鸟也不相往来。术千方百计来偷东的光明，他派儿子安生米委去借东的鼠和猪打洞，把光明偷来，拴在铜柱铁柱上，叫黑鼠守着。半夜里，东的金蛙、银鼠到术的地方，咬断了术的三绺头发，术以为是黑鼠咬的，打死了黑鼠。东又取回了光明，后来术又图谋杀害东的儿子阿异，反被东把他的儿子铡死在黑白交界处，术又命女儿用美人计诱杀了阿异，东与术之间的大战就开始了。战争十分剧烈：

天上象星辰闪耀，地上象草样热闹，

飞箭象蜜蜂搬家，铠甲象落叶一样，

铁盔象飞鹰一样……

会飞的在飞，会跳的在跳。

一场恶战活灵活现，有声有色！

最后东得到雷神幽麻的帮助，战胜了术。从此东的子孙繁衍，光明永生。

这个神话罩着一层很神秘的色彩，似乎是一场神鬼的大混战，其实是白图腾的米里东主与黑图腾的米里术主之战（可能是白鸡和黑鸡的部落之战），是一场原始部落战争。战争的原因是术偷东的光明引起的。"偷盗"是原始公社解体后,阶级社会的产物,在部落与部落之间这是一种不公开的掠夺方式,这是原始公社所没有的。同时还可以看出,纳西族的口头创作中常常是歌颂白鹤、白蝴蝶、白鸡,他们的图腾可能是白色的。白色象征着光明,米里东主就是纳西族传说的祖先。纳西人民把保卫部族的酋长——米里东主,塑造成天神,代表着光明、美好、纯洁,而把米里术主描写成恶鬼,代表着黑暗、丑恶、卑劣。这反映了纳西族人民自古以来就热爱光明,渴求光明!

(三)

阶级分化以后产生的神话,就不仅仅反映人与大自然的斗争,而主要是反映阶级斗争,反映奴隶反抗剥削压迫的斗争,表现奴隶要求自由的强烈愿望。这时的"神"就是解放奴隶的大勇者,是为奴隶伸张正义的代言人。这些神话中的"神",有的本身就是奴隶,彝族神话中的普尼阿著,就是奴隶主阻莫阿季的牧羊人。他与奴隶主斗争了无数回合,阻莫阿季时时想害死他,最后普尼阿著变成一支喜鹊,胜利地飞回天上。这类神话中,反映的时代最早的要算拉祜族的神话《札鲁札别》。

札鲁札别是古代的巨人,据说天本来很低,象大铁锅一般罩着大地,札鲁札别春米时,杵棒把天顶上去了。天神厄霞强迫人们向他献新谷,札别不让大家献,厄霞来质问时,他坦率的回答:"……我们吃饭是靠锄头、犁头,并不是靠你,你又不是我们的父母,为什么要白白地献给你呢?"(拉祜族至今流传一种习俗:吃新米饭时,第一碗要给父母吃,过年春粑粑时,先贡献锄头、犁头)问得厄霞哑口无言,厄霞想出一条毒计:在天上挂出了九个太阳,想把札别害死,札别就用七口锅做笠帽,从此人们知道戴笠帽。厄霞见晒不死札别,就把太阳、月亮、星星都收起来。不屈的札鲁札别用蜂蜡把松明黏在牛角上,点着松明耕田(传说原先水牛是白色的,被松明薰染以后,水牛都变成灰黑色的。牛角原先是滑溜溜的,被松明烧成一凹一凹的)。厄霞又把天河的水放下来,整个大地成了汪洋大海,许多人都淹死了,札别却坐在掏空了的木槽里,漂在水面上(从此人们知道造船了）。

厄霞总想除掉札别。札别也不让厄霞得逞。他教大家到处支上弩弓利箭，不让厄霞从天上下来。

厄霞无法来地上，就变出一只"勐谢"（大金龟子）在角上涂上毒药，夜间飞到札别的住处嗡嗡乱飞，嘴里发出"勐谢""勐谢"的声音。札别很生气，一巴掌把它打落，又用脚去踩，"勐谢"的断角刺到脚掌里，脚肿起来了，厄霞叫札别用凿子去凿脚取刺，又替他包上苍蝇子，结果札别被厄霞用阴谋害死了。

札别死后，厄霞仍然害怕他，就把他的肉剐下来分散埋葬。把他的骨头磨成粉，用炮打散。第一炮打在高山上，骨灰变成了荨麻，如果厄霞下地来，荨麻就刺死他。第二炮打在平地上，骨灰变成了竹子、树木，给人们盖房作材料。第三炮打在空中，骨灰变成了虫蚁，其中的飞蚂蚁特别仇恨厄霞，它们一批批飞上去，要和厄霞斗争到底。[①]

札鲁札别的形象是在拉祜族人民的斗争生活中孕育出来的，是拉祜族祖先征服自然，反抗压迫剥削的理想人物，是人民利益的代表者。他勤劳质朴，从事创造性的劳动，使自己的弟兄们也学会了造船，戴斗笠，驾牛耕田，他是生产能手，又是传播技术的教师。更重要的，他又是领导拉祜人民反抗剥削，与天神厄霞（剥削阶级的代表人物）斗争到底，至死不屈的英雄。就是骨灰，也要变成飞蚂蚁，变作荨麻，永远和天神斗争。对于人民，他却是那样热爱，就是死了，骨灰也要变成竹子、树木，永远作为人民造福的材料。英勇不屈的札鲁札别在拉祜族的传说中，是领导人民起来反抗奴隶主的第一个英雄。所以拉祜人民在漫长的剥削制度下一直怀念着他，同时因为怀念他又产生了许多深情的联想：比鲁妈鸟尾巴上的红点，拉祜人民说是它去为札鲁札别吊孝时，札别脚上的血溅上去的；朋谷傈鸟美丽的红冠毛，拉祜人民说它去给札别吊孝时，得了札鲁札别的帽子；蝉儿死了不闭眼，拉祜人民说札别死于阴谋，死不瞑目，蝉吊孝时，看见札别死不闭眼，因而蝉死了也不闭眼。这种对英雄的怀念之情，多么深沉真挚！

---

① 《召翁帕罕》第 41 页。

对敌人的仇恨又是怎样的刻骨铭心！札鲁札别的这种虽死不屈的斗争精神，也正是拉祜族人民在长期的生产斗争和阶级斗争中形成的伟大斗争精神的再现。《札鲁札别》和汉族人民创造的神话，刑天舞干戚、精卫填苍海相比较，是毫不逊色的。

为保卫人民而反抗天神，这样的神话在各族神话中都有。例如白族的《大黑天神》，这位天神奉玉帝之命，要将瘟疫撒在人间，大黑天神见人间百姓辛勤地劳动着，不忍心伤害善良的人民，就把瘟疫撒在自己身上，使自己染瘟疫而死，因此他整个人都变黑了，被称为大黑天神。纳西族的神话《火把节的由来》是这样的：玉皇大帝嫉恨人间的幸福，命令一员大将去纵火烧人间。这个大将同情勤劳善良的人民，谎报已经烧掉了人间。玉皇发觉后，杀了这个大将。可是他那拯救人间的心并没有死。他的一滴鲜血落在大地上，被一个和尚用红绸子包起来。第三天傍晚，那滴血变成了一个娃娃，痛哭着告诉人们：今天晚上玉皇还要派人来烧人间，要大家点三个晚上的火把，迷惑玉皇，逃避灾难。于是人们点起了火把，这就是火把节的来源。各族人民对于为人民利益而牺牲的英雄人物，表现了无限崇高的敬意，并将他理想化、神化了。

从云南少数民族神话中的正面形象可以看出，这些"神"或神化的人，都是最公正、最勇敢、最聪明的劳动者，是人民的朋友、教师和兄弟。他们总是把排除人间的苦难当作自己的事，不惜牺牲自己，也要保护人民。他们和人民在一起劳动、一起生活，有人间的经历，从他们的生活中，反映了社会现实。劳动人民把自己的优秀品质转赋予他们，使这些形象充满生活气息，永远在艺苑中闪耀出夺目的光彩。

无论是远古时期反映人与大自然斗争的神话，或是阶级社会中反映阶级斗争的神话，都充满着美丽的幻想。神话不是用现实主义的方式来解决现实中的具体矛盾，而是通过幻想来表达人们解决矛盾的信心，表达人民的理想和愿望，这就带给神话以浓郁的浪漫主义的色调。这种积极的浪漫主义的手法，是植根于现实的。美丽的幻想与现实是相通的。当然，神话不是现实，不能到神话中找寻人们关于原子弹发明的幻想因素，也不能到现实中寻找神话中每一细节的根据。毛主席指出："神话并不是根据具体的矛盾之一定的条件而构成的，所以它们并不是现实之科学的反映。这就是说，神话或童话中矛盾构成的诸方面，并不是具体的同一性，而是幻想的同一性。"①

各族人民总是以自己的劳动斗争生活，以自己对现实世界的理想，以自己对生活的感受来创造神话，各族神话无不具有自己的民族性格，民族风格。各族人民所处的特定的历史环境和特殊的生活方式、斗争方式，使各族神话在内容上、艺术上区别于其他民族，而表现出本民族在历史发展过程中形成的民族性格，美学理想，艺术风格。同样是火把节（六月二十四）故事，纳西族是纪念拯救人间，宁死不在人间纵火的天将；彝族却是为了怀念那对被奴隶主连夜追赶，为反抗奴隶主迫害而逃婚的情人；白族又是为了纪念忠贞的柏洁夫人，她为了反抗蒙舍诏的兼并，忠于国家，忠于爱情，在外有围兵，内绝弹粮的情况下而殉难。这就使得几个火把节的神话具有不同的风格与气派。

各民族的神话不仅构思不同，人物性格不同，幻想的方式根本不同，甚至神话反映的环境也依各族不同的环境而显示出自己的特色。比如白族人民聚居于洱海一带，古代多次的水灾给人留下深刻的印象，所以洪水神话多，龙的故事多；但是在亚热带生活的傣族，他们住在茂密的森林地带，古代的雷电引起的大火，以及炎热的太阳在人们的心中打下的深深的烙印，傣族就产生了动人心弦的《泼水节》的神话。各族的社会生活、自然条件，都会这样那样地反映在神话中，形成不同的意境和气氛，构成各族神话迥异的艺术色调。神话是各族劳动人民沙里淘金留下的艺术珍品。如何去粗取精，去伪存真地批判继承这些古代各民族的文化遗产，使之服务于四个现代化，这是我们今天的任务。

---

① 《矛盾论》

第二辑

故 事

本辑概述

　　本辑收录了十篇史料，有毕力工的一篇评论，布马、邓美萱的两篇介绍文章，石泉、卜西、顾思、于雷的四篇读后感，卜昭雨的一篇随笔，胡振华与袁忠岳的两篇论文。这些文献分别发表在《内蒙古日报》《文汇报》《新疆日报》《民间文学》《山花》《人民日报》《中央民族学院学报》上，涉及藏族、蒙古族、苗族、维吾尔族等少数民族的民间故事。本时期的社会政治文化语境、民间文学搜集整理的基本原则和方法、少数民族民间文学评价标准，决定了创作者的思路、方法，他们更多地从人民性角度出发，关注民间故事与劳动人民生活、命运的联系，对人民思想、情感进行反映。布马的介绍文章与石泉的读后感不约而同地提到了蒙古族民间故事中塑造英雄形象的浪漫主义手法，特别提到了在恶劣环境中产生的美好想象。维吾尔族民间文学研究聚焦于阿凡提故事。卜昭雨的随笔与于雷的读后感是对阿凡提人物形象的初步分析。胡振华对阿凡提故事分类、思想内容以及艺术风格进行了初步讨论。袁忠岳则在胡振华划分出的故事类型中选取了关于阿凡提的"傻行为"的故事进行了重点分析。有关苗族民间故事的研究，只有卜西在其读后感中初步确定了故事类型。有关藏族民间故事的研究仅仅是对两个故事的分析，顾思虽然已经谈及故事的艺术手法，但最后还是落在阶级对抗以及对劳动人民的情谊的分析上。

　　少数民族故事及其研究的空间分布主要集中在中国西部（尤其是西北部）、北部和中南，东南、东北则是空白。从这些史料看，与其说研究故事，不如说是研究经典故事和人物——维吾尔族故事的研究对象几乎都是阿凡提，蒙古族故事研究关注英雄形象的塑造。而在经典故事和人物研究中，受所处年代的影响,选取的人物都是正面的劳动人民的典型形象,讨论的大都是这些正面形象如何凝聚人民的智慧与力量,如何体现劳动人民的阶级感情。

关于阿凡提的傻行为

袁忠岳

史料解读

　　该史料是研究阿凡提故事中"傻行为"的论文，原载于《民间文学》1956年第16期。作者对贾芝《关于阿凡提的故事》一文中关于阿凡提的傻行为的解释并不满意，认为他把重心放在真傻或假傻上面，把问题简单化、庸俗化了，把阿凡提的傻行为简单地归结为出于他的"忘我精神"和"淳朴憨厚的性格"。贾芝将阿凡提的聪明智慧与他的傻行为对立起来，竭力说明阿凡提不是真傻，而是出于别人的"不理解和蓄意诬蔑"，偶然有一些真傻，那也是太聪明的结果。在作者看来，贾芝的观点破坏了阿凡提形象的完整性。作者认为，阿凡提的傻，是因为他把广大下层人民看作家人，是因为他有纯朴而高贵的心理素质，是因为他的永远乐观的精神和对美好事物的向往。因此，阿凡提的傻行为是阿凡提完整性格不可分割的一部分，通过"傻行为"我们同样可以清楚地看到阿凡提的伟大人格。贾芝的错误在于把阿凡提当作历史真实人物，而不是文学虚构人物来评论，忽略了其中的艺术夸张手法和人民集体创作的智慧。该文敢于向权威挑战的精神和严密的逻辑推理值得称赞。

原文

一九五六年一月号的《民间文学》里,在《纳斯尔丁·阿凡提的故事》后面,刊载了贾芝同志的《关于阿凡提的故事》。在这篇文章里,贾芝同志对阿凡提这样一个人民传说中的英雄人物,作了一个正确的合乎阶级观点的评论。

阿凡提是"劳动人民的利益的积极维护者,他是被压迫和被剥削阶级的忠实的代言人"。在他身上"表现了劳动人民的聪明才智,表现了劳动人民的高贵品质;也反映了劳动人民在旧时代对黑暗腐朽统治的否定态度和坚决的反对立场"。这就帮助了我们对阿凡提的故事作了正确的了解。一个"代表正义和富有智慧"的英雄形象,更加光辉的凸现在我们面前。

我在这儿只是想对阿凡提的"傻行为"发表一些意见,因为这是研究阿凡提的故事的人必定会碰到也必须解决的问题。

贾芝同志在他的文章里也谈到了这一问题,不过他的解答是不能令人满意的。由于他把问题的重心放在真傻还是假傻上,因此就把问题简单化庸俗化了。

他说阿凡提的傻法可以分为三种:一种是"佯装,是对付剥削者和压迫者的诡计"。一种是在"忘我的精神状态下所发生的一些可笑行为",也不是真傻。最后一种是出于阿凡提自身"淳朴憨厚的性格"和"爱幻想"的习惯。"一个聪明人想得太多,也有想愚了的时候。"前二种的傻法,贾芝同志说:"都是出于对阿凡提的不理解或者蓄意诬蔑。"前者是指"目光短浅,只看到个人利益"的人;后者是指"自作聪明,看不起劳动人民"的剥削阶级。至于最后一种傻法,贾芝同志认为"可要由阿凡提自己负责了"。——以上就是贾芝同志对阿凡提的傻行为的解答。

我说它简单,就是贾芝同志把阿凡提的傻行为简单的归结为出于他的"忘我精神"和"淳朴憨厚的性格"。这就降低了"傻行为"在阿凡提的整个艺术形象中的作用。没有这些傻行为,我们不也一样看到了阿凡提的"忘我精神"和"淳朴憨厚的性格"吗?

我说它庸俗，就是贾芝同志把阿凡提的傻行为错误地归结为出于人们的"不理解或者蓄意的诬蔑"。谁不理解？是一面埋怨自己的丈夫一面在心里暗暗的为他而感到自豪的妻子吗？是满口称赞他从心底里敬佩他的邻居吗？是热情的传诵着他的故事的人民吗？当然，有一些在社会上阅历较深染上了社会恶习的人，如牛贩子之类，是很难理解阿凡提的为人的。但这些人的不理解，怎么就造成了阿凡提的傻行为呢？至于剥削阶级的诬蔑与人民传说中的阿凡提的傻行为更没有丝毫联系。我认为"对付剥削者和压迫者的诡计"本来就没有人把它看作是阿凡提的傻行为。而说阿凡提由于太聪明的缘故，才干出这些傻行为来，"一个聪明人想得太多的时候，也有想愚了的时候。"那更是一个异想天开的解释。

贾芝同志把阿凡提的聪明智慧与他的傻行为对立起来，竭力说明阿凡提不是真傻，而是出于别人的"不理解和蓄意诬蔑"；偶然有一些真傻，那也是太聪明的结果，所谓"大智若愚"。表面上这样一来，阿凡提的性格好像被"统一"起来了，实质上是对阿凡提的完整的性格的破坏。

阿凡提所以成为阿凡提，就是因为这些傻东西。我们知道，抽象的一般的英雄是没有的，有的是具有自己特定性格的英雄。反映在人民传说中的阿凡提的傻行为，不是旁人硬加上去的，当然也就不需要我们来给他洗掉。是这些傻行为，构成了阿凡提的亲切、憨厚、幽默和风趣的性格。"傻"，并不是一个坏字眼，问题是在于怎样傻。傻得正直，傻得勇敢就是好的。鲁迅先生就歌颂过傻子。阿凡提的傻，也就是人民群众对他的正直、勇敢的品格，加以艺术夸张的结果。

同时，我们在阿凡提的傻行为后面，可以看到一个英雄的伟大人格。阿凡提在敌人面前是一点不傻的，他很清楚的知道：与狐狸打交道，必须比狐狸更狡猾。他的机智不是从天上掉下来的，而是在与皇帝、"巴依"、长老们的斗争中磨炼出来的。可是，与妻子、牛贩子、理发匠、小偷、朋友在一起的时候，他怎么一下子就成了一个愚蠢可笑的傻瓜了呢？从这儿我们看出了什么问题呢？

第一，他把广大的下层人民，看作是一个家里面的人。在自家人面前是不必斤斤计较个人得失的；他的精明刻毒完全用在对敌人身上。在人民面前他是一头羊，在敌人面前他是一只猛虎。这儿阿凡提真有些"横眉冷对千夫指，俯首甘为孺子牛"的气概。

第二，他有着这样一种纯朴的高贵的心理，就是不愿意作一尊圣像，受人朝拜。他要像一个普通人那样生活，生活在普通人中间。傻行为把他的明智的锋芒巧妙地掩盖起来，人们也就更觉得他亲切、可爱。

第三，他的傻行为表现了他的永远乐观的精神和对美好事物的向往。它丰富了人民的精神生活。人们是会从他的傻行为后面看到"智慧的闪烁"的，它会引起人们深刻的思考。他的出奇的幻想，会启发人们对美好事物的向往；人们又可以从他的善意的讽刺中得到教育，像牛贩子、小偷这样一些人会在他的教化下正直起来的。

这样，我们不仅把傻行为统一在阿凡提的性格中，而且统一在他的伟大的人格中了。

我们可以作出这样一个结论：阿凡提的傻行为是阿凡提的完整性格不可分割的一部分，通过它我们同样的可以看到阿凡提的伟大的人格。

我认为贾芝同志的错误是把阿凡提当作一个历史上的真实的人物，而来评论他的傻行为；这就不可能不把着眼点放在真傻还是假傻上。而《阿凡提的故事》中的艺术夸张手法和人民集体创作的智慧，被轻轻的忽略过去了。正是人民大众依靠了集体的智慧，用夸张的艺术手法，塑造了活龙活现的"代表正义和智慧"的完全属于人民的英雄形象——阿凡提。

这是我对阿凡提的傻行为的一些浮浅的意见，我希望这些意见能对阿凡提的研究工作有所帮助。同时我也希望大家对阿凡提的傻行为作进一步的研讨，特别希望贾芝同志能把我不对的地方加以指正。

一九五六年二月二十五日

两朵别具色香的藏花

——读藏族民间故事《穷江格》和《饿是什么味儿》

顾　思

史料解读

　　该史料是关于《穷江格》和《饿是什么味儿》两篇藏族民间故事的读后感，原载于《民间文学》1959 年第 10 期。《穷江格》讲述了一对开杂货铺的汉族小生意人夫妇，为了躲避匪帮抓兵，把独生子送往藏族老朋友家里，但独生子由于语言不通在藏民家里闹出了笑话的故事。这个故事以语意误会展开情节，以人物的具体行动和心理活动反映了汉藏人民之间深厚的友谊，在双方都是劳动人民的前提下，着重描写藏族老人道尔吉的善良、淳朴、热情。《饿是什么味儿》则尖锐地揭示了藏族内部富有者和贫困者之间阶级对立的社会本质。财主贪婪无情，但愚蠢至极，他不知道饥饿的感受，生怕饥饿降临，死命填塞美食以致腹胀，但即便这样，他对于自己的财富依旧贪婪，不允许仆人拿走剩余的食物，腹胀不已还以为被饥饿缠上。这篇故事幽默与讽刺并存，闪耀着生活和思想的智慧。两篇故事题材不同，但都反映了劳动人民对美好善良事物的赞扬与歌颂，对丑恶腐朽事物的揭露与鞭挞。

原文

在万紫千红、争妍斗艳的祖国民间文学的大花园中,藏族民间文学,是一株枝叶繁茂、色香俱佳的奇花异葩。

藏族民间文学,有着悠久而宝贵的传统,它一向以内容丰富、思想深刻、色彩鲜明、格调清新、情趣幽默而富于智慧,受到人们的喜爱。《民间文学》今年三月号发表的两篇藏族民间故事:《穷江格》和《饿是什么味儿》,就是藏族民间文学中两朵别具色香的鲜花。

《穷江格》是一篇优美的、具有喜剧风格的现代民间故事。它的情节是简单的:一户开杂货铺的汉族小生意人——一对年老的夫妇,为了躲避马步芳匪帮的抓兵,把自己心爱的年青的独生子,送到他们的藏族老朋友——贫穷的道尔吉的家里。临行时,老人反复叮咛、嘱咐:"藏族朋友是好客的,你去了要讲礼貌些……说话不懂,你先跟着别人说……"青年到了道尔吉家里,受到了热情的亲切的款待。晚上,道尔吉生怕好友的儿子受冻,把他既当衣服又当被盖的一件皮袄,盖到青年的身上,并且象父亲一样慈祥地问他:"穷江格?"("你冷吗?")青年不懂藏语,同时又记起父亲临行前的嘱咐:"说话不懂,你跟着别人说。"于是就回答:"江格,江格!"("冷,冷!")老人听了,连忙拨旺了火,把老婆的皮袄给青年盖上,问:"穷江格?"青年仍然回答:"江格,江格!"老人又把女儿的皮袄给他盖上,青年还说:"江格,江格!"接着,把"马衣"、"牛衣"都给他盖上了,他还是说:"江格,江格!"最后,老人实在找不出什么东西来给他盖了,就抱了一些干草来准备给他盖上。已经热得汗流浃背的青年,这时可大为恐慌了:"要把这些东西都盖上,我就要给压死了。"于是用尽力量,大叫一声:"江格!"推开"被盖",就往家里跑去了。老人怀着遗憾的心情,骑上马,踏着草原上的月光,一直追到他的家里,连连向他的老朋友道歉:"对不起你,我们太穷了,没有盖的东西,把你的儿子冻坏了!"

整个故事,通过"穷江格"这一语意的误会,展开了饶有风趣的情节,深刻地反映了汉、藏人民之间的深厚友情以及藏族人民的淳朴、善良的品德。

汉、藏两族人民本来就有着悠久而深厚的传统友谊；而汉族小生意人和藏族老人道尔吉又都是劳动人民，"天下穷人是一家"，这就使他们的友谊具有了坚固的阶级基础；马步芳匪帮的抓兵派款，给青海各族人民带来了深重的灾难——这个共同的命运，使他们的团结更加紧密，友谊也更加深厚了。

劳动人民在自己的口头的艺术创作中，精湛地表现了鲜明的阶级分析的科学观点。开杂货铺的汉族小生意人，基本上也是属于劳动人民，但他的社会地位，毕竟和半农半牧的贫苦的道尔吉有所不同，因此，故事以主要篇幅来描写道尔吉及其一家的善良、淳朴、热情、好客，这样就使得道尔吉老人的性格更加可爱，形象也更为鲜明突出。——这种鲜明的阶级观点和强烈的阶级感情，应该说是劳动人民口头创作中的显著特色和优秀传统。

汉、藏两族人民的友谊，在故事中，不是用概念化的语言来说明的，而是通过对道尔吉和汉族青年这两个活生生的人物的具体行动和他们的细微的心理活动，形象化地呈现出来的。如道尔吉老人开始接待青年时的那种关怀备至的心情，对于客人的食、宿的苦心安排，以及每一次给青年盖东西时的那种复杂而微妙的心理活动（生怕青年冻坏了，对不起老朋友；又埋怨自己贫穷，无力更好地照顾朋友的儿子……）；青年人"逃走"以后，又怕他碰上野兽，于是毫不迟疑地挎上刀，骑上马，随后追去，一直追到他家里，还那么内疚地向老朋友道歉……通过这一系列的生动描绘，使道尔吉老人的形象，雕塑似地矗立在我们的眼前。我们读了这个故事，不能不从心灵深处，热爱和尊敬这位善良的老人。

这篇故事的基调是明朗的，健康的。它的单纯的结构，朴素的语言，幽默的情趣，使这篇洋溢着喜剧风格的故事，平添了明丽的色彩和温馨的气息。

《饿是什么味儿》的题材和风格，和《穷江格》有明显的不同。它从另一方面，尖锐地揭示了藏族内部富有者和贫困者——财主和佣人之间的阶级对立的社会本质。

故事中的财主是富有的，"如果把他的牛羊一个个都变成一枚'休巴'（小铜币），最少也得一百条牛皮口袋才装得下；假如他的牛羊一起跺跺蹄子，声音就会象打雷那么响。"尽管他有着这么惊人的财富,养得脑满肠肥,但"智慧"和他却是完全绝缘的!他是如此的愚蠢,以至于连人类最基本的生活感受——饥、饱——都茫然无知!当他酒醉饭饱之后,忽然听见佣人叫饿的时候,竟然荒谬绝伦地问起:"饿是什么味儿?"这里面也许可能有这样的情况,就是他带着一种欣赏的、揶揄的态度,有意地拿穷人开心,从而表现了他冷酷无情的阶级本质的一个方面;但也不能否认,象他这样一个大财主,终日吃得肠满肚胀、饱得难过的人,确实是不可能真正体会到"饿是什么味儿"的!

故事中的财主是十分贪婪的。由于他的财富是依靠残酷的剥削得来的,所以他就尽一切力量来保护他的财产以及他那可鄙的生命。当他已经吃了那么多羊腿,肚子胀得无法忍受的时候,看到帐篷四周悬挂着一块块风干的牛羊肉,还在发愁:"什么时候才能吃完呢?"——看来,他是决不愿意那些"剩余"的东西落到别人手里的!最令人忍俊不禁的,是当他胀得"两眼发黑"还疯狂地嚷着"饿"的时候,佣人把他手里的风干羊肉夺下,他却大声叫喊起来:"我还没有死呐,你怎么敢抢我的羊肉!"——私有财产制度,竟把一个人的本性斫丧到如此可悲的程度!

伴随着贪婪的恶性而来的,是他的冷酷无情。当他听到佣人说明"饿"的痛苦滋味时,他心如冰铁,丝毫无动于衷。可是,当他想到"饿"可能降临到他自己头上的时候,却又显出了极端的恐怖、怯懦,深怕"饿"把他的生命夺去。可是,就在这个时候,"贪婪"作为他的阶级属性,仍然象魔影一样地笼罩在他的头上——想方设法,放开肚皮,来填塞美味的食品。

自然,他也是愚蠢透顶的!——他不知饥、饱,当他被酥油糌粑、风干羊腿,胀得不能动弹的时候,他竟然心怀鬼胎地认为是被"饿缠住了"!甚至"情愿挨三百棍子,也不愿挨饿"。——从这里,可以看出,他是怎样地可憎、可鄙而又可怜、可笑啊!

"饱汉不知饿汉饥!"——这个故事,生动地、形象地阐释了这一生活哲理。穷人们为了不受"饿的滋味"的侵袭和折磨,就必须起来斗争,把那些原是由劳动人民亲手创造的生产资料和生活资料,从贪婪而又愚蠢的财主们手中夺取过来，并把他们所从属的阶级从人类生活的大地上扫除出去！

　　这是一篇富有揭露性的战斗的民间故事。它处处显露着讽刺的锋芒，闪耀着智慧的火花，并且洋溢着令人发出内心的微笑的幽默感。据说，这篇故事被介绍到外国去的时候，曾受到广泛的热烈的欢迎。这是完全可以理解的。

　　这两篇流传于不同地区的藏族民间故事，尽管题材和风格有所不同，但在总的创作基调上却有着共同的东西，即劳动人民对于美好的善良的事物的赞扬与歌颂，对于丑恶的腐朽的东西的揭露与鞭挞。在过去，它可以使人们从中吸取力量、坚定信心；争取美好的未来，摧毁黑暗的制度；在今天，它将会鼓舞人们战斗的热情，珍爱和保卫已经获得的自由幸福的生活。

漫谈阿凡提故事

卜昭雨

史料解读

　　该史料是关于阿凡提故事的随笔,原载于《人民日报》1961 年 4 月 20 日。阿凡提故事在新疆维吾尔自治区广泛流传,阿凡提作为民间口头文学中虚构的传奇人物,产生于封建领主与宗教统治者相互勾结的时代背景下,具有战斗性和人民性,同时又有维吾尔族人民的憨厚、机智、乐观与幽默。阿凡提故事由人民创作,在流传中不断加工、提炼、丰富,故事短小精悍,语言朴素优美、大方自然,读起来极近口语,通畅流利。

原文

　　阿凡提故事在新疆维吾尔自治区广泛流传,家喻户晓。

　　阿凡提,是"先生"的意思,在维吾尔①人民心目中,阿凡提是一位学识渊博、才智过人的人物,人们这样称呼他,是带着极大的敬意的。

　　阿凡提并非实有其人,而是民间口头文学中虚构的一位传奇人物。在很古的年代,勤劳、勇敢的维吾尔族人民就生息繁衍在新疆这块美丽富饶的土地上。但是,在黑暗的历史时代,以汗、伯克等为代表的封建领主和阿訇、哈孜等宗教

---

①　　编者注:"维吾尔"应为"维吾尔族",后同。

统治者互相勾结，残酷地压迫与剥削维吾尔人民。数不清的苛捐杂税压得劳苦人民透不过气来，奇里古怪的赋税制度，使得社会上富者愈富，贫者愈贫。因此，统治者与被统治者，剥削者与被剥削者之间充满了不可调和的阶级斗争。这种斗争，首先在文学艺术上得到反映，当书面文学尚未形成或广大劳苦人民尚未掌握文字这一斗争武器的时候，这种阶级斗争生活便成了阿凡提故事的主要内容之一。所以，阿凡提故事是具有战斗性和人民性的。人民群众运用自己的智慧，创造了威武不屈、富贵不淫的这样一个阿凡提形象。人民以辛辣的讽刺口吻和语言，嘲弄和否定统治者，发泄内心的愤懑。

维吾尔族人民机智聪明、淳朴善良而又饶富风趣，同时维吾尔族又是一个好客的民族，胸怀旷达，性格豪迈侠义，在劳动生产之余，他们往往欢聚一堂，高歌漫舞，或者讲一些传说故事、寓言笑话等，以消解疲累。这时，维吾尔族人民便塑造了自己的憨厚、机智、乐观而又幽默的阿凡提形象，往往一口道破一个真理，使听者大吃一惊，如梦方醒，往往又惹得大家捧腹大笑，乐不可支。但笑过之后，总有所教益，或得到一种美的享受。

人民群众创作了阿凡提故事，并在流传中不断加工、提炼、丰富，所以一般地讲，阿凡提故事都短小精悍，语言朴素优美、大方自然，读起来极近口语，通畅流利。

阿凡提故事在维吾尔古今文学上有着巨大的影响，它简洁的表现方法和优美、朴素的文字，深受维吾尔人民及作家的喜爱，他们从阿凡提故事中汲取营养，成长壮大起来，繁荣了维吾尔文学。所以阿凡提故事有着宝贵的艺术价值，它是我国各民族文学艺术宝库中，一枝别具香色的鲜花。

草原上的民间文学宝藏

—— 介绍《蒙古族民间故事集》

布 马

史料解读

　　该史料为一篇关于《蒙古族民间故事集》的介绍文章,原载于《文汇报》1962 年 3 月 1 日。《蒙古族民间故事集》收录的民间故事,充分体现了蒙古族人民昂扬的革命精神,充满了蒙古族人民美好的愿望,显示了蒙古族劳动人民惊人的艺术才华。蒙古族劳动人民爱憎分明,以想象与夸张的手法、质朴生动的语言,塑造出了动人的艺术形象。如巴拉根仓这一形象集中了劳动人民的智慧与力量;又如莎克蒂尔这一形象是蒙古族人民反抗封建统治的一团烈火,他以口头诗歌为武器,与统治者抗争。寓言和动物故事也是蒙古族人民生活、斗争经验的结晶。蒙古族民间故事的民族特色鲜明,基调明朗乐观,创作手法积极浪漫,具有草原浓烈的色调,体现了游牧民族粗犷的性格特征和文化特质。

原文

　　我们伟大祖国的兄弟民族,都有着自己丰富多彩的民间文学宝藏。蒙古族民间文学的宝藏,正如一片一望无际的草原,是极其广博的。它以豪迈粗犷的艺术风格,饱满的阶级感情,浓厚的浪漫主义色彩,鲜明的民族特色,深深地吸引着我们。

《蒙古族民间故事集》（中国科学院内蒙古分院语言文学研究所编，上海文艺出版社出版）所收的五十二篇作品，在我们面前呈现了一幅幅引人入胜的图画。这些故事生动地反映了蒙古族社会生活的各个方面，同时也反映了蒙古族劳动人民生活的精神世界的各个侧面。透过这些故事，蒙古族人民昂扬的革命精神特别强烈地激动着我们。

蒙古族民间故事，充满了美丽的幻想。这种幻想，反映了蒙古族人民要求改善生活条件的强烈愿望。《沙丘国》这篇故事，描写了一年四季处在刮着黄风、沙尘满天的地方的人民，是多么渴望着有一天能够制服黄风，变沙漠为绿洲呀！这个故事的主人公老三和七姑娘，则是人民理想的化身，他们的心愿是人民的心愿，他们的信念是人民的信念。他们的胜利也正是人民力量的显示。

蒙古族民间故事，显示了蒙古族劳动人民惊人的艺术才华。从这本《蒙古族民间故事集》中，可以见到他们丰富的、多方面的创作才能；不同题材的作品，表现出多种多样的艺术风格。这里有叱咤风云的英雄篇章，也有充满着机智的讽刺性的短小精品；有奔放激昂的战歌，也有娓娓动听的抒情。这里有细腻动人的描绘，有引人入胜的情节，也有发人深思的寓意。

蒙古族劳动人民在自己的创作里，以鲜明的爱憎，用质朴生动的语言，通过大胆的想象和夸张的手法，通过人物本身的行动，塑造了许多动人的艺术形象，其中最光辉的是蒙古族人民喜爱的英雄巴拉根仓。

巴拉根仓这一艺术形象，和维吾尔族的阿凡提、藏族的阿克登巴、纳西族的阿一旦、汉族"长工与地主"故事中的长工一样，是集中了劳动人民智慧与力量的典型形象，是劳动人民"理性和直觉、思想和感情混合一起创造出来的"。巴拉根仓是一个顶天立地、不惧权贵、敢于反抗和嘲弄统治阶级的英雄人物，是一个淳朴善良、足智多谋、富有正义感、锋芒毕露的好汉。他的爱憎分明、机智幽默而饶有风趣，使人留下难忘的印象。

莎克蒂尔是人民群众所喜爱的另一个艺术形象。如果说巴拉根仓是蒙古族人民智慧的象征，莎克蒂尔则是蒙古族人民反抗封建统治压迫的一团烈火。

莎克蒂尔秉性正直，意志坚强，尽管饱尝了人间辛酸，但毫不懦怯退缩。他到处奔波，以充满激情的口头诗歌作为武器，与旧社会凶残暴戾的统治者抗争，给他们以无情的抨击、嘲讽、鞭挞和诅咒，正表现了劳动人民对压迫者的鲜明态度。

收在《蒙古族民间故事集》中的一辑寓言和动物故事，则是世代蒙古族人民生活、斗争经验的结晶。它渗透着劳动人民的思想感情和道德观念，给我们提供了有益的经验和教训。它那讽喻幽默的性质、深刻的寓意、精短的篇幅、质朴的语言，特别为我们所称道。

明朗乐观的基调，积极浪漫主义的创作手法，草原风光浓冽的色调，游牧人民粗犷的性格特征，构成了蒙古族故事鲜明的民族特色。这种民族特色还表现在语言上、形式上，在蒙古族民间故事里，散文和韵文往往有机地结合在一起；谚语也常常被巧妙地运用在蒙古族民间故事里。

总之，蒙古族民间故事是一宗值得我们珍视的精神财富。从这些故事里，我们可以得到鼓舞，也可以获得艺术上的享受。

引人入胜的《维吾尔民间故事》①

邓美萱

史料解读

　　该史料是对《维吾尔民间故事》的介绍，原载于《新疆日报》1962 年 10 月
17 日。《维吾尔民间故事》中包含了英雄故事、民间传说，涵盖了生活多个方
面，主题多样，展现了维吾尔族民间风俗以及维吾尔族人民丰富多彩的生活，
反映了真正的幸福属于劳动者的真理，控诉了封建制度的罪恶，歌颂了劳动人
民的美德，具有鲜明的人民性。同时，故事具有优美的艺术形式以及丰富的想
象力。

原文

　　最近，新疆人民出版社编辑出版的《维吾尔民间故事》是一本富有民族特
色、引人入胜的民间故事集。它可以说是丰富多彩的维吾尔民间故事的一个
缩影。

　　集子里的四十七篇故事，一会儿把我们带到戈壁，一会儿又把我们引上高
山，领着我们在天山南北广游博览，增加了许多见闻知识。故事的主角有木工、
牧童、渔夫、园丁，也有皇帝、皇后、巴依、财主；有人，也有各种各样草木虫鱼、飞

---

① 　编者注：原文书名用的是引号，为符合现行阅读习惯，改引号为书名号，全文同改。

禽走兽。通过这些故事的描述,让我们读到了为民除害、历尽险阻的英雄事迹,听到了美妙神奇的民间传说,还让我们看到了维吾尔族民间的风俗画,侧面地了解到维吾尔族人民的生活和斗争。

第一篇故事《红桑葚》就很新奇。"喝下红桑葚水后,正直善良的人都得到了幸福,而恶棍坏蛋和皇帝都发疯死了。"这里所含的寓意是很明白的:真正的幸福是属于劳动者的,那些坐享其成,不劳而获的家伙对幸福是无缘份的。故事风趣生动,有力地鞭笞、嘲讽了皇帝和懒汉。在《伊斯堪的尔皇帝的故事》中说伊斯堪的尔长了两只金角,他灭绝人性,残无人道;每星期理一次发,总要谋杀一个理发匠。岁岁月月,天长日久,该有多少无辜善良的理发匠丧失生命啊!这个民间故事控诉了封建制度的罪恶,让人们认识到封建帝王的罪恶本性,其人民性是十分鲜明的。

我们从这本书中还可读到歌颂劳动人民美德的故事。他们大公无私,舍己为群;坚持正义,同情弱者;赞美勤俭,热爱劳动。这些美德是劳动人民在长期生活和斗争中形成的,今天在我们时代的英雄人物身上更加发扬光大。很显然,这些作品对我们仍然是有价值的。例如,《兄弟俩》正面地歌颂了亲兄弟的那种互济互助的骨肉之情;《农家姑娘》歌颂了一个为民铲除暴君奸臣的刚性女子;《一个女人的爱情》则道出了劳动人民的生活理想。这些,对于今天的读者仍有相当的教育意义。

这些故事所以引人入胜,脍炙人口,是因为它们还具有优美的形式。民间故事的特色是思想健康,语言洗炼,情节曲折。我们在反复阅读这些故事的时候,深切感到维吾尔民间故事还有另一重大特色:丰富的幻想。例如:牧童一吹竹笛,便与树林的动物交上了朋友,并且一道去对付仇人巴依(《牧童阿尼孜》);用"生命之水"救活了人(《太子爱赫山》);飞来的鸽子会变成美丽的姑娘(《布力布力古亚鸟的故事》);绿宝石放在水里,使混水澄清,而红宝石万道红光,把妖魔眼睛晃得睁不开(《公主的头纱》);等等。我们并不感到这些离奇的情节和大胆的幻想不真实,不可信,倒被它们所吸引而且入迷了。这是因为这些虚构的情节所反映的劳动人民的思想感情是真切的。

　　我们希望哈萨克族的，柯尔克孜族的，以及其他民族的民间故事，随着这本《维吾尔民间故事》的出版而相继出版，让新疆各民族民间文学的花朵越开越鲜艳！

阿凡提究竟是个什么样的人物

——《纳斯尔丁阿凡提的故事》读后

于　雷

史料解读

　　该史料是《纳斯尔丁阿凡提的故事》的读后感，原载于《民间文学》1963年第5期。作者对《纳斯尔丁阿凡提的故事》中展现的不同的阿凡提形象进行了分析。故事中阿凡提形象有两种：一是人民的阿凡提，二是反人民的阿凡提。人民的阿凡提，机智勇敢，擅长以讽刺的语言愚弄和嘲笑残暴的统治者。人民敬爱他，从他的故事中吸取生活的智慧和力量。反人民的阿凡提，不仅品行上有缺陷，而且是阶级敌人的走狗，有卑劣的根性，丧失人的尊严。作者认为反人民的阿凡提形象来源于统治阶级的假造，为了贬低阿凡提在人民心目中的威望，将庸俗流氓行径加诸他的身上。作者还举了《女人的话》和《魔鬼的话》两个故事作为证据，说明统治阶级如何把阿凡提的故事改头换面。整理、编辑、翻译者的任务是将糟粕除去，将精华吸收，把真正的阿凡提形象树立起来，把假的阿凡提的面具揭下来。

原文

　　近几年在新疆维吾尔自治区的文学刊物和报纸上，曾陆续读到一些阿凡提的故事，国内各地报刊上也曾选载过。从已发表的那些故事中，阿凡提大体上给人一个较鲜明的印象，他是个游侠式的幽默诙谐的人物，是个神通广大、聪敏过人的传奇式的人物，是人们智慧理想的化身。正因为阿凡提运用他超人的智慧，对骑在人民脖子上的统治者进行了无情的嘲讽和有力的抨击，才使人们由衷地喜爱他。可是在看了新疆人民出版社新近出版的《纳斯尔丁阿凡提的故事》后，却感到疑惑和失望，有好些故事中的阿凡提简直与人们心目中的阿凡提截然相反，令人发呕。仔细咀嚼，慢慢地也就从这三百六十五篇故事中看到了两个性格、本质截然不同的阿凡提，一个是人民的阿凡提，是劳动人民理想的英雄与正义的化身，一个是反人民的阿凡提，是愚昧贪婪卑鄙的阶级敌人的走狗。

有一百一十篇左右的故事是描述正面的阿凡提的光辉形象和英雄业绩的，着重描写了他与巴依①、毛拉②、喀孜③、国王等的斗争，向这些魔鬼抛出利剑、匕首，刺穿了他们的胸膛，剥落了他们华丽的外衣，毫不留情地揭示出他们贪婪狠毒的心肠、愚蠢丑恶的思想、腐朽堕落的本质，这些"贵人"在阿凡提面前原形毕露、丑态百出。在《金钱与正义》中，阿凡提指出拥有大量金钱的国王却没有丝毫的正义。在《地狱的宝座》里，国王问阿凡提他死后该升天堂还是入地狱，阿凡提幽默地回答说国王杀的无罪的人太多，将天堂都挤满了，只好给国王到地狱里修个宝座吧！在《寻找智慧》里，昏庸无能的国王妄想找到智慧的来源，阿凡提交给国王一把砍土镘，让他在劳动中受到教训。在《狗也讨厌》里，阿凡提家的狗一见财主便躲到木房里去，财主借此想炫耀自己权势，洋洋自得地说阿凡提的狗都怕他，可阿凡提回答的更妙，"它不是怕你，而是讨厌你哩。"连狗都讨厌的人何称其为人呢？在《锅生儿》和《借锅》里，将高利贷者的贪婪，一毛不拔的阶级本质刻划的有声有色，淋漓尽致。《钉饼》中描述有个富翁招待客人总用一块铁硬的饼，客人咬不动只好留下。有次仆人不小心将饼摔碎了，富翁竟因此昏过去，阿凡提连忙一本正经地建议象钉碗那样把饼钉起来。真是将富翁的吝啬刻画的入骨三分。此外，如讽刺喀孜、毛拉、国王的《只凭散篮》、《醉汉》、《癞狗非狗》、《检查监狱》、《歪诗人》等都是很有意义的故事。综上所述，不难看

---

① 巴依是财主、牧主、地主等有财势的人。

② 毛拉是伊斯兰教中精通教义的宗教人士。

③ 喀孜是伊斯兰教宗教法官。

出阿凡提是多么机智、勇敢地愚弄和嘲笑着这些残暴的统治者,阿凡提的语言就象沾了水的鞭子打在这群癫狗身上。从故事中看到,阿凡提不仅是个普通的劳动者,而且是具有丰富经验的医生,是知识渊博上通天文下晓地理的学者,还是补靴匠、理发匠等,他是在人民心目中被推崇提高和理想化了的人物,人们力求创造出这个典型形象,便将远远超过一个平常人的能力的品质,移植到阿凡提的个性和行动中去,所以他万事精通,无能不为。故事中的阿凡提,代表着千千万万的人民,揭露了封建统治者腐朽的本质,抨击了不合理的社会现象,因而人民敬爱阿凡提,并从这些故事中吸取了斗争的勇气和力量。

本书中出现的另一个阿凡提,是与前者水火相克的对立形象。这个阿凡提是个愚蠢无知的大笨蛋,是个偷人东西的无赖汉,是个捉弄人的冷心肠者,是个蛮不讲理的流氓,是个妒忌成性的小人,是个丧失阶级立场的叛徒。这个阿凡提不只是品行上有缺陷,而且是劳动人民的叛逆,阶级敌人的走狗。在《讨鞋》、《捞月亮》、《谁揪的耳朵》中,他是个名副其实的蠢才,鞋掉到河里向水大发脾气;晚上跑到井里去捞月亮;别人请他裁判,他将自己耳朵揪的发痛,头碰得流血。他笨的骑驴不知道怎么放褡子,当别人告诉他后,他还一再叮咛莫把这"方法"告诉别人,竟如此自私愚昧(《聪明的办法》)。他贪吃的要命,在《去问丢羊人》和《牛主》中,他恬不知耻地将别人放牧的牛羊拉回来杀掉,又吃又腌,当人家找上门来,还诡辩不已,显的无耻已极。他为了吃蜜饯,宁挨别人的痛打,还自己解嘲,行为显得多么卑下(《吃蜜饯》)。对邻居的态度穷凶极恶,他的驴可以践踏别人的庄稼,不听劝告还侮辱别人(《唤驴》)。当人家的牛误跑到他的地里时,他差点疯狂起来,赶走牛不算并伺机报复,结果又将另一个人的拉车的牛痛打一顿(《报仇》)。这简直是歇斯底里的狂人,蛮横已极的地痞。他捉弄朋友,处处想沾朋友的光,甚至连乞丐和儿童都不放过,在《上楼和下楼》中,描述他怎样略施小技就将一个穷苦的乞丐骗上楼来,却又毫不施舍冷酷无情地将乞丐赶下楼去,把自己的快乐建筑在别人痛苦的基础上,这又是多么卑劣的灵魂。在《调解》中,他见两个小孩争着一个核桃,借着给他们调解,将核桃仁骗吃了,空壳分给小孩一人一半,还说这是为了使他们满意。他的恶劣行为是有根源的，一些故事描述他在小的时候就是个乱花钱的、爱捉弄人的调皮蛋。正因为阿凡提有这样的劣根性，所以在《话说当年》中，充当吹牛皮的浪子，结果却被伯克老爷抓住小辫子，弄的灰溜溜地下了台。在这里阿凡提是失败了的被嘲笑的丑角，而统治阶级的伯克老爷却是胜利者，这不是很明白地说明了问题吗？在《无花果》中，这个阿凡提在统治者国王的面前更显示了不可容忍的奴颜媚骨，极逞奴才之能。他摘了几枚早熟的杏子献给国王，得到了三块金币的赏赐，显得洋洋自得，马上又准备献桃去取宠，不料有人捉弄他说国王喜欢无花果，这个卑劣的谄谀者为迎合国王的心理，便又献上一篮无花果，岂不知国王最忌讳无花果，将阿凡提痛打了一顿，阿凡提不但不以为耻反大发其阿Q精神说打的还不重。他已经完全丧失了人的尊严，灵魂里没有丝毫可以点燃的火花，甘于被统治者踩在脚下。而他在群众面前那副嘴脸又是多么肮脏啊！正因为如此，他才在《遗嘱》中说怕被阎王叫去审讯，殊不知正直的人是不怕魑魅魍魉世界的。这显示了他心灵的怯懦和空虚。至此，这个被国王等统治者踩在脚下的小人，这个膜拜在封建统治神像下变节的叛徒算是塑造出来，这个反人民的阿凡提浑身象沤久的粪肥，散发着冲鼻的臭味。

　　使人感到疑惑不解的是，这两个水火不相容的对立人物，都混杂在书中，各自成文，出版者既无前言，翻译者亦无后跋，就这样送到群众中推广传播。读者如同一个没有带罗盘的地质工作者，行进在无垠的沙漠中，不容易掌握方向，固然凭经验可以判定，但也难免会迷失途径；不同的地质队员又有不同的看法，有的会安全地返回宿营地，有的会徘徊在原处等待别人救援。有许多人在看了《纳斯尔丁阿凡提的故事》后得不到满意的结论，说他是好人吧，他也干坏事；说他是聪明人吧，他又做些笨事。让人感到可气可笑。也许这又是简单化了吧！这本书是许多同志翻译过来的，但我想，翻译应该有个尺度和准则，编者更有责任；我不知道翻译的蓝本出自哪里，但是，应该看到，在人民的口头创作中，也有糟粕和落后的地方，更重要的是还有被封建统治者的御用文人所篡改的故事掺杂在其中。这就需要我们的民间文学工作者遵循马克思列宁主义的历史唯物主义的观点和毛泽东的"剔除其封建性的糟粕，吸收其民主性的精华"的原则，来进行整理、编辑和翻译，拂去灰尘，去芜存菁，将为劳动人民喜爱的优秀的民间故事送给广大读者。可这本书远远不能满足读者的愿望，虽然里面有大部分是经得起推敲的好故事，但也有一些思想不健康的、含意隐晦的故事；还有一定数量的在我个人看来是糟粕的故事（即上述反人民的阿凡提的故事）。这说明了翻译者和编者是不够认真负责的。我认为这本书应该再作研究，慎重修改，重新出版。

　　另外，我想探索一下反面的阿凡提的来源，这对于整理阿凡提的故事不是没有意义的。我认为，反面的阿凡提是反人民性的，是统治阶级假造的和正面的阿凡提对抗的偶像。一般民间传说中的英雄人物，不仅是神通广大理想化了的传奇人物，同时也是具有优秀品质道德高尚的人，即使这个人憨厚到了极点，也不会吃统治阶级的亏，因为他身上挑着正义和真理。正因为他身上体现了人民的内在力量，处处能代表人民，揭统治者的底，砸统治者的锅，所以人民才喜爱他，推崇他，希望他更伟大更崇高。与此相反的是小撮统治阶级因为越怕他、越恨他，所以也千方百计地想方设法来贬低阿凡提在人民心目中的威望。御用文人和走狗也不是光吃羊肉抓饭和拿几个金币的小丑，于是将一些庸俗不堪的笑话，流氓无赖的恶行，败类走狗的献媚取宠等改头换面地加到阿凡提的头上。统治阶级用蜂蜜唤来一群苍蝇、癞狗，发动一切力所能及的力量对阿凡提展开长期的攻击，苍蝇到处下卵，癞狗乱咬，难免使群众受到骚扰和影响。这些恶毒的故事有的还罩着华丽的外衣，多色的纱巾，也有些是十分露骨地攻击和诬蔑阿凡提的。这些恶毒的故事，在群众中也难免流传。我国古代不也有很鲜明的例子吗？描写农民起义的《水浒传》在人们口头流诵很久，而反动文人辱骂否定农民起义的《荡寇志》在群众中也不无影响。但在人民性的试金石旁，便泾渭分明了。同样，黑暗社会的统治者不甘做阿凡提鞭下的小鬼，也竭尽全力地诋毁阿凡提，前面在谈反人民的阿凡提的一些故事可为例证。同时本书中还有一个更生动的例子可以说明这个问题。请允许[我]①将这两个故事录下来，让大家

---

① 　编者注：[ ]内文字为编者补充，后同。

评定是非：

女人的话（10 页）

喀孜经常向人劝诫说："女人的话可千万不能听啊！"阿凡提听到喀孜的这话，有一天就跑来问喀孜："喀孜阁下，女人的话能不能听呢？"

"咳，女人的话可千万不要听啊！"喀孜说。

阿凡提又说："那就照你的话办吧。我家里有两只羊，我女人说要送给你，我就不送。多谢你给我把这件事断决了。"说着转身就走。

喀孜一听这话，马上跑去赶上阿凡提："不过——女人的话，有时候，也可以听哩！"

魔鬼的话（33 页）

阿凡提在礼拜寺里向大伙儿说："喂，乡亲们，你们千万不要听信魔鬼的诱惑，它专会诓骗人们去做坏事……"这时有一个人向阿凡提说："纳斯尔丁阿凡提，现在魔鬼正要骗我，要我把我的两件裕祥送给你一件。"

阿凡提接着说："要是那样的话，有时候也可以听信魔鬼的话。"

前一个故事《女人的话》里，将毛拉的贪婪、虚伪、道貌岸然、欺诈诡骗，表现得十分出色。可是在《魔鬼的话》中，却给阿凡提作出这样的结论。这是确确实实的伪作、中伤、诋毁。只是女人改成魔鬼，羊变成裕祥，毛拉换成阿凡提。这一笔账难道不算给统治者吗？文学艺术的阶级性在这里强烈地反映出来：人民尽力向往和推崇的，却是统治者最可恼的；人们敬爱阿凡提，统治者就贬低阿凡提，于是流传流传就有了这么两个相对立的阿凡提。我们整理、编辑、翻译者的任务就在于将糟粕除去，将精华吸收，让真正的阿凡提的光辉形象树立起来，把假的阿凡提的面目认清打下去，如同《水浒传》中的李逵只能是李逵，而不是冒充李逵的李鬼。能不能这么理解，仅提出来供研究整理民族文化遗产的同志们参考。

英雄形象和浪漫主义手法

——《蒙古族民间故事集》读后

石 泉

史料解读

　　该史料为《蒙古族民间故事集》的读后感，原载于《民间文学》1963 年第 5 期。作者认为《蒙古族民间故事集》具有两大显著特色：一是强烈的阶级感情，二是故事的传奇性和浪漫主义色彩。蒙古族劳动人民在过去被压迫的年代里，不断创造着属于自己的理想人物：既有战胜自然灾害和阶级敌人的英雄人物，如猎人乌恩，又有劳动生活和文化娱乐生活方面的英雄人物，如牧民格根培娜。即使是故事中被歌颂的贵族子弟，其思想气质也和劳动人民没有差异。塑造代表自己观点和利益的英雄人物和理想人物，这是劳动人民口头创作的突出特点。故事的传奇性和浪漫主义色彩，表达劳动人民的感情和愿望，同时具有一定的现实性，符合生活和故事发展的要求，并不使读者感觉离奇古怪，能使读者产生情感共鸣。浪漫主义的创作手法与富有蒙古族民族特色的比拟、谚语相结合，使蒙古族民间故事具有强烈的艺术效果。

原文

　　我是非常喜欢民间故事的。《蒙古族民间故事集》也引起了我浓厚的兴趣。因为这些故事来源于民间的生活，又流传于人民群众之中，它们集中了劳动人民的智慧，表达了他们的思想感情、斗争和愿望，既有生活的现实性，又有浓厚的理想色彩。其中许多故事不仅新鲜奇妙，而且能使读者感受到劳动人民强烈的阶级感情。故事里歌颂的人物，都是劳动人民，他们在与洪水猛兽、妖魔邪怪及王公贵族的斗争中，显示了最高强的本领，最勇敢的斗争精神，最博大的智慧，最能为劳动人民的利益而作自我牺牲。而故事中的阶级压迫者——王爷、巴彦、白音、诺颜，却显得十分愚蠢、凶残和贪吝，遭到了最尖锐的嘲笑和打击。作品中所贯注的阶级感情、浪漫主义色彩和民族特点，是这本故事集最显著的特色，也是我所喜爱之处。

我们常说：每个阶级总是在自己的文学创作中树立自己阶级的理想人物。这是客观事实和真理。劳动人民在封建社会和资本主义社会中，处于被压迫的地位，统治阶级虽然剥夺了他们发表自己创作的权利，但在他们口头流传的文学创作中，仍不断创造着自己阶级的理想人物。这本蒙古族的民间故事集也证明了这一点。这本故事集中无数的英雄人物都代表着蒙古族劳动人民的利益，体现了他们的理想。年轻的猎人乌恩立志为民除害，不顾一切艰险，杀死了伤人的虎豹、大蟒和九头狮，为劳动人民求得安居的生活环境。勇敢的牧民凡岱，怒杀残暴的巴林王，表达了劳动人民的意志和愿望。高尚的猎手海力布，为了救护群众，宁愿自我牺牲，变成石头，也要把洪水即将来临的消息告诉大家。他们在与自然灾害和阶级敌人的斗争中，表现得十分坚决和勇敢，留下了极其动人的故事。这些为劳动人民所创造、所宣扬的英雄人物，实际上成了号召劳动人民与自然灾害和阶级敌人进行坚决斗争的旗帜。

劳动人民的生活是多方面的，他们一方面要战胜自然灾害和阶级敌人，同时又要致力于建立合乎自己需要的劳动生活和文化娱乐生活。这种生活现实和理想也不能不在民间故事中得到反映。因此，在《蒙古族民间故事集》中，也有许多篇描述了蒙古族人民在牧马、摔跤、骑射、治理沙漠等活动中的英雄人物。他们同样具有坚强勇敢的性格和高超的本领。牧民格根培娜在驯马中别具慧眼，选中了一匹瘦小的黑马驹。尽管她遭到了嘲笑和阻拦，她仍坚持自己的看法：超群的快骏马，是从小驹子训练出来的；要想知道骏马的力气，比赛中才能看出来。黑马驹在她日夜训练下,终于长成一匹浑身发光、又精神又漂亮的枣红马了。格根培娜的丈夫在"那达慕"上赛马时,骑着这匹枣红马,年年获得第一名,一连二十年保持了这种荣誉。在枣红马参加最后一次赛马中,临到终点时,突然有一匹大青马追上了它,枣红马听见主人的鼓励,在离终点只有几十步的时候,向前猛冲,又一次使它的主人拿到了第一名的木牌。可是刚刚拿到木牌,枣红马一头扎到地上,再也没有站起来。从此以后,草原上出了许许多多出色的枣红马。据说它们都是格根培娜的这匹"草原上的金龙"传下的优良后代。这个民间故事不仅歌颂了格根培娜的坚强勇敢和具有远见,而且赋予了这匹枣红马以坚强勇敢的性格。这不正是反映了蒙古族牧民的思想感情么?他们喜欢坚强勇敢的人,也希望日夜伴同他们生活的马,都是慓悍勇敢的骏马。

在《沙丘国》这篇故事里,表面上好象是歌颂一个王子,实际上他的所作所为代表了劳动人民的利益和愿望,是劳动人民理想的化身。他和其他两个王子迥然不同,他听从父命出外经商,不是贪图享受和暴利,而是选择了一条最艰苦的道路,去求万能神治理风沙,要把沙滩变成美丽的乐园。他经历了千难万苦,给父王带回来的礼物,不是别的,而是黄风怪的头。他带回的妻子送给父王的礼物,也不是别的,而是一张普通的毯子,上面绣着青山绿水和宽阔的草原,草原上满布着无数的牛羊。就在大家看得出神的时候,毯子忽然徐徐飞起,接着在空中一声惊天动地的巨响,毯子化成无数彩色圆点,纷纷降落地面。一瞬间,眼前出现了奇景:一片宽广的草原,遍地都是肥壮的牛羊,青山密林,湖水荡漾,鸟儿在低空自由飞翔,这些就跟在毯子上看到的景象一模一样。我们知道在蒙古族牧区有不少沙漠地带,王子的所作所为及地毯的幻化,不也正是反映了蒙古族牧民世世代代的理想和愿望么?故事中所描写的王子在思想气质上也和劳动人民没有差异,这个王子实际上也是蒙古族牧民的一个理想人物。

从上述介绍可以看到:在劳动人民所创造的民间故事中,无论是反映哪一方面的生活,他们都没有忘记树立代表自己观点和利益的英雄人物和理想人物,作为群众学习的榜样。这是劳动人民口头创作一个突出的优点,是值得我们今天创作时学习和借鉴的。

　　这本故事集的另一个特色，就是故事的传奇性和浪漫主义色彩。虽然有些事情在现实生活中是不可能有的，但我们读到它们时，并不感到古怪、离奇，从而否定了作品的现实性；恰恰相反，它们却使作品更加丰富有趣，鼓动着读者的感情：爱其所爱，恨其所恨。这些不能不是民间创作的成功之处。那么奥妙何在呢？分析起来，有两个原因：第一，这些情节和手法表达了劳动人民的感情和愿望，也符合读者的心理要求，能和读者的感情息息相通。第二，它们有一定的现实的可能性，符合生活和故事的发展要求。不妨再举几个例子来谈谈。

　　在《猎人传》中，对乌恩的箭术的描写，采取了浪漫主义手法。他射恶鹰，"只听得'飕'地一声，利箭恰好射穿了老鹰的头"。他射凶豹，"只见他'飕！飕！飕！'一连发出三支利箭，两箭射中二目，一箭正中眉心"。他射大蟒，"三支利箭都从蟒嘴里射了进去"。这无疑是夸张了，但我读到这里，不但没有挑剔它，反而连声喝采。为什么读来会有这种效果呢？因为乌恩立志为民除害才学习箭术的，他练就这身高超的本领，更加显示他的英雄本色。这不仅符合描写这个人物的要求，而且符合读者的愿望。在这里作者、作品中的人物和读者的感情，完全交融在一起了。

　　又如，在《猎人海力布》中，海力布为了救护大家，宁愿自我牺牲，当他把山要崩裂、洪水即将泛滥成灾的消息告诉大家，而自己却渐渐变成一块僵硬的石头的时候，我们也为海力布的高贵品格深深感动。这里的描写，也不能不说是浪漫主义手法成功的一例。本来，活人变成石头，只能是一种想象，为什么这个情节能这样激动人心呢？那是因为海力布的自我牺牲精神是劳动人民在集体生活中，最崇高的道德行为的表现。洪水成灾是生活中常见的，自我牺牲也是劳动人民中的英雄做得到的，在这里英雄为人民立功之后却化做了石头，人民对他的歌颂和悼念是深沉的，这不能不引起读者感情上的激荡。

　　再如《沙丘国》一篇里，地毯上美丽的草原幻化成现实生活中的美景，这个情节也产生了良好的效果。作品写到这里，达到了完美的地步，读者看到这里也为美丽的情景所鼓舞。这时候，作者、作品中的人物和读者的情绪都达到了兴奋的顶点。这又不能不是浪漫主义描写方法所显示的力量。读者自然不会相信这是真的,但又不能不从心眼里承认这种幻觉是成功的描写。它一方面符合故事的发展,同时表达了劳动人民改变家乡面貌的渴望。

这本故事集中,象上述这种浪漫主义的描写手法还很多,由于这种描写与故事所表达的思想和内容结合得好,它们不但没有影响作品的现实感,反而使它更加生动,更具有鼓舞性和教育意义。这些浪漫主义手法所以取得强烈的效果,和故事的作者善于运用富有蒙古族民族特色的、最能反映蒙古族人民思想感情的语汇——比拟、谚语等分不开的。

这本故事集共有四辑:一般传统故事,寓言、动物故事,巴拉根仓的故事和莎克蒂尔的故事,内容是很丰富的。在这篇短文中,我没有全面分析这些内容,只不过就一般传统故事说了一点粗浅的感想。但我衷心希望有更多读者读读这本故事集,因为它是优秀的读物,文学作者也可从中获得创作经验。

读《苗族民间故事选》

卜　西

史料解读

　　该史料为《苗族民间故事选》的读后感，原载于《山花》1963 年第 10 期。《苗族民间故事选》编选了苗族各类题材和主题的民间故事，有人与自然的斗争的，有劳动人民与统治阶级抗衡的，有人民抗击帝国主义侵略的，有暴露和鞭挞剥削阶级的，有表达劳动人民善良愿望的，有歌颂关心群众利益英雄的，等等。苗族劳动人民创造了《果罗涧》《花边姐姐》《聪明的长工》《哈氏三兄弟》《白羊的故事》等优秀作品。这些故事或是将生产斗争和阶级斗争巧妙结合，或是直接或间接地揭示反动阶级的蛇蝎心肠、狰狞面目和阶级矛盾的不可调和，或是反映劳动人民起义，或是暴露帝国主义的掠夺罪行。此外，这些故事也反映了苗族人民的历史生活与民族特点，以及各民族之间文化上的交流和相互影响，政治上、经济上的密切联系。

原文

　　我省民间文学工作组编的《苗族民间故事选》，已由人民文学出版社出版了。

　　这本故事选集的问世，使苗族民间文学作品开始比较集中地和广大读者见面，与我国各民族的文学进行交流。这不仅是苗族人民的一件喜事，对于丰富祖国的社会主义文苑来说，也是一件值得高兴的事情。

《苗族民间故事选》共编选了苗族民间故事五十三则。这些故事，有的表现了人与自然的斗争；有的表现了劳动人民对统治阶级的抗衡；有的反映人民抗击帝国主义的行为；有的是暴露和鞭挞剥削阶级；有的歌颂坚贞的爱情，表达劳动人民的善良愿望；有的抨击社会上那些贪得无厌、蔑视贫穷者的恶徒；有的则是歌颂关心群众利益，不惜牺牲自己性命的英雄。对于蕴藏在苗族民间的大量故事来说，这本故事选，虽然还显得很单薄，但是由于编选者注意了故事的内容和流传地域，从这本选集里，我们还是可以窥见丰富多采的苗族民间故事的一个大概。

在反映苗族农民与自然斗争的作品中，《果罗涧》是优秀的代表作之一。故事里的果罗老人，在天旱之年，为了获得水源，保住庄稼，不惜牺牲自己的儿子、孙子，并且自己冒着生命的危险，去凿通地主用以堵住水源的铁人。这位英雄老人的关心群众与无畏精神，反映了苗族劳动人民战胜大自然的坚强意志和优秀品质，它同地主阶级为了自己祖坟的风水损害群众利益的行为，成了鲜明的对比。故事把生产斗争和阶级斗争巧妙而自然地结合在一起，使情节生动曲折，丰满了老人的形象。

揭露、打击、嘲笑封建统治阶级的作品，直接间接地揭示了反动阶级的蛇蝎心肠、狰狞面目和阶级矛盾的不可调和，表现了苗族农民聪明、干练、勇敢、嫉恶如仇等性格，长了劳动人民的志气，灭了阶级敌人的威风。《花边姐姐》里的巧织能手，被皇帝掳到宫中，限期逼她织活公鸡，织成了，由于皇帝贪心不足，耍赖又强逼她织别的。一次又一次，最后花边姐姐织的龙发了怒，口吐火球，烧死了皇帝和大臣。其他象《聪明的长工》以及许多借动物而对封建统治阶级进行讽喻的故事，描写真实生动，嬉笑怒骂皆成文章，表现了劳动人民的聪明智慧，想象丰富，含蕴着刻骨的阶级仇恨。

公然惊动和抗击皇帝官家的斗争故事，反映出封建社会阶级矛盾的日益加深和尖锐化，劳动人民终于团结起来，进行自发的起义斗争。《哈氏三兄弟》中的哈大，还只是向京城射了三箭，插到皇帝的宝座上，使皇帝和大臣"都吓得张口吐舌"，而《突围记》、《支援刘白号》、《三箩泥巴》等，就已经是农民起义的故事了。吴八月、张秀眉这些农民领袖的勇猛机智、英武无私、视死如归的精神，是苗族劳动人民革命传统、战斗品格、高尚风格的集中表现。

《白羊的故事》揭开了外国传教士的画皮，暴露了帝国主义者的掠夺罪行，以及清朝统治者的助纣为虐的奴才相。故事用白羊作象征，说它们在腊尔山被人民抚养长大，抖落身上的毛变成了白银。洋人看到以后，引起觊觎，上到腊尔山声称是上帝派来收回白羊的。人民不让他们带走白羊，洋人即喊来清军进行威胁，群众于是和清军发生械斗。其中的白羊可能是银矿的象征。帝国主义企图侵占我国地下矿藏，人民却始终保护着它。这则十分可贵的反帝斗争故事，表现了苗族人民强烈的爱国主义精神。

其他神话故事等，也有一定的欣赏价值和艺术借鉴作用。

读读这本故事选，不仅能给我们以艺术欣赏和艺术借鉴，更重要的是，它能帮助我们了解一些苗族的历史生活和民族特点。而有的故事与我国其他各族民间故事的相近似，更是反映了我国各族人民长期生活在祖国的一个大家庭里，文化上的交流和相互影响，政治上、经济上的密切联系，以至形成了许多共同的中华民族的优秀品质和心理、性格。

当然，这些故事都是过去苗族人民的口头作品，因此不免存在着某些时代的局限性，这是我们在阅读时应该看到的。

《阿凡提的故事》浅析

胡振华

史料解读

　　该史料是关于阿凡提故事分类、思想内容以及艺术风格初步分析的论文,原载于《中央民族学院学报》(今《中央民族大学学报》)1978 年第 1 期。该文介绍了《阿凡提的故事》当中的四个类型:一是揭露、嘲弄和惩罚反动统治阶级的;二是劳动人民进行自我教育的;三是启发人们探索大自然秘密的;四是人民进行自我娱乐的。从思想内容看,阿凡提故事是应该肯定的:阿凡提无论以何种身份在故事中出现,都有劳动人民勤劳勇敢等优秀品质,敢于且善于进行斗争,同时劝诫劳动人民摒弃缺点。阿凡提在维吾尔族民间文学中主要是一个正面形象,反映了人民的感情和愿望。《阿凡提的故事》结构短小精练,语言生动幽默,其中虽然也有庸俗故事,但瑕不掩瑜。对于是否真有阿凡提这一人物有两种意见,但作者认为把他看作传说人物比较合理。

原文

维吾尔族民间文学丰富多彩。那些具有深刻内容和饶有风趣的笑话故事尤为人们所喜爱。其中的《阿凡提的故事》，可以说是家喻户晓的。《阿凡提的故事》，是指以阿凡提为故事主人公的无数短小的笑话故事。其实阿凡提并不是这个故事主人公的名字，而是人们对故事的主人公的一种称呼。"阿凡提"是əpɛndi＜æfɛndi 的汉字音译，是"先生"的意思。这个故事主人公的名字叫"纳斯尔丁"。按照原文，把《阿凡提的故事》译作《纳斯尔丁先生趣事》似乎更恰当一些。由于《阿凡提的故事》这一名称已为我国广大读者所熟悉，所以我们这里仍沿用这一名称。

《阿凡提的故事》所包括的内容极其广泛，现分为下列四类举例介绍。

一、揭露、嘲弄和惩罚反动统治阶级的

例如《世界末日》：

阿凡提想在儿子的婚礼上把财产中唯一的一只羊宰掉，招待客人，所以天天精心地喂养着。当喂得挺肥时，却叫镇上清真寺的依麻目①为首的一群白吃人的家伙看中了。他们把阿凡提叫到清真寺，说："明天世界末日就要来了。你那只辛辛苦苦地喂起来的羊呀，可别让它白糟塌掉啊！咱们明天到一个花园里去宰掉吃了吧！你也会受到恩典的。"次日，阿凡提把羊牵到花园宰了。阿凡提熬了羊肉汤，"客人"们为了大开食欲，先脱衣服到河里游泳去了。但等这些人回来时衣服却不见了，便问阿凡提："阿凡提！我们的衣服呢？"阿凡提回答说："我都填进炉灶里烧了。"依麻目们："哎呀！衣服怎么也填进去烧了！？"阿凡提笑着说："哎！傻蛋们，今天不是世界末日吗？还需要衣服做什么？"

这篇笑话故事揭露了依麻目等利用宗教迷信对人民进行敲诈勒索，但机智的阿凡提针锋相对地惩罚了他们。这篇故事表现了人民的智慧和对宗教勒索的不满与反抗。

———————

① 依麻目：伊斯兰教中领着教徒作礼拜的宗教职业者。

又如《是城里的狗吗?》:

阿凡提给卡孜①当了车夫。一天,阿凡提赶着卡孜的车从城里狭窄的街上走时,迎面也驶来了一辆马车,那个赶车的毫不停让,横冲直撞地驱车而来,并向阿凡提喊道:"停住! 阿凡提! 把马给我调回头去! 我车里坐的是城里的阿奇木②!"阿凡提生气地说:"你车里坐的是城里的阿奇木,难道我车里坐的是城里的狗吗?"

这篇故事表面看来是叙述阿凡提与另一个赶车的吵嘴,似乎讽刺了那个仗势欺人的车夫,但其实际涵义在于借吵嘴而趁机痛骂卡孜,表达了人民对卡孜的憎恨,同时,不给阿奇木的车让路,也表现了人民对于反动统治阶级是毫不畏惧的。

又如《若是我有钱……》:

有一个高利贷者问阿凡提:"阿凡提! 你为什么喜欢钱?"阿凡提回答说:"若是我有钱,早就不受你的剥削了。"

这篇非常短小的故事,尖锐地揭露和抨击了剥削阶级对劳动人民的残酷剥削,并通过幽默的语言,表达了劳动人民对剥削阶级的憎恨。

象这一类的故事有许多,例如《皇帝和线绳》、《鸟语》、《两头驴的行李》、《种金子》、《魔鬼的脸》、《驴当卡孜》、《阿凡提和依麻目》、《锅生儿》等就是。

二、劳动人民进行自我教育的

例如《读信》:

阿凡提头上缠着筐一样大的"赛勒莱"③在街上走着。路上有一个人拦住他,请求地对他说:"麻烦您给我读一下这封信吧!"阿凡提说:"我不会读。"那人说:"您头上缠着那么大的'赛勒莱',还不会读封信吗?"阿凡提把头上的"赛勒莱"摘下来,戴在了那个人的头上,并说:"如果看到头上有'赛勒莱'的人就认为是会读信,喏! 现在请您自己读吧!"

―――――――――

① 卡孜:伊斯兰教的执法法官。

② 阿奇木:维吾尔语,相当于"县官"。

③ 赛勒莱:伊斯兰教宗教职业者头上缠的白布。

过去一些宗教职业者头上往往缠着"赛勒莱"，装腔作势吓唬人，受骗的教徒也往往迷信他们。阿凡提针对这个现象一方面揭露了那些骗人的宗教职业者，同时也教育人们不要只看表面，以免上当受骗。

又如《头上种棉花》：

一天，阿凡提到理发店理发，理发师冒冒失失，把阿凡提的头给割破了好几个口子，就在伤口上贴了好几个小棉花球。阿凡提照了照镜子说："你在我半个头上种了棉花，剩下的地方让我自己种点胡麻吧！"说完便起来走了。

这篇小故事幽默地批评了那些办事不经心的人。阿凡提对劳动人民的某些缺点的批评，总是采用比较幽默而又风趣的语言去劝告和批评，这和对反动统治阶级的态度有着鲜明的区别。

在批评人民内部某些缺点的故事中，多半是批评人们身上沾染的懒惰、吝啬、迷信、自私、粗心等毛病的。象《懒汉》、《毒药》、《我的驴不同意》、《口袋喝水》、《汤的汤》等就是。

三、启发人们探索大自然秘密的

例如《海水为什么是咸的？》：

有人问阿凡提："海水为什么是咸的？"阿凡提回答说："为了不让海里的鱼臭了，所以才腌起来的。"

又如《星星》：

有个人问阿凡提："阿凡提！当新月升起来时，让旧的月亮做什么去了？"阿凡提回答说："把旧的月亮砸碎，叫他当星星去了。"

这几篇小故事反映了人民对于宗教迷信的不满，他们渴望科学地了解大自然的各种现象。故事虽然没有提出科学的回答，但却启发人们去探索、思考这些问题，表现了人们追求真理的精神和对宗教迷信的批判。

四、人民进行自我娱乐的

每一篇阿凡提的故事，都能使人发笑，达到休息、娱乐的目的，但往往并不限于让人一笑，而在笑中使人受到教育。

例如《湖》：

阿凡提长到这么大，可还没见过湖。一天，他朋友带他到湖边去。阿凡提看见水底长着许多草，就想："要是没有这么多水，这是多么好的牧场啊！"

这一类故事，初看起来觉得阿凡提"傻"得叫人发笑，但是仔细推敲一下，这种自我娱乐的故事里，还是给了人们不少教益的。阿凡提不是傻子，而是淳朴、善良的劳动人民的化身，他无利己之心，处处为大家着想。这些小故事对人民有着一定的教育意义。

《阿凡提的故事》，从其内容来看，其主流是应当肯定的。我们可以从阿凡提这个人物的形象中看到这一点。在故事里，阿凡提忽而以卡孜、依麻目身分出现，忽而又成了一个农民，忽而进入皇宫或去参加富人们的宴席，忽而又深入社会的底层。很难说出阿凡提是从事什么职业的人，他几乎可以成为任何行业的人，他也能在任何场合里出现，不论他以什么身分出现，他总是站在劳动人民一边，都是为了揭露和嘲弄反动统治阶级的。总之，凡是人民需要的地方，都会找到阿凡提。阿凡提具有劳动人民的勤劳、勇敢、机智、淳朴、追求真理等优秀品质，他敢于向反动统治阶级斗争，又善于进行斗争。他爱憎分明。他批评劳动人民身上沾染某些缺点，并不是把他们当成敌人，而是劝诫人们摒弃那些与劳动人民品质不相容的坏毛病。他关心大家胜过关心自己，也常惹出笑话来，显得有些"傻"气，但这正衬托出了阿凡提的质朴。人们还把阿凡提看作是一个万事皆通的人，有了疑难问题，总是来请教他，而他又总是别有风趣地启示人们去追求真理。我们认为，阿凡提的形象在维吾尔族民间文学中，主要是作为一个代表正义、富有智慧和为劳动人民喜爱的人物出现的。

维吾尔族人民历史上长期以来受封建统治阶级的残酷剥削与压榨，劳动人民对此无比愤恨，所以反映在《阿凡提的故事》里，这愤怒的匕首首先就投向了那些鱼肉劳动人民的可汗、官吏、高利贷者和欺骗勒索劳动人民的卡孜、依麻目们身上。《阿凡提的故事》中关于这方面的一些故事，就是反映劳动人民的强烈不满和反抗的。

《阿凡提的故事》所以能广泛地流传，也正是因为它的思想内容反映了人民的感情和愿望。和任何广泛流传在群众中间的民间文学作品一样，《阿凡提的故事》里也夹杂有一些庸俗、甚至低级的故事，有的还是嘲弄劳动人民的。这是阶级斗争在民间文学中的反映，因为反动统治阶级也力图使《阿凡提的故事》为其反动统治服务，在流传过程中加以歪曲和篡改。因此，我们必须遵照毛主席关于"剔除其封建性的糟粕，吸收其民主性的精华"的教导，去认真整理，批判地继承这份民间文学遗产。

维吾尔族人民所以喜爱《阿凡提的故事》，除了是因为它反映了劳动人民的思想、感情、愿望外，还因为它在语言艺术上有着独特的风格。例如《阿凡提的故事》构思新颖奇异，与一般生活故事不同。它也叙述生活中的一些很平常的事情，但不是平铺直叙地落入俗套，而是使得人们听后能够打开思路之窗，启发人们去追求事物的本质。《阿凡提的故事》的另一个特点是，结构短小精练。绝大部分故事都是很短的，有的甚至只有两三个句子。每篇故事多半只叙述一件小事，情节也很简单。如果是叙述两件事情时，也是为了加深对比和表现因果关系而安排进去的，它们前呼后应，连接紧凑。另一个特点是，语言幽默生动。《阿凡提的故事》多半都是通过对话形式的句子来构成的。因为对话多是通俗易懂而又风趣的语言，不但人们听起来感到犹如亲临其境，而且通过阿凡提那幽默的话语，更能生动地刻画阿凡提这个人物的形象。

《阿凡提的故事》流传地区很广，不止在维吾尔族人民中间流传，在我国乌孜别克、哈萨克、柯尔克孜族人民中间也流传着。在国外，也流传于土耳其、阿塞拜疆等许多民族人民中间。关于《阿凡提的故事》的研究，迄今有两种意见，一种认为阿凡提是一个历史人物，例如土耳其的一些研究者认为，禾加·纳斯尔丁（即阿凡提）是 1208 年诞生于土耳其西南部西甫里希萨尔城附近的霍尔托村，死于 1284 年。另一种认为阿凡提是一个民间文学中的虚构人物。关于这方面的材料，可看 1963 年第一期《民间文学》杂志上刊登的《关于阿凡提和阿凡提的故事》一文，以及 1955 年 7 月号《民间文学》、1956 年 8 月 19 日《人民日报》、1961 年 11 月 30 日《人民日报》、1962 年 1 月 4 日《北京日报》、1962 年 4 月 28 日《西安晚报》上的有关文章。我们认为，维吾尔族等民族的历史上确实有过一些善于讲笑话的民间艺人，但是这些人当中，未必真有过一个名叫纳斯尔丁的民间艺人，即使有过这样一个名字的民间艺人，而现在仍广泛流传的《阿凡提的故事》也不可能都是当时的故事，而是在不同历史时期，在不同的民族中，由劳动人民集体创造而又广泛流传下来的。所以，我们觉得把阿凡提看作是一个民间文学中的传说人物较为合适。

（本文有删节）

关于《沙格德尔的故事》

毕力工

史料解读

  该史料为评论，原载于《内蒙古日报》1979 年 6 月 23 日。作者对《沙格德尔的故事》进行了介绍和分析。沙格德尔是蒙古族民间诗人，他将自己的诗与蒙古族民间文学相结合，作为武器与统治阶级、封建势力和日本帝国主义进行斗争，成为与人民结合在一起，代表人民发声的人民诗人。《沙格德尔的故事》是一部优秀的蒙古族文学作品，虽然受历史局限性影响，沙格德尔的诗缺乏对美好未来的向往和憧憬，但是不能用"没有动摇统治阶级的基础"的政治要求对其完全否定，要批判地继承民族民间文学遗产。

原文

  随着"四人帮"的垮台，一些多年被关押在"文狱"里的优秀作品，得以解放，重见天日。对多年被称作"海瑞骂皇帝"式的作品《沙格德尔的故事》（塔·武力更搜集，仁亲嘎瓦校订，陈乃雄、道布合译）也应该给予落实政策了。

  《沙格德尔的故事》是蒙古族文学宝库中的一部优秀遗产。它对旧社会蒙古族上层统治阶级是一把锋利的匕首和投枪。

  沙格德尔是蒙古族的民间诗人。他"化缘"行乞度过了半生。可是，他丝毫没有武训①式的奴颜和媚骨。他把蒙古族民间的谚语、比喻、民歌、好来宝②以及赞词、祝词等有机地结合在自己的诗作里,作为锐利的武器,向着统治阶级、封建势力和日本帝国主义进行了一次又一次地进攻。沙格德尔的诗作情调豪放,充满了战斗精神,有辛辣的讽刺,有使人捧腹而笑的幽默,有叱咤风云的怒吼,有直言不讳的责问。

沙格德尔生活在一个非常复杂而又残酷的历史时期:蒙古族广大劳动人民长期深受上层封建统治阶级的压迫和统治,日本帝国主义者的残暴掠夺,以及大汉族主义的歧视和压迫。沙格德尔面对这一群"摆了肉席还设血宴"的"阎王和魔鬼"、"毒蛇"、"豺狼"、"虱子",是深恶痛绝的。他常说:

"别人不敢惹的太岁我要惹,

别人不敢摸的烈火我要摸。"

巴林的扎嘎尔王和日本鬼子相勾结,请来一个叫薄益三的人,在大板开设一家"东兴泉"的字号来搜刮蒙古族人民的财富和牲畜,沙格德尔把手掌一举喊道:

"王公诺颜们,

你们和心怀恶意的人交好,

莫非想认贼作父?

你们把日本鬼子请到家中,

莫非想重写家谱!"

与其说这是沙格德尔的歌声,还不如说是广大蒙古族劳动人民的吼声。

鲁迅先生在《狂人日记》中,只用"吃人"两字就一针见血地概括了封建社会的本质。沙格德尔也有类似这样一针见血的地方。

象《狂人日记》里的狂人一样,沙格德尔最后也被"罩"上了"疯子"的罪名。

有一次,正当王爷为首的各旗诺颜、富翁、显贵、喇嘛们来了,沙格德尔拦住

---

① 编者注:武训为清代平民教育家,行乞集资兴建义学三处。1986年,国务院办公厅作出为武训恢复名誉的决定。

② 编者注:蒙古族一种传统曲艺,又叫"好力宝"。为尊重原文,名称未统一。

他们的去路叫道："啊，我要告状！"王爷和诺颜们诧异地问道："你要告谁？"沙格德尔说：

> "我和太虚苍天有冤仇，
>
> 我和黄金大地有憎嫌，
>
> 我和观音大士有仇恨。
>
> 因为苍天没有恩佑，
>
> 因为大地没有爱怜，
>
> 因为观音没有慈悲，
>
> 因为诺颜没有公正。"

王公们听完叫道："这真是个疯子！"沙格德尔就被当作"疯子"赶开了。从此，沙格德尔便成了"疯子"。在《沙格德尔的故事》里，什么乌珠穆沁大王爷、巴林王爷、公爷、贝勒、贝子等等，统统都是吃人肉、喝人血的一群虎豹豺狼、毒蛇猛兽。沙格德尔被他们"吃掉"了。此后，沙格德尔不存在于封建宗教以及封建统治阶级所维护的道德观念和意识形态之中了。然而，他却和广大劳动人民紧紧结合在一起，同广大劳动人民同呼吸共命运，成为人民群众的代言人——人民诗人。人民群众对他的讽刺诗是喜闻乐见，有口皆碑的，因而他的诗多少年深深植根于人民群众的肥土沃壤之中，获得了永不枯朽的生命。

沙格德尔出生于一八六八年，死于一九三〇年。据记述，他七岁入寺庙，三十五岁愤然出走，云游四方，以"化缘"行乞度日，也常以"化缘"行乞作为斗争的一种手段。

从《沙格德尔的故事》中也可以看出，由于历史的以及其本人的世界观的局限，他只是限于对旧社会、旧制度的抨击与痛恨上，他揭露了旧社会种种丑恶现象，而不能解释这种种现象，也找不到正确出路。所以沙格德尔的诗作中缺乏对美好未来的向往和憧憬。另一方面，沙格德尔的诗中，就事论事、因人而作的东西较多。但绝不能因此就说它"庸俗"，更不能用"没有动摇统治阶级的基础"的政治要求来否定《沙格德尔的故事》，应该正确的继承和对待民族民间文学遗产。这样才能有利于今天的民族民间文学的发展，更好地为四化建设服务。

（本文有删节）

第三辑

歌谣、谚语

本辑概述

  本辑收录了十九篇史料，有两篇分别来自江华瑶族与青海藏族的新民歌或谚语选辑，常世杰、刘锡诚、韩龙和字向东、陶阳和杨亮才、张文、浙江省文物管理委员会的六篇介绍文章，何路的一篇评论，井岩盾、苏赫巴鲁、毛真诚的三篇读后感或随感，晓雪、张谷密、杨世强、李明、杨成志、巴特尔、万桐书的七篇论文。这些文章分别发表在《诗刊》《民间文学》《长春》《天山》《人民音乐》《思想战线》《西南民族学院学报》《读书》《云岭歌声》《文物》《通辽师院学报》《新疆日报》上，涉及云南少数民族新民歌以及蒙古族、哈萨克族、土家族、彝族、纳西族、白族、畲族、瑶族、藏族、维吾尔族十个民族的歌谣与谚语。

  新民歌的创作和收集是当时的一大任务，晓雪的论文主要分析了云南各民族如何编制具有自身特色的新民歌。歌谣的介绍和分析主要集中在歌谣分类、歌谣中蕴含的社会历史信息与民俗文化，这一点在何路和常世杰对哈萨克族民间诗歌的研究、杨成志探究瑶歌的社会背景、白族"打歌"的介绍中均有体现。歌谣的文本分析占有一定比重。歌谣的音乐性与演出方式部分也是研究者关注的重点，如曲调分析、演唱方式探讨、民歌记谱问题等。

  从整体来看，本辑反映出该时期对谚语的研究十分不足，本辑仅有一篇选辑、一篇读后感和一篇研究论文。对歌谣的搜集、整理和文本分析主要集中于西南地区、西北地区。在歌谣的研究方面，无论是歌谣本身的音乐性分析、歌谣演唱方式分析，还是歌谣的文本分析、文本中的社会历史与民俗分析，都属于初步的研究和探索。

  另外，从这些史料中可以看出，各民族民歌翻译问题开始被重视，搜集工作中的一些重要问题如音乐记录问题也被提出。但总体上说,与1980年以后各民族民歌、谚语的搜集、整理、研究相比,这一时期的研究在规模、数量、空间分布、研究深度与广度和研究方法的多样性方面,还相当薄弱。

我对"新疆民歌记谱问题"的看法

万桐书

史料解读

　　该史料原载于《人民音乐》1956 年第 2 期。作者对石夫关于《新疆民歌》
提出的意见有自己的看法。他指出，被归为塔塔尔族民歌的《巴斯克字田哦
给博》族属存在问题；《十二木卡姆》（大曲）中有些优美的歌曲或者乐曲被群
众作为单独的歌（乐）曲演唱（奏），这些曲子应该作为一首单独的歌曲或乐
曲加以必要的介绍说明；乐曲《勿夏克曼里勿路》在歌集第一○一页第十行
第二节弱拍速度变化标记为快是错误的。石夫对《十二木卡姆》音乐的结构
形式及演唱形式的解释并不正确；对于转调问题是误解了曾刚"防止在记谱
时记变了调（转了调），应避免曲调音高不统一的错误"的意思，理解成曲调
本身的转调问题；对于"赛乃姆"的解释有欠缺。维吾尔族民歌中，唱词不固
定的情况很普遍，没有必要去肯定哪一首的歌词是正确的。

原文

　　石夫同志对《新疆民歌》提出了一些正确的意见，但是，还有些意见需要研
究商讨的。

　　歌集中民歌《杜鹃》《冰大板》的记谱在曲调节奏的处理上没有能掌握维吾
尔族民歌的节奏特点，把一小节中应该是两拍的旋律分记成四拍，因此唱起来

就不同于一般习惯演唱的节奏效果。

《阿呀来》是维族^①很流行的一首民歌,在记谱上由于调式选择的错误,以致影响到旋律音高的连接关系不够正确。附一首肉孜汗演唱的曲调供参看。

阿呀来
肉孜汗演唱

另外这本歌集中错误地把苏联歌曲《我们举杯》编入了哈萨克族、柯尔克孜族的民歌部分中,把萧斯塔科维奇的创作歌曲编入了乐曲部分。

对这些收集整理中疏忽大意而造成的错误,石夫同志提出了正确的意见。

被列入塔塔尔族民歌的《巴斯克字田哦给博》从曲调、调式来看与一般塔塔尔族民歌似乎没有相同之处。据了解也不是锡伯族的民歌。这首乐曲与中央人民广播电台播送的《邀请舞》基本相同,究竟属于哪一民族,暂时存疑。

维吾尔族民间音乐《十二木卡姆》(大曲)中有些优美的歌曲或者乐曲被群众作为单独的歌(乐)曲演唱(奏)而流传在民间是很普遍的现象,收集者对这些曲子,作为一首单独的歌曲或乐曲介绍加以必要的说明是应该的。特别是对于流传在民间的许多"组曲",这种组曲的形成一般都是由于随群众的喜好,把风格较接近的民歌或随歌唱内容情绪变化的需要而选择一些不同情绪的曲调组

---

① 　编者注:"维族"应为"维吾尔族",后同。

合起来的。这类组曲很不固定，它们联在一起就是组曲，分开就是独立的歌（乐）曲，因此，这些曲子倒不一定非作为"组曲"介绍不可。

歌集第一〇六页的《灵盘代》是维族民间古老歌曲，它共分五个部分，经常是把五部分分开当作乐曲演奏。这曲子就是其中的第五部分（较古老曲调稍有改变）。盛世才统治新疆初期曾利用这段乐曲配上歌词给青年学生们歌唱，这首乐曲曾被苏联乌兹别克斯坦的维吾尔族灌制过唱片。

乐曲《勿夏克曼里勿路》是北疆《十二木卡姆》第八部《勿夏克木卡姆第一达斯坦的曼里勿路》（相当于间奏乐曲）。关于这首曲子的记谱，我们同意石夫同志的意见：节奏可以统一起来，不必分划零散。同时，这首乐曲在速度变化的标记上与习惯演奏速度也是不符合的。

歌集第一〇一页第十行第二节弱拍速度变化标记为快是错误的，由于这段旋律每两音一拍，与上段每音一拍对比之下，很容易造成快的错觉。以每拍计算实际速度比上段慢，这里附有肉孜弹拨尔演奏的这首乐曲供参看。因为演奏人不同的处理，中间有个别节奏音高有些差异，特别是结束乐段差异很大。

勿夏克第一达斯坦曼里勿路

2/4 ♩=143　　　　　　　　　　肉孜弹拨尔演奏

3　　4｜5　　4｜23 24｜3 —｜3 —｜

3 —｜3　30｜6 —｜6 —｜6 —｜

6 —｜4 —｜4 —｜4 —｜4 —｜

5 5 5 0：‖1　　2｜3　　4｜5　　4｜23 24｜

3 —｜3 —｜3 —｜3　30｜6 —｜

6 —｜6 —｜6 —｜71 1110｜

71 1110｜71 1110｜71 1110｜

67 61｜7 —｜7 —｜7 —｜7 —｜

56 57｜6 —｜6 —‖：6　2｜1　　6｜

7　　5 0｜6　　2｜1　　6｜7　　5 0｜

6　　7｜1　　2｜1　　6｜7　　5｜6 0　0｜

♩=122

6 0　0：‖067 16｜75 75｜43 21｜

055 57｜75 53｜34 33｜34 432｜

123 31｜71 1｜123 33｜43 45｜

75 34｜23 3232｜3 1 7｜57 702｜

1 1 7｜7　7｜7 —｜7　7｜1 17｜

$$\dot{7} \quad \underline{\dot{7}0} \mid 1 \quad 1 \quad 3 \mid \underline{31} \quad \underline{1\dot{0}} \mid \underline{\dot{7}0} \quad \underline{0\dot{7}} \mid$$

$$\underline{11} \quad \underline{23} \mid \underline{25} \quad \underline{32} \mid \underline{11} \quad 1 \mid \underline{\dot{7}0} \quad 0 \parallel$$

我们认为石夫同志对《十二木卡姆》音乐的结构形式及演唱形式的解释是不正确的。

关于"转调问题"，曾刚同志主要谈的是应防止在记谱时记变了调（转了调），应避免曲调音高不统一的错误，石夫同志理解成曲调本身的转调问题，这显然是误解。

对于曲调中，什么是属于转调，什么是属于临时变化半音或特殊调式音，收集者应该慎重地根据曲调的特点及其进行的连接情况来加以区别，这是对的。

"赛乃姆"是民间舞曲中的一种，在全疆各地特别是南疆一带地区都有这种形式的舞蹈。这种舞蹈音乐名称和节奏各地都是统一的。基本节奏鼓点是

$$\frac{2}{4} \parallel: \underline{\cdot 0 0 \times} \quad \underline{0 \times 0 \times} \mid \underline{\cdot 0} \quad \underline{\cdot 0 \cdot 0} :\parallel$$

"赛乃姆"是阿拉伯字，它的意思有几种说法：（一）一个被人们爱慕的美丽的女孩子的名字；（二）兴奋的意思；（三）寺院中神像的名字。把"赛乃姆"理解为这种特定形式的舞蹈音乐名称是可以的，但从字意解释为一个女人的名字也是没有错误的。

维族民歌中，唱词不固定的情况很普遍，《阿呀来》的唱词也是同样情况。如果不是为了要研究民歌的发展而去考查较原始的歌词，当然就没有必要去肯定该曲的唱词，究竟是哪一首为正确。

一九五〇年新疆刚解放，西北的文艺工作同志来到新疆深入民间，这对收集、学习新疆各族民间音乐走了第一步并做出了一定的成绩，这是应予肯定的。集子中是存在着很多由于收集时的疏忽大意而造成记谱上的错误，同时还有把音乐的族别弄混乱的情形，在这些方面，石夫同志提出了正确的意见，是应该加以改正的。

青海藏族谚语

许英国搜集

史料解读

该史料为藏族谚语选辑,原载于《民间文学》1957 年第 28 期,搜集于青海地区。

原文

没有木头,支不起帐房;
没有邻居,过不好日子。

你最不爱吃的药,往往能治好病;
你最不爱听的话,往往对你最有益。

踏踏实实的爬山,昆仑山能上得去;
爬上三步就后悔的人,连阿伊赛买也上不去。

时常揭你短处的人,不一定是仇人;
时常说你长处的人,不一定是朋友。

最好的走马，都是骑出来的；

最有才干的人，都是磨炼出来的。

虹霓的颜色很鲜艳，但是它不会长久；

松柏的颜色虽不美观，它却能万年长青。

帐篷里长下的花儿，见不得暴风骤雨；

享下幸福的人，碰不得艰难困苦。

戥秤可以量轻重，

言语可以量人品。

渡过黑夜的人，才知道白天的可爱；

受过折磨的人，才知道真正的幸福。

癫狂的马，往往容易闪失；

慌张的人，时常会出乱子。

树直了用处多；

人直了朋友多。

狼是世界上最可恶的东西，因为它要吃我们的牛和羊；

但是，对牧民来说，它能使人养成时刻警惕的习惯。

诚挚的人做事很踏实，像骆驼走路一样一步一个脚印；

虚夸的人做事很轻浮，像走马观花一样没有深刻的印象。

人心越实越好；

火心越空越好。

脱掉翎毛的箭不能射；

失掉朋友的人难活。

失去良心的人，像泥神一样，空有一副架子。

在最快乐的时候，能忘不掉痛苦的人，才是最明智的人。

没有实际本领的人，就像蘑菇一样，表面上看长得不错，实际上根基不牢。

天天埋怨别人不关心他的人，没有一个能真正去关心别人。

对于有情的人，你赠送给一棵小珊瑚，他会当作无价宝；

对于无情的人，你就赠送给万两黄金，也不会说一声好。

心底黑暗的人，就是天天在若博前煨桑①，也是枉费心机。

骑马不务马的人，永远不会成为真正的骑手。

用强力硬叫人相信他的人，才是真正的傻瓜。

千千万万匹走马，换不来真正的友情。

———————————————

① 若博：或译作鄂博，是藏族人民信仰的一种神。煨桑：意义和烧香同。

当你最善于骑马的时候，就要防止从马上跌跤。

最谦逊的人，是最有出息的人。

春天的牡丹，不如冬天的松柏。

买马要看口齿；
交朋友要摸心底。

公众的舆论是量人的铁尺，谁好谁坏，不会相差很远。

在千万只黄羊群里，如果你没有目的地放枪，也许连一只也打不中。

一肚子酥油，是用千滴牛奶制成的；
一碗糌粑，是用万点血汗换来的。

靠千座金山，不如靠两只手。

要想吃上好酥油，先要喂好乳牛。

关于白族的长诗"打歌"

陶　阳　杨亮才

史料解读

该史料是对白族"打歌"基本情况的介绍,原载于《民间文学》1958 年第 1 期。"打歌"是白族人民创作的一种以问答为主(间或以上下句为辅助)的歌唱形式,是一种自由诗体,很富有表现力。"打歌"有三种意义:传古、娱乐、敬鬼神。它主要用在节日或举行婚礼的时候,演唱时,在空地上或彩房中间烧起柴火,歌者分为甲乙两方,围绕火塘边跳边唱,双方人数不拘,每方都有一个"歌头"作为领唱;开始"打歌"时,要经过商议顺序与故事内容、互相试探才能等过程。"打歌"主要靠口头传唱保存和传播,当时已面临着失传的危险。"打歌"作品题材多样,有叙述天地、日月以及人类起源的《创世记》,有描写古代人游牧生活的《放羊歌》,有表现结婚礼俗的《点菜蔬》,甚至还有利用汉族的传说故事改编的《读书歌》(梁山伯与祝英台的故事)。

原文

"打歌",是白语记音,"打"即跳,"歌"即唱,"打歌",就是边跳边唱的意思。"打歌",流传在洱源县高寒山区,是白族人民创造的一种以问答为主(间或以上下句为辅助)的叙事诗的形式。

关于"打歌"起源的时代,有两说:一说商朝,一说"前朝"(系指西汉)。由此可见,"打歌"是一种古老的长诗。

据说跳唱"打歌"，有下列三种意义：

一、传古："打歌"的内容，主要是歌唱天地万物起源，以及古代英雄事迹和人民生活情景的，所谓"传古"，就是将古代的事迹传下来，以教育后代。因此，白族有句俗语说："老人不传古，小人失了谱。"

二、娱乐：高寒山区，山深林密，人民散居，生活不免有些寂寞，因此，人民创造了"打歌"，当作戏唱，使生活欢乐。

三、敬鬼神：高寒山区有句俗语："下方信药不信神，上方①信神不信药。"据说"打歌"可以敬鬼神，使鬼神不降灾于人民，因此，"打歌"之后，可以四季平安："六畜长旺，人无病殃"。

"打歌"，主要是在节日或举行婚礼的时候，唱时，在空地上或彩房中间烧起柴火，歌者分为甲乙两方，围绕火塘边跳边唱，每人手里还端一碗美酒，或者一杯烤茶，唱一段喝一口，才越唱越欢。双方的人数不限，少则五、六人，多则二十余人。每方公推出一个"歌头"作为领唱，每方的歌者随自己的"歌头"齐声合唱。当"歌头"唱了某一句的两三个字，如果歌者都会，就立刻和着唱下去；如果不会，就等"歌头"唱完一句之后，再一齐重唱一遍。甲乙两方，分为一方发问一方回答的阵势。例如：

甲方：木十伟怎样造万物？

乙方：木十伟自己变万物。

甲方：左眼变什么？

乙方：左眼变太阳。

甲方：右眼变什么？

乙方：右眼变月亮。

一般地说，甲乙两方开始"打歌"的时候，大都用发问的方式，试探对方懂得

---

① 上方，指山区；下方，指坝区。

故事的多少和对答才能的高低。如果某方被问住,答对不出,就算失败。被问住的一方,往往所答非所问,使故事的叙述不能继续进行。如果实在唱不下去,失败的"歌头"就自动的推选别人担当。"打歌"唱的好坏,就决定于"歌头"的歌唱本领和才能,因此,当"歌头"是不容易的事,他必须具有丰富的歌唱经验才敢担当。只有双方的"歌头"不相上下,"打歌"才唱得顺利和精彩,听众也才欢乐起来,而称赞说:"顺了,像水一样的淌下去了!"唱顺了,往往唱一通宵,当然也跳一通宵,由于兴奋,歌者并不感到疲乏,直到第二天才觉得脚疼。

人们很尊重"歌头",认为"歌头"是有学问和有天才的人,"歌头"在群众中有很高的威信。因此,结婚人家请"歌头",要下请帖。

当"歌头"的人,大都下过苦功。学当"歌头"的年轻人,往往跟名歌手夜夜学唱。有的学几年,有的学一辈子也还学不好。

一般的习惯,开始"打歌",双方首先用歌唱来商议,一方提出:"你先唱还是我先唱?"另一方就谦虚的回答:"你先唱我后唱。"这还不能唱下去,还要商议唱什么故事。一方愿意唱某个故事,就唱某个故事的头一句,如果另一方同意就接唱,不同意就唱另一个故事的头一句,表示自己愿意唱这个故事。这里有两种情况,一是自己愿意唱比较熟悉的故事,一是为了表明自己懂得故事多,或者故意提出对方不会唱的,刁难对方。有时双方争执不下,一方就唱:"你听从我还是我听从你?"另一方如果同意对方提出的故事,就唱:"听从你就听从你。"

商定了故事,也还不能开门见山的唱下去,为了互相试探对方的即兴才能,往往还要一个"走弯路"的歌唱阶段,所谓"走弯路",就是双方都不按故事的正文往下唱,而任意提问,随便回答。直到双方都感到满意,方才罢休。有时,唱在故事的中间,也还要"走弯路",故意试探对方是否确知原文。例如"读书歌"中叙述梁、祝求学的情景,有两句是:

甲方:有了宗师没学堂,

乙方:没有学堂搭房子。

但,乙方故意不唱"没有学堂搭房子",而唱:"没有学堂我们借",甲方也趁机难为乙方,而唱:"现在学堂没处借",乙方唱:"没处借就租房子",甲方唱:"向哪一家租房子？"等等，直到想唱下去的时候，乙方才答出原句。

"打歌"主要是靠口头的传唱而保存和传播的。由于"打歌"没有文字记载和近几年来唱的不多，已面临着失传的危险。现在，只有六、七十岁以上的老人才会"打歌"。我们曾在高寒山区七乡神前村，请了附近几个村的十几位六十岁以上的老人唱"打歌"，他们大都将唱词遗忘了，有的只能讲几个故事的轮廓，有的只能唱一篇长诗的片断。后来，我们采用了由两人主唱，大家互相提示、补充、纠正的座谈会的方式，才记录了几篇长诗。

我们初步了解到的作品，有叙述天地、日月以及人类起源的《创世记》，有描写古代人游牧生活的《放羊歌》，有表现结婚礼俗的《点菜蔬》，有讲述白王如何得到江山的《白王歌》，有通过爱情故事反抗皇帝荒淫暴虐的《采花歌》，有表现治服罗刹残暴统治的《观音治服罗刹》等等。此外，还有许多利用汉族的传说故事编的"打歌"，如《读书歌》（梁山伯和祝英台的故事）、《诸葛亮》、《八仙过海》、《姜太公钓鱼》、《楚汉相争》等等。虽然，这些故事的情节和汉族地区流传的大体相似，但在内容上带进了白族人民的生活气息，在艺术表现上也有独特的创造，因而，使作品别具风格，富有民族色彩。

由于时间和条件的限制，我们没有作深入的调查和广泛的搜集工作，仅只记录了《创世记》、《放羊歌》、《点菜蔬》和《读书歌》四篇比较完整的材料。现在，将这几篇长诗的故事内容分别作简括的介绍。

《创世记》是叙述天地万物起源的神话性的故事：

从前，盘古、盘生两兄弟砍柴为生。由于算命先生庙中王的指示，盘古钓得金鱼一条，这条金鱼恰巧是龙王的三太子，龙王大怒，下了七年雨，毁灭了天下。后来，盘古盘生治服了龙王，重新创造世界：盘古变天，盘生变地；木十伟（据说是盘古盘生的化身）变万物。

天地万物变成，没有人类。观音留下的两兄妹结为夫妻，生男育女，流传后代。结婚十个月以后，生了十个儿子，十个儿子又各生了十个儿子，他们各立一姓，从此，才有了百家姓。

《创世记》的故事和汉族所流传的盘古变天地万物的故事是大同小异的。

《创世记》说盘古变天,盘生变地。木十伟变万物:左眼变太阳,右眼变月亮;睁眼是白天,闭眼是黑夜;小牙变星辰,大牙变石头;眉毛变竹子,头发变树木;耳朵变耳顺风,鼻子变笔架山;大肠变大河,小肠变小河;心变启明星,肝变湖泊;肺变海洋,肚脐变大理海子;气变成风,脂油变云彩,肌肉变成土,汗毛变成草,骨头变大石崖;手指脚趾变飞禽走兽,嘴巴变城市和村庄;手指甲变瓦;筋脉变道路;四肢变四大山……在汉族的许多文献里,也有此类记载,梁任昉撰的《述异记》中的记述,主要是采录的"秦汉俗说"、"先儒说"、"古说"等的旧闻,虽然,材料零散,但也看出有关盘古的故事流传广泛,时代远古。《述异记》说:

昔盘古氏之死也:头为四岳,目为日月,脂膏为江海,毛发为草木。秦汉间俗说:"盘古氏头为东岳,腹为中岳,左臂为南岳,右臂为北岳,足为西岳。"先儒说:"盘古氏泣为江河,气为风,声为雷,目瞳为电。"古说:"盘氏喜为晴,怒为阴。"吴楚闲说:"盘古氏夫妻阴阳之始也。"

三国时吴人徐整所著《五运历年记》中的记载,比《述异记》采录的各种说法都较为详细:

首生盘古,垂死化身。气成风云,声为雷霆;左眼为日,右眼为月;四肢五体为四极五岳;血液为江河,筋脉为地理,肌肉为田土;发髭为星辰,皮毛为草木;齿骨为金玉,精髓为珠石;汗流为雨泽……

这些故事,究竟谁是源?谁是流?还有待研究。但是,由此可以说明白族和汉族文化交流的情况,看来关系非常密切。

虽然,每个处在幼年时期的民族大都有此类关于天地万物起源的神话或诗篇,但,由于民族生活的差异,各个民族的作品自然也各有特色。长诗《创世记》独特的地方,比如:说从前树木和石头会走路,鸡狗会说话;说变出的天地不圆满,天用云补,说地用水补,才圆满了;说地大天小,把地缩小才与天相合,地上的皱纹成了山脉;以及树木和飞鸟帮助兄妹结婚的富有生活气息的描写等等,既很新奇,也富有民族色彩。

远古时代,由于人们对于自然现象和人类社会的来历,还不能够给以科学的解释,于是,人们便以这样或那样的方式,幻想着是这样或那样变化而来的,这种幻想是天真幼稚的，然而，也是异常美丽的。而且，这种幻想大都有它的现实基础，大都和劳动生活有密切联系。从《创世记》所表现的变天地万物，以及找人种和兄妹成婚的经过，这一切，都是颇费周折和花了不少劳动的。看来，故事虽然有些荒诞，但，无论如何，它也没有离开劳动创造世界这个朴素唯物论的基础。

《创世记》的幻想是神奇美丽的，对于远古时候的人不分贫富和长寿几百岁的赞美，反映了白族人民追求幸福生活的一种渴望。

盘古盘生治服了毁灭天下的龙王，重新开天创地，是一种"人定胜天"的观念，充分表明了人们征服自然灾害以及改造自然的威力和意志。

诗篇用美丽的艺术幻想解释了自然现象，也歌颂了人们的祖先劳动创造世界的丰功伟绩。

《放羊歌》，是叙述叔王给白王放羊的故事。

说：白王时候才有羊。白王是世界上第一个放羊的人，叔王是世界上第一个租羊的人。

叔王放羊，夏季放在山上，冬季放在坝子里。春风当春衣，春草当春鞋；汗水当夏衣，烫地当夏鞋；雨水当秋衣，泥巴当秋鞋；冬雪当冬衣，冬霜当冬鞋。住的是窝棚，吃的是冷饭，烧的是老虎柴。

后来，叔王出外放羊，到了大理、老君山、雪山、西藏四个地方，每一个地方都留下大羊，叫它生小羊，从此，这些地方才有了羊。

《放羊歌》一诗，十分真切而动人的描写了高寒山白族人民放羊的艰苦生活，它叙述一个给主人放羊的青年，怎样早出晚归，到处寻找青草，怎样在风雨霜雪里放羊的劳苦生活。从这篇诗里，可以看出古代人民从事游牧生活的情景。

《放羊歌》实际上是对于劳动创造人类财富的赞歌。叔王不但勤劳刻苦，而且，还跋涉千山万水到处去传播羊种，使羊在世界上繁殖起来，给人类增添了一笔巨大的财富。

从《放羊歌》里，我们可以看出白族人民勤劳勇敢的精神面貌，以及慷慨豪放的崇高品格。

《点菜蔬》主要是叙述在婚礼筵席上寻找珍贵菜蔬的故事。

说：结婚人家，用栗叶和丝线搭彩房，在彩房里安上桌凳，摆上碗筷，就开始点菜。点的菜有海参、人参、燕窝、雷公肉等等。说海参出在海底，站在船上用铁耙捞。说人参出在人参坝，用扁担挖。说燕窝出在高有三万丈的青石崖上，接一百架梯子还攀不着，于是，把丝网披在山缺口，请猴子爬上石崖去撺，才网住了燕窝。说雷公肉在天宫里，请脚踏大地手触天的李长脚去开天门，才捉住雷公。找全了菜蔬，摆在桌上，招待客人。

《点菜蔬》表现了高寒山区的人民对于"山珍海味"的一种渴望。过去，由于历代统治者残酷地压迫和剥削，又加交通不便和经济条件的限制，人民要想吃到海参、燕窝、人参之类，是异常困难的。在这种情况之下，人民用幻想满足自己的愿望，是可以理解的，这种愿望包含着追求幸福生活的理想。其实，海参并非用铁耙捞，燕窝也并非生长在干枯的青石崖上，显而易见，这是他们根据自己居住的环境和生活经历想象出来的。正因为如此，才说明"打歌"是高寒山区白族人民自己独创的作品，同时，也说明了"打歌"是在很古的年代产生的一种歌唱形式。

《读书歌》是讲述梁山伯和祝英台的故事。

《读书歌》和汉族地区流传的梁、祝故事大体相似，但，白族人民用艺术想象重新创造了这个故事，带有不少特色。首先，它是按照本民族的生活环境和习俗描写梁、祝的。比如：汉族故事里梁、祝是在柳荫拜的兄弟，而《读书歌》里梁、祝是在松树底下拜的兄弟；盖房子用的瓦，是木片制的；以及游点苍山等等。其次，是把梁、祝描写成极其勤劳而又能克服困难的劳动能手。比如：梁、祝自己盖学堂、造桌凳；自己挑水、烧火、做饭等等。此外，某些情节和它的叙述方式，也显然是独特的。它没有"十八相送"的情节，但用了另外的方法代替了梁、祝爱情的描写，它是用这样的方式叙述的：

哪个一起来下棋？

梁山伯和祝英台。

什么做棋盘？

青天做棋盘。

什么做棋子？

星星做棋子。

棋盘摆面前，

山伯不会下。

哪个一起弹琵琶？

梁山伯和祝英台。

什么做琵琶？

大地做琵琶。

什么做弦线？

道路做弦线。

琵琶摆面前，

山伯不会弹。

显然，下棋，"山伯不会下"；弹琵琶，"山伯不会弹"；是暗示山伯不知道英台对他表示爱情的一种隐喻。

《读书歌》是白族人民对于勤俭厚道，忠贞于爱情的一对青年男女的颂歌。这篇颂歌，也表现了白族人民忠厚善良而又多情的美德。

由上述四篇作品看来，"打歌"具有显明的艺术特点。

"打歌",是以问答为主以上下句为辅助的歌唱形式;没有严谨的格律,是一种自由诗体;不讲究韵律,可押可不押;诗句字数不限,可长可短。

"打歌",很富有表现力,比如:塑造人物形象,往往用夸张的手法描画人物的突出特征,例如:

木十伟身有多高?

木十伟身高一丈八。

木十伟眼睛有多大?

木十伟眼睛有碗大。

木十伟嘴巴有多大?

木十伟嘴巴有盆大。

只用了几笔,就把一个变万物的英武神奇的形象粗粗的描画出来。有时,用一句话:"李长脚脚踏大地手触天",就可以勾画出长脚大人的轮廓。

诗的浪漫性和现实性是密切相联的,神奇的幻想是有现实基础的。例如:《放羊歌》中的春风是春衣,春草是春鞋;汗水是夏衣,烫地是夏鞋;秋雨是秋衣,泥巴是秋鞋;冬雪是冬衣,冬霜是冬鞋。这种浪漫主义的幻想和现实生活联系得十分密切,既美丽又富有生活实感。我们仿佛看见牧羊人在一年四季中所过的艰苦生活的情景。

总之,"打歌"是很有价值的优秀诗篇。

根据我们的实地观察,所谓"跳'打歌'",实际上并不是跳,歌者只是围着柴火边走边唱,脚步既不一致,也无节奏,像慢慢地散步一样,严格说来,并没有形成一种舞蹈,至于古代是否是跳(或者说是一种舞蹈),还有待考察。乐曲,比较简单,高亢,而又低沉;那种悲哀的原始的格调,也颇有魅人的力量。

目前,"打歌"已面临着失传的危险,应该及时抢救,它不仅是研究白族文学史的重要作品,也是研究白族社会历史的珍贵文献。

试论云南各族新民歌

晓　雪

史料解读

　　该史料为第一篇全面介绍、分析云南新民歌的论文，原载于《边疆文艺》1958 年第 11 期。云南诗人晓雪对新中国成立以来云南各族新民歌进行了介绍、分析，指出云南各族新民歌创作将革命现实主义和革命浪漫主义结合起来，书写各族人民今昔生活的巨大反差，描绘各族人民热火朝天的劳动场景，表达对社会主义新生活的由衷礼赞。云南各族新民歌将豪迈乐观的激情与深刻的哲理思考诗意地融合在一起。云南各族新民歌具有不同的民族风格：藏族民歌辽阔苍远，土族民歌浑厚质朴，白族民歌刚健清新，彝族民歌幽婉明丽，傣族民歌艳丽幽柔……各族新民歌都反映了云南人民美美与共的时代风貌，具有鲜明的时代风格。

原文

　　云南早就被称为诗的土壤，歌的海洋，神话的故乡。有位诗人说，在云南，每一条小河都有美丽的故事，每一块石子都有自己的诗，每一片树叶都会唱动人的歌……

　　这样的描写，如果说在过去还稍嫌夸张，那么现在就完全恰如其分了。随着共产主义思想大解放，云南各族人民异语同声地歌唱起来，比过去任何时候唱得更多、更美、更响亮，他们歌颂党和毛主席的英明领导，歌颂《农业发展纲要四十条》，歌颂社会主义建设总路线，歌颂自己移山倒海的冲天干劲和旋转乾坤的雄大气魄，歌颂我们祖国的"一天等于二十年""一年跑过几千年"的伟大神奇的革命生活……而这样的诗，这样的歌，每天不是几十几百地产生，而是成千上万地产生，不是一本两本，而是"用马驮""用船装"，"千箩万箩"，让我们听听：

> 跃进山歌实在多，
>
> 好似牛毛千万箩；
>
> 正月唱到端午节，
>
> 只唱完支牛耳朵。
>
> ——白族民歌
>
> 唱歌要唱跃进歌，
>
> 跃进山歌用马驮；
>
> 头马到了天安门，
>
> 尾马还在苗家坡。
>
> ——苗族民歌

很显然，这样一些不同民族不同地区的民歌，不仅仅是在形容现在的山歌多了，多到唱也唱不完，而且是人民群众怀着自我夸耀的激动心情，对自己充满诗意的豪迈生活的满意而自豪的写照。"遍地是诗篇，歌声飞满天"，这是我们的时代才会有的现实，这样的民歌当然也只有今天才会产生。

举世周知，云南各兄弟民族正在党的领导下跨时代跃进，其中有不少民族是从原始社会末期和奴隶社会直接向社会主义社会过渡的。在这具有重大政治意义的史无前例的伟大历史飞跃中，各族人民的精神面貌、风俗习惯和各种关系，都起着急速的深刻的变化。共产主义思想精神在各族人民中间蓬勃发展。几千年来在野蛮残酷的奴隶制度下的民族，已经打碎奴隶的枷锁，开始唱豪迈的跃进之歌；充满自信和自豪地提出"要赶上汉族老大哥"的口号。随着革命现实的变革、奋进和飞跃，人的思想意识和精神面貌也在变革、奋进和飞跃。

人变成了真正的人,管理国家、征服自然的人。这一切必然要表现在各族人民的民歌创作上,这就构成了云南各族新民歌的划时代的政治意义和崭新的艺术内容。我们在各族新民歌中看见了新的生活,新的思想,新的爱情和新的道德风气,我们看见了民族心理的深刻的细微的变化,看见了新的人,新的感情。

> 燕子飞得最远,
>
> 三月才能飞过大海;
>
> 骏马跑得最快,
>
> 一辈子难跑出大凉山;
>
> 只有翻了身的彝族人民,
>
> 跑一天路,要抵过去几千年。

这不仅显示出生活的变化、制度的变革,而且还表现了彝族人民在思想意识上值得骄傲的飞跃。这样的飞跃,如果我们在看了"遍山羊群是奴隶主的,软软牧鞭是奴隶主的,牧羊姑娘是奴隶主的,牧场唱起了悲歌,唯有歌声才是自己的"一类的旧民歌后,再来读读"猛火要将奴隶制度烧成灰""凉山归我们娃子(即奴隶)来管""跑步赶上汉族老大哥"这样的新民歌,就会看得很清楚。

我们另外看一首哈尼族的民歌:《新年歌》(见《边疆文艺》一九五八年六月号)。长达一百多行,深刻有力而独具风格地表现了哈尼族人民生活跃进中的重大主题——打破常规过新年。哈尼族是云南边疆社会形态最落后的民族之一,迷信、鬼神把他们的思想和心灵统治了几千年。据说过去一年三百六十天,哈尼族有一半以上的日子是用来祭鬼祭神祭龙和祭龙树的。过新年,那就更不用说了,几乎所有的鬼神龙树都要在这一天祭。还要加上祭祖宗。可是今年搞生产,鬼神不祭了,龙树不祭了,祖先也不祭了。这是多么了不起的变化啊!

> 往年过年,杀猪献地神,
>
> 我们最大的神灵呀!
>
> 它没有给过我们一点点欢乐。
>
> 今年过年不离锄头把,
>
> 我们勤快的劳动呀,

给自己带来丰衣足食的生活!

往年过年忙去把龙祭,

万能的龙呀!

从来没有把雨水降落。

今年过年忙着修水利,

祖祖辈辈不听人使唤的江水呀!

如今把它引上了山坡。

全首民歌洋溢着觉醒者的幸福愉快的情绪,洋溢着胜利者的骄傲的欢乐的情绪;这是对大自然的胜利,对鬼神龙树的胜利,对一切封建迷信和陈规陋习的胜利。哈尼人如今在党的领导下,已经是以觉醒者、革命者和胜利者的姿态,站在一切鬼神之上了!他们已经是充分相信自己的智慧和力量而和其他各民族一道,向共产主义理想飞腾跃进了!《新年歌》通过哈尼民歌的完整的形式,富于概括而又独具特色地表现出它的主题意义,表现出哈尼人打破常规过新年这一事件的深刻丰富的思想内容。从开头的缓慢而欢愉的抒情音调,到后来的鼓点般跳动的急骤的旋律,到最后托"喜鹊大哥"把哈尼人的跃进之歌带去给毛主席,令人满意地构成了一首完美鲜丽的抒情长歌。应该承认,这首民歌在思想和艺术的结合上已经达到相当的高度,它是云南各族新民歌中比较成熟的作品之一。当然,这样的民歌,每天都在产生,不但哈尼族很多,其他各民族也是很多的。这里我们不能一一论述。

随着思想上的跃进和生活上的变化,人们的爱情和情歌也增添了新的内容和新的光采。

姑娘呀姑娘

朝霞还没爬上椰子树

你就来到流沙河水库

你那闪闪发光的扁担

就象翩翩飞翔的蝴蝶

　　　　　多少眼睛在偷看你

　　　　　羡慕你一次能挑一百五

　　　　　姑娘呀姑娘

　　　　　太阳把你的嫩脸晒黑

　　　　　树桩把你的裙子刮破

　　　　　尘土把你发髻上的花朵染污

　　　　　可是你的笑声呀

　　　　　却象春风在我的心底吹拂

　　这是一首傣族民歌中的两节，是小伙子给姑娘唱的。这里歌颂的是一个普通的傣族姑娘。因为劳动好，她更美了，因为劳动好，她引起了多少人的注意、尊敬和爱慕。我们从这里看见了一种新的社会风气。看出了新的人物的高尚品质和新的爱情。

　　云南各族新民歌也象全国各地的跃进新民歌一样，有着非常鲜明突出的时代特点，这就是革命浪漫主义精神，就是在创作方法上的革命的现实主义和革命的浪漫主义的结合。

　　过去的民歌是有浪漫主义色彩的，而且大部份也都是现实主义和浪漫主义相结合的。但是由于过去人民群众受着各种各样的压迫和束缚，生活在极为艰苦的饥寒交迫的情况下，所以反映在民歌中的也更多是愤怒哀伤的控诉或恋爱殉情的悲剧。现在，人民的思想从种种桎梏中解放出来了。人民的感情从个人圈子里解放出来了，人民的智慧和力量从层层压迫束缚下解放出来了。任何困难都可以克服，任何事情都可以办到，任何过去不可想象的神话般的奇迹今天都可以创造。而这一切反映在新民歌中就构成了与过去民歌中的浪漫主义截然不同的革命浪漫主义精神。过去民歌中的浪漫主义当然也是引人向上的，也是积极的，因为人民从来也没有对自己失望过，人民总是希望和相信自己有光辉的未来的，但因为没有共产主义思想作为指路明灯，没有"一天等于二十年"的伟大革命现实作为基础，所以人民对自己的未来的憧憬也就比较渺茫，人民的种种幻想也就模糊而遥远,反映在民歌中和其他口头文学中的浪漫主义想象,也就更多的带有神话色彩。这就决定了过去的积极浪漫主义的某种程度的虚幻性和空泛性,决定了过去的浪漫主义和现实主义相结合只是在思想精神上,在积极反映人民的生活愿望和美好幻想的倾向上,而不能更多的在具体形象的塑造和艺术想象上表现出来。只有到我们的时代,只有在红旗高高飘扬、共产主义太阳普照大地的时代,人民的幻想和奋勇的自觉劳动结合起来了,人民的理想和飞跃的革命现实结合起来了,任何最大胆的浪漫主义想象都可以实现或正在实现了,革命浪漫主义才发展到了更高的新的阶段,而比过去民歌中的浪漫主义更丰富、更美丽神奇却又更易于自然而然地与革命的现实主义结合起来。这就形成了我们时代的新民歌和一切文学艺术的创作方法和时代风格。

> 修起水库,叫"魔鬼的河流倒淌"
>
> 架起天梯,把天边的星星摘完
>
> 天旱,也要把石头捏出清水
>
> 黑夜,也要把它变成白天
>
> ——傣族民歌

> 跃进山歌飞上天
>
> 山歌飞到银河边
>
> 请得牛郎下凡来
>
> 看看铁牛在犁田
>
> ——白族民歌

> 挖沟遇着陡石岩
>
> 半夜三更干起来
>
> 石工舞锤吼三声
>
> 悬岩陡壁低下来
>
> ——滇南民歌

阿诗玛死后化为岩石上的回声,是美的,但却虚幻;南诏公主死后化为望夫云,是美的,但却虚幻;而今天傣族人民叫"魔鬼的河流"淌倒,要"把石头捏出清水"来,却是可能的,现实的,并不觉得虚幻;而今天我们请"牛郎下凡"也同样是可能的,现实的,并不觉得虚幻。因为天上不如人间,如果别的星球上真有人类,我们请他来地球上参观也不是很遥远的事情了。当然,这样说并不是认为革命的浪漫主义要停留在"可能"或"现实"的水平上,而是想说明:今天的伟大革命现实为革命浪漫主义打开了无限广阔的天地,但这无限广阔的天地仍然是现实的境界;今天人民群众的冲天的干劲、宏伟的胸襟和雄大的气魄,给革命浪漫主义添了万能的翅膀,但同时又保证它不论怎样飞翔,仍不至于形成脱离现实的虚幻和空泛。劳动人民的口头文学从来就是与悲观主义绝缘的,但只有我们今天的新民歌,只有革命的现实主义和革命的浪漫主义相结合,创作出来的新民歌才具有这种把握一切、透视未来的革命的乐观和自信,才具有了前所未有的豪壮的气概、大胆的想象和响亮的声音。周扬同志说:新民歌"开拓了民歌发展的新纪元,同时也开拓了我国诗歌的新道路"。这个话我觉得也应该首先从这个角度来理解。

从云南各族民歌中,我们就看出了鲜明的时代风格和民族风格。至于个人风格,绝大多数民歌不知道作者,无法研究。事实上,从现有的材料我们也已经看出,即便是同一个民族的民歌,也有着丰富多采的形式风格和多种多样的表现手法。

> 身披下关风,
> 脚踏苍山雪,
> 山顶开沟去,
> 晚盖洱海月。

这是一首白族民歌。下关的风是最大的,苍山的雪是终年不化的,山脚下四季如春,山顶上却是四季如冬,但这一切对于当下的白族人民都不算什么。从短短的四句诗中,我们看见了一个高大的巨人形象,在他的脚下,高耸入云的苍山显得那么矮小!这是今天白族人民的形象,也就是我们时代的解放了的人民的形象。披风踏雪,开沟盖月,这是多么了不起的英雄气概,又是多么美丽动人的劳动画面。这样的景象(当然还有比这更激动人心的景象),天天有,处处有,歌颂这种伟大劳动场面的民歌也在天天产生、处处产生,在各族新民歌中都是举不胜举的。而正是从这样的民歌中,我们首先看出了我们时代社会主义现实主义文学的时代风格,这就是通过民族的艺术形式表现出来的,一种豪迈乐观的战斗创造的激情,美丽的政治理想和自觉的深刻的哲理思考的诗意的融合;也就是我们时代的精神和性格的表现,也就是共产主义风格在艺术上的表现。在这个意义上,毛主席所指示的革命的现实主义和革命的浪漫主义的结合,我认为既是创作方法,也是时代风格。它在创作过程中,是方法,而体现在艺术作品中,就成为鲜明的时代风格。

当然,时代风格不但不会抹杀民族风格,它还必须通过民族风格表现出来。云南各兄弟民族,由于千百年来聚居在一起,在口头文学上特别是某些神话故事和民间传说上,难免互相有过一定影响,但风格仍然是鲜明的,各具特色各不相同的。这从新民歌中也看得很清楚。例如同样是歌颂合作化和毛主席的,阿哲族①民歌《带路人》这样唱:

> 我们阿哲人,
>
> 走合作化的路走对了!
>
> 才走了一年,
>
> 就大大变样了!
>
> 毛主席,你把我们带上路了!

傈僳族民歌《好日子》:

> 因为走了共产党的路,
>
> 因为听了毛主席的话,
>
> 做活手臂有力了!
>
> 走路脚杆有劲了!
>
> 因为有了合作社啊!
>
> 生产的粮食堆成山,
>
> 织出的布匹象万丈江河流不尽。

---

① 　编者注:阿哲人是彝族的一个分支。

藏族民歌《合作化的道路最宽广》：

　　　　大大的海子啊，

　　　　吉祥的神灵在倾吐葡萄酒浆，

　　　　那葡萄酒浆流淌在宽宽的海子上，

　　　　不，

　　　　那不是甜美的葡萄酒浆，

　　　　那是藏家合作社新修的河流闪着光芒。

　　　　陡峭的山路啊，

　　　　尘土飞扬，

　　　　那尘土飞扬的地方有人在纵情歌唱，

　　　　不，

　　　　那不是尘土飞扬，

　　　　那是藏家合作社的马帮。

　　　　闹热的山寨啊！

　　　　人们天天跳锅庄，

　　　　那锅庄表示藏家欢乐的心肠，

　　　　不，

　　　　那不是跳锅庄，

　　　　那是庆祝合作化的道路最宽广。

　　如果要用几个字或几句话概括出各民族不同的民歌风格，当然是不可能的，但是就从上面列举的这些例子中，我们还是可以看出各族民歌在民族风格上的某些差异和表现手法上的多种多样，尼苏族和苦聪族[①]的朴素单纯的短歌，与藏族人民在雪岭高原上放声歌唱的沉洪旷达、辽阔宏亮的调子是迥然不同的，土族的浑厚质朴、白族的刚健清新、彝族的幽婉明丽和傣族的艳丽幽柔也是

————————————

① 　编者注：尼苏是彝族的一个支系；苦聪人是拉祜族的一个支系。

同样地不能混淆的。苦聪族的民歌："毛主席领导好啦！共产党领导好啦！阿爹阿嫫没有到过的地方，我们到了！阿爹阿嫫没有见过的，我们得见了！毛主席领导，眼眼望得远，共产党领导，心里想得宽。"这真是最朴素不过的句子了，真是单纯到不能再单纯的了，但是如果我们知道这个民族不久以前还过着原始社会的生活，不久以前还不习惯使用火柴而用石片取火，直到今年才从树林里搬下来，我们就会感到这简简单单的几句，包含着多么深刻的思想和多么真挚厚重的感情，这短短的几句倾泻着一个民族的全部喜悦和欢乐、感恩的激情。这是最朴素、最单纯的歌句，却也是最深刻的诗。而这样的诗，这样的民歌风格，是只有苦聪族、尼苏族这样的民族才会具有的。

云南境内的汉族民歌和全国其他地区的汉族民歌差不多，目前在形式上仍然是五字句、七字句的短歌占了多数，这大概和传统也有关系。但某些人因此误认为：新民歌的形式就是、或主要就是五字句、七字句，这却是可笑的。事实上现有的汉族新民歌，也并没有受五字句、七字句的限制和束缚，而且特别值得注意的是：它正在不断地变化、发展和丰富起来。

至于兄弟民族的新民歌，各有各的文学传统和语言特点，呈现在我们面前的形式风格也就更加丰富多采和各色各样。看了一小部份整理出来的云南各族新民歌（这仅仅是云南新民歌海洋里的一滴水）以后，我们对新民歌为我国各民族诗歌开辟的新道路就看得更加清楚，因而也更加充满信心了。

（本文有删节）

介绍哈萨克民间诗歌

常世杰

该史料是对哈萨克族民间诗歌的基本介绍，原载于《天山》1959 年第 9 期。哈萨克族民歌分为六类：一是颂歌，赞颂家乡，赞颂部落中的英雄和自己的家族等；二是情歌，又细分为互相赞扬歌"玛克塔吾约令"、讽刺嘲笑歌"贾曼达吾约令"、询问家谱歌"阿塔吾约令"等多种，还有哀怨歌；三是习俗歌，有"阿勒孜"歌、"生素"歌、上马歌、"阿吾贾尔"、"萨仁"歌等；四是关于自然的歌，有"塔吾约令""苏约令""塔斯约令""巴勒克约令""玛勒约令""贾斯约令"等；五是诙谐歌，有流言歌"约特尔克约令"、绕口令歌"江勒帕什约令"；六是宗教歌等。民歌主要韵脚有五种："卡拉约令吾衣卡斯"普通韵、"楚伯尔玛勒吾衣卡斯"民歌韵、"沙拉斯尔衣卡斯"隔行韵、"叶盖孜吾衣卡斯"双声韵、"叶尔克特吾衣卡斯"自由韵。

原文

亲爱的读者，你们也许知道，哈萨克族是一个酷爱诗歌的民族。正象哈萨克民歌所唱的一样：

哈萨克的歌声永远也唱不完

就象那伊犁河的流水一样

当你诞生时,歌声迎你来人间

当你逝世时,歌声送你进天堂

我们的民族是诗歌的民族

动人的歌词、优美的旋律多迷人

歌声是我们精神的食粮

歌声能打开心灵的门窗

哈萨克族人民,无论在何时何地,总是以他们豪放的歌声,来表达他们的心情。尤其是在解放以后,在那辽阔的草原上,在那美丽的伊犁河畔,到处都可以听到嘹亮的歌声。他们歌唱着解放了的家乡,歌唱幸福生活,年青人也歌唱自己的青春,歌唱自己的爱情。

哈萨克族人民的歌,象雪莲那样美丽,象雨后彩虹那样灿烂,象蜂蜜那样香甜,象马奶酒那么迷人。无论是在草原上,山谷中,你都可以听到赶着羊群、马群的牧人,或是赶毡、挤奶的姑娘们的清亮婉转的歌声。哈萨克族有很多民间歌手,哈语①称为"阿肯"。"阿肯"在群众中是很受尊敬和欢迎的。著名的"阿肯"如司马古勒已经五十六岁了,他曾以动人心弦的歌声,帮助政府说服了一些曾受乌斯满蒙骗的人们,使他们重新放下了枪杆,回到了久别的故乡。年轻的歌手托合塔孙今年只有十九岁,他在十五岁时,就开始在草原上放声歌唱自己的家乡了。在全自治区第一次文艺会演时,他以自己朴实、优美、感人的诗句,得到观众们的热烈掌声。

哈萨克族口头文学的发展,是和他们游牧生活方式分不开的。他们随口拈来,吟诵成歌,词句优美,音调悦耳。这些口头文学都很生动,有血有肉,经过了多年的流传,经过不断的修饰和加工,使词句更加优美,内容也更加丰富。哈萨克族的民歌大致可分为如下几类:

一、颂歌:赞颂家乡,赞颂部落中的英雄和自己的家族(如父亲、哥哥)的英

---

① 　编者注:"哈语"应为"哈萨克语",后同。

勇行为。解放后，这类歌发展为歌颂共产党、毛主席和解放军，歌颂人民公社，以及歌颂党在各项中心运动中的指示和号召。如：

　　没有好马走不了千里

　　没有好鹰抓不着狐狸

　　没有好草养不了肥羊

　　没有恩人共产党

　　家乡哪能象天堂一样

又如：

　　天上的星星离着月亮近

　　哈萨克和共产党比她亲

　　星星只能给月亮做陪衬

　　哈萨克和共产党心连心

　　广大的哈萨克族人民，用最热情、最真挚的语言，来歌颂伟大的共产党，表达了他们纯朴而深厚的感情。

　　二、情歌：主要是青年男女互相对唱，其中分为互相赞扬歌"玛克塔吾约令"、讽刺嘲笑歌"贾曼达吾约令"、询问家谱歌"阿塔吾约令"等多种。这些歌主要在节日里青年男女互相对唱，借以传达互相爱慕相恋的心情。哈萨克对唱，都是两男两女为一组，相互对坐，其中一男一女为主，及时编唱，一男一女为辅，随声配音。一般对唱时，互赌输赢，都以九件小东西作为礼物（如各种纽扣、耳环、戒指等）。往往由黄昏唱到天亮。解放前，还有些哀怨歌，可分为两种，一种是歌声中充满着对封建买卖婚姻旧习俗的怨恨，另一种是怨恨对方不守信义而另找新欢。

　　三、习俗歌：这类歌在哈萨克族中流传得很普遍。哈萨克族从小孩诞生那天起，就要唱庆祝诞生歌。男孩到五岁之后（必须是单岁）割包皮时，女孩留头发时也要唱。姑娘到成年时要唱劝嫁歌。出嫁前，姑娘要去向本部落亲友邻居告别，和自己的亲戚姐妹唱"阿勒孜"歌和"生素"歌。女方嫁到男方去时要唱上马歌。举行婚礼时，男方要唱祝词称为"阿吾贾尔"，而女方则唱"萨仁"歌，男方用马鞭子揭新娘面纱时要唱著名的挑面纱歌称为"贝塔沙尔"。死人时,全家则要唱送葬歌"归克塔吾约令",而死者的亲人则唱"达吾斯约令"表示沉痛的哀悼。

四、关于自然界的歌:这类歌在哈萨克民歌中,也占很大比重,哈萨克族人民对自然界的一些东西,都有自己的看法。他们根据各种东西的形状、性质以及用途,编成了歌一直流传到现在,这类歌有些是和宗教有联系的。大致分为"塔吾约令":关于山的歌,"苏约令":关于水的歌,"塔斯约令":关于石头的歌,"巴勒克约令":关于鱼的歌,"玛勒约令":关于牲畜的歌,"贾斯约令":关于岁数的歌等多种。

五、诙谐歌:这类歌在哈萨克族中可以说是老少皆知的。哈萨克族的谎言歌"约特尔克约令"是很多的。从这些歌里可以看出哈萨克族人民有着异常丰富的想象力。幽默、夸张是这类歌的特点。另外还有绕口令歌"江勒帕什约令",歌里面把一些不易发音的词,巧妙的组织在一起,构成完整而又很滑稽的内容。

六、宗教歌及其它:宗教歌"沙里哈特约令"主要是劝人为善,叙述宗教来源的传说,阐明宗教制度。其它还有谚语、格言、"玛卡勒、玛太勒"和谜语歌"君巴克约令"等,在哈萨克族中也是非常丰富的。尤其是谚语,可以说是在日常会话中不可缺少的材料。

哈萨克族诗歌的形式也是丰富多样的。一般通常用的是每段四行,每行十一个音节,哈语称为"卡拉约令"。这种比较古老的形式,哈族①的行吟诗人"阿肯"特别喜爱采用。

十九世纪末叶,从哈萨克族文学奠基人阿拜开始,先后曾发展了五、六、七、八等几个音节的几种新形式。后来又采用了九或十个音节。这几种形式通称为"古勒待尔曼",目前一般青年诗人、歌手都逐渐地采用了,原因是每首诗中每行的音节多少可以自由掌握不受约制。

---

① 编者注:"哈族"应为"哈萨克族",后同。

哈萨克族诗歌在韵脚上也是很讲究的，主要分以下几种：

一、"卡拉约令吾衣卡斯"普通韵，每段四行，第一、二、四行押韵，这种形式的歌绝大部分每行都是十一个音节。情歌和关于自然界的歌多用这种韵。

二、"楚伯尔玛勒吾衣卡斯"又称"吉尔吾衣卡斯"民歌韵，每段行数不限，第一、二、三行押一个韵，第四行可以随便，而第五、六、七行又要与一、二、三行押一个韵，以此类推。一般哈族对唱，长诗都用这种韵。著名的哈萨克歌手江布尔的歌子，大都是这类形式。这种形式的歌，每行一般是七、八个音节。

三、"沙拉斯尔衣卡斯"隔行韵。每段中第一、三行押一个韵，第二、四行押另一个韵，这是一种新形式，目前正在发展中，在民歌中尚不多见。

四、"叶盖孜吾衣卡斯"双声韵。大多是每段两行，第一段两行一韵，第二段两行则押另一韵，这种形式较难，民歌中也少见。

五、"叶尔克特吾衣卡斯"自由韵。每段行数不限，永远是双数行押韵。这种形式为青年歌手所欢迎。

另外在阿拜的诗歌中，还有几种比较复杂的韵脚，如八脚韵等。每段中要押两三种韵，并且，长短句也有一定的规矩，好象汉族的古典诗词一样。

我相信，无穷无尽的幸福生活，将给哈萨克族人民带来取之不竭的创作源泉，未来的哈萨克草原会更加美丽，未来的哈萨克歌声会更加动听……

献给祖国大家庭的一束鲜花

——介绍《白族民歌集》

刘锡诚

史料解读

该史料是对《白族民歌集》的介绍,原载于《读书》1959 年 11 月。在大理国时期,白族的封建制度已经形成,贫雇农大批出现,地主经济居于统治地位。在这样的时代背景下,产生了许多走夷方(缅甸)的歌谣以及反抗歌谣。除了政治性歌谣,还有艺术性歌谣如情歌。白族民歌中的西山调和山歌反映爱情的特别多,艺术上也最完美。新中国成立后,白族民歌注入了新的内容;新民歌的基本主题是对本民族的新生以及对党的歌颂。白族的抒情短歌在历史发展中已经形成相当严谨的格律,白族调和西山调是白族人民歌唱的主要形式。此外,还有打歌这一多用对答的方式叙述人类社会早期生活的别具风格的体裁。

原文

两年前,我们同时读到了根据白族优美的传说《望夫云》写成的四篇叙事长诗,那时,我不由得为那故事的诱人的幻想和美吸引住了。最近我们又读到了一本丰富多采的《白族民歌集》,在读这本书的时候,更是使我悠然神往。有一首歌颂毛主席的歌,描写了"一心为人民"的领袖的形象:

中国名城北京城,

城头有个大恩人，

他是领袖毛主席，

一心为人民。

热天不叫我们晒，

雨天不叫我们淋，

海水当墨地作纸，

写不完这恩情。

白族人民根据自己的生活经验，写出了这首发自肺腑的颂歌。共产党和毛主席使一个受压迫的民族获得了新生；他的恩情是那样深厚，甚至拿"海水当墨地作纸"也写不完。

白族人民和我国其他兄弟民族人民一样，有着丰富优美的民歌；唱调子几乎是他们生活中不可缺少的一种活动。我们读着《白族民歌集》，简直如身临其境，似乎真的听到了从密林深处、从山腰谷底飘来的豪放的、悠扬的歌声。这里面有永远逝去了的"人穷命也薄"的历史命运的不平，有对封建制度和阶级压迫的讽喻与抗议，有对新生活、对领袖的歌颂，有对本民族风土人情的描述，有朴素纯贞的爱情生活的写真……

十三世纪以后，即大理国时代，白族的封建制度便已形成。阶级分化十分迅速、剧烈，贫雇农大批出现，地主经济居于统治地位。严酷的阶级压迫使许多农民破产，而不得不舍弃故土流落异乡，这样便产生了许多"人为衣食走天下，鱼为水冷奔滩头"的走夷方（缅甸）的歌谣。这些歌谣描写了那种"度日如度年"的艰辛生活。正如一首歌谣所说的："高山深沟独人去，缅甸大坝一人行，一年三百六十日，日日得奔走。"

民族压迫和阶级压迫使他们"尝尽了人间的苦滋味，受尽了折磨"，于是他们发出了抗议的呼声。著名的白族歌手张明德唱的《泥鳅调》就是一首强烈的抗议歌谣：

无鳞鱼儿惊慌慌，

有了地盘没水塘，

有了水塘没有家，
水草下面藏。

天天躲藏憋不住，
刚刚出门被捉住，
将我塞进鱼篓中，
胆战心惊逃不脱。

那汉子说拿来煎，
婆娘说要拿来腌；
将我摆在席面上，
你请我又邀。

捉我的人要瞎眼，
吃我的人要倒霉，
我虽无力来反抗，
要用刺卡他。

　　这是一首优美的、富有反抗性的歌谣，它寓意深刻地反映了白族人民对地主阶级的残酷盘剥的抗议。在旧的社会制度下，农民确像一尾孤立无援的小鱼藏在水草下面，而地主老爷们却无孔不入地把他们找到、捉住，吃他们的肉，喝他们的血。但是，劳动人民并不是软弱可欺地任他们作弄，而大声地诅咒说："捉我的人要瞎眼，吃我的人要倒霉"，并且要用刺来卡他。

　　除了这类政治性极强烈的民歌之外，《白族民歌选》中还收录了大量的艺术性较高的情歌。白族民歌中的西山调和山歌反映爱情的特别多，艺术上也最完美。早婚和包办婚姻，恋爱自由和婚姻不自由给青年们带来了极度的痛苦。这在民歌中有很真实的反映，如《青姑娘》便是。尽管有不少反映这种痛苦情景的民歌,但毕竟是歌颂忠贞爱情的歌占了大多数。白族青年男女强烈地渴望自由的爱情生活,歌唱着"脱金镯、断头发"的忠贞爱情。有一首《刀子架在脖子上》开头这样唱:"割断头发谈爱情,头发割了妹回家,村人管得紧。"尽管村人用刀子威胁小妹,小妹仍无丝毫动摇与妥协,表现出"死了爱情也接紧"的高贵品质。类似这样的民歌,在这本书中为数不少,它们不但给我们艺术的满足,而且在精神上也给我们教育。

解放后,白族民歌中注入了新的内容;新民歌的基本主题是对本民族的新生以及对党的歌颂。在全国人民的歌声中,白族人民的前进脚步印在他们的民歌创作中,他们说:"白族人民爱唱歌,调调唱的跃进事,句句热心窝。"

白族的抒情短歌在其历史发展中已经形成了相当严谨的格律,艺术上达到凝炼的程度。一首民歌大致七句,往往表达出十分丰富的思想内容。这本民歌集中辑录的白族调和西山调大致都是短歌,流传比较广泛,反映生活面也较广,是白族人民歌唱的主要形式。

《白族民歌集》的最后一辑是"打歌"。"打歌"是白族文学中别具风格的一种体裁,多用对答的方式叙述人类社会早期阶段,如天地、日月及人类的起源(如《开天辟地》),古代人民的生活情况(如《放羊歌》)。此外,还有利用汉族传说故事编的打歌如《读书歌》(梁山伯祝英台的故事)。

收集者告诉我们,"打歌"可能是人类童年期的一种文学样式,现在白族人民文化已经迅速提高,这种形式将不复流传了。

最后,值得特别介绍的,《白族民歌集》在编辑体例方面是很新颖和独到的。记录整理者在 1956 年随中国科学院文学研究所民间文学调查组到白族居住区进行了长时期的调查,对白族民间文学有相当的了解。他们在每一辑的前面冠以评介文章,对每一歌种作了思想与艺术方面的分析,深入浅出,对读者是颇有益处的。

浙江畲族人民歌唱太平军攻克云和
的山歌稿本介绍

浙江省文物管理委员会

史料解读

该史料是对畲族《长毛歌》稿本的介绍，原载于《文物》1961 年第 1 期。文章介绍了畲族人民歌唱太平军攻克云和县的山歌——《长毛歌》稿本。该稿本由浙江省云和县东坑村畲族人蓝三满用山歌形式编唱，由蓝福余笔录。稿本以汉字记录畲族语言，用了许多代音字和通用字。《长毛歌》有 5040 字，分 22 段，用七言句编唱，讲述了咸丰年间太平军克复南京后向浙江进军，攻克云和县的故事。

原文

我会于去年春间，配合有关部门征集少数民族文物工作时，曾征集到一本畲族人民歌唱太平军攻克云和县的山歌——《长毛歌》稿本。

这本稿本是浙江省云和县（现划并丽水县）东坑村畲族人民蓝三满用山歌形式编唱，由蓝福余笔录的，据说保留到现在已有八十多年了。

浙江的畲族人民，自古以来就喜爱编唱山歌。畲族没有自己的文字，但是有自己的语言。保留下来的许多山歌都是用畲族的语言，而用汉字纪录的，所以有很多代音字，如"何"作"有"字解，"太"作"看"字解等等；有一部份是畲族人民中的通用字,汉字中没有的,如"怀"作"不"字或作"不肯"解,"伀"作"能够"解等等。畲族的山歌的题材,绝大多数是采用真实事件所编唱的。

这本山歌稿本中,同样用上许多代音字和通用字,其内容许多地方与《处州府志》《云和县志》上所记载的材料相同。但它是用畲族语言编唱的山歌,不懂得畲族语言的人是不懂的。因此,畲族人民能大胆的唱出真实的历史。这本山歌稿本可作为研究太平天国革命史的参考资料。

这篇山歌长达五千零四十字,分二十二段,用七言句编唱。

山歌的第一段开始,就唱出了清朝统治阶级(指咸丰皇帝)对人民残酷的压迫、剥削;人民不得不起来革命,这支革命队伍一定要推翻这些穷凶极恶的统治阶级;革命的目的是使人人在经济上得到平等的地位。开头唱的有如下的四句:

咸丰皇帝心怀(不)通,

出来理事人怀(不)容,

出个"长毛"无情意(义),

造恘(反)世界无富穷。

接下去就唱到太平军克复南京后向浙江进军的情况。

第二段是详细的描绘出清朝地方政府的官员们,仗着统治阶级势力,搜刮民脂民膏,买了许多田地而不交粮税。现在太平军快来了,一定要抽这些奴才的骨;剥这些奴才的皮的日子到了。例如其中有几句是这样唱的:

州府县道人心强,买田加租又无粮,

放出"长毛"来收你,收你无骨又无皮。

唱词中充分地表达出劳动人民对太平军的拥护,并吐出了多年来受到剥削、压迫的苦水,盼望着这些统治阶级必然到来的末日。如其中有几句所唱的是:

州府县道人恶多,何(有)钱买田怀(不)自做,

无钱人子无田土,田土要我穷人做。

州府县道人好狠,买田加租作田难。

一石租田分五斗,还讲无作通(痛)心肝。

州府县道人恶算，天地神明来结冤，

放落“长毛”来造恒(反)，恒(反)了无人就无冤。

州府县道人恶计，“长毛”来恒(反)怀(不)由你，

橑(房屋)基田园都荒了，荒了无人我便去。

它也反映了畲族广大劳动人民希望太平军到后，能得到土地的心理。

山歌的第三段到第十一段，唱到太平军严格的纪律性和组织性，也唱到太平军进军云和的路线，攻克云和的时间，以及太平军在云和活动情况：

“长毛”出来便是皇，皇帝圣旨好兵将，

兵马漕漕随你转，一去造恒(反)好战场。

“长毛”兵马好功夫，个个带兵几路去，

亦何(有)总头管千拱，千拱亦管几千人。

“长毛”做官亦何(有)印，亦管“长毛”几千人，

亦何(有)文书通自府，长印来到实是真。

* * * *

咸丰来到八年坐，“长毛”造恒(反)到云和，

来时田禾已播了，去时割禾又正来。

(注:《处州府志》记载，太平军于咸丰八年四月二十三日攻克云和，六月十三日撤退。)

在山歌中，又描绘了当时云和县县官在太平军将攻克云和时那副逃窜的狼狈相，同时也描绘了景宁(云和邻县、现划并丽水县)的县官们，在太平军攻克云和后的混乱状态。他们临时强迫一户出一丁，抓了一批农民，由地主徐登瀛带领，到云和顽抗太平军，结果徐登瀛在去云和的中途——黄水碓地方(离云和县城五里左右处)，就被太平军一刀砍作两段。这件历史事实，在唱词中有这样的描绘：

景宁县里去抽兵，一橑一个几千人，

通知便讲念日去，一人怀(不)去便罚死。

* * * *

登云带兵到云和，云和"长毛"实是多，

等你登云兵子到，"长毛"来杀闹嘈嘈。

"长毛"怀（不）怕石来剪，兵马齐齐充（统）开先，

杀你带兵做两段，登云元帅亦无见。

＊　　＊　　　　＊　　＊

景宁未见讲好汉，到我云和亦无干，

"长毛"便是天生子，千里未来就赫散。

（注：《处州府志》记载，景宁生员徐登瀛驰会云和东西南民勇向太平军顽抗，在黄水碓一带，登瀛力竭而亡。）

这里既歌颂了太平军勇敢杀敌及太平军良好的战术，又讽刺了云和、景宁的县官等反动份子狼狈丑态。

从第十二段到十七段，是唱太平军离开云和向处州府城进军，清军到云和大肆抢劫、捉人、拉夫，以及老百姓被清军捉去所受到的痛苦情况。他们有几句是这样唱的：

"长毛"去了官兵来，未见官兵打一回，

兵子亦赫"长毛"子，怀（不）敢近前相斗打。

＊　　＊　　　　＊　　＊

姓周兵头是大兵，带到几百几千人，

几千人头做兵子，来到云和乱捉人。

（注："姓周兵头"，按《处州府志》记载系清军提督周天受。）

＊　　＊　　　　＊　　＊

官兵大人好名声，"长毛"在城怀（不）敢行，

等住"长毛"出城外，一时来到好高兴。

＊　　＊　　　　＊　　＊

官兵又讲好功夫，我今未来"长毛"去，

"长毛"住在月多久，怀（不）知官兵那路去？

＊　　＊　　　　＊　　＊

官兵心肠更恶毒,来到地方乱捉人,

捉我粗人去挑担,一日担来怀(不)得休,

挑到暗来放落地,肩头皮甩脚又酸,

明日起身挑怀(不)去,官兵要打又要(罚)跪。

既描绘了清军对待老百姓是那么凶暴,同时又狠狠的讽刺了清平军时狼狈的情况。

从第十八段到二十二段,主要唱的是:劳动人民在太平军起义战争失败后,特别是在战争中受到清军残酷的蹂躏,经济上更加衰落了。在这种境况之下,编唱人就规劝大家,勤俭耕种,尤其是春耕季节更要抓紧。其中有几句是这样唱的:

知上郎子紧耕春,一年四季在一春,

大细一家都早起,天晴落水无淘工,

人乃怀(不)做心里懒,手脚怀(不)动讲怀(无)干,

勤俭去早天未晓,日已回转又一担。

这首山歌大致内容介绍如上,但其中还有许多细节问题,限于篇幅,这里就不作详细的介绍了。

土族花儿曲调结构的特点

张谷密

史料解读

　　该史料是分析土族花儿曲调特点的论文,原载于《人民音乐》1961 年第
4 期。花儿是土族音乐艺术的一个种类,属于土族习惯分类里面的野曲。作
者认为土族花儿根据曲调结构方面的特点可以分为三种类型。第一种是曲
调线的起伏很大,听起来特别高亢嘹亮,除具有跳进和连续跳进的运动之
外,还有着很优秀而又独特的级进运动。第二种是每句的旋律线是弧形的,
很婉转地从较低的音区运动到较高的音区、拖长音,然后再下行到中间音
区,有七声音阶宫大调式中以变徵代替角的音阶特点,听感更为缠绵柔和。
第三种类型则近似于民歌小调的风格。

原文

　　在青海高原,有一个山青水秀土地肥沃的好地方,青海省互助土族自治县。
在这里居住的勤劳而又朴实的土族人民,是一个能歌善舞酷爱艺术的民族。
　　土族的音乐艺术是丰富多彩的,如果分一下类,大致有如下几种:
　　一、花儿,就是山歌。二、宴席曲(土语[①]叫"什道依"),是在宴会上唱的一种

---

① 　编者注:"土语"应为"土族语",后同。

歌曲。三、婚礼曲——是在结婚的时候唱的一种表示祝贺的歌曲。分为娶亲的(婆家唱)和送亲的(娘家唱)两种。四、按昭——载歌载舞的歌曲。也有人归纳为两种,即民歌小调和故事传说。

按照土族过去的习惯,则将上列各种歌曲分成两大类:家曲和野曲。过去,青年男女不许在家里,也就是不许在长辈面前歌唱有关爱情的东西,只好跑到山野里去唱。花儿基本上是唱爱情,所以属于野曲;其它各类均属家曲。

从土族花儿在曲调结构方面的特点来看,我个人认为可以分成三种类型。

第一种类型:曲调线的起伏很大,听起来感到特别高吭嘹亮。这类花儿的曲调,以开始的五度向下跳进,然后再接以四度向上跳进的现象,形成一个典型的特点:625……接着出现一些连续四度向上跳进的运动:25625……例如《土族令》的开始:

$$6 - | \underline{2255} \cdot \underline{6} | \underline{232} \cdot | 2$$

这种四度向上跳进的现象,一般地说来在青海各族花儿的音调中是普遍存在的,这可能是互相影响的结果。

此外,六度向下跳进的现象,也是这类花儿的曲调结构的特点之一:356 或者扩展为556,后者的八度向下跳进,显然是六度向下跳进音程的变形。例如《土族令》后半段的前一句:

$$\underline{2356} \ \underline{323} | \underline{561} \ \underline{232} | 2 \cdot \underline{323} | 5 \ \underline{561} \ \underline{23} | 1 - | 下略$$

然而土族花儿在我们的听觉和感受上的印象还不仅是高吭嘹亮,同时它又具有意味深长的抒情性格和内在的美。这是因为土族花儿在它的曲调结构上,除具有跳进和连续跳进的运动之外,它还有着很优秀而又独特的级进运动。例如:

$$\underline{2 \ 3 \ 5} | \underline{3 \ 5 \ 6} | \underline{561} \ \underline{23} | 2$$

这是由五声音阶的级进所构成的。如果再进一步来研究上面的旋律,可以说它是以三个拍子（以一个八分音符作为一个拍子）的音成为一个基本音型，通过连续模进的方式而构成的：

$$2\ 3\ 5\ \ 3\ 5\ 6\ \ 5\ 6\ \dot{1}\ 3\ \cdots\cdots$$
└音型┘ └模进┘ └----┘ └结尾

这类句子的旋律线多半是这样：前半句为上行，到较高的音时拖长音，后半句则下行，下行时有小的跳进音程。例如《好花儿》：

$$\underline{2\ 3}\ 5\ |\ \underline{3\ 5\ 6}\ |\ \overset{3}{\overbrace{5\ 6\ 6\ \dot{1}\ 2}}\ 3\ |\ \dot{2}\ \overset{3}{\overbrace{3\ 2\ 3}}\ |\ \dot{5}\ 3\ \overset{5}{\overbrace{3}}\ |\ \overset{3}{\overbrace{5\ 6\ 1}}\ 2\ 3\ 2\ |\ \dot{1}\cdot\ |\ \dot{1}\cdot\ |$$

《好花儿》后半段的曲调线也是这样的规律：

$$\underline{1\ 3}\ 5\ |\ \overset{3}{\overbrace{3\ 5\ 6}}\ 7\ 6\ |\ \overset{}{5\ 6\ \dot{1}}\ \dot{1}\ 2\ |\ ^{2/8}\dot{3}\cdot\dot{2}\ |\ ^{3/8}\dot{5}\ \dot{3}\cdot\dot{2}\ |\ \underline{5\ 6\ \dot{1}}\ \dot{1}\ 5\ |\ \overset{a}{\dot{1}\ 2\ \dot{1}}\ \dot{6}\cdot\dot{5}\ |\ \dot{5}\cdot\ \|$$

从《好花儿》这首歌就足可以窥见这类土族花儿在曲调结构方面的一般特点了。

土族花儿在曲调结构方面的第二种类型：每句的旋律线也是弧形的，很婉转地从较低的音区运动到较高的音区、拖长音，然后再下行到中间音区，也具有六度向下跳进的特点。

它的一个不容忽视而且是很有趣的特点是用七声音阶宫大调式中的第四级音"变徵"（Fa）来代替第三级音"角"（Mi）。

由这样的音阶所构成的这类花儿的音调，听起来更觉得缠绵动人，色彩也更为柔和。

还有另外一种情形，就是在以变徵代替角的音阶所构成的旋律当中，偶然也会出现角音。

这时，角音虽然只是在旋律运动中经过一下，并不影响原有音阶的基础；但是对于音调的色彩变化上还是起了应有的作用。

土族花儿在曲调结构方面的第三种类型，则近似于民歌小调的风格。这类花儿的山歌风味不象第一、二类那样浓厚。例如《歌唱总路线》：

$$\underline{2\ 2\ 2\ 2}\ |\ \underline{1\ 2\ 1}\ \dot{6}\ |\ 2\ 1\ \dot{6}\ |\ 5\ \underline{5\ \dot{6}}\ |\ 2\ \underline{2\ 5}\ |\ 2\ \underline{1\ \dot{6}}\ |\ 2\ 1\ \dot{6}\ |\ 5\ 0\ 0\ |（下略）$$

总路线它 好比那个红呀太阳来么 六 亿 人 民　都呀照上

虽然从整体来看它和第一、二类的差别较大,但是在这类花儿的曲调结构当中,仍然保持着一般花儿所具有的四度连续向上跳进运动的特点:

$$……\underline{5}\ \underline{5\,6}\ |\ 2\ \ \underline{2\,5}\ |\ 2……$$

这类花儿的旋律进行很流畅,效果也很开朗;但是它既不象第一类花儿那样高吭,也不象第二类花儿那样缠绵柔和。

从以上简单的叙述中,可见土族花儿的曲调结构,在三种不同的类型当中有共同的特点,又在格调上各有不同之处。

瑶歌的社会历史体现

杨成志

史料解读

　　该史料是对瑶歌内容的社会背景进行分析的论文，原载于《民间文学》1962 年第 1 期。瑶族歌谣产生于丰富多彩的社会历史生活中：一是瑶族社会风尚喜唱歌，二是仿效和宣扬能歌善唱的歌手，三是瑶族人民不仅善于创作瑶语歌也用汉语创作汉语瑶歌。瑶歌按内容可分为八类目，其中四类比较重要。开天辟地或人类（民族）创世歌显示了汉瑶两族在盘古、伏羲古代传说上具有共同来源或互相传播和混化的史实，显示了古代中国各民族的不同祖先是同出一源的民族融合观。生产劳动和生活歌反映了瑶族人民长期遭受封建统治者的压迫，过着逢山吃山的迁徙生活。放歌或信歌是一种互相传达人们的思想感情，借以唤起同情和保持联系的通讯，有交趾词、查亲歌等。神歌或乐神歌是瑶族举行"还愿"、"做功德"和"度戒"等崇拜仪式时用来迎送、赞颂和祭献神灵的歌。

原文

　　瑶族，是我国民族大家庭中能歌善唱的民族之一。他们的总人口约 74 万，以大分散、小集中分布于湘、粤、桂、黔、滇五个省（区）约 150 多县的广大辽阔山区。过去,瑶族人民不仅在生产斗争和反抗封建的民族压迫斗争上以勤劳、坚忍、勇敢著称,即在抒现民族智慧和反映人民生活面貌的民间文学尤其民歌的成就上,也展示了他们固有的文化传统和独特的民族风格。

产生瑶族歌谣丰富多采的社会历史背景由三方面可以观察出来:首先瑶族社会风尚,不论在田间、山坡、丛林、溪谷,尤其当年节、喜庆节日和举行崇拜仪式时,举凡男女老少都喜欢唱歌或听人歌唱。这种习俗孕育了歌谣形式和内容多样化的形成。其次,仿效和宣扬能歌善唱的歌手以及歌手在传播歌谣是起着很大作用的。例如瑶族与南方汉族、僮族等都一样崇拜刘三姐①为各族共同的"歌仙"。象湖南江华瑶族自治县有:"盘古开天又造地,造起山河又造田;刘三制歌又制曲,制作凡人世上言。"广东乐昌瑶族有:"刘王造得千歌曲,刘王唱得万条歌。"广西东部和东北部各县瑶族普遍地唱道:"唱歌好,唱歌成佛又成仙,不信且看刘三姐,唱歌成佛又成仙。"再其次,瑶族人民除善用本民族语言歌唱他们由社会存在反映出来的思想、感情、爱好和愿望,称为瑶语歌之外,他们又采用汉语文在各种歌谣上抒现山区的生活情调和他们自己的民族风格,称为汉语瑶歌。

由于调查研究和编写瑶族史志,我们从各瑶族地区曾收集这两种歌谣(汉语瑶歌比瑶语歌多)的一定数量资料,经过初步选择就其内容分析可暂分为:开天辟地或人类(民族)创世歌,生产劳动和生活歌,山歌或情歌,盘歌或对答歌,放歌或信歌,动植物歌,曲调和唱本,神歌八类目。现在仅选其中的四个类目扼要地揭示其真容。

---

① 刘三姐在旧文献里称为刘三妹,有各种不同来源的记载。宋《舆地纪胜》说她是广东春州人;《坚瓠集》称她是湘西人。《池北偶谈》和《粤述》说她是"歌仙",认为是唐宋时代的汉人。《广东新语》和《粤中见闻》说她是广东新兴县人,通晓各民族语言,来往各民族地区教导各民族歌唱。《明诗综》谓她是僮人,有"僮女相思曲"的记录。总括一句,唐宋以来两广和湖南汉、僮、瑶、苗等民族都喜欢唱歌和崇拜歌手,因而刘三姐便变成为历史上南方各族人民的共同"歌圣"。

开天辟地或人类(民族)创世歌

　　世界上任何民族都有各种各样的开天辟地或人类创始的神话、传说或歌谣,瑶族不能例外,他们与汉、僮等族人民一样相传盘古是开天辟地的主宰。广西南丹大瑶寨瑶族的开天辟地口头歌中这样唱道:

　　……开天辟地,神圣造天地。第一瓢成泥,第二瓢成雨……盘古郎耙了一次又一次:第一耙成河川,第二耙成山岭高原,第三耙成草坪林园,第四耙成地土,第五耙成田畲成片,天地完全……

广西大瑶山瑶族自治县也有关于盘古的歌唱:

　　……大岭原是盘古骨,小岭原是盘古身;两眼变成日月;牙齿分化成金银;毛发变成为草木;尚有鸟兽出山林;气化为风汗成雨;血成江河万年春……

　　这两节不同地区的盘古歌,同样地简化了无数语句的传说解释,变成为素朴易懂的歌词外,可贵的还在于它们都烘托出劳动创造世界的示意。因为瑶人崇拜盘古为人神,在瑶族村寨中常建立单独的小盘古庙或将盘古偶像同列在众人神的小庙宇中。

　　另外,伏羲兄妹创造人类是瑶族最通行的一个传说。大意是说古代经过洪水泛滥,人类万物都给淹死,独留伏羲兄妹两人在洪水暴发前得雷公搭救乘葫芦幸得生存。他(她)俩经过了"金龟"、"生竹"和两岸烧香等考验,终于结成了夫妇。生了一块肉团,变成为三百六十姓人的祖先……兹仅录它们由口头传说再加工写成的歌词如下:

　　七日七夜洪水发,葫芦浮上到天门。七日七夜洪水退,葫芦跌落到昆仑。

　　山上树木水淹死,世上全无一个人。尚剩伏羲两兄妹,遇见金龟在山林。

　　伏羲问言金龟道:"世上有人没有人?"答言:"人民死尽了,你俩兄妹结为婚。"

　　伏羲答复金龟道:"你今听我说原因,我俩同胞又同奶,为何兄妹结为婚?"

　　兄妹说出心里话,棒打金龟烂成尘,赌你金龟再复合,我俩兄妹自为婚。

　　再过昆仑山脚下,碰见金龟再生身。当初金龟光滑滑,如今壳背有裂痕。

行到紫微问生竹:"世上有无一个人?"答言:"人民皆淹死,你俩兄妹结为婚。"

兄妹得闻如此语,刀斩生竹烂成尘,世上有兄才有妹,为何兄妹结成婚?

再过紫微山脚下,又逢生竹挺起身,当初生竹全无节,如今生竹留刀痕。

兄妹两人心不服,两岸烧香升上云,香烟果然绕成卷,从此兄妹便成婚。

经年生下一块肉,变成成千成万人,分开三百六十姓,百姓中间有瑶人。

……

上述盘古歌说明了神话般的物质世界的创造,伏羲兄妹歌阐明了雷、雨、洪水、龟、竹联贯发生的由来,尤着重原始血缘婚配——兄弟姊妹婚的反映和人类的产生传说。两者都用精简素朴和通俗的词句概括地表现出来,这是劳动人民口头创作上的优点。再从意义来说,一方面显示了汉瑶两族在盘古、伏羲古代传说上具有共同来源或互相传播和混化的史实说明;另方面说明了古代中国曾遭受洪水泛滥和各民族的不同祖先是同出一源的民族平等观。因此,估计瑶族创世传说,是反映一定历史阶段的现实意义和人民认识水平的。

生产劳动和生活歌

由于过去长期遭受封建统治者的民族压迫,过着逢山吃山的迁徙生活,瑶族人民在生产和阶级斗争上反映出来的歌谣,无疑可视作为他们的民族斗争史观。例如广西大瑶山的根底歌这样唱道:

……居七乡,汉人(指统治者)迫,住下里,僮人(指地主)赶。汉人迫,住不下,僮人赶,居不宁。住不下进瑶山顶;居不宁入瑶山根。进瑶山顶各立寨;入瑶山根各建村。各立寨去挖岭,各建村去挖山。去挖岭,造田地;去挖山,造垅畦。

上首是瑶语歌的译文,再看他们被迫进入瑶山的汉语瑶歌这样唱道:

自从盘古开天地,伏羲兄妹造人民。男人出来结成双,女人出来结成对,

生得男来生得女,男女成双又成对,一代传一代……天下反来木叶乱,

男男女女不安生,从湖南迁到广西,经平乐修仁西乡,西乡不安进瑶山。

始初进入大瑶山，一片荒凉丛林山。先把大树砍倒后，再砍细木来开荒。

有水地方开田塍，无水地方种旱田。同姓相聚各立寨，插标为界各占山。

一代传一代……买汉人牛来耕地，买来谷子去种田，自己造了木犁耙，

又造蓑衣和雨笠，卖出香菇和杉木，得钱买得大粗布，造好犁耙有衣穿，

赶着牛儿来生产，一代传一代……瑶山生活俱艰难，一年到头单衣穿！

吃不饱来穿不暖，天灾人祸没完断。人丁不安谷歉收，山猪马鹿伤禾苗，

木棍竹矛组成队，撵跑野兽暂居留，一代传一代……

放歌或信歌

　　用歌代信，互相传达人们的思想感情，借以唤起同情和联系作用的一种通讯，瑶族人民称这种通讯为"放歌"、"信歌"、"寄歌"或"查亲歌"。例如：从广西恭城瑶人长途跋涉迁移到国外越南后寄回本地的"交趾词"[①]；从云南屏边瑶人离开广西后描写移迁经过寄回来的"放歌"和广西同族的回歌；从广西凌云（现凌乐）瑶人分寄各地同族说根底，讲由来的"查亲歌"；从湖南桃川瑶人因打官司请求广西同族援助的"放歌"等等，都说明了各地瑶族人民的亲密联系和移迁生活的真相。

　　兹仅录三千多字（包括190多个经过地名的序言和224句歌词）交趾词的一段，说明了瑶族人民怎样使用简明朴素的语言、丰富的情感和技巧风格，把从广西经云南到越南的移迁过程和见闻作出总结式的歌词如下：

　　……一片乌云四边飞，大朝众偶赴交趾。行路多愁忆，愁愁忆忆无人知！

　　起初行向平乐府，象州过了到柳州。过了柳州渡，大船撑过不闻忧。

　　行过一州又二县，来宾过了到迁江。过了龙虎渡，遥遥远远抵田州。

　　离开田州到百色，三街四巷好风流。姊妹都停下，齐齐停下且宽游。

　　一片乌云四边飞，大朝众偶赴交趾。过了广西界，跨过八隘见云南。

---

①　交趾词是百余年前广西部分瑶族人民移迁至越南后，由歌手执笔寄回原地报告经历的一
　　首生动的歌词。

条路游游到富州,鸡巷狗街到马街。又问头塘路,即见开府在眼前。

行过水坭三家店,大南西过小西南。到了西南口,大河红水满江流。

大家相邀请船子,渡过红河心正甘。过金山猛华,南梁南柳心才安。

一片乌云四边宽,齐齐走过万重山。留住勐峒山头好,竹瓦盖屋居得安。

挖山斩岭种禾熟,稻谷收得万和千。觉得一世不愁忆,三仓未了四仓添。

乌鸦飞来郎寄信,燕子飞来郎寄言。寄信传播大朝偶,齐到交趾好过年。

人传交趾百样好,众偶搬家随路寻。千里开田来就水,万里抛心来就山。

交趾山林无限阔,里头藏得千万人。串心也有十日路,行过四围一月还。

交趾山头多广阔,春到听闻百鸟声。空闻催春不见面,空见山头木叶青。

交趾山林多广阔,千重岭过万重山。安南便是黎皇殿①,安边海岸出盐田。

齐到山头好安乐,一年耕作二年藏。三年四岁有谷卖,换得钱银好讨双。

到交趾,家中米粮漫想思。交趾地头真是好,不忧耕种那罗离②。

好禾行,一岁种禾二岁藏。齐齐来到交趾国,不愁白米那罗离。

好青山,半年辛苦半年闲。初到山头有出处,也免计较那罗离。

好吹盆,一个换禾三十斤。三十斤禾添斗米,不愁人担那罗离。

路无长,朝去夕回归本乡。初到山头无饭吃,做粉做糕那罗离。

造糯饼,吃了三朝肚不饥。初到山头无酒喝,做粉做糕那罗离。

造酒浆,喝了迷迷睡到光。吃肉便来交趾有,山牛山猪肉多甜。

爱连好双交趾有,贪唱歌词连好妻。不如齐到交趾国,逍遥快乐那罗离。

---

① 这是指百余年前越南在黎氏王朝统治时期称为安南黎朝。

② 那罗离是瑶歌中插在句中或句末一种拉长歌唱加强声音的押韵腔调。

神歌或乐神歌

神歌或乐神歌是瑶族举行"还愿"、"做功德"和"度戒"等崇拜仪式时用来迎送、赞颂和祭献神灵的歌词。这种神歌类目多至数百种，每个神灵或每项仪式都有专门抄录的歌本。解放前瑶族村寨保留着浓厚的封建迷信色彩，当举行崇拜仪式时，往往延续至两三昼夜或甚至七昼夜。在这期间，不仅一家或数家或全村主办仪式的主人杀猪宰牛祭神欢宴宾客之外，主要的节目是大家参加主持仪式的"师公"或"道公"所组成的歌唱会，称为"坐歌堂"。好象我们参加音乐、歌唱、戏剧和电影等文娱集会一样。

瑶族的神歌具有三个特点：首先，他们所崇拜的对象都是人神——盘古、三皇、伏羲、雷王、社王、刘大娘、冯三界、鲁班等等，当迎请某一个人神降临时就把他怎样出生和怎么样会变成神的前因后果神话地歌唱出来。其次，除歌颂神的来历外，神歌包括的范围是很广泛的。仅举最通行的"盘王歌"来分析其内容，它包含着关于：开天辟地的神话、传说、故事、生产歌、生活歌、事物歌、情歌、谜语、趣闻等等的不同题材。全部歌词有两种歌本的区分。一为"三十六段"内有起声唱，日出早，日落岗，夜深深，月亮亮，见大怪，天地动，造天地，何物歌，彭祖歌等。一为"二十四路"，内有起声歌，歌春，歌酒，歌花，歌茶，李条青等歌。因此，名为神歌，实即各种歌谣的汇唱。

再其次，歌唱会所唱的歌名虽多，但每首歌都涉及男女言情说爱为主题，有如汉族农村"唱花灯"那般风格一样。兹举出一些歌唱题材如下：

起歌唱：起歌唱，歌堂林里起声齐。今夜申酉二时歌便起，明天寅卯二时歌便完。

初入席：初入席，席头席尾冷悄悄。手拿七寸银刀子，割断歌词满席抛。

隔席唱：隔席唱，又隔两重灯火烟。愿得风吹灯火熄，衫袖拢娘过席连。

轮娘唱：轮娘唱，娘边唱条郎唱条。娘也唱条定酒盏，郎也唱双定四筵。

夜黄昏：夜黄昏，手拿歌卷过娘门。歌卷里头有句话，报娘夜睡莫关门。

夜深深：夜深深，把火夜行照细针。照得细针托细线，针娘裙脚细淫淫。

歌酒：好酒浆，斟落盏中花样香。好酒饮盏当千盏，好双连个当千娘。

歌茶：正月摘茶茶还嫩，百茶又嫩正含芽。百茶又嫩不通摘，邀娘拍手早回家。

上述的"盘王歌"多分抄成几个手本，通常经三夜始能唱完。因"三十六段"本共有 23,400 多字，3,340 多句；"二十四路"本共有 27,000 多字，3,870 多句，可称为瑶族民歌集最广泛和最长的歌本。

若单举自成一套的最长神歌做例子，首推"歌唱鲁班"。这首歌有 7,800 多字，1,100 多句分成七大段。鲁班为我国古代技术发明家，为劳动人民所崇拜。瑶族人民怎样崇拜鲁班和怎样歌唱鲁班，从歌词的第一段叙述鲁班出身的一小节可以窥见一斑，如下：

翻手尔打朝阳鼓，复手又打鼓丁当。听打鼓声调调响，当坛且唱伏羲皇。

伏羲造天并造地，造成八卦在阳间。架桥架在郎坛前，等我回头唱鲁班。

鲁班原是郑家子，随娘去嫁鲁家男。鲁班原是天仙骨，第八星君化鲁班。

鲁班一岁爷先死，鲁班二岁母先亡。上房大姐多爱我，便将小孩作儿男。

大姐养我年七岁，叔公把我看牛羊。日间看牛在岭上，百般计较在心肠。

芦获架桥在水面，芭芒起屋在深滩。学得千般手艺会，广交行友游四方……

鲁班出在静江府（今桂林），教得广西个个精。木匠若无鲁班教，屋头屋尾一般平。

铁匠若无鲁班教，打得锅鼎象米升。银匠若无鲁班教，龙凤金钗打不成。

裁缝若无鲁班教，一条衫衿也难成。坭水若无鲁班教，屋檐屋顶一般平。

千般都是鲁班教，若无鲁班教不成。鲁班架桥三十六，六道架阴六道阳……

1961 年 12 月

读译成汉文的蒙古族民歌

井岩盾

史料解读

　　该史料是关于蒙古族民歌汉语翻译问题的读后感，原载于《民间文学》
1962 年第 5 期。作者主要讨论了在阅读《蒙古民歌集》时想到的关于民歌翻
译的问题：一是文字取舍的问题，二是保持原文风格的问题。第一个问题以
《韩密香》在《蒙古民歌集》与《内蒙古歌谣》中的两版译文为例子，说明文字
取舍差别带来的效果差别：仅仅译出原词的含义，这是一回事；而把原有的
词句用诗歌的语言加以再现，又是一回事。译者应当同时译出含义与诗意，
对于文字的斟酌更要谨慎，既要简明，也要保留文字细微处的语言美感。第
二个问题以《孤儿》在《蒙古民歌集》与《东蒙民歌选》中同一译者的两版译文
为例子，说明保持原有语言风格与追求形式严谨之间存在取舍问题。

原文

　　我最初读到蒙古族民歌，是二十多年以前的事了。时间虽已二十多年，但
是最初的接触所给予我的感情的陶醉，回忆起来还是怎样的强烈啊，象下面这
样的两首民歌，就是一直不曾忘记过的——

154

　　年青的小姑娘赶着一群羊，

　　马上的小哥哥赶着小姑娘。

　　高高的山呀，森格摩呀，

　　映在我的眼中。

　　热情的姑娘多玛尔，

　　永远在我心中。

　　真是单纯而且热情！这样的作品，无论是谁读了，我想都是会喜欢的，特别是我这样的从未读过少数民族民歌的读者，更是自然而然的了。那时候，我还没有到过蒙古族人民生活的地方，但是读了这些作品，虽然只是短短的几行，眼前便似乎有了一幅蒙古族人民生活的图画：草原，羊群，人物，高山，一切都显得非常的生动，甚至可说比真正的图画还生动。它展现在你的眼前，带着非常的魅力，使你不能不反复地欣赏它，品味它。但是可惜的，我的这个最初的机缘，使我所读到的一共也不过三四首，并且从此以后，直到全国解放的近十年间，一首新的也没再读到。

　　但是，随着革命形势的逐步发展，这样的机会也终于来了。那是1949年底全国刚刚解放的时候，一下子我就读到了整整一百多首。这是一本蒙汉两种文字对照的书，名字叫做《蒙古民歌集》，1949年11月内蒙古日报社出版的。这本民歌，里面所收录的，自然都是旧时代里所产生的一些民歌，所歌唱的，是痛苦，是忧郁，是对于现实生活的不满和对于光明幸福的渴望，而对于新生活的歌颂还不曾有，但是这些歌具有多么鲜明的特色和多么强烈的感染力啊，可以说，我是被它们中所散发的极其真挚的感情和极其深厚的沉郁所震动了！读着这样一些作品，就象幽静的深深的夜里，坐在草原的蒙古包中倾听着穷苦的蒙古牧民们在歌唱，在马头琴的伴奏之下豪放然而哀伤地在歌唱，一个又一个的歌唱蕴藏在他们心中的动人的故事。这是一些雄壮的激动人心的声音，不管是歌颂英雄的故事或者歌唱爱情的悲欢都是如此。读了这些作品，比第一次读到寥寥几首的时候，我对蒙古族民歌的认识是要进一步了。在这里，我所读到的已经不仅是些真挚的抒发爱情的作品和绮丽的风光的描绘，而且是深刻的历史的纪录，生动的社会写照了。这些作品，使我真正的认识了蒙古民族。就是说，不仅认识了他们的痛苦和灾难（欢乐的确是太少了），而且认识了他们对于痛苦和灾难的生活怀抱着怎样一种仇恨的感情，一种顽强的勇猛的反抗精神，虽然在读这些民歌以前，对于内蒙古人民我已经并不陌生，已经到他们广漠的草原和沙漠中去生活过，并且听说过他们的战斗的故事。十分明显，这是艺术的力量，发自心胸深处的歌唱的力量。这种力量，决不是普通的语言能代替的，纵然因为经过了翻译不免减色。

自从阅读过这本《蒙古民歌集》后，到现在又是十多年了。这中间，虽然我又继续读到一些蒙古族民歌以及其中的某些重译，但是对于这本《蒙古民歌集》我却总是念念不忘，十分喜爱的。其中原因，并非在于这本民歌是我第一次大量读到的内蒙古民歌，在文学欣赏的范围当中，大大开拓了我的眼界，而是由于它的翻译，不但文词相当优美，而且风格相当传神的缘故，对于翻译的作品来说，毫无疑问，这是一种成功的标志。在这里，我就想借这本《蒙古民歌集》谈谈关于民歌翻译方面的问题，虽然我不懂蒙文[①]，只能根据不同的翻译从文学欣赏的角度加以区别，这一点是要预先声明的。

首先根据两种不同的翻译，让我们举出一个例子来看。这是一首很好的民歌，题目叫做《韩密香》，两种译文如下：

一

（1）震动了山峰的

是大黑马的四只蹄子；嗬咿

搅动了众人心的，

---

① 　编者注："蒙文"应为"蒙古文"，后同。

是韩密香的两只眼睛。嗬咿

(2)太阳下的松树枝，

离不开影子；

我和小韩密香妹妹，

幸福地恋爱它一辈子。

(3)月亮下的紫檀树枝，

离不开影子；

美貌的小韩密香妹妹，

连着我的心。

——《蒙古民歌集》

二

(1)震动山峰的，

是黑马的四只蹄。

扰乱人心的，

是韩密香的眼睛。

(2)阳光下的松树枝，

离不开影子。

我和韩密香，

相爱它一辈子。

(3)月亮下的紫檀树，

离不开树荫。

美丽的韩密香，

离不开我的心。

——《内蒙古歌谣》

　　这就是两种文笔不同的译稿。两种译稿那种好呢？我以为第一种译稿，也就是《蒙古民歌集》的译稿，出色多了。而第一种译稿之所以好，我以为就是因为它的语言自然、丰满，因为它的字里行间，有一种诗歌的韵味，诗歌的情调；而相形之下，第二种译稿便显得缺少这种诗歌的韵味，诗歌的情调，并且语言也减色得多，平淡得多了。当然，这样的说法是只就读过以后的感觉而言，换句话说，也就是就两种译稿所达到的效果而言，如把两种译稿仔细地对照，便可看到差别其实却又是很小的。比如拿第一、二两行来说，第二种比第一种所少的，不过是一个"了"字，一个"大"字，一个"子"字，而且只就表达意思看来，这些字却又是可有可无的。但是有与没有这几个字，艺术效果却是这样的不相同！这个问题，我以为是值得加以注意、加以研究的。我以为当我们为了翻译民歌修饰语言的时候，必须考虑到这样一点：仅仅译出原词的含义，这是一回事；而把原有的词句用诗歌的语言加以再现，又是一回事。也就是说，我们翻译民歌，其目的，不仅是为了表现它的含义而且也是为了要表现它的诗意，而诗意的表现又常常是在语言文字的细微之处的，因之必须严格的讲究美的修辞。当然，这个问题说来简单，其实也是不简单的。就拿这两行的这三个字来说，如就语言简明而言，既然表现意思可有可无，那就不如删去为好，但是问题在于删去了这几个似乎不过是装饰性质的字，语言就显得非常之呆板了，就似乎没感情了。以下几节也表现了这个问题，只是不如这两句鲜明而已，只要一读便可知道，那味道、那情感是差得非常之远的。"可有可无"而又不能删去，看着"啰嗦"而又必须保留，这中间真是相当有些奥妙的。总而言之，必须多下推敲的工夫；权衡取舍，必须要从美的角度，从如何更完美的表现情感的角度。

　　这是一个例子。这个例子所表明的，是文字的粗糙与细致之分，委婉与平直之分。在民歌的翻译当中，这个问题当然是重要的，我想；如果我们不很注意这个问题,那么根据我们所译的作品,必定只能看到原作的含意,而不能看到原作的优美,这样,离我们的要求仍然是很远的。其次,还有一个问题,就是除了注意语言的优美之外,在民歌的译品当中,还应竭力保持原文的风格。

各种民歌,具有各种不同的艺术风格。而做为一个民族的民歌来看,不同的民族又各具有各不相同的民族风格,这个问题,是非常重要的。因为所谓"民族风格",这是一种什么东西呢?所谓风格,这就是一个民族在它的长期发展的历史当中,所形成的感情的特点,它的色彩、情调等种种特质以及具体地表现在艺术作品里面的方式。因此,同样是表现欢乐的,在不同民族的作品中,欢乐与欢乐表现得不同;同样是表现悲哀的,悲哀与悲哀表现得也不同。给人的感觉不同,味道不同。甚至完全相同的一个思想,一个题材,也是各不相同的艺术的表现。一句话,所谓艺术作品的民族风格,这就是反映在作品中的一个民族的精神面貌,一个民族的"个性"。对于艺术作品说来,特别是民歌,它所包含在里面的这种独具特点的精神面貌,这种一个民族所独具的"个性",是它的最为珍贵的东西,是它的命根子。如果丧失了它,或者说是冲淡了它,一篇作品的艺术价值都会大为贬低甚至扫荡无余的,因此,当我们翻译民歌的时候,必须努力地把它传达出来。当然,要想使翻译的作品完全保持原有的风格,这是很困难的,但是假如我们多花工夫,多加揣摩,纵然不能完全保持而保持下或多或少的一部分来,总应该是做得到的,许多优秀的翻译作品,都说明着这个事实。

就这个问题加以观察,《蒙古民歌集》中间的一些译品,据我看也是比较好的。为了说明这个问题,让我再举一首民歌做例子。这首歌的名字叫《孤儿》,抄录两种译文如下:

一

(1)黑暗啊! 黑暗啊! 我往那里去呀! 嗬咿

　　穷凶极恶的压迫,我何时能脱离呀? 嗬咿

(2)养育我的亲爹爹呀,得了汗病,嗬咿

没有喝到一口热汤就离开了世界。嗨咿

（3）你不孝的孩子含着眼泪，嗨咿

爹爹的灵前痛哭流涕。嗨咿

（4）把玉体葬进水泥里，嗨咿

神仙啊！把我爹爹的灵魂转生到福地吧！嗨咿

——《蒙古民歌集》

二

（1）看天昏昏，看地沉沉，

我能往那里躲？

那重重苦难压迫我，

我何时能逃脱？

（2）我的爹爹呀，亲爹爹呀！

你从小养育我，

可怜你临死太凄惨，

一口汤都没有喝！

（3）你不孝孩儿到这里，

眼泪籁籁流。

在爹的灵前叫几声，

你为何不答应？

（4）把玉体葬在水泥里，

我祈求神灵；

请把我爹爹的灵魂，

往福地转生！

——《东蒙民歌选》

是不是这样的呢？比较起来，我以为是这样的。我觉得《蒙古民歌集》的译稿感情是要深厚一些，蒙古族民歌的色彩，是要鲜明一些，因之做为一首诗歌来看，这篇译稿较有特色。而《东蒙民歌选》的译稿，虽然文字比较修整，谨严，但是味道稀薄，特色不太鲜明，似乎只不过是一般的诗或歌谣，没有多少蒙古族民歌的气息了。不过在这里必须说明一点：这两种译稿，其实出自同一译者（许直），而且后一稿还是前一稿的修订稿。但是，既是如此，那么，为什么后一稿竟不如前一稿呢？据我看来，后一稿为了配谱受到字数的严格限制，固然也是一个原因，但是另一方面，在译稿进行修改的时候，没有更多的考虑在文字上如何保持原文的风格，传达原文的趣味，恐怕也是很重要的。在修改时，在形式的整齐上用的工夫，恐怕多于在原文的传神上所用的工夫了。

以上两点，就是我在读蒙古族民歌的译文的时候，联想到的关于民歌翻译的两个问题。这两个问题，当然也可以说是一个问题，就是做为一个民歌的读者，希望能够更多地看到各种民歌的精彩的译品，希望能够更多地看到这样的翻译，语言文字既然优美而且又能传达原文的风格。当然，我所谈的，非常简单，非常肤浅，对于两个问题来说，都只不过谈到其中的一点，但是我的意思是这样的。

自然，解放以来的十余年间，我们在这方面的进步是不小了。现在，通过汉语的译文，我们已经可以读到各个弟兄民族的民歌，并且看到它们在风格方面独具的特色。譬如在蒙古族民歌的翻译方面，《内蒙古民歌》（奥其、松来译，1954 年出版）这本集子，我就觉得翻译得也很不错，特别是其中有些作品，读起来是很感动人的。如《苯布莱》（列于《思亲》一集中的）、《木色烈》、《阿拉塔呼》等等。把这样的一些作品收集起来，翻译得好，纵然在一册中数量不多，也应说是很大的收获，虽然我们所希望的是更多。

喜读《维吾尔谚语》①

毛真诚

史料解读

该史料为《维吾尔谚语》的读后感，原载于《新疆日报》1963年2月1日。维吾尔族谚语是维吾尔族人民长期斗争生活的结晶，是劳动人民生活经验的总结。旧社会尖锐的阶级对立和贫富悬殊的严重现象，在谚语中得到了揭露。许多谚语充满了对富人极端蔑视的感情，表现出劳动人民人穷志不穷的崇高品德，在对美好事物进行热情颂扬的同时，对丑恶事物也进行了揭露、嘲笑和讽刺。谚语中还有大量有关思想、道德修养的格言和警句，给人以启示和教育。此外，谚语中也有关于爱好和平、警惕敌人的内容。

原文

《维吾尔谚语》（新疆人民出版社出版）的搜集、整理、翻译和出版，为我国民间文艺宝库增添了一串闪闪发光的珍珠。

和所有的民间谚语一样，维吾尔[族]谚语是维吾尔族人民长期斗争生活的结晶，是劳动人民生活经验的总结。在这本书中汇集的众多的谚语，有的概括了社会斗争的经验，具有鲜明的阶级性，表现了强烈的爱与憎；有的概括了向自

---

① 编者注：原文书名用的是引号，为符合现行阅读习惯，改引号为书名号，全文同改。

然斗争的经验,具有一定的科学性。

旧社会尖锐的阶级对立和贫富悬殊的严重现象,在谚语中得到了一针见血的揭露:"有钱人天天过年,没钱人天天作难";"阔人埋在钱堆里,穷人埋在债堆里";"哪里有富人,哪里有呻吟"。许多谚语充满了对富人极端蔑视的心情,表现出劳动人民人穷志不穷的崇高品德,如"吝啬的财主,不如慷慨的乞丐";"宁为穷家女,不作阔家媳"。劳动人民就是这样把强烈的阶级仇恨用寥寥数字集中地表达出来。当我们读到"山也怕有钱人"这句谚语时,不禁想起僮族歌仙刘三姐唱的歌词:"莫夸财主家豪富,财主心肠比蛇毒。塘边洗手鱼也死,路过青山树也枯。"山为什么要害怕有钱人呢?原来是有钱人的心肠太狠毒了啊!为了推翻这种不合理的社会制度,斗争是不可避免的,牺牲也是必不可少的。"要斗争就有牺牲,要解放只有斗争。"这句谚语表达了劳动人民为了求得自身彻底解放的坚强意志。

谚语中有着大量的对劳动与智慧的歌颂,群众称劳动为百宝之根,说"劳动是知识的泉源,知识是生活的明灯";"田地是收获之母,劳动是收获之父";"用劳力挣来的两枚钱,赛过皇上恩赐的一座宝山"。

劳动人民的爱憎是异常鲜明的,在对美好事物进行热情颂扬的同时,对丑恶事物也进行了揭露、嘲笑和讽刺,如:说懒惰闲散的人"懒人的明天多","闲人的本事是夸口";说空虚自大的人"鼓空则声高,人狂则话大";说阳奉阴违的人"人前花一朵,人后刺一根",等等。

谚语中还有大量有关思想、道德修养的格言和警句,给人以启示和教育。例如,人民群众认为"名誉是最美的衣服",但同时又认为"名誉是操在自己手里"的,"不自重的人没人尊重"。他们坚信真理、追求真理:"纯钢扭不弯,真理驳不倒","实话透顽铁,真言断利刃"。在与人交往中,他们极力推崇虚心谦逊的态度:"越谦虚就越伟大,越骄傲就越渺小","莫把自己比砥柱,休将他人当草芥"。对事业上的成败关键,群众认为主要是取决于自己坚强的意志和踏实的行动,因此产生了这样富有教育意义的谚语:"心坚路自短";"败事之路顺溜溜,成事之路弯曲曲"。

爱好和平,这是人民群众的共同愿望,但是为了保卫和平,维吾尔族劳动人民历来就对和平的敌人保持高度的警惕,进行针锋相对的斗争,从不抱任何幻想:"与狗同行,莫丢了手里的棍子";"你怜惜狼,狼就吃你";"对敌人的仁慈,等于自杀"等。他们并坚信人民必胜,侵略者必败:"谁玩火,火烧谁。"

但是还有个别谚语的思想意义不大,有的甚或含有不够健康的成分,值得在今后的整理工作中注意,做到去芜存菁。

湖南江华瑶族自治县赛歌会新民歌选

瑶族歌手　李德艺等唱

史料解读

该史料为民歌选辑,原载于《民间文学》1964 年第 2 期,采集了湖南江华瑶族自治县赛歌会上的新民歌。这些民歌反映了新中国成立后瑶族自治县人民生活与精神面貌的巨大变化,抒发了对党和国家的感激之情。

原文

江华本是出歌地
山歌越唱越开怀,
井水越挑越有来,
江华本是出歌地,
今日歌手摆歌台。

——瑶族冯盘妹唱

县里举行大赛歌
县里举行大赛歌,
激得心里真快乐,
为了歌颂共产党,

越过重山跨过河。

——僮族贝贤佑、贝贤瑛唱

歌声嘹亮送北京

天上星星亮晶晶，

瑶僮汉族一条心，

赛歌会上歌唱党，

歌声嘹亮送北京。

——僮族贝贤瑛唱

江华是个好地方

江华是个好地方，

又出歌来又产粮，

唱出山歌千千万，

一首山歌一石粮。

——瑶族李德艺唱

冲冲岭岭树成林

瑶山九冲十八岭，

冲冲岭岭树成林，

满山春色满山景，

引来画眉唱不停。

——叶新凤

九条江水放竹排

瑶山楠竹绿苔苔，

九条江水放竹排，

竹排流到造纸厂，

千万白纸造出来。

——僮族韦佐林唱

如今瑶人当了家

青菜子来韭菜花，

如今瑶人当了家，

当了家，

感谢党的恩情大，

感谢恩人毛主席，

瑶山永开幸福花，

幸福花，笑哈哈，

勤劳耕种把田插，

九冬十月丰收了，

酒是酒来茶是茶。

毛主席引路上天堂

问：问你什么是天堂？

问你什么是桥梁？

哪个来把桥梁架？

哪个引路上天堂？

答：共产主义是天堂，

人民公社是桥梁，

党的领导把桥架，

毛主席引路上天堂。

——赖相和问　瑶族李德艺答

党的领导幸福甜

问：什么圆圆在青天？

　　什么一亮不出烟？

　　什么犁田一大片？

　　谁的领导幸福甜？

答：日头圆圆在青天，

　　电灯一亮不出烟，

　　拖拉机犁田一大片，

　　党的领导幸福甜。

——僮族贝贤瑛问　赖相和答

毛主席派人到山中

石榴打花红又红，

毛主席派人到山中，

恩重如山情似海，

万水千山访弟兄。

瑶汉人民心相连

松树再高不顶天，

石榴矮矮在河边；

松树石榴隔千里，

瑶汉人民心相连。

——僮族韦佐林、贝贤瑛唱

跃进山歌到处响

跃进山歌到处响，
唱起山歌震山岗，
唱得木材满江跑，
唱得谷子遍地黄。

只唱公社幸福来

提起唱歌我最爱，
万首山歌涌出来，
别的山歌我不唱，
只唱公社幸福来。

如今天旱开水闸

往年大旱抬菩萨，
如今天旱开水闸；
抬了菩萨不下雨，
开了水闸水哗哗。

——僮族贝贤瑛唱

高山高岭一蔸藤

高山高岭一蔸藤，
藤子开花十二层，
如今走了集体化，
日子天天往上升。

——瑶族赵积慧唱

笔直杉木一抹青

笔直杉木一抹青，

开山修路一展平，

党的领导修好路，

江华通到北京城。

——瑶族程仁谋唱

党的恩情心里栽

蜜蜂和花难离开，

党的恩情心里栽，

大家一心跟党走，

海水下刀分不开。

——瑶族李德艺唱

手举翻身印

手举翻身印，

时时要拿紧，

獭猫想吃天鹅肉，

六月难逢瓦霜连，

地主想夺翻身印，

好比蜈蚣难上天！

——李开福唱

芭蕉叶死心不干

芭蕉叶死心不干，

地主嘴甜心藏枪，

毒蛇死了还有毒，

夜出要把人民伤。

贫下中农洗亮眼，

不准地主造谣言；

地主若敢胡捣乱，

法律条条惩罚严。

——李开福唱

（湖南省少数民族民间文学工作委员会江华瑶族民间文学调查组记录　湖南省江华瑶族自治县人民委员会供稿）

哈萨克族的民间诗歌

何　路

史料解读

　　史料为评论，原载于《民间文学》1966 年第 1 期。作者将哈萨克族民间诗歌分为四大类。一是史诗类，即是说唱历史的诗歌，又可以细分为三类：且吉来（关于部落的诗）、巴图尔月令（关于英雄的诗）和阿依斯特（对唱）。二是月伦，在过去主要是情歌，形式上丰富多彩，内容上充分反映了社会问题；新中国成立以后，诗歌的形式和内容都发生巨大变化，内容上丰富了，形式上也不拘于传统的承述体，分出了小节，出现了长句诗，用韵也自由了。三是生活习俗歌，又可以细分为三类：有关生产的歌、婚丧嫁娶的歌、有关宗教生活的歌。四是格言、寓言诗等。除此之外，还有其他一些歌谣，大多带有萨满教和拜火教的色彩。

原文

　　我国新疆地区的哈萨克族有着丰富的口头文学，诗歌是其中的主要形式之一。哈萨克①民间诗歌的数量很多，按照哈萨克人的习惯分法，大致有以下几种：

---

①　编者注：本文中"哈萨克"应为"哈萨克族"。

一、史诗,说唱历史的诗歌。在这一种里,又可分为三类:

(1)且吉来,可以译作关于部落的诗。且吉来是哈萨克人民用来歌唱他们的氏族和部落历史的。这类诗歌很多都带有浓厚的神话色彩和浪漫主义情调,表达了人们对自己的氏族和部落的热爱。

(2)巴图尔月令,可以译作关于英雄的诗。这类诗歌,是哈萨克族游牧生活和历史发展的产物。由于他们长期逐水草而居,随气候而迁移,因而很容易发生部落、部族之间的斗争。在斗争的过程中,有一些勇敢善战的人为部落而献身,成为草原上的英雄。人们为了纪念这些英雄们,便把他们的一生特别是斗争中的事迹,编成诗歌,世代传唱,教育后人。从流传下来的一些英雄史诗里,我们不但可以看出古代哈萨克族人的风俗习惯,还可以看出哈萨克和其他民族的血缘关系。如《考布兰德》这首史诗,是哈萨克族老幼皆知的作品。但是柯尔克孜族也有一部叫《考布兰》的英雄史诗,其内容和人物与哈萨克族的《考布兰德》大同小异。从这里我们就可以看出哈萨克族和柯尔克孜族在历史上的关系。

(3)阿依特斯,也叫对唱。这类诗歌的内容是比较庞杂的。在解放前,对唱者往往相互询问氏族、部落的历史;询问各自的生活、生产情况;询问各自的经历、见闻,以及其他方面的知识。解放后,对唱的内容变了,大多是歌唱新的生活或回忆对比的。尽管其内容涉及较广,但都是在叙述时代的进程,和人们在这个进程中思想感情的变化。因此,人们还是习惯上把它归于史诗一类。近来,也有人主张最好把它单列一类。

二、月伦。月伦在过去主要的是情歌,月伦在哈萨克人民中间,流传最广,数量最多。在解放以前的漫长岁月里,哈萨克族人民受着残酷的压迫,长年游牧于大草原上,被巴依、牧主等统治者勒索宰割,这些苦衷无处倾诉,只有向朝夕相处的恋人申述。因此,月伦便成了交流感情,表达思想的最好工具。所以,哈萨克族的月伦,不但在形式上丰富多彩,而且在内容上,也充分反映了社会问题。从我们搜集的一些月伦里,可以看得出歌者对阿吾勒巴斯(即氏族头人)的不满和仇恨,对自由幸福的生活的向往等等。解放以后,在新的经济基础上,哈萨克族的月伦，无论在形式上或内容上，都有了非常大的变化。在内容上，歌唱爱情的成分少了，代之而来的是歌颂共产党、歌颂毛主席、歌颂解放军、歌颂民族团结等方面的歌。现在，整个草原上，几乎到处都在传唱着这样一首歌：

　　我知道毛主席共产党，

　　是蓝天上金光灿烂的太阳，

　　我从它的光芒里，

　　得到启示而歌唱，

　　冬不拉——砍土镘，

　　同时握在手上。

从这一首歌中，我们可以很清楚地看出：哈萨克族人民解放以后在经济、政治和精神面貌上，已有了翻天覆地的变化。这种新的颂歌与旧的月伦相比，不仅在内容上根本不同，就是在形式上也有着较大的变动。一方面表现在不拘于传统的承述体（不分小节），蜕化出了节奏鲜明的颂体诗，如：

　　党和毛主席给世界带来了黎明，

　　黎明的曙光来自我们的北京。

　　人民在曙光下尽情地欢唱，

　　戈壁在欢笑中发绿、苏醒。

　　草原沐浴着黎明的曙光，

　　牧场上布满雪白的羊群。

　　冬不拉发出悠扬的声音，

　　人民的敌人，那些妖魔鬼怪，

　　就象是在阳光下曝晒的雪人。

　　阿肯们变成善歌的百灵。

　　歌唱我们英明的领袖毛泽东，

　　您是世界人民的长明灯，

　　我们要在太阳上写下你的名姓。

这类诗，看去像比兴体的格律诗，但又不是典型的比兴体，却往往出现单行句。

这种格式的诗,在哈萨克民歌里特别多。近几年来,由于月伦的内容丰富了,歌手们在歌唱时,往往唱完一首其情不尽,便追加一句,形成连转带煞的形式。结果,这种格式(单行)的诗越来越多。这种变化,是现代哈萨克族传统诗歌在发展中最突出的一点,它说明了内容决定形式,形式依内容而变化的规律。

另一方面,比兴体的诗,随着时代的进展,形成了格调清新,比拟生动鲜明,分成小节进行的格律诗。如:

不是星星也不是月亮,

把它们的光合在一起也难比上;

人们说太阳也许能够相比,

可是一到夜晚太阳也失去了光芒。

太阳白天才会出来,

月亮只有夜晚才会发光;

毛泽东思想日夜通明,

冬天和夏天都是一样明亮。

形式上变化得最明显、最突出的还有音节和韵律。传统的民歌,大多为七音节或九音节,现在由于表现的内容丰富了,所以,七音节、九音节已不能适应需要,因而,产生了十一音节、十三音节的长句诗。在用韵方面,比以前更自由了,使得诗歌突破了韵律的约束,得以自由地发展。总之,在解放以后,月伦以崭新的面目,出现于草原上,成为哈萨克族社会主义文艺的一株新苗。

三、生活习俗歌。哈萨克族的生活习俗歌,是形式最繁杂,数量也最多的诗歌。根据它的内容可分成如下几类:

(1)有关生产的歌。哈萨克人民往往把他们最熟悉的牲畜、山、水、牧草和鱼类,编成诗歌,到处传唱。内容除了描述它们外形的雄伟美丽以外,并叙述它们的特点。关于山水的诗歌,往往描述其地理环境,而成为放牧者和牧民迁移时用的"地图"。如新源一带流传着这样的一首山歌:

……

阿尔散在巩乃斯上游,

最好的夏牧场就在那边；

肥嫩的青草像织成的地毯，

苍松遥望着山边的温泉。

一天的时间你会赶到巴尔特，

清清的流水映出白毡房一片；

这儿是四季轮放的好牧场，

那背风的谷地是羊儿过冬的乐园。

有关生产方面的歌，在不同的地区，其内容和形式上也有所不同。如阿勒泰，以鱼歌、四种牲畜的歌为多；阿尔泰山主要是山歌；伊犁地区则以山歌、四种牲畜的歌为主。这些情况和该地的物产以及其它的特点有关。

（2）婚丧嫁娶的歌。处于氏族社会末期的哈萨克民族，在解放以前，有些早已进入宗法封建社会。但不管什么时期，它都具有这样两个特点：一是女性做为氏族财产的一部分，男性死去以后，女的都不得改嫁于氏族以外；另一方面，女性出嫁，都有很高的身价，血亲关系（氏族）掩盖着剥削关系。因此，婚丧嫁娶的歌，就集中地反映了这两个特点，其中的"哭嫁歌"实际上就是哈萨克族女性对宗法封建社会买卖婚姻发出的控诉。她们在出嫁时，用诗歌向乡亲们哭诉、告别，用诗歌揭露买卖婚姻的罪恶实质，倾诉她们的不平。

除此以外，在结婚时，有揭面纱、加尔——加尔、阿依特斯（对唱），也有的在揭面纱之前，先唱涛依巴斯塔吾（即开始曲）。在出嫁时，有劝嫁歌、哭嫁歌和告别歌。人死后，则又有送葬歌、挽歌等。这些种类的歌，有很多都与宗教有关，有明显的萨满教的遗迹。更重要的是这种仪式歌的歌词，有很多都可以作史书记载的旁证。所以有人说"哈萨克族的民间文学，就是哈萨克族的一部活历史"。

（3）有关宗教生活的歌。在十五世纪以后，哈萨克族改信伊斯兰教，推行用阿拉伯字母拼写哈语，统治者采用了政教合一的统治方式，因此，伊斯兰教对哈萨克族人民的影响也较大，结果，便产生了很多有关宗教的诗歌。这类诗歌，除了它的封建的、迷信的色彩以外，还可以看得出中亚文化，特别是伊斯兰文化对哈萨克民族的影响。但这在哈萨克民间文学的发展上，不是主要的，而是次要的。

四、格言、谒语诗、寓言诗。

格言，是哈萨克人民斗争生活的经验总结，它集中而概括地反映了一些真理。不但以优美的诗句，形象的语言，表达了事物的本质，而且大都很对称。

谒语诗，有时也类似格言，但不像格言那样严密、完整。同时它带有浓厚的宗教色彩。

寓言诗，在哈萨克民间诗歌中，占有很重要的地位。就其内容来说，有时和汉民族的寓言故事相同，有些则和中亚的寓言故事近似。这一现象说明哈萨克人民在历史的进程中，与汉民族和中亚各民族在文化上相互影响。

五、其它，包括谎言歌、年岁歌、医卜歌、谜语歌等。这些歌大部分带有浓厚的拜火教和萨满教的色彩。这类诗歌过去在边远地区流传较为普遍，近代已经不传了，只有老人们还能记得一些。但内容大多陈腐，只能作为历史研究的资料。

（本文有删节）

独特的诗歌艺术形式

——纳西族文学的民族特色研究

杨世强

史料解读

　　该史料是研究纳西族诗歌艺术形式的论文，原载于《思想战线》1978 年第 6 期。该论文从两个方面谈论纳西族诗歌在艺术形式上的突出特点：一是艺术方法与称韵方式的结合，二是独特的诗歌表达方式。纳西族诗歌使用比兴手法与谐音协韵方式相结合的艺术方法，具体表现在"增苴"的运用上。"增苴"意思是"添花增美"，被称为"借字谐音"，或是"借字格"和"借音格"。但"增苴"不能看成单纯的谐音协韵，它是诗歌创作中一个有机组成部分。好的"增苴"从日常生活中提炼，从生活用语中提炼，如阿喜辣子、刀砍江水、直针挑刺、好马涉寒水等，能够与整个诗篇形象统一。纳西族诗歌的表达方式以吟咏和吟唱为主。吟咏是纳西族诗歌最基本、最普及的表达方式，近似古人吟诗或佛家诵经，既能独吟又能对吟，既可以抒情、叙事，又可以进行创作、传播。吟咏不需要经过专门的学习或训练，易于掌握，对口头诗歌的传播和发展起到了积极的推动作用。吟唱则是另一种独特的表达方式，代表为"骨泣"调，适合表现人民的悲苦哀怨和愤慨之情。这类歌一般是纳西族在旧社会创作的苦歌、悲歌和诉苦道情之歌。从纳西族早期在《东巴经》中的诗看出，这两个特点是后来形成的，并非原有。

原文

纳西族人民，同我国各民族人民一样，从他的远古时代起，在长期的生产劳动和社会斗争中，创造了光辉的文化，创作出无数内容丰富、形式多样、流传广泛的文学作品。

诗歌，在全部纳西族文学中，居于显著的地位。它是世世代代纳西族人民的主要精神食粮、工具和武器。纳西族的诗歌不仅数量多、种类齐全、内容丰富、形式多样，而且很富于思想性、现实性和战斗性。纳西族诗歌，在自己的长期历史发展过程中，经过不断创造、不断陶冶，逐渐形成了本民族自己的诗歌艺术传统和独特的风格。文学作品的民族形式决不是什么外在的、表面的东西，它既包括作品所反映的该民族特定历史条件下的社会生活、思想感情、风土人情、自然环境等内容，也包括用来表现这些内容的独特的艺术形式。

无产阶级的革命领袖和导师都非常注重民族形式的问题，把建设社会主义内容和民族形式的新文化同巩固无产阶级专政、实现共产主义的任务联系起来。资产阶级民族主义分子和卡茨基等人，曾经荒谬地提出，社会主义将消灭民族和民族语言的差别，而将创造一种统一的民族语言、民族文化，将使众多的少数民族"同化"。列宁、斯大林无情地驳斥了这种反动的民族沙文主义的谬论，明确指出在社会主义时代，不仅不消灭民族的差别，而且将使各个大大小小的民族及其民族文化得到充分的发展和繁荣。毛主席也一再指示，要使中国革命取得胜利，要使中国各民族人民获得彻底的解放，必须使马克思列宁主义的普遍真理与民族的特点相结合，经过一定的民族形式，才有用处。同样，建设社会主义新文化，应有自己的民族形式，"它是我们这个民族的，带有我们民族的特性"。毛主席还教导我们，一定要把无产阶级的社会主义、国际主义同民族形式紧密地结合起来，一定要在批判地继承优秀的文化遗产的基础上"推陈出新"，创造出"新鲜活泼的、为中国老百姓所喜闻乐见的中国作风和中国气派"的新文化和新艺术。

从纳西族人民的诗歌创作中，我们应该吸取什么样的养料和形式作为发展社会主义民族新文艺的借鉴呢？这是需要我们加以认真研究的课题。在这篇短文里，我们只能谈谈纳西族诗歌在艺术形式上的几个最突出、最基本的特点。

一、独特的艺术方法与称韵方式的结合——"增苴"的运用

纳西族人民的口头诗歌创作，大都是五言形式。这是一个很突出的特点。这种五言诗的形式，并不像我国的五言古诗，更不像五言律诗那样受严格的句数、平仄、对仗和韵律的限制。但它却有着自己独特的谐音协韵方式，并且这种独特的协韵方式同比兴这一手法紧密地结合在一起，形成了纳西族诗歌的独特的艺术方法，造成了特殊的音调、节奏和旋律。

这种把比兴手法与谐音协韵方式相结合的艺术方法，最具体、最突出的表现在"增苴"的运用上。"增苴"是纳西语，可以说是纳西族诗歌艺术中的一个专门术语。它的意思是"添花增美"，含有增强诗歌的艺术美、音乐美，使之"诗味更浓郁"、"音调更铿锵"之意。纳西族诗歌的翻译者和研究者称它为"借字谐音"，有时则干脆称之为"借字格"或"借音格"。其实，"借字谐音"也好，"借音格"也好，这只是"增苴"的一个方面，只指出了它在诗歌中所起到的谐音协韵的作用，并没有揭示出"增苴"的最本质的特征与涵义。所谓借字谐音，指的是从作为"增苴"的诗句中，借用一个字或一个音节来"谐"下面诗句中的一个音节，使之叶韵。试举一个简易的例子。

"阿喜辣子辣，小妹的东家，待妹太毒辣"。

这节诗中的主句是"小妹的东家，待妹太毒辣"。开头一句，就是"增苴"。按照"借字谐音"的说法，"阿喜辣子辣"一句，只是为了使诗句押韵，才把它借来加在主句头上作为"借音格"，即从中借个"辣"字来谐主句中的"毒辣"之"辣"音，这的确是纳西族诗歌中的一种很独特的谐音叶韵方式，但"增苴"的意义与作用还不止于此。大家知道，用辣子来形容某种人的泼辣或毒辣的性格和手段，这在我国人民群众的日常生活中或在文学作品中是屡见不鲜的。《红楼梦》里称王熙凤为"凤辣子"便是一例。阿喜，是丽江的一个地名。阿喜产的辣子在丽江是有名的。"阿喜辣子辣"是纳西族群众挂在嘴边的一句生活用语。歌者随手拈来，既为了使诗句押韵，也为了起兴，好引出主句，更为了用"阿喜辣子"

来比拟东家的心毒手辣,同时起到了比兴与称韵的作用,既形象,又押韵,也很自然,显示出了"增苴"的本质特征。

"增苴"运用的好坏,直接影响到诗歌艺术成就的高低、深浅、粗细与美丑,直接影响着诗歌的艺术力量。有的人只把"增苴"看成是单纯的谐音协韵的问题,只从"借字谐音"方面去理解,而不去考虑它在整个诗篇中是否有意义,是否同其他诗句之间有内在的联系。为谐音而借字谐音。在这种情况下作出来的诗,味同嚼蜡,毫无诗意。一些蹩脚的歌者,把"增苴"看成一种可以随意加上去的花梢,当作一种点缀品,信口开河,胡编乱凑,矫揉造作,华而不实,造成了"增苴"的滥用。比如"江西景德镇,镇压反革命"。为了给"镇压反革命"找上个同音字来协韵,生拉活扯地抓来了一句"江西景德镇"。"镇"和"镇"倒是同音叶韵了,但能说它是诗句吗?这简直是牛头不对马嘴。这样的"增苴",不但不能"添花增美",反而破坏了诗歌的战斗性和艺术美。

纳西族人民的歌手和诗人,非常考究"增苴"的运用。他们是把"增苴"当作整个诗歌创作的一个有机组成部分来构思的。他们通过细致的观察,深入的体验,多方的感受,反复的思考,从人民生活的源泉中选取最富有特征的形象,提炼出准确、鲜明、生动的言辞,组织构造成为有艺术感染力的诗句。有些"增苴"从表面上看,好像与主句没有直接的关系或必然的联系,但仔细一推敲,它却是全诗中不可少的诗句,没有了它,不但整个诗篇音调不和谐,节奏不鲜明,而且缺乏艺术形象的完整性、具体性和生动性。优秀的民间诗人和歌手在进行形象思维过程中,常常把赋、比、兴三种方法密切配合起来,交替使用,使"增苴"同其余的诗句融合为一体,构成诗歌的统一形象。他们触景生情,因物感兴,寓情于景,托物言志,使每一行诗都能统一在形象地概括生活的艺术方法之中。而"增苴"是其中的一个有机组成部分。例如,好歌手吟唱的长诗《游悲》(《殉情之歌》)的开头部分,有这样一段描写,两个男女青年主人公邂逅相遇,他们之间需要有一个相互了解、相互认识的过程。他们边自我介绍,边互相探情,对此情此景,歌手是这样唱的。

女:寒冬不下水,　　　　　　男:好马涉寒水,

不知河水寒；　　　　　　不怕河水寒，

不去尝江水，　　　　　　常饮金江水，

哪知江水苦。　　　　　　怎不知江水苦？

哥是游山逛林人，　　　　天下牛马一样苦，

怎知江水苦又深？！　　　小哥也是受苦人。

苦情只对苦人诉，　　　　苦水不倒心不爽，

苦歌唱给受苦人。　　　　苦歌不唱愁断肠。

正是在这一来一往、一唱一和的对诉之中，作者既巧妙地交待了主人公双方的身世，又让他们相互披露自己的心灵，使之真诚相见，心心相印，为进一步刻画人物形象，展现主人公的命运，揭示作品的主题思想开了头，引了路。语言朴实、清新而富有感情，起兴自然，比附贴切而又别致。两组诗都用"寒"与"苦"这两个具有深刻意义的词做"韵脚"，它们像一条主线把两组诗从内容到形式都贯穿起来了。两组诗的前四行都是"增苴"，但不是单纯为了谐音协韵而附加上去的"借音格"，而是比兴同谐音协韵紧密结合起来的独特的艺术方法，是名副其实的"增苴"。依靠这些"增苴"，为进一步展示生活图景和表现人物的情和意打开了局面。

女：刀砍江水水更流，　　　不提往事不伤心，

　　直针挑刺刺更深，　　　提起往事泪难忍。

这是女主人公的心事被触动后的情感和情绪的表现。这组诗的前两句是后两句的"增苴"，它既是借物传情，又为进一步引出主人公的身世和遭遇打下了基础。

好的"增苴"有如荷花的绿叶，离开了这绿叶，荷花也就不鲜不美了。这就是"增苴"的"添花增美"的真实涵义。这不是随意增添上去的纸花假叶，而是同荷花一道从人民生活的海洋里生长出来、成熟起来的绿叶。

阿喜辣子、刀砍江水、直针挑刺、好马涉寒水。这些，哪一件不是纳西族人民群众日常生活中所接触到的物和事？但是，这些平常的事物和现象一到诗人手里，经过诗人形象思维的熔铸过程使之成为诗歌形象体系的组成部分之后，

就成了不平常的诗句,它使整篇诗别开生面,别具风采,诗味浓郁,动人心弦。正因为这些"增苴"来自于人民生活,取之于人民大众的日常用语,又经过诗人的加工和改制,使它服从于作品的形象和思想的需要。因此,它们往往既能使群众感到特别亲切、自然,又让人们获得新的美感享受。再如:

男:苦泉出苦水,　　　　　　苦海苦更深。

　　苦水归苦海;　　　　　　阿哥闻妹言,

　　苦水流不尽,　　　　　　心痛更难忍。

这是诉苦歌里男主人公听到女方诉说自己的苦难历程后所触发起来的情感和情绪的流露。整组诗里,只有"阿哥闻妹言,心痛更难忍"一句是主句,却一连用了四个"增苴"。"苦水流不尽,苦海苦更深",是直接形式的"增苴";而"苦泉出苦水,苦水归苦海"则是"增苴"的"增苴",它对主句说来,是间接形式的"增苴"。整个诗组,用一"苦"字作"韵脚",一句扣一句,一句紧一句,如金江之水,滚滚而来,前浪引后浪,后浪推前浪。前四句,一气哈成;到最后两句,跌宕飞跃,急转直下,画龙点睛地点出了整个诗组的中心意思。借物寓其意,借景传其情,情与景,意与境浑然一体,达到了内容与形式的和谐与统一。

"增苴"的运用,是纳西族诗歌创作的一个突出的特点,它使纳西族诗歌具有了不同于其他民族诗歌的形式和风格,掌握这些基本的民族形式和民族风格,对翻译和研究纳西族诗歌是很有必要的。

二、为纳西族广大群众所喜闻乐用的诗歌表达方式——吟咏和吟唱

由于纳西族诗歌的五言形式和使用"增苴"来谐音协韵这一基本特点,决定了它的诗歌大都用吟咏和吟唱的形式来表达。字数不整齐的长短句或韵脚变化多的诗句都很难上口,很难传诵,句数、韵律、平仄等要求太严,也很难被群众所掌握。纳西族的诗歌,句法整齐,押相近的韵,有节调,又不受句数、韵律、平仄、对仗等方面的严格限制,朗朗上口,易记,易唱,适合于吟咏和吟唱,也便于入乐和配合民间舞蹈,自然也容易被广大群众所掌握、所运用,便于口口相传。

纳西族的诗歌,通常用说、吟、弹、唱四种方式来表达。吟咏和吟唱是两种最基本、最有民族特色、也最为纳西族广大群众所喜闻乐用的诗歌表达方式。

许许多多过去的优秀诗歌正是靠了这两种基本表达方式流传下来的。因此，我们着重谈谈吟咏和吟唱这两种方式。

说诗，在纳西语里有时称之为"时授"。它有点近似古人吟诗或佛家诵经，它是介乎说与念之间的一种表达方式，实际上是属于低声吟咏。为了同吟唱形式相区别，我们称它为吟咏或吟诵。男女老少三五成群地围坐在火塘旁边，听着老人传诵英雄史诗或叙事长诗，这是在听老人说诗，称为"独吟"；青年男女成双成对在柳荫树下或在月下花丛里吐情露爱，也常用说诗的方式，这是在对吟。这种吟咏方式，既可以抒情，更利于叙事；既便于即兴创作，更便于口口相传。出口成诗，顺口成章，不需要经过专门的学习和训练，易于被广大群众所掌握。因此，说诗或吟咏，成为了纳西族诗歌的最基本也最普及的表达方式。它使成千上万的纳西族群众"不会作诗也会吟"，对于纳西族人民口头诗歌的传播和发展起到了积极的推动作用。

吟唱，这是纳西族诗歌的一种更为独特的表达方式。直到现在为纳西族广大群众所喜闻乐唱的"骨泣"调，就是这种独特的吟唱形式的代表。"骨泣"是纳西语，翻译过来，则有"悲痛哀吟"或"长歌当哭"之意。这种"骨泣"调听起来，既像忧人长歌，又像妇人哭灵。其声凄，其音哀，如泣如诉，如怨如叹。如长江大河，时而悠悠细流，低回流连，如切如磋；时而波浪滔滔，汹涌澎湃，如怒如号。这种"骨泣"调，最适合于表现人民群众的悲苦哀怨和愤慨之情。因此，它常用来表达纳西族人民在旧社会所创作的苦歌、悲歌和诉苦道情之歌的内容。"骨泣"也和吟咏一样，可以单独吟唱，也可以相对吟唱，看作品的内容及其艺术表现形式而定。一般说来，第三人称的叙事诗用独吟；第一人称或第一与第二人称相间的抒情诗，用对吟的方式。纳西族的诗歌主要是抒情诗。即使叙事成份较多的长诗，也常用男女双方相对吟唱的方式来表现。尤其是后期的诗歌更是如此。这种相对吟唱的方式一定了型，成为了一种独立的诗歌表达方式后，反过来又促使诗歌的内容与艺术形式都发生了变化。原来是写一个或几个人物的叙事长诗，逐步被改作成为以写一男一女两个主人公的诗，叙事成份逐步减少，抒情成份则大为增强。纳西族的诗歌大都通过一男一女两个主人公相互抒情言志的形式出现,这不能不说是同相对吟唱的诗歌表达方式有关。

好歌手出来"骨泣"时,常常哄动街坊四邻。如果遇到对手,更能把方圆百里以内的听众吸引到他们身边来。人们扶老携幼,如赶盛会,有的甚至带上干粮,兴致勃勃地从四面八方云集在歌手周围。两个歌手你唱我和,一来一往,有时连续相对吟唱上三天三夜,歌手不会感到疲劳,听众也不会感到厌倦。歌者得其心,听者会其意。歌手与听众都沉浸在诗歌形象所展现的艺术境界中。

纳西族诗歌的民族形式、民族气派和民族风格,都不是原本如此,早已有之的。它是在该民族自己的历史发展过程中,在它的社会政治、经济文化、风土人情等方面的决定和影响下,经过多少代人长期的探索,不断地积累艺术经验而逐渐形成起来的。纳西族早期的诗歌,用文字记载在《东巴经》里的诗,都很少有这种形式、特点和风格。说明五言诗的形式和使用"增苴"等特点是后来才形成的。这些民族形式既然是历史地产生和发展起来的,那末,它也就不是一成不变的。它将随着社会生活的变化而变革。事实上也正在发生变革。解放以后,纳西族人民的诗歌创作,无论思想内容还是艺术形式都具有了崭新的素质。当然,这种变革也是在批判地继承本民族诗歌的优秀传统的基础上来实现的。因此,深入发掘和清理纳西族诗歌的丰富遗产,认真研究它的民族形式和民族风格,从中吸取养料和形式,推陈出新,这对于发展为广大群众所喜闻乐见的新诗体,繁荣我国多民族的社会主义新文艺,都将是有意义的。

蒙古族民歌学习札记

苏赫巴鲁

史料解读

　　该史料是作者学习蒙古族民歌时的随感，原载于《长春》1978 年第 11
期。蒙古族民歌具有丰富的表现手法，有起兴、比喻、复唱、排序、旁描等十
几种。起兴分两类，句法上分出四种形式。复唱是蒙古族民歌最有特点的
表现手法，形式较多，与民歌的音乐性紧密相关，既能够方便背诵又能够使
音节和谐。排序是显示蒙古族民歌诗风的另一种表现手法，是按照一定规
律，有层次、有顺序的排列描写，能够起到高度概括、严密结构、凝练章句的
作用。旁描在其他民族中较为罕见，是一种侧面描写的手法，有人物旁描和
景物旁描两种，一般规律是从侧面到中心，层层推近。作者认为，新民歌应
当学习传统民歌的语言和形式，运用传统民歌的表现手法。

原文

　　蒙古族民歌和其它兄弟民族的民歌一样，蕴藏量是极其丰富的。我从一九
六〇年开始学习和研究，至今已搜集蒙古族民歌（包括英雄史诗、长篇叙事民
歌、抒情短歌、婚礼歌、安代词、赞词等）五百多首。这些，还只是沧海之一粟。
老达古沁（歌手）说："谁若把长歌《江格尔》唱完，谁也就该走近了坟墓……"说
草原是民歌的大海，真是一点也不过分的。在短短的业余创作的经历中，我深

切尝到了学习民歌的甜头。

蒙古族民歌的历史很悠久，早在文字出现之前就有了民歌的萌芽。民歌象镜子一样，真实地照出了一部民族的历史，歌颂历史上的英雄，反映人民的美好愿望，无情地揭露奴隶主和封建主的剥削、压迫。比如，一九〇六年陶克陶起义，次年就产生了歌颂陶克陶的长篇叙事民歌；嘎达梅林一九二九年起义，三年后就产生了歌颂嘎达梅林的民歌。还有一首民歌叫《龙梅》的，一九三六年产生在前郭尔罗斯的花淖尔屯。由于这首民歌的出现，民歌里的主人公"龙梅"也就风流一时，这个花淖尔地方也变成了无数游人的胜地。我在"龙梅"家也曾住过七天。至今还有人能够讲述这首民歌产生的背景，谁是民歌的第一个作者，以及词曲在各个时期演变情况。

民歌和人民有着血肉的联系。民歌不是水上的浮萍，而是深藏在人民心底里的灵芝草。从民歌中，可以看出一个民族的斗争经历、生活方式、风俗习惯、心理状态、精神风貌、思想感情、性格特点、兴趣爱好等等；从民歌中，也可以了解到一个民族语言文学的特征、韵文的韵律及其表现的手法。

蒙古族民歌的艺术性，最值得注意的是其丰富的表现手法。蒙古族民歌的表现手法，除了起兴、比喻外，还有复唱、旁描、排序等十几种之多。

单就起兴一法，又可分有义起兴和无义起兴两类；句法上又可分为单句、双句、单节、复节的四种起兴形式。"身有首，衣有袖，歌有头"。达古沁说："骏马是草原的翅膀，比喻是民歌的翅膀。"通过直喻，显得形象而明快；运用暗喻，显得逼真而含蓄；还有一种借喻，能使民歌富有典雅、沉著的风格。蒙古族民歌中《马赞》的比喻是最精采的。把马的耳朵比喻成莲花瓣；把马的眼睛比喻成穿梭的金鱼；把马的鼻子比喻成银盘肠；把马的牙齿比喻成一排白玉；把马的尾巴比喻成彩虹；把马的蹄子比喻成大海蚌，等等。

除了比、兴外，复唱是蒙古族民歌最有特点一种表现手法。民歌总是和音乐为一体，靠演唱流传的。它的特点是易记、易诵、易唱。复唱既能增强记忆、便于背诵；又能使音节铿锵和谐，富有音乐性。正象"马奶酒喝一口只知道甜，喝两口才知道香"一样。复唱的形式较多，可分为反复、模拟、重叠三种。我国最早的诗歌总集——《诗经·风》里的民歌，就用了很多复唱（或叫复沓）的手法。

排序是显示蒙古族民歌诗风的另一种表现手法。这是按着一定规律，有层次、有顺序的排列的描写。这种手法的目的在于高度概括，能起到严密结构、凝炼章句的作用；排序有依次排序、时间排序、年龄排序、季节排序、方位排序。我国汉代的《孔雀东南飞》就有"十三能织素，十四学裁衣，十五弹箜篌，十六诵诗书，十七为君妇"的年龄排序。

还有一种独特的，为其他民族所罕见的，这就是旁描的手法。旁描是一种侧面描写的手法。有人物旁描和景物旁描两种，旁描的一般规律是从侧面到中心，层层逼进。蒙古族叙事民歌中，比较早见到旁描的是《蒙古秘史》、《英雄格斯尔可汗》。为了说明主人公格斯尔诞生的久远，史诗一开篇就有这样的旁描：

> 当太阳还是小火球的时候，
>
> 当昆仑还是小土丘的时候，
>
> 当恒河还是小水溪的时候，
>
> 当香檀还是小嫩芽的时候，
>
> ……十方圣主——格斯尔
>
> 坠下母胎，降生在人间。

蒙古族古典史诗中，如《江格尔》、《仁钦·梅尔庚》等好多章节里也都有过此类的旁描。

总之，蒙古族民歌的表现手法是极其丰富的，吸引民歌中这样丰富的养料，是不难寻出新诗的形式的，我认为，学习民歌的语言、学习民歌的形式，运用民歌的表现手法，试写新民歌是探索新体诗歌的入门之路。蒙古族有些新民歌就是这样写出来的。

请看蒙古族新民歌《水与乳》：

> 三九的工地，
>
> 是三伏的洪炉；
>
> 冬天的雨露，

是落地的汗珠。

多高的温度,

化多深的土;

流多少汗水,

就是多少乳。

百里的水渠,

育百里的谷;

千里的水渠,

肥千里的畜。

多长的水渠,

就造多少福;

登上一层楼,

大寨近一步。

这是一首草原学大寨开泉引水的赞歌。根据这个内容的特点,就运用了民歌中比兴与白描,腰韵与夸张的套用手法。"三伏"的"三"是"三九"句的腰韵;"多深"的"多"是"多高"句的腰韵,等等。通过四种套用的表现手法,使这样十六句的短小民歌,完整、丰富;语言坚实有力,铿锵和谐,配上曲调还可以演唱。

再看蒙古族新民歌《战天斗地歌》:

你敢刮风我造林,

你敢起碱我压沙;

翠带铺在金板上,

人民公社威力大。

你敢大旱我打井,

你敢大涝我筑坝;

草原跨上跃进马,

自然界里我当家。

这首八句民歌，竟套用了拟人与对仗、比喻、白描四种表现手法，结构完整、主题鲜明。诗中四种对仗显得十分精妙，再附有蒙古族惯用的"头韵"法，以四个"你"字为头韵，以四个"我"字为腰韵，以"花发"为脚韵，读起来更琅琅上口，记起来条理清楚。

还有一首蒙古族新民歌《毛主席纪念堂》：

> 太阳是宇宙的心脏，
>
> 北京是祖国的心脏；
>
> 纪念堂是天安门广场的心脏，
>
> 瞻仰大厅是纪念堂的心脏……

从宇宙的太阳写到祖国的天安门广场，从纪念堂写到瞻仰大厅的中央，由远及近的笔触最后落在泰山石的黑色棺座上，写出了牧民对伟大导师的无限敬仰和怀念。

民歌开新花，新诗必结果。蒙古族民歌和表现手法，正在被广泛运用。这些逐渐形成、发展、创新的民歌，很可能发展成为一种蒙古族的新诗体。

我在查干花草原生活已经十四年了，饱尝了蒙古族民歌的丰富滋养。歌唱是我的义务，写诗是我的权力，华主席给我一管金笔，我要为新时期的总任务而歌唱。

两首白族民歌简介

张　文

史料解读

该史料是对两首白族民歌的介绍，原载于《云岭歌声》1979 年第 2 期。文中介绍的两首民歌分别属于大理白族调与洱源西山白族调。大理白族调普遍流行于大理洱海岸边，分女腔男腔，曲调明快而高昂，音程跳动和旋律起伏较大；洱源西山白族调流行于洱源县西山区（今西山乡）一带，抒情动听。

原文

白族的民间文化艺术是比较发达和丰富的。就音乐而言，大概可分为"吹吹腔"，"大本曲"和民谣、山歌、小调等三大类。

白族民歌是白族文艺花园中一丛鲜艳的山茶，现介绍两首如下：

（一）"大理白族调"（分女腔和男腔，这里介绍的是女腔）：

1 = F　2/4　3/4　（中速、明快、高昂）

唱得 好，　　啊啦 啊哝 哝嗨 哟，　　　　哎

阿哥，　　人民 公社 花一 朵，　　开到 哪里

哪里 香，　开在 我们 心窝嗨，　　啊哝 哟嗬 嗬咳。

　　"大理白族调"曲调明快而高昂，音程跳动和旋律起伏较大，开头的两小节是引子，第三到五小节是衬腔，第六小节至第十六小节是一段式曲体结构，并以十七、十八两小节的衬腔而结束全曲。

　　"大理白族调"是普遍流行于大理县洱海岸边的一首有代表性的白族民歌，往往是在栽秧和收割时男女对唱；在祝贺婚礼或男女青年互相表达爱情时，也可以用此曲调即兴创作内容演唱。

　　（二）"洱源西山白族调"：

1 = ♭A　2/4　（稍慢、悲愤地）

我们 住在　西山 区，　　人口 稀少　又穷 困，

文化 又低 哟 啊哝 哟，　　家家 吃的　是粗 粮啊
（稍快、热情地）

哝　　　哟，　个个 穿的 麻布 衣，　自从 来了

共产 党，　麻衣 变布　衣　啊哝　哟。

　　"洱源西山白族调"是一首流行于洱源县西山区一带的抒情动听的民歌。

1—14 小节充满了忧伤,是对旧社会痛苦生活的控诉,15—19 小节反映解放后"麻衣变布衣"的美好生活的喜悦心情;这是一首既有统一又有对比的独特风格的短小民歌。

蒙古族谚语特点浅谈

巴特尔

史料解读

　　该史料为讨论蒙古族谚语特点的论文，原载于《通辽师院学报》(《内蒙古民族大学学报》前身)1979 年第 2 期。蒙古族民间谚语数量多，内容非常丰富。谚语在蒙古族人民的文学创作中极为常见。蒙古族谚语除了具有民间文学的人民性、阶级性等特点以外，还有自己的特点：除了讲究韵脚外，还要求两首字声母相同，字数相同，形式整齐，节奏鲜明；在形式上一般是两行。

原文

　　蒙古族自古以来就生息在祖国的北部边疆，是一个勤劳勇敢，有着悠久历史的民族。蒙古族人民和其它兄弟民族一样，在长期的生产斗争和阶级斗争中，随着本民族社会历史的发展，在不同时期创造了内容丰富，形式多样，艺术性很高的民间口头文学。这些民间文学反映了广大人民群众的聪明才智和斗争生活，表达了劳动人民的思想感情以及理想愿望，体现了蒙古族文化遗产的丰富多彩。民间文学是劳动人民共同创造的，是劳动人民智慧的结晶。它给文学发展以取之不尽、用之不竭的营养，为后来书面文学的产生和发展奠定了坚实的基础。其中，蒙古族民间谚语不仅数量多，而且内容非常丰富。据不完全统计,现已收集到五千余条。这些谚语有的反映了阶级斗争和生产斗争,有的表现了劳动人民战胜反动统治阶级的智慧和勇气,有的揭露了历史反动统治者的愚昧无知以及他们对人民欺诈掠夺的罪恶本质,给反动统治者以辛辣的讽刺和打击。

水滴积多盛满盆、谚语积多成学问。

谚语在蒙古族劳动人民中,尤其在文学创作中被运用得极为广泛。蒙古族古代文学典籍中保存着相当一部分古代谚语。可想而知,这只不过是浩如烟海的古谚语中的一小部分,其中大部分因未经文字记载,年长月久,而逐渐淹没失传了。在蒙古族古代历史三大文献之一《蒙古秘史》中就记载着许多古老的谚语。如:

除了自己的影子没有别的朋友,除了自己的尾巴没有别的鞭子。

对朋友温驯如牛,对敌人凶猛似虎。

蒙古族近代作家尹湛纳希的著作中也保存了许多民间谚语。如《青史演义》就有:

放在嘴里怕它化了,放在手上怕它丢了。

没有往它的马群里伸过套马杆,

没有往他的奶子里沾过手指头。

建国三十年来,新谚语不断地产生。这些谚语虽然在形式上和过去谚语相同,但谚语的内容更新了,富有革命内容了。它反映了我们时代的巨大变革和劳动人民的精神面貌,而且许多谚语和党的方针政策结合起来,紧密地配合了党的宣传教育工作。如:

有太阳就有白昼,有党就有幸福。

有太阳不能迷路,跟着党不能走错。

谚语作为民间文学的一种重要形式,除了具有民间文学的人民性、阶级性之类的特点以外,还有它自己的特点。

一、蒙古族谚语除了讲究韵脚外,还要求两首字声母相同,字数相同,形式整齐,节奏鲜明。对称句子非常多,常常是一付对联。如:

话语是真的好,狐狸是红的好。

没有云天气好,没有病身体好。

与其数捻珠,不如饮牲畜。

与其闲串门,不如捡牛粪。

驱散乌云见太阳,除掉敌人喜洋洋。

二、蒙古族谚语在形式上一般是两行。这与蒙古族的风俗习惯、理想愿望有着密切的联系。蒙古族的古代谚语中有"活着比死好,一双比单好"的语句。蒙古族人民很喜欢成"双"成"对",就连给子女起名也多用"双字",不用"单"字。诸如:"好斯巴雅尔"(双喜),"达富巴雅尔"(对喜),等等。蒙古族民间谚语几乎都是双行的。如:

见面前是山里的两只野鹿,见面后是心里的两条血管。

无耻的人脸皮厚,无病的人身体壮。

勿谓毒蛇细,莫道恶敌小。

三、谚语常用比拟、夸张、比喻、拟人等修辞方法,把意思准确、鲜明、简短、生动地表达出来,通俗易懂,确实概括了人民语言的精华。如:

毒蛇不分粗细,坏人不在远近。

在这里用"毒蛇不分粗细"来比喻主要意思"坏人不在远近"。又如:

小偷厌恶月亮,坏人厌恶好人。

在这里用"月亮"比喻"好人",用"小偷"比喻"坏人"。

"诺彦"善变,狗好摇尾。

诺彦信不得,湿树扶不得。

猎狗靠吃肉肥胖,诺彦靠削剥富裕。

可汗不如司阍,圣人不如门人。

这些谚语揭露了官僚们的出尔反尔的凶恶霸道,贪婪吝啬的本质。又如:

诺彦喜欢拍马屁的人,馋狗喜欢好屙屎的人。

狗常常围在骨头上,官常常聚在权势上。老牛般的懒惰,狐狸般的狡猾。

信官吃亏,信狗挨咬。

信狗拉屎在炕头,信官吃亏在心头。

在这些谚语中,人民群众一针见血地揭露了反动统治阶级的丑恶本质,表达了人民群众对压迫者和削剥者憎恨与蔑视。

四、谚语具有逻辑性和哲理性。如:

水使奶增多,奶使水洁白。

小能变大,弱能为强。

高地的白杨,湿地的青柳。

走远路从近处开始,做大事从小事开端。

离山的虎,离水的鱼。

两座山虽近不碰头,两个人虽远会见面。

啃青的下巴烂掉,被啃的山丘变绿。

坏人怕真理,蝙蝠怕太阳。

一个发展成十,婴儿长大成人。

高大的山靠石砬,长大树靠根子。

五、谚语具有民族特点和地区特点。如:

蒙古人夸马,木匠人夸钵。

懒惰的马怕路途遥远,吝啬的人怕朋友靠近。

人人都可以认得狼,狼不一定认得每个人。

把牛头藏在怀里难,把错误掩盖起来难。

这些谚语反映了蒙古族人民的牧区生活有联系的事物——牛、马、狼、狗等等。

茶水虽淡是食物的"德吉"①。纸张虽薄是文书的一页。

蒙古族人民日常吃肉干、炒米、喝茶水。这一谚语把茶叶比喻成蒙古族人民日常生活中不可缺少的一切食物的"德吉"。

蒙古人重吉祥,买卖人论价钱。

---

① 德吉指物品的第一件,食物的第一碗,酒的第一盅……做为供品献上,以示尊敬。

它反映了蒙古族人民自古以来爱好自由与和平的传统、风俗习惯。

六、谚语具有高度的概括性。许多谚语往往只是两句，但它却能完满地表达思想，说出深刻的哲理。正如高尔基说的："谚语叫作家象把手指握成拳头一样地去压缩语言。"（《我怎样学习写作》）如：

井里没有龙虾，谚语没有谎话。

这一谚语非常确切而又高度地概括了蒙古族谚语的现实性。

蚂蚱飞要种荞麦，刺猬叫荞麦开花。

这一谚语概括地反映了农业作物生长的季节和规律。

谚语不象谜语，它通俗易懂，言简意赅，可以背诵，在宣传工作中可发挥其独特的作用。

这里应指出的是，我们在搜集谚语时必须吸取其精华，剔除其糟粕。千百年来，历代反动统治阶级为了维护和巩固他们的反动统治，大肆宣扬腐朽的思想意识，炮制出了不少渗透封建道德观念的反动谚语。如：

羊也可怜，狼也可怜。

不叮，蛇也是好的；不咬，狗也是行的。

妇女汇聚在碾磨房，毛驴汇集在灰堆边。

这些谚语的思想内容反动，流毒影响极坏。为此，我们在搜集和研究谚语的时候，一定要和广大人民群众一起，批判这些反动谚语，并肃清其流毒和影响。只有这样，才能够达到搜集和研究民间谚语的目的。

（本文有删节）

绚丽多采的彝族诗歌

李　明

史料解读

　　该史料是分析彝族诗歌特色的论文,载于《西南民族学院学报》(今《西南民族大学学报》)1979 年第 2 期。彝族人民能歌善舞,在漫长的历史中有自己的歌唱传统,他们的诗歌具有独特的形式与风格。在彝族社会尚未产生阶级时,诗歌主要表现人与自然的斗争、认识与征服自然。彼时的彝族史诗想象奇特、色彩瑰丽,歌唱形式简朴,表现人的力量与意志,具有朴素的唯物主义思想。《勒俄特依》《梅葛》等创世史诗中,创造万物的“神”,是劳动人民集体智慧与集体力量的化身,强调了人支配自然的力量。进入阶级社会,彝族的诗歌主要反映阶级剥削、阶级压迫与阶级斗争。劳动人民用口头创作,集中表现了他们的生活、思想、感情和愿望,揭露和抨击剥削阶级的种种丑恶,以短歌、谚语歌等形式抒发心中的辛酸悲苦。同时彝族诗歌中有大量的情歌。这些情歌取自日常生活的语言,不仅细腻地刻画了主人公的外在美,同时着重突出了主人公的内在美,反映了劳动人民高贵的品质,表达了彝族青年男女追求自由幸福生活的强烈愿望。

原文

　　彝族是一个历史悠久、勤劳勇敢、能歌善舞的民族。在漫长的岁月中，彝族人民劳动着、生活着、斗争着。而歌唱，就是他们斗争武器之一，也是他们在劳动、生活中不可缺少的一种精神活动。彝族人民有自己的歌唱传统，并在长期的阶级斗争和生产斗争中发展了这个传统。由于他们的社会情况、心理状态、风习、语言等诸方面与其他民族不同。因之，他们的诗歌也具有自己的独特的形式与风格。

一、朴素的唯物主义观点

　　当我们谈到彝族诗歌，总是怀着一种特别的感情，因为这颗祖国文化宝库中的灿烂明珠，炫耀夺目。给予这种评价我认为并不过分。

　　在彝族社会还没有产生阶级分化时，人们的主要矛盾是人与自然的矛盾。所以表现人和自然的斗争、认识自然与征服自然就成了当时文学艺术的重大题材。彝族史诗用瑰丽的场面，奇特的想象，简朴的歌唱形式，表现了人在"开天辟地"时的力量和意志，反映了人在"创世"过程中的支配作用，这种朴素的唯物主义思想，是值得珍视的。

　　如彝族史诗《勒俄特依》中，叙述开天辟地，众神遇到困难无法解决时，有人献计，请来工匠阿尔师付。他——

　　　用膝盖做砧磴，

　　　口腔做风箱，

　　　手指做火钳，

　　　拳头当铁锤，

　　　……

制成了众神开天辟地的工具。又造出九把铜铁扫帚，把天扫成兰茵茵，把地扫成红艳艳。又制造九把铜铁斧，交给九位仙青年去平整地面，他们——

　　　一锤打成山，

作为牧羊的地方；

一锤打成坝，

作为放牛的地方；

一锤打成平原，

作为栽秧的地方；

一锤打成坡，

作为种荞的地方；

一锤打成垭口，

作为打仗的地方；

一锤打成沟溪，

作为流水的地方；

一锤打成山坳，

作为住家的地方。

在改造人们滋养生息的大地的过程中，强调了支配自然的是人，创世造物的也是人，是人的劳动，是人的智慧，而不是任何别的什么。

同诗，描写支格阿龙（人名）"射日月"和"驯野兽"时，这种朴素的唯物主义思想表现得更为强烈。诗中叙述当时——

下面大地上，

日出六太阳，

夜出七月亮，

树木全晒枯，

……

庄稼全晒干，

……

家畜被晒死，

……

在人们生活极度困难的情况下，支格阿龙射落了五个太阳、六个月亮，并把它们

"压在黄石板下"。这是远古时期人类祖先与大自然作斗争中所产生的幻想。然而，当他们与大自然作斗争遇到重重困难的时候，并未回避，也未屈服，更不曾去祈求怜悯。相反，他们幻想着——制造各种工具去征服大自然，这种幻想具有朴素的唯物主义因素，因之，它是可贵的。这种思想在同诗描写支格阿龙与野兽作斗中也有所反映——

　　下面大地上，

　　毒蛇地坎一样粗，

　　蛤蟆米囤一样大，

　　蚊蝇斑鸠一样大，

　　蚂蚁兔子一样大，

　　蚱蜢膳牛一样大。

这些野兽，严重威胁着人们。于是，支格阿龙便向它们展开了进攻。

　　一天去打蛇，

　　打成手指一样粗，

　　打得它藏在地坎下；

　　一天打蛤蟆，

　　打成手掌一样大，

　　打得它躲在地坎上；

　　……

在彝族另一部史诗《梅葛》中的盘古、格子若和许多形象生动的"神"，都分别管理着陆地、海洋、江河、方位、草木、鸟兽以及太阳、月亮和星宿。正如高尔基说的："因为人民塑造了史诗的人物，就把集体精神的一切能力，都赋予这个人物，使它能够与神对抗，甚至把它们看作与神同等。"（《个性的毁灭》）彝族史诗中塑造的支格阿龙、阿尔、盘古、格子若等等开天辟地的英雄们，创造万物的"神"们，是劳动人民集体智慧、集体力量的化身。他们有创造日月山川的气概，有改造自然的能力，有役使万物的本领。在彝族的童年所创作的史诗中，这种万物不由神造，不受神的意志的支配，而把人放在创世造物的支配地位的朴素的唯物主义思想,是难能可贵的。

二、强烈的反抗精神

随着原始氏族社会的崩溃,出现阶级分化。私有制的确立和巩固,阶级压迫与阶级剥削逐渐产生,各种社会矛盾逐渐暴露出来了。这个时期的彝族文学,除了反映与自然的矛盾斗争外,更主要的是反映阶级剥削和阶级压迫,反映阶级斗争。劳动人民用口头创作,集中地表现了他们的生活、思想、感情和愿望,揭露和抨击剥削阶级的种种丑恶,倾吐积压在他们心头的激愤和不平。正如梭柯洛夫所说的:"口头文学反映出劳动群众对一切压迫和无权地位强烈反抗,反映阶级意识的成长,还反映出他们对压迫者(不管是地主、神甫、商人、富农还是工厂主)的不可扑灭的憎恨。"(《什么是口头文学》)血淋淋的现实是这样的,他们对统治阶级怎能不憎恨呢?

> 从小就是奴隶主的锅庄娃①,
>
> 过的生活就象锅底一样:
>
> 病了,只有睡在山坡上,
>
> 饿了,只有拿苦草②当食粮,
>
> 那怕是最冷的冬天,
>
> 也只有把狗抱在身上。
>
> ……

当疾病、饥饿、寒冷一起向他们袭来的时候,奴隶主依旧要挥舞着皮鞭,驱使他们劳动、劳动、无休止的劳动……

> 生下来是奴隶,
>
> 长大是奴隶。
>
> 一岁在院坝里,
>
> 同狗做伙计。

---

① 锅庄娃:即奴隶。

② 苦草:山上野生的一种草,味苦,有时奴隶用以充饥。

三岁在屋后面，
石头当母亲。

五岁在羊后面，
羊群当兄弟。

七岁打柴进山林，
鞭子响在耳里。

九岁下地做活，
镣铐锁住颈子。

奴隶主把他们当作"会说话的工具"、与牛马同等。他们世世代代用汗水和泪水
为奴隶主浇灌庄稼，但仅有的只是项上的锁链，心头迸发出来的歌声——

遍山的羊群是奴隶主的，
软软的牧鞭是奴隶主的，
牧羊姑娘是奴隶主的，
牧场响起了悲歌，
唯有歌声才是自己的。

这支短歌，代表了千千万万奴隶的心声，控诉了奴隶主阶级的罪恶，揭露了奴隶
制社会生产关系的实质。尽管奴隶主有权势剥夺他们的一切权利，但控诉奴隶
制度的歌声，却是压抑不住的。它唱出了人间的不平，唤起了奴隶群众的觉醒。
从而，他们站在奴隶主面前，理直气壮地唱出另一首谚语歌：

老牛耕地，
猫儿吃炒面。

弯刀砍柴，

三个锅庄石烤火。

链刀割草,
羊儿睡垫草。

白彝丫头推荞子,
黑彝主妇吃荞粑。

白彝娃子牵马,
黑彝主子骑跑马。

他们在劳动中成长,在斗争中得到智慧,非人的生活,使他们对奴隶主阶级有了本质的认识。

老鹰看见小鸡,
没有不抓的;
黑狼看见小羊,
没有不咬的;
主子的黑心肠,
永远不会变的。

江山可改,阶级性难移。彝族人民不再对奴隶主阶级存什么幻想。但,生活已经告诉了他们——

太阳出来,
乌云来遮盖。

娃子要自由,
主子来阻挡。

先辈为争取自由而斗争的战旗倒了,但仇恨却堆在他们心头,流血的斗争激励着他们勇敢的斗争:

　　怕锁链的娃子，

　　得不到自由；

　　怕枪弹的小伙子，

　　成不了"咱壳"①。

简洁的诗句，唱出了奴隶们豪迈的誓言，描绘出英雄的形象。他们对当时统治阶级所抱的势不两立的态度，在许多诗歌里都得到了反映：

　　你的衙门大，

　　我永远不下坝。

　　假若你要开兵来，

　　我有大石岩。

　　你的子弹比我多，

　　我有乱石颗！

　　一九三五年，伟大的中国工农红军长征路过彝族地区，她象黑夜中出现的一支火炬，点燃了彝族人民反抗旧制度的怒火，激励着他们向反动统治阶级发起猛烈的冲击。解放战争时期，建立了革命游击队。彝汉各族人民在如火如荼的并肩战斗中，云南彝族人民创作了许多歌谣。弥勒西山的《西山处处闹革命》，激情满怀地歌颂了游击队的英勇事迹。圭山彝族人民创作了《圭山打响第一枪，撒尼姑娘送军粮》，表现了撒尼姑娘对游击队的关怀和支援。西山人民用最诚恳、最美好的感情，创作了《鲜艳的花朵就要满地开放》，它告诉人们，"共产党领导人民闹革命"，鸟语花香的春天就要到来。

　　"风出谣口，真诗只在民间"。从上述那些由"第一流的哲学家和诗人"创作的真诗，可以看出彝族过去社会的矛盾，也可以听到彝族劳苦大众，对黑暗社会的诅咒和反抗。

---

① 　咱壳：音译，是彝族对作战勇敢冲锋的人的美称，有"勇士"的意思。

三、细腻的内在美和外在美的描写

在彝族民间口头文学中,数量最大、最突出的是情歌,而描写青年男女的内在美和外在美,是这些情歌的主要特色。

彝族撒尼人的民间叙事诗《阿诗玛》,一开始就这样描写阿黑和阿诗玛:

院子里的松树直挺挺,

生下儿子象青松;

场子里的桂花放清香,

生下的姑娘象花一样。

同诗又一节,把阿诗玛比作美丽的山茶:

千万朵山茶,

你是最美的一朵,

千万个撒尼姑娘,

你是最好的一个。

诗中把她写得很美,她戴上自己绣的绣花包头和围腰,"人人看她看花了眼"。

《我的么表妹》中的么表妹,在表哥眼中,也是在彝族劳动人民眼中,仍是那样美丽:

表妹的皮肤,

象丝绸一样光滑;

美妙的声音,

象月琴弹奏的曲调;

明晃晃的眼睛,

象晶莹的水珠;

黑黑的浓眉;

象弯弯的新月;

表妹周身亮堂堂,

象菜花一片金黄。

《牛牛①哟,你在哪里》一诗中,也赋予牛牛一种感人的美:

你象高山上白杨树那样漂亮,

你头上顶着紫红色的云块,

你身上的彩裙放着太阳的光,

你那又粗又黑的辫子象锦鸡的尾巴,

你那又白又细的颈子象温顺的羊毛,

你那又大又圆的眼睛闪闪发光。

彝族人民,用现实主义白描的手法,把朴素的民间口语,炼成生动形象的诗句,用日常生活中见惯不鲜的山茶、水珠、月亮、菜花……等普通事物,来形容诗中的主人公,不仅把她们美化了,而且首先把这些事物诗化了。彝族的大量情歌特别是叙事和抒情长诗,都着力刻划了诗中主人公的外在美。这不仅是对主人公外在美的赞颂,也是对生活美的赞颂。

当然,在着力刻划主人公的外在美的同时,更主要的、更突出地着意于她们内在美的描写。

《阿诗玛》通过充满感情的朴实的诗句,不仅描写了阿诗玛如何劳动,而且还写了她劳动的意义,及其在她爹妈心上、在群众心上,特别是在小伙子们心上产生的反响。她心灵手巧,是劳动能手,人人都夸奖她:

你绣的花,

鲜艳赛山茶,

你赶的羊,

白得象秋天的浮云。

《我的么表妹》中的么表妹,同样是多才多艺,几乎什么都会干,而且做得很好:

表妹煮的饭,

象山顶的白雪;

表妹舀的水,

———————————

① 牛牛:音译,彝族对表妹称牛牛。

象蜂桶的蜜汁；

表妹做的荞饼，

比沙糖更甜；

表妹推的燕麦炒面，

比菜花还香；

表妹绣的花，

蝴蝶飞来采。

她们在劳动中成长，在劳动中得到智慧，劳动是阶级本质的根源，也是她们一切美好品质的根源。这些对姑娘们聪明能干的描写，其实是对劳动的歌颂、对劳动美的赞扬。

"洁白的荞花，象我俩纯真的爱情"。的确，生活是这样，彝族情歌所描写的爱情也是那样美，那样的纯洁，又是那样真切无邪。她们最爱劳动能手，这种爱情，正反映了劳动人民高贵的品质，也是她们那种纯朴的爱情可贵之处。

如果能结成伴侣，

三天不吃也不饿，

河沙可以充饥。

如果能结成伴侣，

三年不穿衣也不冷，

树叶可以御寒。

但是，包办婚姻、买卖婚姻制度，在她们之间掘了一条不可逾越的洪沟，使"相爱的人不得嫁"，但她们总是如痴如醉地沉浸在思念中：

没有你，

吃蜂糖也是苦的；

没有你，

吃好酒也不香；

没有你，

穿狐皮也冰冷；

没有你，

金子银子也没有光；

牛牛哟，

我日日夜夜把你想。

旧制度把一对对形影相依的情侣拆散，却拆不散他们之间纯真的爱情。她们往往在逼嫁之后，宁死不从，以死殉情，表示反抗。《我的么表妹》中的么表妹，就是这样与不合理的婚姻制度进行坚决反抗斗争的：

英雄岂怕枪弹！

骏马岂怕路长！

奴隶岂怕铁锁！

有志气的姑娘岂怕死亡！

九根麻杆粗的绳子，

套紧了表妹的双手；

九条牛一般大的土坑，

埋住了表妹的身子；

我苦命的么表妹呵，

死也不嫁给有钱人。

同样阿诗玛被抢到热布巴拉家之后，阿支就急忙"捧出金银一大堆"，但"阿诗玛看也不看"，并极为蔑视地说：

你家金子堆成山，

我也不情愿。

你家金银马蹄大，

我也不稀罕。

她爱憎分明，恨的是财主，爱的是穷人。没有一点奴颜媚骨。尽管财主一再逼婚，用皮鞭抽打她，把她关进黑牢，她始终是那句话："不嫁就是不嫁，九十九个不嫁。"她对统治阶级敌人，没有一点幻想，从不妥协动摇，为了自由，宁死不屈，直至献出自己的生命。

人们离不开阿诗玛，她在人们幻想中变成了回声，从而获得了永恒的生命。

多少年来，彝族妇女对包办、买卖婚姻制度，进行了各种各样的斗争。她们或控诉、或诅咒、或逃婚、或以死殉情、或面对面地斗争。虽然，在黑暗势力异常强大的统治下，妇女的反抗往往得不到成功，她们始终逃不脱悲剧的结局。但确显示了她们威武不能屈、金银不能诱的劳动妇女的崇高品质。

无数彝族妇女用血泪洗炼而凝成的情歌，真实地反映了她们在旧社会的悲惨遭遇，表达了彝族青年男女追求自由幸福生活的强烈愿望。既写了主人公的内在美，也写了主人公的外在美，内在美和外在美和谐统一地塑造了聪明美丽、坚强勇敢、纯洁朴实的劳动妇女形象。她们是彝族妇女优秀品质的高度概括，她们集中了彝族妇女各种美的典型。正如高尔基所说，这些人民诗歌所塑造的形象，是"理想和直觉，思想和感情混合在一起而创造出来的""最深刻、最鲜明、在艺术上达到美的英雄典型"。

关于"打歌"

韩　龙　字向东

史料解读

该史料是对云南少数民族民间"打歌"的介绍，原载于《思想战线》1979
年第 6 期。"打歌"是云南少数民族喜闻乐见的一种民间歌舞，人数不限，有
调、词、舞。"打歌"主要以芦笙伴奏，种类繁多，词内容丰富，舞具有形象化
特点。

原文

"打歌"是云南少数民族喜闻乐见的一种民间歌舞。在白族、彝族、拉祜族
等地区普遍流行。

每逢节日喜庆、庄稼丰收或农闲夜晚，人们往往利用田间平地、农家场院，
头顶皎洁月光，或燃起熊熊篝火，边唱边舞，跳起"打歌"。男女老少都可参加，
人数多少不受限制。

"打歌"有打歌调、打歌词、打歌舞。伴奏乐器主要是芦笙，有时也和之以三
弦、笛子。

打歌调种类繁多，因地方和民族不同而有所异。拉祜族打歌调就有七十二
种之多。如"三脚调"、"蜜蜂过江调"、"扫地调"、"藤子爬树调"、"老牛擦墙调"、
"哄娃娃调"、"黄鼠狼瞄蜂子调"等。

打歌词有传统唱词，也有即兴而作。内容丰富。有唱民族史诗的，有表现生产劳动的，有揭露剥削阶级的。解放后，各族人民用打歌热情歌颂党和毛主席，歌颂社会主义，歌颂党的民族政策。许多打歌词，本身就是一首优美生动的民歌。

打歌舞主要有跺脚、拍掌、旋转等动作。其特点是形象化。每一歌调都有一套相对固定的动作。如"老牛擦墙调"，在旋转中两人用背互擦一下。"黄鼠狼瞄蜂子调"，是用手围住自己的眼，互相对望一下。这些，都说明打歌直接来自于劳动和生活。

第四辑

歌手、艺人

本辑概述

　　本辑收录了十九篇关于艺人的史料，有叶圣陶、康朗甩、毛依罕的三首纪念性诗歌，奎曾、托门、嘉其、李家兴的四篇介绍文章，陶阳、托门、叶振欧、陈贵培的四篇论文，巴·布尔贝赫、刘英勇、陶钝、刘嵩柏、臧克家的五篇纪念性文章和随笔，布赫的一篇悼文，柴扉的一篇报道，毛依罕的一篇讲话。这些史料分别发表在《民间文学》《中国民族》《文学评论》《内蒙古日报》《曲艺》《文汇报》《人民日报》《内蒙古文艺》《草原》《光明日报》《思想战线》《人民音乐》上，涉及蒙古族与傣族两个民族的歌手艺人。蒙古族民间艺人研究集中在两位说唱艺人琶杰和毛依罕。选辑的史料从人生经历、艺术创作、日常生活等方面力图较为全面地展示两位艺人的形象。关于两位说唱艺人的研究，基本以人生经历为线索探讨创作艺术的转变，既注意到艺人在参与政治运动、宣传民族政策等事件中起到的积极作用，也留意到他们在继承及弘扬民族文化遗产方面的努力。傣族民间歌手的研究专注于"赞哈"这一歌手身份本身，更多地研究与歌手相关的民俗、歌手的起源以及歌手在传播民间文学中的作用等方面。

　　从整体来看，这一时期歌手艺人的研究明显不足，只涉及两个民族。研究有明显集中在著名说唱艺人身上的倾向，大都从"知人论世"的角度去探究艺人演唱技巧、临场发挥，歌词研究多为定本研究，未能从活态的口头传播角度进行研究。但对傣族歌手的研究能够从歌手身份的角度出发，并且开始把研究的歌手从个人层面转向概念层面。受限于所处年代，对歌手的歌词研究比较关注他们在新中国成立后创作的作品以及相应的政治宣传功能，研究的角度还是比较单一。

十五个民族优秀歌手欢聚一堂

昆明举行庆丰收民歌演唱会

柴 扉

史料解读

该史料为报道，原载于《人民音乐》1958 年第 11 期，主要介绍了云南省庆丰收民歌演唱会的盛况。从中我们看到，十五个民族的歌手不仅进行了歌唱比赛，还进行了民歌创作经验的交流，这是当年民间文学盛况之一景。

原文

十月在昆明举行了云南全省的庆丰收民歌演唱大会。十五个民族的优秀民歌手、民间艺人和民间文学的创作者，来自云南的十四个专区、自治州和市。其中有来自高寒山区的民歌手，也有来自边疆亚热带地区的民间诗人；有年迈八十的老歌手，也有仅四岁半的小琴师。演出的节目，绝大部分是自己编写的新民歌。

演员们在舞台，在街头，在生产现场，在电台，表演了优美动人的云南各族民歌。在黄山坡炼铁厂土高炉群旁演出时，根据该厂先进人物事迹即兴创作，出口成章，工人直乐得合不上嘴，一再要求再来一个。事实上，所有这次会演的演出，都是掌声热烈，经久不息。

会演期间还举行了经验交流座谈会，会上各族的民歌手，发表了创作民歌的经验。七十七岁的回族老歌手李美斋谈了他从十六岁"吃赶马饭"起唱民歌的一些体会和感触；著名的白族民间老歌手张明德（作协昆明分会会员）也畅谈了他自己在创作和演唱民歌中的一些经验；傣族赞哈（傣语歌手）康朗赛在发言中也谈到他对演唱新民歌配合政策宣传的一些体会。很多歌手的发言中都有一个共同的体会，这个体会可以用夷族①歌手张淑美的一首民歌来总结："各族民歌上万千，过去深埋土中间，共产党来挖开土，一跃冲上九重天。"

通过演出、观摩、座谈、互相学唱和参观等一系列活动，代表们都感到收获很大，他们把感想和决心编成民歌唱道："孔雀扇翅亮晶晶，歌手会唱云南省，又学习来又创作，又献宝来又取经……取得经来转回乡，大编大跳大演唱，要把我们新中国，唱得歌山诗海洋……唱得地动山也摇，唱得山笑地也笑。地笑山笑谷米多，地摇山摇江河改面貌……孔雀闪翅亮烁烁，歌手百人都会做，今天做来一箩歌，明天要做一百箩。"

各地代表带来了三千多首优秀民歌（包括音乐和文学的），将选辑出版。

---

① 编者注："夷族"是彝族的旧称。

民间演唱家——毛依罕

嘉 其

史料解读

该史料是对毛依罕的介绍,原载于《内蒙古文艺》1955 年第 11 期。毛依罕作为内蒙古出色的民间艺人,自幼学习和演唱"好力宝",通过"好力宝"揭露旧社会的黑暗,歌唱幸福的新生活。无论是土地改革运动时期还是抗美援朝战争时期,毛依罕都通过"好力宝"积极地传播时代思想。毛依罕步入中年仍坚持刻苦钻研业务,提升"好力宝"的思想水平。

原文

内蒙古出色的民间演唱家——毛依罕,生于阿鲁克尔沁旗的一个穷苦的牧民家庭里。由于生活困难,寄养在他的伯父家。毛依罕像所有的穷苦牧民的孩子一样,渡过了饥饿、贫苦的童年。

直到二十岁以后,他才开始演唱"好力宝"。于是他背着四胡,终年在外奔跑,走遍了全旗全盟。正如毛依罕同志自己所说的一样:"艺人在旧社会里,在封建贵族的皮鞭下含着眼泪,到处流浪演唱,饱受了辛酸。"

毛依罕的养母是个很有才能的民间诗人,并能演奏几种乐器。从八岁的时候,毛依罕便开始口学他养母所编的"好力宝"。他的养母并教给他唱歌和拉四胡。过年过节的时候,人们请他去演唱,鼓舞他更努力学习。十六岁的时候,他就为大家所熟知了。

为了生活，他到处流浪歌唱，他看到旧社会的黑暗，人民的痛苦。在他所编的一首民歌《一粒米》中唱出了农民对剥削者的痛恨：

除草耕种，

筋疲力尽。

虽然是一粒米，

也是我们庄稼人的血汗。

……

遇到灾荒的时候，

忍受饥寒。

收租的人们，

该知庄稼人的艰辛。

贵族老爷们为了消遣，也要他去说唱。但是，艺人在贵族老爷们的眼里，只不过是个奴隶，所以他被迫给贵族们说书的时候，都要跪在那里，而不能坐着来说。

解放了，艺人们也翻身了。毛依罕分得了土地和牲畜，不再受饥寒了，也不再受歧视了。一九四九年他参加了革命，背着他的四胡——苦难生活的老同伴，参加了内蒙古文艺工作团。

在毛主席的"百花齐放、推陈出新"的方针的指导下，使毛依罕感到兴奋，欢欣鼓舞。他说："我要用最美丽的诗篇来歌颂共产党、毛主席的恩情，歌颂这欢腾鼓舞的新的年代。"

由于党对他的教育，并靠着他对新事物的敏锐的观察力和对新社会的无限热爱，他创作了许多新的"好力宝"，来歌颂人民英雄、歌颂党和毛主席。无论在土地改革运动中，或在抗美援朝运动中，他都积极地配合运动，深入牧区向广大群众进行宣传。他像一个青年人一样，热情地工作，无论什么时候也没有叫过苦。一九五三年一月，他到草地宣传抗美援朝运动。这一年，草地雪特别大，在冰封雪盖的草原上骑骆驼、住帐篷、吃冻肉块做长途旅行时，他却对同行的人说:"这就是幸福! 唉,你的年岁小,不知旧社会的苦痛!"

一九五四年内蒙古歌舞剧团在北京演出时,他演唱了《父亲毛泽东万寿无疆》,受到热烈欢迎。他唱道:

"……

祖国的太阳

人民的心

各民族的靠山

敬爱的毛泽东主席

万寿无疆!"

在这次内蒙古自治区第一届民族、民间音乐、舞蹈、戏剧观摩演出大会上,他演唱了《铁牤牛》(好力宝),通过《铁牤牛》述说了他对北京—乌兰巴托—莫斯科通车的欢欣心情,歌颂了毛主席对草原人民的关怀,歌颂了工人阶级的创造性的才能,歌颂了兄弟国家之间的和平与友谊:

"……

使社会主义的曙光

普照草原的铁牤牛,

把恩人毛泽东的慈爱

带给我们的铁牤牛。

……

工人阶级的力量

能够创造黄金的世界,

哪怕是钢、铁、山、石

都运用得像水一样自如。

……

从人民首都北京城

欢跃而来的铁牤牛,

又向蒙古和苏联

直奔而去的铁牤牛。"

毛依罕同志虽已五十岁了，但却刻苦钻研业务，虚心听取群众意见，不断提高演唱水平；并且努力的学文化、学时事、学习政策理论，以便更好的为祖国的社会主义建设和社会主义改造事业献出更大的力量。

草原上的说唱诗人毛依罕

李家兴

史料解读

史料原载于《光明日报》1956 年 1 月 14 日第 4 版。毛依罕是内蒙古草原上著名的说唱艺人。他作为内蒙古歌舞剧团的成员之一来到北京,演唱他为庆祝北京—乌兰巴托—莫斯科铁路的通车而创作的《铁牤牛》。毛依罕熟悉蒙古族的语言和日常生活,任何经过他叙述的事物总是有声有色,生动感人。毛依罕是在其母亲的启迪与帮助下走上说唱道路的。新中国成立前,他用自己的琴声和歌声抒发百姓们受压迫的怨恨;新中国成立后,他参加了内蒙古歌舞剧团宣传政治活动,他的表演受到广大群众的喜爱。该文认为,发掘更多这样的民间艺人,保护民间艺术形式,是文艺工作者义不容辞的责任。

原文

看过影片《草原上的人们》的人,也许还记得影片里有这样一个场面:在辽阔的草原上,散布着无数蒙古包。蒙古包前,一个身材壮健的老艺人正在说"好力宝"①，他一面拉着四胡，一面唱着。牧民们怀着极大兴趣凝视着他，他们的整个身心仿佛都被说唱吸引住了。这个老艺人就是驰名于内蒙②草原上的说唱诗人毛依罕。这个场面是他真实生活的写照。

最近，毛依罕作为内蒙古歌舞剧团的成员之一来到北京，唱了他最近创作的诗篇《铁犍牛》。在诗篇中，诗人满怀热情地歌颂了北京—乌兰巴托—莫斯科铁路的通车，歌颂了毛主席对草原人民的关怀，和兄弟国家之间牢不可破的友谊。诗人亲切地称火车为铁犍牛，用自己特有的语汇，描绘了如画的场面：铁犍牛吐着浓烈的青烟在锡林郭勒草原上奔跑如飞，大路小路上塞满了观望的人群，连马儿也翘翘尾巴，挺挺鬃毛，跟着铁牛狂奔。铁犍牛给草原上的人们带来了幸福。在温都尔庙的合作社里卸下山一样高的货物，牛羊饮着用新水车汲上来的流淌着的清水，高头大马拉着马拉打草机在草原上驰骋，果汁顺着孩子们的嘴往外流，绛红翠绿的绸头巾盘在姑娘们的头上……生动而形象的描述使我们仿佛亲眼看到了北京—乌兰巴托—莫斯科铁路通车以后草原人民生活的变化，具体地感受到草原人民的欢欣。在诗篇中，诗句是那样的朴实、美丽，诗人的情绪是那样的热烈饱满，他用明快的节奏唱着：

> 把玉石雕刻成宝贝，
>
> 是艺术家的本领，
>
> 创造出稀罕的铁犍牛，
>
> 是劳动者智慧。

虽然北京的观众大部分听不懂他的诗句，但是，那振奋人心的调子，愉快而富有感染力的表情，以及音韵的优美动听，依旧把人们吸引住了，一阵阵笑声不断地在剧场中响起来。

内蒙古歌舞剧团宝音达来同志告诉我，毛依罕是一个生根于民间、很有才能的即兴诗人，和苏联著名的民间诗人江布尔很相像。他知识丰富，熟悉蒙古

---

① "好力宝"：是起源于内蒙古东部地区的一种说唱诗的形式。大都以四胡伴奏。它具有灵活的特点，可以随编随唱。它在内蒙古是群众十分喜爱的一种说唱形式。

② 编者注："内蒙"应为"内蒙古"，后同。

人民的语言,热爱生活,而且对生活具有敏锐的观察力。他能够随时拿起四胡来,把他接触到的事物,很快地用诗的语言叙述出来,而任何事物经过他的叙述,又总是有声有色,生动引人。他平时的谈吐也和一般人不同,语汇丰富,描述生动,谈话中往往穿插一些诗句。

毛依罕的母亲也是一个很有才能的即兴诗人,能编诗唱诗,又能吹笛子,拉胡琴。毛依罕小的时候,他们的家搬到了另外一个旗里,父亲出外干活,离乡背井的母亲生活很孤独,又常常受到异乡人的歧视。但是即使在最困苦的生活中,母亲也从来没有皱过眉头,她总是这样乐观。当一天辛勤的劳动结束以后,母亲在蒙古包里点起牛粪火,把小毛依罕抱在膝上,开始用委婉的声音唱起了思念家乡的诗篇。

母亲的诗篇在毛依罕的生活中起着重要的作用,从七八岁起毛依罕就学会了唱诗。十几岁的时候,毛依罕只要听到说书的来了,无论路有多么远,他都要赶去听,有时一连听好几天。听的时候他细心地研究内容,学习艺人说唱时的表情,回家以后,没有胡琴,他就用两根木棍子来代替。母亲看他喜欢说唱,给他找了一把破胡琴。但是,家里的长辈们认为说唱是乞丐干的事,非常反对。于是,毛依罕常常在晚间借口替别人作伴,偷偷到外面去说"好力宝"。一直到他的说唱有一些成绩的时候,才打破了家庭的阻拦。

毛依罕用的那把四胡,古色古香,琴身全部是用骆驼骨和贝壳作成的。这把四胡跟随着毛依罕已经将近三十年了。这是他二十二岁的那一年,哲里木盟扎鲁特旗宝土拉太村的全体老乡为了对诗人表示感谢和鼓励,特地集了钱请匠人做的。这把胡琴表现了诗人毛依罕和人民群众的密切联系。

几十年来,毛依罕拿着这把胡琴几乎走遍了草原的各个角落。解放前,他曾经挨过封建贵族的皮鞭,受过饥饿、寒冷的痛苦。他用自己的琴声和歌声反抗了那个旧社会,暴露了它的罪恶和黑暗。他的诗篇引起老乡们感情上的共鸣。他们常常在晚上聚集起来,点上火,把毛依罕请来,请他描绘一下某一个压迫者的嘴脸。每次,当毛依罕用强烈的仇恨、形象的语言挖苦了这些人之后,老乡们仿佛吐出了心头的怨气。

内蒙古解放以后，受压迫的艺人敏锐地感到人民政治生活根本的变化，带着翻身的喜悦心情，毛依罕志愿参加了内蒙古歌舞剧团。几年来，在每次政治运动中，他都自动地拿起四胡，到处去宣传。老乡们反映：听干部们做几天的报告，也不如听毛依罕说一夜"好力宝"接受得快。在抗美援朝运动中，他还不大认识字，每天戴上老花眼镜，吃力地读报。他根据报纸上的材料，编了黄继光、邱少云等人的英雄故事，到处演唱。有一次，草原上的雪下得齐腰深，马都不能走动了。毛依罕想到志愿军作战的艰苦，依旧不顾一切地出去唱"好力宝"，晚上就在雪地里睡觉。有一个喇嘛在他的鼓动之下，一个人捐献了一头牛。由于他饱满的政治热情，和对人民事业的贡献，他被称为内蒙古民间艺人的旗帜。他得到人民的信任，被选为内蒙古自治区政治协商委员会委员，内蒙文联常务委员和呼和浩特市人民代表。

在团结民间艺人的工作上，毛依罕也竖立了良好的榜样。去年内蒙古自治区音乐、舞蹈、戏剧观摩演出大会举行的时候，一个落后的民间艺人看不惯毛依罕的进步表现，他拉起四胡，唱诗来讽刺毛依罕。毛依罕默不作声地听他唱完了，也拿起四胡唱起来，用诗歌回答了他的讽刺。他向在场的民间艺人们诉说共产党和毛主席的恩情，说着，说着，那些民间艺人都感动得哭了。那个几年来始终落后的艺人，受到了一次极大的教育。

在草原上，毛依罕到处受到欢迎。老乡们只要听说毛依罕下乡了，立刻派快马来迎接他，有时几个村的马同时赶到。他就一连几个钟头地说，说完一处又到另一处，有的时候从黑夜一直说到天亮。牧民们都拿最好的东西招待他，战士们亲切地称他为老爸爸，热情地要拿自己仅有的钱买酒给他喝。甚至在这次来到北京以前，当他以人民代表的身份到草原上去视察的时候，群众还是一个劲儿地留住他请他说唱。内蒙古歌舞剧团的其他成员来到北京之后，打了二次电报才把他催来。

毛依罕解放前是一个没有文化的艺人，连自己的名字都不会写，当他拉起四胡来的时候，优美的诗句滚滚而出，放下四胡，事过境迁，又把诗句忘了，多少珍珠般的诗篇就这样被湮没了。解放以后，诗人每天努力学习文化，现在蒙文已经达到了初中程度,能够记录自己的创作,《铁牤牛》就是诗人用笔写下的第一篇作品。

像毛依罕这样生根立足在民间、深受人民群众喜爱的诗人,在我们民间还有很多很多,发掘这些江布尔式的人物,帮助他们整理创作,使我们各民族的文化更加丰富起来,是专业文艺工作者的责任,而这项工作,应该说目前还做得很不够。

蒙古族民间歌手毛依罕的诗

托　门

史料解读

　　该史料为研究毛依罕诗歌的论文,原载于《民间文学》1962年第3期。
毛依罕是蒙古族优秀的民间艺人。他创作了许多优秀的"好力宝"作品,其
中既有讽刺和揭露旧社会的罪恶的《可恨的官吏富翁》《虚伪的社会》等,还
有大量礼赞社会主义新生活的作品,如《铁牤牛》《呼和浩特颂》《慈母的爱》
《说唱艺人的今昔》等。毛依罕通过演唱"好力宝",唱出了旧社会的黑暗与
不平,唱出了新社会的优越与自豪,更表达了底层人民对未来美好生活的憧
憬。毛依罕善于通过蒙古族人民所熟悉的事物形象地表达他的思想,他的
演唱语言丰富、生动形象并且通俗易懂,深得蒙古族人民的喜爱。他的诗歌
始终歌颂党的英明伟大,并且常常交织着对新事物的歌颂与对旧事物的批
判。他善于运用"好力宝"的赞词和嘲讽词的艺术手段来表达自己对生活的
观察和思考。

原文

　　毛依罕是蒙古族优秀的民间歌手。1901年他生在内蒙古扎鲁特旗的风景
优美的塔宾村。他的父亲桑杰是个贫苦牧民。因家庭生活贫困,当毛依罕生后

刚一个月便被送到伯母家（也是贫苦牧民）抚养。

他的伯母是个很有威望的民间歌手，民间诗歌滋养了他的童年。从十六岁起，毛依罕就学起了胡琴，经常去邻村近舍演唱。他善于学习老艺人们的演技，他勤学苦练，所以在群众中逐渐受到了欢迎。但是他的生活仍旧是一贫如洗。

他和其他民间歌手一样，在旧社会受到歧视，被骂做是"拉马尾巴的讨食鬼"。也曾受过王爷、总管们的折磨。但是，为了生活他不得不到处奔波。毛依罕走遍了阿鲁科尔沁旗的所有村庄，也到过奈曼、达尔罕等旗。在他的"好力宝"里唱出了人们对未来美好生活的憧憬，唱出了旧社会的黑暗与不平。

自从共产党的光芒照亮了草原，毛依罕和其他劳动人民一样翻了身。土改中他分得了十二头牲畜和许多衣物。他认识到共产党是为人民谋幸福的政党，所以编了不少"好力宝"歌颂了党的英明和伟大。内蒙党委有组织有计划的团结教育了民间艺人。毛依罕也参加过民间艺人训练班，从而他的觉悟逐渐提高，自愿参加了革命工作。

解放前他的即兴创作很多。但是，由于旧社会对民间歌手不重视，没有人整理过他的创作，自己又没有文化，唱完也就忘了。然而从他记忆里留下来的部分"好力宝"、诗歌里，可以看出歌手辛酸的过去；可以看出他对旧社会的憎恨；可以看出他对劳动人民真挚的热爱。他编唱的《可恨的官吏富翁》、《虚伪的社会》等"好力宝"，尖锐地讽刺和揭露了旧社会的伪善面目。他唱道："遇见穿绸缎的人，卑躬屈膝的社会；见着披布扎绳的人，不让安生的社会……"

毛依罕本身是个受压迫者，生活在民间，深知劳动人民的疾苦，所以才唱出了劳动人民苦难的心声。

经过漫长的、艰苦的岁月，蒙古族人民终于得到了解放，人民翻了身，歌手也翻了身。从此，毛依罕才踏上了创作繁荣的道路。在他的胡琴和歌声里，再也听不到悲哀、怨恨的曲调了。他看到了天变、地变、山也变，他抑制不了内心的喜悦和激情，便放开了奔放的喉咙，热情地唱起赞颂伟大的党、伟大的毛主席、伟大的民族政策的赞歌。正因为如此，歌颂社会主义社会成了他创作的基本主题。几年来，他创作了五十多首"好力宝"和诗歌。其中比较成功的有：《铁牤牛》、《呼和浩特颂》、《慈母的爱》、《说唱艺人的今昔》等等。在创作数量上已大大超过了以往,作品的思想性和艺术性都有所提高。

《铁牤牛》(火车)是毛依罕近年来创作中的一篇优秀的"好力宝"。在这篇作品里,他以"我是说今道古的人","好讲故事的人"的第一人称手法,通过《铁牤牛》,满腔热情地赞美了社会主义建设的辉煌成就,少数民族生活的改善,工人阶级的才能和智慧,党中央和毛主席的英明伟大。他运用蒙族①民间广泛流行的"好力宝"这一演唱形式,从各个角度细腻地塑造了"铁牤牛"的艺术形象:

> 胸膛那么庞大,
>
> 头颅脖颈那么端正,
>
> 眼睛眉毛配的妙,
>
> 力气巨大,铁牤牛!

> 山一样的货物,
>
> 顿时送走的铁牤牛,
>
> 赶了遥远的路,
>
> 也不休息的铁牤牛!

这样雄伟、力大无穷的"铁牤牛"到了草原之后,促进了草原上的社会主义建设的发展,和人民生活的改善。它搬运着"煤块和矿石"、"白桦赤松",使城乡关系日益密切起来。它运来了各种建设器材和机器,还有五光十色的百货。

毛依罕不止一次地叙述和赞美了"铁牤牛"的威力和性能,并且把读者带到了广阔的草原,看到火车在飞驰,人们兴奋地喊叫和欢欣的景象:

> "嗬唉,铁牤牛在奔跑哪!"
>
> 人们兴奋地喊叫着,
>
> 儿童和婴孩,
>
> 举着白嫩的胳臂在招手。

---

① 　编者注:"蒙族"应为"蒙古族",后同。

黑狗花狗一大批，

跟着铁牛汪汪叫，

前前后后欢跳着，

撵不上它才站下来……

牧马的青少年，

手握着直直的套马杆，

放开骏马全力去追赶，

然后扯住嚼子站下看……

这是多么生动、优美、逼真的描绘啊！它真实地反映了人们第一次看到"铁牤牛"在奔跑时的惊奇、欢乐的情景。歌手在这里用细腻的手法给读者和听众刻划了火车在草原上奔驰和人们欢腾的栩栩如生的图画。从而充分的反映了草原人们对社会主义事业的拥护和爱戴。"铁牤牛"的来临终结了过去用骆驼和马匹在炎热的夏天或严寒的冬天进行长时间艰巨的载运和旅行的艰苦，给人们开辟了幸福的道路。

歌手不仅赞美了"铁牤牛"的威力、性能和给草原带来的幸福，而且深入一步地提出了"铁牤牛"是谁做的？它怎飞到了草原的问题。从而满腔热情地歌颂了创造一切财富的工人阶级与伟大的中国共产党和毛主席。这就使这一"好力宝"的主题思想更加鲜明起来。歌手是这样回答第一个问题的："雄狮勇猛，是由于它跳涧过岭；使钢铁活动奔驰，是因为工人的本领……"接着他颇有风趣地描写了制造火车的过程："那些金银铜铁，象干牛粪一般燃烧，直径、弯曲、圆形、空管，扣得眼对眼、铆对铆。沉重巨大的铁榔头，那么有力地捶打着……""把那些钢铁怪物，又巧妙地焊到一块……"这一段描绘所以引起人们的兴趣是因为艺人运用了蒙族人民最熟悉的一些比喻和浪漫主义的手法。"金银铜铁，象干牛粪一般燃烧"，对蒙族读者来说，干牛粪是多么熟悉呢！而工人竟能使金银铜铁象干牛粪一样燃烧起来，又是多么有才能的表现。初看"铁牤牛"的人，以为它是个怪物，而稀奇也是很自然的。艺人就按着人们的心理，把它说成是巧妙地焊到一块的"钢铁怪物"。可是毛依罕并没有把它说成是凭空产生的，相反，是工人们按着"设计的蓝图"制成的。这样的形容和夸张似乎有些粗糙，但产生的实际效果却是良好和亲切的。

歌手在"好力宝"的第一段里就唱出了"铁牤牛"是从各族人民的首都——北京，欢跃而来的："从人民首都北京城，欢跃而来的铁牤牛……""从远古时代起，初到锡林郭勒的铁牤牛。"毛依罕清楚的知道，远古时，"铁牤牛"所以没有来是因为统治阶级对少数民族的苦难生活毫不关怀的结果。它今天所以到了草原，是因为有了各族人民的领袖和救星——党和毛主席的慈爱。所以歌手唱道："使社会主义的曙光，普照草原的铁牤牛；把恩人毛主席的慈爱，带给我们的铁牤牛。"

歌手毛依罕，通过《铁牤牛》赞颂了党的民族政策的辉煌、恩人毛主席的慈爱、工人阶级的智慧和才能。正因为如此，"铁牤牛"才越过了千山万水，横跨了沙漠，来到了内蒙古的锡林郭勒草原，给牧民带来了极大的幸福。艺人同时以巧妙的手法，描绘出社会主义时代的牧区面貌：它再也不是贫穷落后的草原，而是新的、欣欣向荣的、欢乐的社会主义草原。总之，在《铁牤牛》里反映的面是广的，思想性和艺术性也是较高的。因而可以说：《铁牤牛》是近年来在我们内蒙文坛上出现的一朵鲜花。

祖国的一天等于二十年的跃进步伐，时刻打动着歌手的心。当公布第一个五年计划时，毛依罕在《繁荣的计划，幸福的蓝图》里赞扬了这一宏伟的计划。他看到全国人民一致拥护并早日实现它的决心。同时，他以极其乐观主义的精神展望了幸福的未来。他唱道："撒下五年计划的幸福种子，将结下丰美的社会主义果实。"

第一个五年计划胜利地完成了，在祖国的各地兴起了一座一座崭新的工业城市和文化基地。象呼和浩特，这个历来被反动统治者当作剥削、掠夺蒙族人民财富据点的，荒凉的塞外原野。也起了惊人的变化。工厂的烟囱林立，高耸入云。"龙须沟"成了散放花香的公园和人工湖。新城和旧城，这"分居的姊妹和好了，她们用高楼大厦携起手，她们以成串的路灯做了项链"。还有油光闪耀的柏油马路,引人向往的剧院——"乌兰恰特"(红色剧院)和电影宫,还有培养工农牧子弟的高等学府等等,这一切都使这个人民歌手和诗人的心不能平静,于是他怀着欢乐兴奋的心情,创作了《呼和浩特颂》,通过它,歌唱了五年计划的胜利完成。他深深地体会到这是党和毛主席的恩情。他唱出了蒙族人民内心的语言:"翻开蒙族的万卷历史,哪一页上也找不到的记载——只因为有了您啊——毛主席,人民才创造了梦幻般的奇迹。"

歌颂党的英明伟大,在毛依罕的"好力宝"里象一根红线一样贯串着。这是和他在旧社会的年月里,经历和目睹过反动统治者如何践踏人民群众是分不开的。毛依罕是从黑暗里和人民群众一起被解救出来的,所以对光明的感受尤深。

在《慈母的爱》里,歌手热情地歌颂了党,同时把党和母亲作了恰当的比喻。母亲——这是用尽了辛苦的劳动,抚育着人们成长起来的,是包括着善良可亲,有无限慈爱心的概念。人们一提到母亲,总是会产生说不尽的感激和敬爱的心情。失掉母亲的人,往往讲出许多关于母亲的怀念和回忆。毛依罕通过母亲——这一光荣正大的形象,和党——这亿万人民的领导者和抚育者,抒发了他火一样炽烈地对党和母亲的爱戴之情,表达了他将永远忠实于党的决心,并终身不忘党和母亲的恩情。

在这个"好力宝"里,他以老人的口吻巧妙地说出了许多生活的真理:"你想捉住小豹子,得有刚强的意志;你要让老幼称道,就应当克服骄傲。""当你渴了要喝水,应当想起挖井人。"接着他就以母亲的恩情,衬托了党的恩情的深厚:"温谆亲爱的母亲,比烈火还要炽烈,光荣的党的恩情,比太阳还要灿烂。"

党,正象亿万人民的母亲一样,关怀着人民的幸福,以科学的智慧,武装了人们的头脑。歌手歌颂了党把人们从奴隶枷锁中解放出来的美好情景,党"用工厂"装饰了草原,在乡村、牧区"栽遍了合作的花朵",英明的领导着我们踏上了社会主义的广阔道路。正因为有了党,各族人民才团结得亲密无间,享受着自由的权利。毛依罕在这首"好力宝"里,深深地感激和颂扬了党的千古流传的功勋,并表露了歌手自己的——也是千万人民的衷心誓言:

向抚养我的白发母亲，

表露我这颗赤子之心，

为了千千万万穷人的幸福，

愿将我的生命献给党的事业。

敬爱的党——我慈爱的母亲，

请听我发自内心的誓言：

为祖国，为人类的解放，

我愿接受任何艰巨的考验。

即使遇上高山峻岭，

决不寻找漫坡捷径，

就是碰见怒涛的海洋，

也将毫不犹豫地勇往前进。

　　歌手在"好力宝"的末段，叙述了假如脱离了党的领导，就象"鲸鱼脱离了海水一样"，他召唤人们，紧密地团结在党的周围，为建设美好的明天，高歌猛进。

　　在毛依罕的"好力宝"里，歌颂新事物，反对旧事物二者常常是相互交织的。他的《说唱艺人的今昔》是一首致民间艺人的"好力宝"。在这里，他痛苦地回忆了过去艺人们所遭到的苦痛和新社会所获得的权利，把二者作了鲜明的对比，并告诉艺人们应当赞颂什么，反对什么。

　　艺人在过去缺食缺衣，受冻挨饿。经常嗓门说得嘶哑，也弄不到一顿饱食。家里的妻子儿女，常常因为生活的穷困而悲叹和痛哭。王公、财主们骂他们是："一群绝子绝孙的讨食鬼。"可是在新社会里，毛依罕把民间艺人比做是"新奇的鲜花"。这是因为："火红的太阳在高空，照耀着黄金般世界；共产党的伟大光芒，照耀着草原人民的心窝。"

　　艺人们也不例外，他们如同"打开了蒙古包的天窗"看到了光明。他们从苦难的深渊，登上了"快乐的海岸"。看到的一切，无论是工厂矿山、田野和牧场，都成了赞美的对象。他们还可以当选为模范、人民代表。伟大的领袖毛主席也和艺人握手。他们所唱的诗句，被印成书籍，译成五种文字，广泛地流传。

毛依罕在这个"好力宝"里，除赞扬新社会，痛斥旧社会外，还明确地唱出了人民歌手的职责是：对光辉灿烂的新生活要赞颂，要为人民立功的英雄们编赞歌。而对那些挡路的绊脚石，和那些自私的个人主义者，则应当无情地去鞭挞和不留情的嘲讽。从而可以看出：他不但热情地歌颂着祖国的伟大建设的成绩，而且同资产阶级思想残余进行着斗争。

在"大跃进"的年代，毛依罕及时地反映了农村、城市和牧区的跃进局面，人们的冲天干劲和向大自然索取财富的斗争。如：通过《哈拉毛都村即景》，描绘了当地人民，在党的领导下，根治世世代代泛滥成灾的乌力吉木伦河，修建起巨型水库的英雄事迹。还有，《人人都来讲卫生》等等。

毛依罕不但是"好力宝"的作者，而且是"好力宝"的演唱能手。"好力宝"，这是蒙族传统的民间文学的独特形式，它本身有着即兴诗的性质。艺人们对一件新事物可以通过"好力宝"很快地反映出来。因而它是配合当前政治斗争进行宣传工作的有力武器之一。

毛依罕的"好力宝"是有很多艺术特色的。首先他善于运用"好力宝"的赞词和嘲讽词的这一类型。相反，戏剧性或辩论性的"好力宝"在他的创作活动里是很少的。特别是在他解放后的创作里，赞词的"好力宝"占绝大多数。如：《五月之歌》、《呼和浩特颂》、《铁牤牛》、《繁荣的计划，幸福的蓝图》等等。

歌手毛依罕在他的创作里运用了许多巧妙的艺术手法。他善于用"好力宝"的体裁，以第一人称编唱诗歌。如在《铁牤牛》里，他就象讲民间故事一样很自然地、合乎逻辑地唱出了反映客观情况的、优美动人的故事。他以"我"讲一段"铁牤牛"的手法，为赞扬"铁牤牛"，创造了有利的条件，从"铁牤牛"的传说起演唱到现实——从北京开来，往蒙古、苏联驰去。在这一叙述过程里，歌手就突出地刻划了草原面貌的改观、工人阶级的才能、党的英明等。毛依罕很熟悉正面描绘的手法。如：

> 吐着浓烈的青烟，
>
> 奔跑如飞的铁牤牛，
>
> 在那锡林郭勒的原野上，
>
> 骄矜驰骋的铁牤牛。
>
> ——《铁牤牛》
>
> 汽车和摩托车在飞奔，
>
> 象江河里游泳的鱼群，
>
> 卡车上装运着建筑器材，
>
> 汽车上载满了欢乐的客人。
>
> ——《呼和浩特颂》

从这两段里，我们可以看出艺人对"铁牤牛"和呼和浩特市的正面赞颂。在其他"好力宝"里以这种正面描写手法赞扬的诗句也是很多的。

毛依罕还善于以客观的反映，烘托主要歌颂的形象。这样烘托的结果使被刻划的形象越加清晰和鲜明。如在《铁牤牛》里，他通过牧场上的马群、荒野上的野羊的动态，生动地反映了"铁牤牛"初到草原的情景："正吃草的众马群，欢腾的挺鬃又翘尾！跟随着铁牛在狂奔，抖动着耳朵注视它。荒原上的野羊群，领着小羊去追赶，直从铁牛前面飞过去，有的撵不上往回返"等等。

诗歌描述人们的心理活动，并不是一件很容易的事情。这需要艺人以最精炼的语言，反映出人们内心活动的特征。毛依罕长期生活在群众中，所以对群众的内心活动和要求是比较了解的。毛依罕是以插话的方法在"好力宝"里反映人们内心活动的。如在《铁牤牛》里，当铁牛运来机器后，他以下面几句插话就充分地表露了牧民内心的喜悦："嗬哝，这家伙真不坏呀！……""往后再买它一架呀。"又如，当描写人们初次看到火车在飞驰时的兴奋心情时还用了这样一句插话："嗬哝，铁牤牛在奔跑哪！"虽然都是简单的插话，但它却有力地反映了牧民的喜悦和内心的要求。

毛依罕的"好力宝"所以显得生动、活泼、优美，使人愿意读，愿意听，这是和他在艺术构思过程中，增添自己的美妙幻想，以浪漫主义手法进行创作分不开的。如在《呼和浩特颂》里，反映解放后人民城市繁荣的景象时，是这样形容新城、旧城相隔情况的消失，而形成一座完整的，现代化大城市的：

　　　　自从城头红旗飘，

　　　　分居的姐妹和好了，

　　　　那一排排的高楼，

　　　　就象玉石雕刻的山，

　　　　那一串串的路灯，

　　　　却象闪闪发光的珍珠。

　　　　她们用高楼大厦携起手，

　　　　她们以成串的路灯作项链。

　　　　整齐苍翠的林木，

　　　　象排列开来的绿伞，

　　　　站在马路两旁，

　　　　向人们摆动着枝干。

　　从这里可以看出歌手毛依罕的构思力和艺术技巧。他把两个城比做"姐妹"，本应同居，可是在统治阶级的压迫下，她们只好"分居"。解放后，她们"和好了"，人民建立了"象玉石雕刻"一样美丽的、"山"一般高的"高楼"，使她们"携起手"。在艺人的眼里，圆形的玻璃路灯，却象"珍珠"一般艳丽，"闪闪发光"，成了这姐妹们的"项链"。路旁的树，却象"绿伞"一样繁茂整齐，似乎也在以欣喜的心情向行人们"摆动着枝干"。这样以浪漫主义的手法塑造出来的城市形象，给人一种非常清新、舒适、愉快的感觉，使人无形中产生对呼和浩特市的热爱。

　　歌手毛依罕演唱的语言是丰富、生动和通俗的蒙族人民所惯用的语言。他的词汇是这样丰富：每当演唱前，只是构思一下情节，在演唱时就能象流水一样自然地、用艺术语言唱出动听的诗句，就象故事里的人物在听众面前活现一样。这是和他生长在民间，学习和锤炼人民群众的语言所分不开的。

　　毛依罕的"好力宝"绝大多数是有韵头的，是分段的，唱起来顺嘴，听起来入耳。另外他还有着熟练的演唱和伴奏的技巧；他嗓音清朗，各种音律，有时愉快，有时幽雅，有时停顿叙述，加上民间艺人的表演姿态，甚为吸引听众。

正因为他的"好力宝"有着许多特色，所以传播的面也比较广，当他演唱时听众很多，从 1953 年以来，他的十八篇"好力宝"被内蒙古人民广播电台录取，经常向广大听众广播。他的《好力宝选集》已译成汉语，被广大的读者欣赏着。

但是，在毛依罕的"好力宝"里也有不够精炼的。希望老歌手总结自己丰富的创作经验，更加密切与作家、诗人的联系，互相取长补短，不断提高作品的质量。我们等待着老艺人创作出更多更好的"好力宝"来！

画家笔下的人民歌手

——看姜燕同志的一幅描绘毛依罕的肖像画

刘嵩柏

史料解读

　　该史料为随笔,原载于《草原》1979 年第 7 期。该文章介绍了姜燕为毛依罕创作肖像画的始末。

原文

　　蒙古族民间艺人毛依罕是我区一位受广大群众欢迎和爱戴的优秀歌手。他在长期的艺术实践中,以优美的艺术表演,响亮的歌喉,独特的演唱风格和全心全意为人民服务的革命精神,度过了不平凡的一生。他十三岁开始学艺,解放后投入革命的怀抱,开始发挥自己的艺术才能。在党的关怀教育下,他长期深入农村、牧区,到边远的蒙古包里,送歌献艺,纵情歌唱新中国,歌颂共产党和毛主席,歌唱民族团结和新的幸福生活。他的好来宝《铁牤牛》等受到了文艺界的高度评价和群众的热烈欢迎。他热爱人民群众,人民群众也热爱他,他走到那里那里就扬起欢迎的掌声。因而人们亲切地说:"在草原上,毛依罕的名字是和星星月亮一起为人们所熟知。"由于他获得的不少荣誉,受到从中央到自治区各方面的重视。一九五六年著名女画家姜燕同志来内蒙古参观访问,曾专程访问了他,并以自己擅长的工笔重彩画法,为他画了一幅构图完整,用笔描绘精细、设色淡雅、形神兼备、具有中国传统风格的肖像画,以表示对这位著名民间歌手的敬意。这幅画中的毛依罕穿着宽大整齐的蒙古袍,仪表堂堂、神采奕奕、端坐在演出厅中,手里拉着四胡琴,在进行演唱。这时的毛依罕正是五十一岁,宽阔的前额,肌肉丰满的圆脸庞,炯炯有光的眼神,充分表现出这位民间歌手中年时期进行演出时的仪容和风姿。画中这位民间歌手的胸前还挂着几枚奖章,表明这位歌手在当时所获得的各种荣誉。

姜燕同志是最早到我区参观访问的一位区外著名的女画家。她在画成此画后的第三年,即一九五八年十月,作为一个画家与郑振铎同志出国赴阿联访问,途中不幸因飞机失事,在苏联境内遇难。《内蒙古民间艺人毛依罕》这幅画是她传世不多的一幅肖像人物画。"画以人传,人以画传"。在艺术家笔下描绘的人民歌手的艺术形象,今天看来,使我们更加感到亲切和珍贵。

蒙古族民间艺人琶杰及其创作

托　门

史料解读

　　该史料是对琶杰的艺术创作的介绍性文章,原载于《文学评论》1959 年第 4 期。琶杰童年时就喜欢民间老艺人的演唱和说书,即使身在寺院也偷跑出去听故事。十五岁后终于获得了演唱的机会。在新中国成立前,琶杰除说书外,还演唱过许多好来宝。这一时期他体验到草原的苦难生活,但只是使用讽刺手法来发泄个人的不满。他参加了 1949 年内蒙古民间艺人训练班和 1950 年 11 月在张家口召开的民间艺人第一次代表会议,认识到文艺的战斗性和艺人的重要价值,明确了文艺应为群众服务的责任。他的创作具有鲜明特色:他把自己的创作同内蒙古自治区的重大历史事件密切地联系在一起,配合了当时的政治斗争;他的创作里富有浓郁的草原气息;他继承和发扬了蒙古族民间文学的特点和形式,增添了新的内容,使民族艺术形式更加光彩焕发;他创作的好来宝戏剧性极强,每个好来宝都差不多是一个小故事。他继承和发扬了蒙古族的史诗,对史诗进行改编,较好地传承了民族文学遗产。他不但取材于民间故事,改编和创作了很多长诗,而且会演唱许多中国古典故事。不过,他的部分作品也存在着公式化、概念化的缺点。

原文

一

老艺人琶杰今年五十七岁，他的好来宝和诗歌很动人，这是他从十八岁开始演唱所磨练的结果啊。过去，他只是演唱艺人，作品很少。解放后在党的培养下，这一位过去的普通艺人，现在已成了内蒙古的著名诗人和歌手。从他的成长过程里我们可以证实：一个普通工、农、牧民出身的同志，只要虚心地接受党的领导，克服创作上的一切困难，深入到群众的火热的生活斗争里去，是可以写出优美的诗篇的。

一九五一年二月六日《内蒙古日报》蒙文版上刊载了他的第一篇抒情诗《看见我的故乡啊，就自豪》。这是一篇充满了热烈的情感，歌颂了他的故乡——扎鲁特草原的美丽诗篇。从这时起，在《内蒙古日报》副刊、《花的原野》、《草原》、《鸿嘎鲁》、《内蒙古青年》等报刊杂志上我们经常可以看到他的好来宝或诗歌了。他的《互助合作好》、《两只羊羔的对话》、《英雄的格斯尔可汗》、《骏马赞》等作品都获得了读者的欢迎和好评。

琶杰过去的经历和千万个蒙族人民一样，是非常贫困和痛苦的。他生在内蒙扎鲁特旗回苏屯的一位贫穷的牧人家里，也是王府百家奴隶中的一家。琶杰八岁上就当了奴隶，不久就碰上王爷的儿子生了病，王爷许给寺院十名聪明伶俐的孩子，其中选定了琶杰；琶杰只好去寺院当喇嘛，在寺院里每天背诵着难以理解的古怪的经典。为了不会背诵，时常挨着大喇嘛的毒打，心里非常憎恨那些肥胖的大喇嘛。可是年纪小，抵抗不过，只好吞声忍气，这样，一直念到十二岁，才完结了应当背诵的"经典"。

琶杰童年时，他特别喜欢他祖父的朋友——民间演唱老艺人雪朋的演唱和说书。他那婉转的音律和动人的诗句，在琶杰那幼小的心灵里象珍珠一样被保藏起来，他憧憬着未来自己也能成个民间演唱艺人。从此，他开始学习简短的好来宝和诗歌。寺院离雪朋家很近，当讲故事的夜晚，他冒着挨毒打的危险，常常去偷听那些迷人的故事和传说。这就逐渐地使他对孤独的、寂寞的寺院,产生了厌倦心理,渴望着成个"普通的"、"自由的人"。十五岁时他终于从寺院逃回家去。当然,逃脱寺院在当时是不允许的。逃出来后却被寺院的人捉回去,还召开了苏古代(惩罚喇嘛的)会议,狠狠地打了他十五法杖。但这并没有削弱他成为普通人的意愿。到了冬天他又逃跑了,第二年春天他仍是被捕,又挨了几个法杖。这使他的性格更加倔强,对寺院的压迫更加痛恨,要求自由、解放的思想更加深了一步。十七岁时他又逃跑,被当时的旗政府逮捕了。这次,寺院对琶杰的态度更坏了,竟称他是"叛逆者",拷打得他昏迷不醒,要他发誓,永远再不逃跑,终身做信教徒。琶杰并没有答应。寺院打算把他交给官府判罪,但王府听说琶杰善于说书,想利用他给夫人解愁,所以出头干预了这件事。因而寺院"减轻"了他的"罪过",改用炒米、黄油、奶皮子、茶装满庙会用的锅①,作为"赎罪餐"。当喇嘛们吃他的"赎罪餐"时,琶杰则在庙门叩一百个头,直到他们吃完他还得站在庙门,不能离开。每年到罗斯尔②时琶杰要回寺院,无报酬地给讲故事。虽然成了"叛逆者",但仍属寺院,一生不准结婚。这就是所谓寺院的"减轻罪状"。

琶杰经过一系列的斗争,虽然没有能够完全摆脱寺院的束缚,但终究获得了演唱的机会。琶杰回忆说:"解放前我受尽了苦难,到处说书,走遍了内蒙的昭、哲、锡、察四个盟的二十多个旗……"在辽阔的内蒙草原上,他象晚秋的落叶一样,漫无边际地到处飘荡,受尽了王公和寺院的折磨。这苦难的历程使他对自由更加向往,在他的歌声或故事里充满了美好的理想和对统治阶级的反抗精神。如:他根据伪警察署长道尔吉的真人真事,就编了《道尔吉署长之歌》。歌中有这样的词句:"破晓前的阴黑里,狐狸和狼乱窜啊,侦察'思想不良'的,道尔吉署长忙的慌啊! 从黑夜嗥到天亮的,是饿狼的习气吧? 从夜晚串到天明的,

---

① 庙会用的锅体积甚大,可作几百人用的饭。

② 罗斯尔——系庙的集会。每年三次:腊月十九—正月十六,春季三月举办五天,秋季八月办三天。

是署长的风俗吧?"①这里,芭杰把"署长"和狐狸、饿狼做了对比,他们实在不相上下,被人们讨厌、鄙视和憎恨。从这里不难看出芭杰对当时统治阶级的态度和立场。

这一时期他还编唱过《桑杰塔力亚齐》、《色布金嘎》、《白虎哥哥》等歌曲,讽刺了喇嘛们的腐化生活。但是由于旧社会对艺人不加重视,作品没人整理,也就随唱随忘了。但是芭杰所演唱的主要故事是从中国古典小说中来的,如:《三国演义》、《水浒传》、《隋唐演义》、《两汉演义》,等等。这些故事虽然说的是汉族兄弟的故事,然而在蒙族中间却起过很大的积极作用。正如蒙古人民共和国学者策·达姆丁苏伦所指出的那样:"中国故事里的人物不是在祈祷,而是在斗争"。拿汉文译成蒙文的文艺作品和过去从梵文译的佛经、佛规、传记对比的话,《三国演义》等书的故事显然是有很大进步意义的。如我们从梵文译的《阿拉坦格日勒》的书中就有这样一个故事,故事大意是这样的:一个皇帝有三个儿子,他们在森林中游逛,碰上了生下很多虎崽的老虎。这只老虎一点东西也没吃着,眼看虎崽就饿死了。皇帝的小儿子生了怜悯的心,自己留在后面,让老虎吃掉了。就这样舍身行了善,积了大德,后世得到了荣华和富贵。类似的故事在《甘珠尔经》的《故事之海》中是不胜枚举的。过去蒙族人民在封建和宗教的思想统治下非常崇拜这些故事的主人公,把这些故事和经典放在佛前,当成至宝。对贫穷的人们认为是"前生注定",向神佛祷告,以赐幸福。可是从汉文译的《三国演义》、《水浒传》等则不是让人们祈祷,而是告诉人们要用活生生的流血斗争去争取自由,并不象佛经上所说的那样:"为后世行善积德"。所以这就有着唤醒人们的意志,去进行反抗斗争的鼓舞作用,并且通过这些作品的翻译,使蒙汉人民在思想感情上更加密切了。

这些故事被译成蒙语②后经过民间艺人的传播,深深地普及到群众中去。例如:一提到曹操(不论现在的评价如何),人们的心里马上会涌现出一个白脸的、阴险、狡诈、毒辣的奸臣形象。还有:程咬金、孙悟空、关羽等人物在蒙族群

---

① 参阅《蒙古历史语文》、一九五八年十一月号那·阿斯《介绍著名民间艺人芭杰》。
② 编者注:"蒙语"应为"蒙古语",后同。

众中都是熟知的。另外这些经典著作对蒙族作家也起了巨大影响。如：尹湛纳希的《一层楼》、《青史演义》、《泣红亭》等作品显然是在《红楼梦》、《三国演义》、《水浒》等优秀作品的直接影响下产生的。同样，芭杰在演唱这些故事里学得了许多人物塑造的艺术手法。如：他的《牧童哈塔恩巴特尔》(《内蒙古青年》一九五八年十九期)的打狼形象，可以明显的看出是受了"武松打虎"的影响。

芭杰在解放前除说书外，还演唱过许多好来宝。主要的有《格力布尔召》、《苏力赞》、《婚礼赞》、《骏马赞》、《故乡赞》等等。这一时期芭杰体验到草原的痛苦生活，但是由于他的环境和觉悟程度不高，并没有编唱出富于战斗性的诗歌，而只是使用讽刺手法来发泄个人的仇恨。他对庙宇的压迫有过反抗，然而那只是个人冲突，而并没有扩大成对整个阶级的反抗，这是时代的局限性。所以他也编过赞颂活佛一类的好来宝和诗歌。但是由于他接受了民间文学和中国古典优秀文学的影响和体验到劳动人民的生活感情，这对他以后的文艺创作却开辟了广阔的道路。

二

一九四五年日本鬼子终于被人民打垮了，紧接着人民革命的胜利，芭杰热情地迎接了这一革命的胜利。革命的胜利使他挣断了庙宇的锁链，成了真正自由的人。土改中他分得了胜利果实，被选为农会主席。在党和人民政府教育下，他很快地接受了革命道理，情不自禁地歌颂了党的伟大，以说书方式向群众宣传了党的政策。当时他几次曾被评为模范干部。旗委对他的说书才能很重视，鼓励他为人民创作新的诗歌，因而他写了《看见我的故乡啊，就自豪》。这首诗非常概括地说明了革命政权建立之后，如何把土地、森林交给了人民，芭杰的家乡成了自由的乐园，他以火一样的热情抒发了自己的自豪感：

高高的兴安岭被丛树点缀着，

山谷里的长角花鹿在奔跑，

连绵的山腰里黄羊结成了队，

啊，看到我美丽的故乡就自豪！

　　圣洁的泉水啊，遍地都是，

　　鲜艳的花朵啊，遍地盛开，

　　手拿套马杆子的牧民们哪，

　　看见这美丽的故乡就欢笑！

　　这里，他赞美了祖国的一部分，富饶的内蒙古自治区，艺人的家乡——扎鲁特旗的辽阔的、散发着花草芳香的草原。这里的人民解放了。他们的痛苦忧愁的面容，换成了快乐和欢笑，获得了自由的故乡就显得格外可爱。他们知道，这幸福的生活是党的领导，是党的恩情。同时，为了保卫胜利果实和建设更美好的生活，艺人召唤人们要大力发展五种牲畜，和时刻警惕美帝国主义破坏这和平幸福的生活。创作这首诗时还是由他口授，由一位小学教师笔录的。

　　党的教育和培养使他在创作上得到了很快的进步。他参加过一九四九年内蒙古民间艺人训练班和一九五〇年十一月在张家口召开的民间艺人第一次代表会议。会上听了乌兰夫主席的报告很为感动，体会到党的文艺政策和当前任务。一九五〇年参加了内蒙古东部区文工团后，在党的一系列的帮助下使他认识到文艺的战斗性和艺人改造思想的重要意义。

　　在新社会里，琶杰受到了尊敬，他深深地了解这是党和祖国的恩情。自从参加工作以来，他就积极地认真工作，正象他在一九五一年元旦那天说的那样：“过去受欺侮，被人看不起，现在国家这样关怀我，我一定豁出这个老骨头来为革命工作。”（见《内蒙古自治区民族民间音乐、舞蹈、戏剧第一次观摩大会纪念册》第一〇六页）正因为他有这样的决心和毅力，在党的领导下他及时地配合了政治任务进行了宣传工作。有时文工团在城市（主要对汉族观众）演出时他就一个人背着行李到附近牧区去演唱。同志们对他的帮助很大。例如：帮他找演唱资料，协助他编写故事等等。在这样的协助下，他以蒙古说书方式向群众演唱过《白毛女》，配合了土改斗争，当宣传婚姻法时他编唱过《婚姻自主》，在抗美援朝运动中他编唱过《杨根思》、《黄继光》、《中朝友谊》、《郭俊卿》等等故事。同时他还根据红军长征编了《长征的故事》。还编过歌颂英雄事迹的《赵一曼》、

《刘胡兰》、《丹娘》、《苏赫巴特尔》等故事。以上提及的是他根据文学作品或通讯报道改编演唱的一些故事或好来宝。一九五五年前，琶杰创作的作品数量虽然不多，但他明确了一点，就是文艺应为群众服务。他经过内蒙古东部区文工团的工作锻炼，使他不论在思想上，或创作技巧上都得到了相当程度的提高。

近年来由于内蒙古文化局、内蒙古作协分会的关怀，经常派专人去和他研究有关创作问题，帮助他进行创作。《花的原野》、《鸿嘎鲁》、《内蒙青年》、《内蒙古日报》编辑部也经常和他取得联系，给予一定的帮助。琶杰也很虚心地听取意见，并善于改正缺点，这就使他的创作得到较快的提高。解放前他没有读过书，创作上受了一定的限制。他用胡琴伴奏着演唱时很动听，形象也十分鲜明，也能运用延长唱词的方法弥补一些节奏上的缺欠。但是当写成文字时缺点就暴露出来。这就需要作家和翻译家的帮助，从文字上加以修改或补充。平时演唱好来宝，韵头只要对，固然就可以顺口编唱，然而往往在主题思想上不够突出，结构上也不够严密，这也需要作家和翻译家的协助，分清章节，把每一章节的中心思想突出，以《骏马赞》①为例，琶杰编的原是没有章节的一百八十五行好来宝。被整理者加工后就成了有序、有尾声和分成八段二百卅二行的好来宝，并且每段的情节和整个好来宝的主题也有了密切联系，每段都集中表现了一个问题。那么为什么原来是一百八十五行，结果却成了二百卅二行了呢？这是因为有些缺欠的地方，经过整理者和译者的加工，补充后形成的。如第一段全是"额"的韵头，但第二行艺人则不是用"额"字韵，而说成了"伊"（伊德儿贺格，即英勇、强大）。整理者根据蒙古传统韵律把它改为"额尔贺格"（即勇敢的、无畏的），这样就使前后韵律连贯起来了。又如原来把骏马为主人而立的战功，放在好来宝中间来演唱，把骏马的快慢性能放在结尾了。经过整理者加工，把骏马的血统、性能和在竞赛狩猎中的情节描绘出来后，才表扬了骏马的战功。这样就使骏马的性格很自然地、合乎逻辑地发展成为更加完整的形象，也纠正了好来宝的后一部分的松散现象。近年来内蒙作家、诗人为了完成培养民间艺人的

① 《民间文学》一九五八年十月号。

任务,确实下了很大的工夫,同时他们在这一工作中也从民间艺人中学到了许多民间文学的宝贵知识。

巴杰就是这样在党和内蒙作协分会的直接培养下成长起来的。一九五五年后他的创作一天比一天多了,艺术技巧方面也有所提高。这和他本身的努力也是分不开的。巴杰虽然年纪大了,可是他和年青人一样地热情,努力学习,努力创作。现在,他可以用本民族文字进行写作,他已经写下了许多优美动人的诗篇和好来宝。

当内蒙古自治区和全国一样进行轰轰烈烈的合作化运动的时候,巴杰也投入了这一运动。他看到了这一运动中的矛盾——有些单干户不愿入社。巴杰为了使他们认识合作化的优越性,就用巧妙的艺术手法创作了《互助合作好》。他通过两个青年人和一个老人的戏剧性的对话,说明了合作化的优越性。单干户老人的想法是:“太阳从来就孤单,为什么它能不断放光芒？我自己从小就单干,还不是活到了白发苍苍?”巴杰就针对着单干比入社好的想法给予了非常具有说服力的解答。他在叙述《互助合作好》时,把主要的情节安排在大风雪之后:单干户老人因为人力不足,马匹全被大风雪刮走。合作社因为人多,不但没有散失牲畜,而且帮助了单干户,把散失的牲畜给找回来了。单干户老人平时虽然听了许多宣传,可是对合作化的优越性仍有怀疑,这回当年青人告诉他:他那几匹被大风雪刮走的马已被合作社找到,并且很好地给饲养的时候,单干户老人才从切身利益体会到合作化确实比单干好,才从内心里说出了:

　　我老头这脑袋

　　已到春天还结冻……

老人这才开始转变了。《互助合作好》只二百四十七行,字数也不多,可是他刻画了三个人,各有鲜明的性格。老人对合作化有胡涂观念,年青小伙子对待老人有急躁情绪,不耐心,说他:“保持陈旧的观念,自甘落后不觉羞愧”,而老人听了后说:“这样年青的孩子,竟敢当面教训老人”,“在今天的新社会,强迫命令可不允许”等等。这就使他们之间的冲突更加尖锐,戏剧性更强烈,性格也就更加突出了。其中被描写得十分理智的是那位“女人”。她不着急,她批评了年青人不该用强硬的态度来对待老人，应该要耐心地进行说服。她看到单干户老人缺少劳动力，丢掉牲畜，就集中地说明了单干必然会遇到困难，而合作社劳动力充裕的好处。

这一好来宝是在内蒙古开展蓬勃的合作化运动中产生的。这时他深入到群众中去，晚间给他们演唱。群众是那样地欢迎他，甚至到深夜仍然围拢着他，听他的演唱。他白天看到那里有位老人不愿入社，晚上就把这事编到好来宝里。老人听了有道理，也就入了社。关于这一好来宝的创作过程，琶杰在去年召开的中国曲艺工作者代表大会发言中回忆说：

一九五五年我下乡到内蒙呼伦贝尔盟一个旗里去配合建社宣传工作。我到了乌兰毛都努图克，了解到那里有个中等牧户——老人，他有一个女儿是青年团员，在旗里工作，和一个已经入社的青年恋爱。他们俩都劝老人入社。老人思想保守，不愿入社。我就根据这事件编了《互助合作好》。这个老人看了这个好来宝后，他也入了社。

以同一主题，琶杰在一九五六年八月《内蒙古文艺》上发表了《两只羊羔的对话》。虽然都是反映了合作化的优越性，但是这一篇比《互助合作好》编得更为成功。这一篇好来宝是这样开始的：在温暖的春天到来的季节，牧业社的羊羔和单干户的羊羔在牧场上相见了。这两只羊羔可不一样，一只是：

肚子鼓的象罐罐一样，

胯下的筋肉可真丰满。

臀部长的象月亮，

这只羊羔可真胖啊！

胸脯胖的满圆圆的，

长的真象个油团团啊！

生的绒毛软绵绵的，

好象一个圆绒球啊！……

两只眼睛炯炯发光，

可真叫人希罕。

抖动它那两只小耳朵，

看它多聪明哪！

这里，琶杰赞美了一只肥得象月亮似地圆，绒毛又象绒球一样的羊羔。它健壮，"两只眼睛炯炯发光"，显得特别聪明伶俐，可以"飞也似的赛跑"，"象小鹿一样撒欢"。而另一只羊羔则和它完全相反：

肋条骨都看见了，

两只眼睛红肿了，

肚皮饿的贴在一起，

瘦的可真不象样啊！……

也许是，它靠着锅台睡，

头上的毛儿被烤焦啦。

也许是，在锅底下钻过，

你看它脑袋、脖子多黑啊！

不通气的鼻子直哼哼，

那只羊羔发烧了吧？

你看它身子直发抖啊，

咳嗽得多可怜哪！……

从它"肋条"，"眼睛"，"肚皮"上看瘦的可太厉害了。正因为这样，"看见个耗子洞，也怕得远远绕过"，"遇见一阵风，也慌得赶快躺下"。当然更谈不到"纵身跳跃"了。可是作者的目的不在于描写这两只羊羔的形象，而在于说明这两只羊羔的"肥"、"瘦"原因。但是这两只羊羔的刻画，对于解决作品的主题思想是起了很大的作用。

作者通过胖羊羔，说明了牧业社的劳动有组织分工："饲养羊羔的事情，由牧人旦巴来担当"。"照顾"得象"小孩"一样周到。有羊圈,也有堆积如山的饲料。所以虽然遭到过灾害,也是长的体强身壮。瘦羊羔瘦的原因是:它的主人没有参加牧业合作社,把它圈在蒙古包里,生怕它饿死,固然也喂饲料,却因劳动力不足,收割的饲料太少,因而小羊羔经常挨饿,自然就谈不上"上膘了"。主人老骂它"光吃不上膘",还常常用烧火棍打它。瘦羊羔诉说自己的苦情"直落泪",而胖羊羔听了"心中如针扎"。胖羊羔让瘦羊羔回去劝说它主人早日入社,社里的好处说不完。

这两只羊羔谈的是那样真诚、亲切。在分离时难分难舍。作者在《对话》的结尾,用这样的话来结束:"单干户老牧人哪,你还有啥犹豫?"

芭杰在这一篇《对话》里用幽默的口吻对单干户提出了恳切的希望——入社。对瘦羊羔作者又是同情,又是希望。两只羊羔在芭杰的好来宝里被刻划的栩栩如生:一只活泼、肥胖、健康,而另一只则是枯瘦、愚笨、衰弱。这一篇《对话》所以成功是因为它真实地反映了合作化比单干的无比优越性,并且鲜明地用对比和夸张手法塑造了两只羊羔的艺术形象。不止如此,更重要的是芭杰站在劳动人民立场上,清楚地看到了合作化道路的光明前途,坚信党的合作化政策的胜利。从这《对话》里也可以看出芭杰的拟人法的艺术构思力十分强,观察事物也十分细致。从《对话》里我们不难看出老艺人对社会主义牧业合作道路是何等热爱。

芭杰使羊羔对话这一艺术手法并不是独创的。在蒙古族的民间艺人桑达格的作品中就有《融化的春雪的话》、《被套住的黄羊的话》、《家狗的话》、《被捕的狼的话》,等等。[①]

当互助合作化在牧区胜利后,芭杰通过《两个青年的竞赛》、《牧畜哈塔恩巴特尔》反映了新人新事。在《两个青年的竞赛》里,他充满了热烈的、真挚的情感,歌颂了两个青年的友谊竞赛。他们的劳动热情是那样饱满,在劳动过程里,很自然地产生了友谊和爱情。这首诗里有这样的对话:

---

① 参阅《文学丛刊》,达姆丁苏伦主编,一九四一年,以及蒙古《火星》杂志一九四四年二期。

男：绿绿的果树成熟的时候，

　　金红的果子成熟的时候，

　　我和我最知心的朋友，

　　说上几句知心的话。

女：嫩绿的葡萄树爬蔓的时候，

　　紫红的葡萄成串的时候，

　　感谢我心爱的人哪，

　　你和我说了知心话。

男：我并不因为你美丽才和你接近，

　　看见你进步这才和你相亲。

女：你光赞成进步那还不成，

　　展开跃进的竞赛才算真情。①

全诗充满了从劳动中产生的热烈感情，使读者感到艺人对青年的热爱和祝福。使人感到这种劳动的热情友谊只有在没有剥削阶级的压迫下才能产生的。

他深入到基层，看到许多动人的事迹。他创作了《红旗人民公社》、《除九害》、《修水库》，参观包钢后写了《白音敖包赞》等诗歌，反映了人们在总路线的光辉照耀下的冲天干劲和城乡的巨大变化。

不论在这一时期或前一时期，在芭杰的创作里赞歌、祝词、献词都占有很大的比重。他不但是好来宝的演唱家，而且也是优秀的诗人和歌手。他热情地赞扬了伟大的党和毛主席："火红的太阳照耀着大地，毛主席使我们幸福无疆。"当内蒙古自治区成立十周年的时候，他创作了歌颂十周年辉煌成就的《内蒙十周

---

① 　见《文艺报》一九五八年第十九期，超克图纳仁·贾漫：《蒙古族的优秀歌手——芭杰》。

年颂》,热情洋溢地歌颂了民族政策的胜利。毛主席和赫鲁晓夫的会谈公报鼓舞了全世界爱好和平的人民。这一喜讯也传遍了内蒙草原。芭杰以满腔的喜悦编了《和平的喜讯》(《人民日报》一九五八年八月十二日八版),在这首诗里他歌颂了八亿人民的牢不可破的友谊,并以激动的心情表达了支持阿拉伯人民的正义斗争。这首诗里有这样生动的句子:

> 丁香树虽然多,
>
> 散发的香味一个样,
>
> 民主的国家虽然多,
>
> 爱好和平的心意一般同。
>
>
> 笔直的白杨树,
>
> 枝枝向上。
>
> 我们八亿人民,
>
> 心心相印。

芭杰对青年人抱着无限美好的期待,经常关怀着他们的成长。他教育青年人要以批评与自我批评的武器来彻底改造自己,树立坚强的、为人民服务的人生观。在《致青年》的好来宝里,他一方面赞美了人生宝贵的青春,同时提出了殷切的期待,让青年人锦上添花,象闪亮的珍珠一样纯洁。

此外,他还以豪迈的诗句,赞美和反映了草原的人们,在党和毛主席的领导下,不但以无比的干劲来建设社会主义,而且进行着史无前例的文化大革命。他在《献词》(《民间文学》一九五八年七八月号合刊)里具体而生动地描绘了这一景象:

> 草原本是个大歌山,
>
> 新歌谣好比万朵牡丹。
>
> 过去牛大的字不识一头,
>
> 今天的献词我来写。

胡须白苍苍的幸福老头，

脸蛋红朴朴的活泼小孩，

学起文化唱起歌，

歌唱总路线满山满坡。

　　芭杰虽然年纪大了，但他歌颂社会主义的热情却象"一团火焰"，他的诗歌却象"一眼喷泉"。在他的歌声里听到了草原幸福生活的回响，鼓舞我们更加信心百倍地去建设更加美好的未来。他不但抒发了自己的感情，而且表达了读者的心愿。

　　赞歌是蒙族人民的一种传统文学的体裁之一。每逢欢乐的节日，人们总要用诗歌来赞美一番。芭杰是民间优秀歌手之一，他继承了这一形式，增添新的、社会主义时代的丰富的内容。他善于运用了浪漫主义手法。他把民主国家比作"丁香树"，把爱好和平的意志比做"散发的香味"。这就使人感到民主阵营的可爱，可亲和意志的相同。他把青年人比做"珍珠"、"镜子"一样美丽、纯洁、珍贵。可是一旦染上了个人主义则变成了污秽，丑恶了。他就以这样最简明通俗的道理，说明了改造思想的重要意义。他以浪漫主义的手法把蒙族人民爱好歌曲的传统说成草原自古是个"歌山"。可是新民歌和旧民歌又不同，他把新的比做是"万朵牡丹"。这就使人感到新民歌的鲜艳和丰富多采。

　　芭杰的创作是有很多特色的：首先从他的创作里可以看出他把自己的创作同内蒙古自治区的重大历史事件密切地交织在一起，配合了当时的政治斗争。如在土改、抗美援朝、互助合作化、人民公社化等运动中他都能够深入到群众里去，以演唱的形式进行了宣传工作。在群众里，他边发现问题，边唱，边解决问题。每次下乡他的即兴创作总是很多的。其次，他的创作里是富有浓郁的草原气息。他的诗歌和好来宝会把读者带进辽阔的内蒙草原，看到那里人们的生活、思想和感情。由于他善于观察生活里所发生的一切矛盾，并能正确地、有分寸地处理这些矛盾，所以在读者面前所呈现的也是多种多样的草原上的人物形象。第三，他继承和发扬了蒙族民间文学的特点和形式（如：长诗，赞歌，好来宝，诗歌等等），增添了新的、社会主义的内容，使它更加光彩焕发。蒙古族的胡尔奇(艺人或胡琴家)在《元朝秘史》里已有记载。胡尔奇(艺人)的乐器很简单,把胡琴一背就可以走,因而这乐器和演唱形式很适合于蒙族游牧经济。老艺人芭杰现在也是一把胡琴,因而下乡很方便。演出时也不需要银幕,一个人连唱带伴奏很快就能引来很多听众。他能及时地编出合乎听众心理的、很动听的好来宝。他的宣传力很强,在宣传过程里也就包括了他的即兴创作。这种民族的演唱艺术形式是群众最喜闻乐见的,有时至深夜人们还留恋着听他的故事。第四,芭杰的语汇是丰富的,也正是我们许多蒙族作家学习的榜样。在他的演唱里用的是生动、朴实、通俗的蒙族人民的语言。因而群众易于理解,便于接受。由于他熟习生活,只用几句就能刻画出较生动的情节和概括的艺术形象。第五,芭杰的好来宝里戏剧性较强,每个好来宝都差不多是一个小故事。而且从对话里很明显地可以看出主要人物的性格,立场和生活。每个主人公所讲的话又很合乎他的身份。正因为芭杰的创作具有这些特点,所以在思想性和艺术性上都是比较高的,普及的面也是比较广的。

三

芭杰不但创作了许多好来宝和诗歌,歌颂了我们伟大的社会主义时代,他还继承和发扬了许多在民间流传的史诗、好来宝和诗歌,丰富了自己的创作。这些民族的珍贵的遗产,经过他的加工,有了新的内容。他保存下来的有:《英雄的格斯尔可汗》、《骏马赞》、《镇德恶魔的故事》等等许多作品。

《骏马赞》是芭杰发扬民族遗产方面的一个很好的例子。在蒙族人民的牧区生活里,马占有很重要的地位。牧人们每天都离不了马,它成了生产上的主要工具之一,在攸长的岁月里就形成了牧人的最亲密的伴侣。蒙族的许多史诗、故事里,如:《格斯尔传》、《江格尔传》、《成吉思汗的两匹骏马》等及其他作品里,总是把马的性能夸大,描写得懂人的语言,给主人出主意,飞山越岭,常常去协助主人完成丰功伟绩,等等。总之把它刻面得非常理想。民间有很多赞词,诗歌和传说等来赞美人们心爱的骏马。芭杰的《骏马赞》就是根据民间流传的《骏马赞》改编的。

他在改编时首先注意了思想性，取其精华，去其糟粕。在封建统治阶级和宗教影响下，过去的《骏马赞》里有这样的词句：

为十方的圣主，

流尽汗水的铁青马，

为巨大的富翁，

尽过勤辛的铁青马。[①]

解放前优异的骏马全被财主们或葛根（活佛）所霸占，贫苦牧民骑的则是身瘦如柴的瘦马。琶杰赞颂骏马，赞扬它为统治阶级忠实服务一点显然是不太妥善的。共产党的光芒照到了草原，骏马回到了自己真正的主人——广大农牧民的手里。从此它成了建设祖国的有力工具之一。琶杰认识到歌颂骏马忠实于统治阶级服务是不对的，所以主动地把这些词句去掉，增添了新的内容，改为：

为保卫神圣的故乡，

立过战功的铁青马，

经历过千难万苦，

赫赫显名的铁青马。

保卫美丽的故乡时，

流尽汗水的铁青马，

它为英雄的主人，

做忠实助手的铁青马。

这里再也不是歌颂骏马如何为"圣主"或"富翁"流汗水，而是赞扬它在保卫祖国、保卫故乡时给英雄的主人做忠实的助手的、受人爱戴的铁青马。

赞词在蒙族文学里占有很大比重。在赞词里着重只谈一个被赞颂的对象——骏马，但每个民间艺人的赞词都不一样。琶杰在《骏马赞》里把一匹骏马的形象塑造得栩栩如生。他首先提了一下马的血统，接着就以夸张的手法细腻

[①]　参阅《内蒙古日报》（蒙文版）一九五六年二月二十五日，玛尼扎布：《丰富多采的民间文学》。（编者注：最后一句中"铁青马"原为"铁走马"）

地描绘了它的外表：眼睛、耳朵、额头、鼻梁、嘴唇、牙齿、鬃毛、劲腿、蹄子、肚子、胯骨、尾巴、脖颈、胸脯、腰身、姿态、嘶叫声、性情和银鞍。把这匹骏马的外形全部盘托出后，就写了骏马跑得如何快：

> 如有翼羽能腾空，
>
> 如有翼蹄能越岭，
>
> 只有它尾巴能跟随，
>
> 只有它身影能追踪。
>
>
> 看到飞尘早来到，
>
> 听到蹄声去无踪，
>
> 挥动尾巴猛似虎，
>
> 伸长身子如飞龙。

这是多么好的马啊，正因为这样，主人才比做"夜明珠"，才引来了无数人的赞语。这匹骏马不仅如此，而且深知主人的意愿，效劳的真是得体：

> 遇见急事去求救，
>
> 日夜来回的铁青马。
>
> 碰上主人赶远路，
>
> 越走越快的铁青马。
>
>
> 骑手如果提提缰，
>
> 连跑带颠的铁青马，
>
> 骑手一旦想抽烟，
>
> 稳如流水的铁青马。

作者以它的体态、速度、效劳的得体来夸耀它还感不足，所以又写了这匹骏马的本领，"老农赞扬它力气大"，能"拉犁耕田"、"载运货物"、"放牧牲畜"，另外还能"总跑第一"，骑它去打猎还从不空手而归。

他不但夸耀了它的才能，而且夸耀了它的勇猛性格和在保卫故乡时立的战

功。编者生动地描绘了它如何听从指挥,在密集的枪林弹雨中毫不畏缩地冲锋陷阵,愤怒地踏死敌人的情景:

　　一听冲锋的号角,

　　奋勇上前的铁青马,

　　踏进混乱的敌群,

　　大显威风的铁青马。

　　即使遇上熊熊的烈火,

　　决不畏缩的铁青马,

　　直从怯懦的敌人头顶,

　　猛冲过去的铁青马……

　　这匹骏马除具备刚强勇敢的性格外,还具有灵性;"经常送情人幽会",温柔而多情,和自己的主人离别时,还"流泪"和"难过"。

　　正因为铁青马的姿态优美,行动敏捷,本领高强,勇敢机智,温柔多情,所以诗人在尾声里称它是"一朵鲜花",人们怀着骄傲的心情,谈论它的功勋,"代代都用赞美的诗句,颂扬铁青马的丰功伟绩"。蒙古民间夸耀骏马的诗歌很多,芭杰这一篇《骏马赞》不论在思想性或艺术性上来说,都是优秀的。

　　《草原》从今年三月号起陆续刊登芭杰编的,其木德道尔吉整理,安柯钦夫同志翻译的《英雄的格斯尔可汗》。全诗共三千五百余行,也是中国作家协会内蒙作家分会向国庆十周年献礼的优秀作品之一。《格斯尔传》是一部有高度人民性和富有神话色彩的古典民间作品之一,广泛的流传在我国内蒙古、西藏和蒙古人民共和国和苏联的布力亚特加盟共和国等地区。民间有很多能背诵这部诗篇的说唱艺人。我国远在一七六一年于北京已有《格斯尔传》的刻本。一九五五年内蒙古人民出版社根据这一个版本出版了《格斯尔传》。一九五六年又增补了过去没有刊印过的六章。

　　《格斯尔传》的特点是:它并不象一部非常完整的结构严密的长篇小说。因为它广泛地流传在民间,是一个一个故事连缀起来的,每一章都是以格斯尔为中心人物接连起来的长篇。因而每章都有它单独的结构,每章都是一个独立的故事。

　　芭杰在《花的原野》和《草原》上发表的《英雄的格斯尔可汗》则是依据《格斯尔传》的第四章编唱的。其主要的区别是:《格斯尔传》是散文体的,而芭杰则是以诗体编唱的。这长诗里的情节和人物基本上与《格斯尔传》的第四章一致。但也增添了一些内容(如格斯尔的出身)。这一章的主要情节是描写格斯尔可汗克服了无数的艰难,去镇压万恶的十二头魔王的故事。其中有聪明无畏的英雄格斯尔可汗。艳丽、热情、坚贞的妃子阿尔伦高娃。丑恶、淫荡、阴险毒辣的叔父朝通。残暴、狰狞的魔鬼和魔王。还有才能无穷的三位神姊、英勇无敌的三十员大将和三百名先锋。还有神速的战马和神灵的宝剑等等。故事里的主要斗争是格斯尔与魔王的你死我活的斗争。魔鬼在蒙族民间故事里多数场合下是以反面人物出现的,正象长诗里写的那样:"魔鬼是人民幸福的死敌,魔鬼是一切灾难的泉源,魔鬼是万种毒害的温床。"人们渴求幸福生活总是把希望寄托在英雄的人物,善良的可汗身上。所以民间故事里的英雄人物多是人民臆想出来的,代表人民利益的。当然在这些故事产生的时代,人们的觉悟并不很高,还不能正确观察一切现象。但是这些英雄人物,可汗,却是从他们迫切要求解放、获得自由的前提下创作出来的。因而在很多蒙族民间故事里可汗是人民意志的代表,魔鬼则是一切丑恶的化身。正因为如此,英雄的格斯尔可汗在民间一直流传到现在,一直为人们所赞颂着。

　　芭杰接受了这一份宝贵的民族文化遗产,编了《英雄的格斯尔可汗》。这里想谈一下他是怎样把散文体改编成诗体的,例如,散文体:"十万圣主格斯尔可汗临走的时候背着国里的人们,把阿尔伦高娃妃子隐藏到人们数月都走不到的遥远的地方,人们并没有发现。可是这件事被楚通诺颜发觉了……"(《草原》一九五八年四期二十五页《格斯尔传》。参阅《格斯尔传》内蒙古人民出版社一九五六年蒙文版第一二一页)。译文是忠实于原著的。可是芭杰为了要突出格斯尔如何隐藏她的原因,他叔父朝通如何产生了淫荡之心,魔王如何给人民带来了灾难和赞颂格斯尔如何平定魔王的事迹。他就以夸张的艺术手法,渲染了阿尔伦高娃的美貌，做了长诗的序言。上述的一段散文体琶杰是这样改编的：

美丽的阿尔伦高娃夫人，

是辉映世界的一朵金花。

每当她摆动双手，

地神都欢欣跳舞。

在她走过的脚印上，

滚起一颗颗金球，

每当牧童望见，

恨不得用手捧住。

在她踏过的地方，

滚出一颗颗明珠，

每当村姑看见，

恨不得戴在头上。

六月的蝴蝶飞来，

错认她是一朵花，

六岁的小孩见她，

忘记了牵手的亲妈。

八月的蝴蝶飞来，

错认她是一朵花，

八十岁的老人见她，

恨不得恢复青春的年华。

她的光辉使太阳失色，

她的艳丽令百花羞容，

她的热情使铁水溶化，

她的坚贞令岩石感动。

聪明多情的格斯尔，

为了摆脱乡邻纷扰，

把他珍爱的夫人，

隐藏在遥远的地方。

距离可汗的宫庭，

有一个月的路程，

那里住着阿尔伦高娃，

谁也不知道她的行踪。

聪明绝顶的格斯尔可汗，

却有个阴险狠毒的叔父朝通，

有他这么个老头，

才晓得侄媳隐身的处所。

散文体的《格斯尔传》里原来只是很简单的几句。芭杰汲取了它的优点创作了三十六行诗，生动鲜明地烘托出了阿尔伦高娃的美丽的形象。同时为了使人物性格突出，减去了一些不太必要的词句。如在格斯尔可汗将去征讨十二头魔王的时候，有许多人为格斯尔担心，劝解他不要出征，其中包括他的另一夫人茹格慕高娃和他的将军。在《格斯尔传》的散文体中是这样描绘茹格慕高娃阻拦出征的情况：

当他们都退出去以后，茹格慕高娃苦苦谏阻，她讲道："当我初生时，我的东房上瑞兽在舞蹈，西房上也有奇兽在跳跃，未出太阳而光辉四射，没有云彩而细雨蒙蒙，我那尊贵的头顶上，鹦鹉在飞鸣，我那高尚的头顶上，鹧鸪鸟在高唱，我那圣洁的头顶上,乌梁海的珍禽也在盘翔。银白色的雪山耸列洲外,银白神狮是国内的至宝,它那青色的铜鬃是人间的缤彩,这三种宝物据说自古就在,现在呀,但愿就成为格斯尔咱二人福寿的象征绵绵常在。黛色的山峰耸立洲外,墨色的牡牛是国内的至宝,它的尾和角是人间的饰彩,这三样东西据说自古就在,现在呀,但愿成为格斯尔咱二人福寿的祥兆永远常在。我就是这九天玄女化身的茹格慕高娃,因此我要苦苦地劝告你不要去!"格斯尔答道:"如果你真是九天玄女化身的茹格慕高娃夫人,我要你使法力,从旱地汲出了水来,从空中取出鲜果来。"她果然从旱地汲出了清水,从空地取出了仙果。因此威镇十方的格斯尔可汗在家又住了三年。之后,格斯尔可汗跨上神翅枣骝马,披挂了百宝绣盔甲,准备起程。(摘自《草原》一九五八年六月号《格斯尔传》。)

从这一段里可以看出茹格慕高娃不但阻拦格斯尔的出征,而且她还有一定的本领,使格斯尔听了她的话。同时也说明格斯尔爱茹格慕高娃比爱阿尔伦高娃更深,所以阿尔伦高娃被魔王施计掳走也不太关心。

倘若从《格斯尔传》的第四章的主要情节上看:格斯尔由于爱阿尔伦高娃,所以把她藏起来的。可是被朝通发觉了,趁机调戏阿尔伦高娃,想娶她为妻,却遭到拒绝。因此朝通怀恨在心,挑拨了格斯尔和阿尔伦高娃之间的爱情,说她私奔了十二头魔王。格斯尔虽然相信她不会对自己负心,然而还是去找阿尔伦高娃,假如她真是私奔,把她杀死,假如是魔王掳去,一定要消灭魔王。格斯尔出征后,经过许多艰辛曲折的斗争终于找到了阿尔伦高娃,消灭了人们的死敌十二头魔王。在这一章里阿尔伦高娃是主要人物之一。因此,芭杰在改编时对于这一节作了删节,这样故事更加完整了。芭杰就是这样继承民间故事、传说,汲取了它的主要精华改编成诗歌演唱的。《英雄的格斯尔可汗》在人物形象的刻画上是不逊于原著的。语言也是丰富的,而且富于感情的。

芭杰不但取材于民间故事,改编和创作了很多长诗,而且会演唱许多中国古典故事。解放后的一个时期内,在党的"推陈出新"、"百花齐放"的文艺方针下,他又把曾经演唱过的古典的、优秀的故事在说书厅里重新演唱。从一九五六年起,他演唱过:《三国演义》、《两汉演义》、《隋唐演义》、《西游记》等许多作品。这些小说很早就在蒙古民间流传,经过艺人们的不断加工,已使它"蒙族化"了。所以也就产生了蒙族化的《三国演义》、《隋唐演义》、《水浒传》,等等。这正说明着内蒙古自治区是一个多民族的自治区,这里的人们不但在经济上、生活方式上很早就彼此影响,而且在文化上有着悠久的密切关系。俄罗斯蒙古学者波兹德涅夫在《蒙古文学史讲演集》里曾把蒙古文学分成几种,其中有"中国蒙古文学"(意思是汉蒙文学)。他认为汉族文学对蒙族文学的影响是巨大的。苏联蒙古学者们对汉译蒙的作品的评价也是很高的。

芭杰接受了在民间广泛流传的这些译成蒙语的优秀作品,编成了"蒙族化"的故事。他在编唱前研究了原著的主要情节及人物形象,增添了蒙古族的说书的"序言"、"结尾"。并且为了使听众易懂和演唱方便,把古典小说的语言改成现代语言,多数场合下是以散文和诗体相结合来编唱的。结构方面为了容易交代人物,所以一个段里集中描绘一个人,或一个大事件。他用这种方法编唱了许多古典小说。有时把整个故事中的一段抽出,编成独立的小故事。例如:他抽出《水浒传》的第三回《史大郎夜走华阴县,鲁提辖拳打镇关西》改编为《鲁智深的故事》。故事是这样开头的:

> 早先的故事,
>
> 相传的小说,
>
> 宋朝的时代,
>
> 徽宗的时候。
>
>
> 君主成了虎,
>
> 使臣成了狼,
>
> 苛捐杂税多,
>
> 人民受苦难……

接着他就叙述鲁智深的家乡和出身,以诗体演唱他的外表和性格。改编后的主要情节是鲁智深和李忠、史进三人在潘家酒楼痛饮之际,听到了女人的啼哭。鲁智深问了原委,了解到他们是被镇关西郑屠强媒硬保,走头无路,因此伤心。鲁智深给了他们十五两银子送走后就到了郑屠肉铺，三拳打死了郑屠。之后，鲁智深怕被捕就奔上梁山去了。

这个故事里七分之一以上的部分全是诗句。若和《水浒传》的原著相比，在语言方面有了很大的变动，因而也可以说这也是琶杰的再创作。他不止是改编了《水浒传》，而且还改编了《三国演义》、《隋唐演义》等小说。对于蒙汉族文化交流上起了很大的作用。特别值得提及的是，他还改编着现代小说和剧本演唱。如：纳·赛音朝克图的《从北京照来的曙光》、僧格的《阿尤喜》以及《白毛女》、《翠岗红旗》等现代的作品，并能做到及时和群众见了面。

琶杰的演技也较高。他善于了解群众的要求和心理，因而受欢迎。他的演唱表情是自然的，并且有机地连系着他所讲的故事，和他伴奏乐器的音律，所以很容易把听众引入他所讲的故事里的境界，给听众留下强烈印象。琶杰就是这样以感人的魅力演唱他所加工的民间故事和古典故事的。

四

琶杰很早就成了著名的内蒙民间艺人，但他的文艺创作活动还是从解放后才开始的。由于旧社会的残酷压迫，没有机会读书，文化程度低，创作方面也受到了限制。因而他过去的作品的结构还不够严密，艺术概括性也不够强，如《白音敖包赞》就是这样的。琶杰同作家的合作，已能很好地弥补了这个缺点。

演技方面琶杰是熟练的，语言是丰富的，特别是对古典部分尤为熟习。因而有些听众专门去听他演唱的古典故事。可是以新的内容所编唱的故事就不及古典的故事那样使人喜欢。在部分作品里还存在着一些纯政治性的概念化的毛病。这并不是说不应结合当前政治任务进行创作，相反，应紧密配合政治斗争来进行创作。在这一点上琶杰还是有些不够。当然，古典故事经过长期流传，被无数人的提炼和加工，而且琶杰演唱这些故事的时间也是较长的。这也可能是他对旧的演唱熟习，而新的生疏的原因之一吧？

虽然琶杰在创作上也有不够的一面，但他却写出了反映我们这个时代的优秀诗篇，正如贾芝同志在全国民间文学工作者大会上所做的报告中提及的那样："以自己熟悉的民族形式歌唱了社会主义。"另外他还继承和发扬了珍贵的民族文化遗产。我们相信，琶杰今后只要继续克服写作上的困难，不断地提高政治、文化水平，总结艺术创作的经验，深入生活，将一定能创作出更美好的、更优秀的、反映我们伟大时代的诗篇。

六月二十九日于呼市。

琶杰的诗歌艺术

陶　阳

史料解读

　　该史料是分析琶杰诗歌艺术的论文，原载于《民间文学》1962 年第 3 期。琶杰是杰出的说唱艺术家，同时也是一位有才华的诗人。琶杰是从人民群众中成长起来的，他富有劳动人民的气质，熟悉和懂得劳动人民的甘苦及愿望，对于生活的感受也特别敏锐和深刻。琶杰诗歌艺术的一个重要特色，是新鲜活泼，富有民族气派。他以独创的诗的构思和民间动物故事的写法，创作出宣传合作社的《两只羔羊》。琶杰的诗作感情浓烈、意象豪壮。他观察生活深刻，又善于进行艺术概括。《骏马赞》富有诗意，是因为它不仅思想内容美，而且含蓄，能给人以美的想象。他不仅能说唱许多蒙古族民间的英雄史诗，也能将汉族的古典名著编成诗体故事演唱。他再创作的才能非常惊人，能够根据需要增添新的内容，在尊重原作精神的基础上，使某些方面更为突出。

原文

　　蒙古族著名的民间诗人和说唱艺术家琶杰同志，于今年四月七日病逝北京。这个不幸的消息，使我们异常悲痛。

琶杰同志去世了，但他那种为祖国和人民引吭高歌的精神却与他遗留下的艺术珍品，永远活在我们的心里。今天，当我重读了他的诗作，我就愈感到他的诗歌的珍贵。他的叙人民之事、抒人民之情的诗歌艺术，是很值得我们研究和学习的。

在新社会，琶杰从一个过去饱尝痛苦的奴隶的处境，而成为一个共产主义战士，从一个过去倍受凌辱的艺人，而成为一个新时代的歌手，这是了不起的变化。只有共产党和人民政府才真正关怀和培养民间艺人，给予被尊重的地位，使其艺术才华大放光彩。当然，琶杰成为一个新时代的歌手，与他自己在思想上和艺术上的刻苦锻炼也是分不开的。琶杰于 1902 年 2 月 13 日生于内蒙古自治区哲里木盟扎鲁特旗回苏屯一个牧民家里，他的家是扎鲁特王府的百户奴隶之一。[①] 九岁时，又被王爷逼进寺庙当喇嘛。琶杰自幼身受双重的压迫和剥削，但是，他从小就热爱说唱文学和自由生活，不甘心忍受王爷和大喇嘛的统治和奴役，经过多次的斗争，终于在十八岁那年开始演唱了。他虽过着乞丐般的流浪生活，然而，他所演唱的那些英雄故事，却博得了草原牧民的赞赏。琶杰不仅富有反抗精神，在敌伪时期，他还表现出了坚贞不屈的民族气节，不论日寇用利诱（请他到当时伪满新京说书）或威逼（抓他去当兵）等卑劣手段要挟他，决不为敌人服务，这就是琶杰的回答。解放以后，琶杰被群众选为农会主席和村长，并多次被评为模范干部。1955 年 2 月，琶杰光荣地加入了中国共产党。这一切，都说明琶杰是一个努力关心国家大事和人民利益的高尚的人。而这恰巧是一个新时代的歌手不可缺少的品质。此外，琶杰受过民间文学的长期熏陶，掌握了本民族传统诗歌的一套创作经验，也是使他成为一个新时代的歌手的重要因素。我们学习琶杰的诗歌艺术，应首先学习他的为人，学习他爱祖国、爱人民的高尚品德，学习他忠心为党工作和创造性地继承民族艺术传统的宝贵精神。

琶杰是杰出的说唱艺术家，同时也是一位有才华的诗人。他乐意而且擅长说唱蒙族传统的民间英雄史诗，也常常兴高采烈地演唱自己的新作。我曾经听

---

① 　请参阅 1962 年《曲艺》第 2 期布赫：《悼琶杰同志》。布赫同志对于琶杰的生平有较详细的论述。

过他演唱的自己的新作，虽然我不懂蒙语，而靠翻译了解大意，但是，他那歌声里奔腾的激情与和谐的节奏、音韵，仍可以从他的诗篇里得到印证。除了生活素材之外，诗人的感情以及表达感情的节奏和音韵，也正是诗歌不可缺少的要素。他自拉自唱，抑扬顿挫，操纵自如。刚劲处则激昂慷慨，柔和处则如怨如诉。他给我的第一个印象是：他是一个极富有诗人气质的热情的歌唱家。他那惊人的艺术魅力，很自然地吸引住听众的心，使人心悦诚服地进入诗的艺术境界。我感到，有时候他拉着四弦琴情不自禁地摇晃着身子，似乎连他自己也陶醉在自己创造的艺术境界之中。反复吟咏，一唱三叹，是蒙族"好力宝"诗歌艺术的一个传统的艺术特点，他把这一点很熟练地运用到自己的歌唱中。这情景，使我得到启示：一个真正的人民诗人，必须具有真挚的、崇高的、美的感情。由此，也使我想起《诗大序》有关诗歌产生的名言："在心为志，发言为诗。情动于中而形于言，言之不足故嗟叹之，嗟叹之不足故咏歌之，咏歌之不足，不知手之舞之足之蹈之也。"琶杰演唱诗歌，常常有咏歌之不足而手舞足蹈之感。这是因为他的诗是心之歌的缘故，他自己说过："我的诗歌是汹涌的喷泉"，"我的感情是光烈的火焰"（《献词》）。这就道出了他的诗是从心坎里唱出来的真情。最近郭沫若同志对于毛主席所说的"在马背上哼成的"这句话的高明见解，更加深了我的体会。一般说来，写新诗的人，不少是靠笔尖磨出来的。记不清是哪位艺术大师说过这样的话：作家仿佛是靠笔尖思索的。这虽有它一定的道理，按照诗歌的特点说来，恐怕最好的抒情诗歌，大多是哼出来的或唱出来的。从诗歌创作的过程来说，哼和唱，似乎是诗词家和民间吟唱诗人进行创作的一种特殊手段，借助哼唱，作者就便于精心创造艺术境界，以及推敲字句、协调节奏、斟酌音韵等等。哼和唱，细细寻思，它们的涵义是很深广的。我想还有一点值得注意，即对于新鲜的、美的事物无动于衷，就无所谓哼或唱。作为有才华的民间诗人的琶杰，是从人民群众中成长起来的，他最富有劳动人民的气质，最熟悉和懂得劳动人民的甘苦及其愿望，因之，他对于生活的感受也特别敏锐而深刻。一切新鲜事物，似乎都会触发他的诗的灵感，引起他的创作冲动，达到"不吐不快"的程度。这是他产生好诗的前提，也就是为什么他的诗歌那么真挚纯朴、优美动人的缘故。

琶杰亲受过旧社会的折磨,特别是在草原上长期的流浪生活,使他深知旧制度的罪恶与人民的疾苦,因而,他对新时代、新生活的认识就特别深刻,主人翁感也格外强烈。正因为琶杰是从痛苦的深渊走到了幸福的乐园的,他才更深切地感到旧社会的可恶和新社会的可爱。琶杰如此热情地歌唱新时代、新生活,如此由衷地赞美共产党、毛主席,就是很自然的事了。请听听他那首题名为《万岁毛泽东》的颂歌吧:

我要拉起那紫檀木的四弦琴,唱一支人间最美丽的颂歌,歌颂那父亲毛泽东,高如青天的伟大功勋。

我要奏起那白银管的四弦琴,诵一首世间最响亮的赞歌,赞美那太阳般的毛泽东,光辉灿烂的丰功伟绩。

金色的世界所以能够明亮,是因为有了火红的太阳,我们所以过着幸福生活,是因为有了毛泽东思想。

银色的夜晚所以能够明朗,是因为有了皎洁的月亮,我们所以享受快乐和自由,是因为有了伟大的共产党。

诗人以美的感情抒写了党和毛主席为中国人民树立的伟大功勋之后,感激不尽的赞美道:

毛泽东呀共产党,你胜过我们的亲爹娘,只因为有了你呀,我们的婴儿才得到吉祥。

毛主席呀共产党,你胜过万能的太阳,只因为有了你呀,我们的祖国才繁荣富强。

要说高山上的松柏,能够冬夏常青,伟大的毛泽东的名字啊,万古常青!

要说旃檀树的芳香,能够散发四方,光辉的毛泽东思想啊,传遍世界!

这是质朴的颂诗。诗人用高山上的常青的松柏和旃檀木的芳香比喻毛主席的崇高和美,是很有诗意的。山、树、色、香的比喻够丰富了,但诗人用来塑造的艺术形象却是如此单纯、晶莹。这不能不说,琶杰在表现新的主题、新的形象的时候,是颇下工夫的。

　　琶杰歌唱新时代、新生活，其目的是以共产主义的精神教育人民，然而，他
却不是用图解思想的办法，而是依靠生动的艺术形象和迷人的艺术力量进行
的。琶杰诗歌艺术的一个重要特色，是新鲜活泼和富有民族气派。因之，他的
诗歌为内蒙草原上的广大群众所喜闻乐见。当然，这是与他真正懂得、熟悉、而
且掌握了民族诗歌优秀的艺术传统密不可分的。琶杰能够在艺术传统的基础
上进行新创作，主要是他和人民群众的思想感情、美学观点以及心理状态等等
是一脉相通的。听过或者读过他的新作《两只羊羔》的人，都会惊叹他的卓越的
艺术才能。《两只羊羔》的中心主旨，是赞美合作化的优越，动员单干户早日走
上社会主义光明大道的。但，琶杰却以独创的诗的构思和别致的表现方法，出
奇制胜地克服了易流于一般化的困难，而采用了民间动物故事的写法，通过牧
业社和单干户的两只羊羔的不同境遇，显示了主题思想，出色地完成了这个诗
篇的艺术任务。牧业社和单干户的两只羊羔，在牧场上相遇，可是它们完全是
两个样子。你看他把牧业社的羊羔写得多么逗人喜欢，它长得又肥又壮，从它
鼓起的肚子，一直写到膘厚的脊背、肥胖的胸脯、棉团般的绒毛，甚至还说到它
的眼睛和耳朵，不但细致，而且传神。你看："两只眼睛水淋淋，实在逗人喜欢，
两耳不住的绞动，精神多么饱满。"真是写得栩栩如生。他把羊羔人格化了，它
们还一个撵一个地撒欢逗乐，酷似天真活泼的顽童的形象。对单干户的羊羔的
描写，那就更精彩了：

　　要说那单干户的羊羔，瘦弱得实在可怜：后脑骨向上突起，细嘴儿往下
低垂；

　　两肋瘦骨嶙嶙，两只眼球通红，肚里空空缺吃喝，瘦得人心儿痛。

　　靠着锅城子睡觉，头上的毛儿都被烤焦，从锅底钻来钻去，全身变得黑
漆漆。

　　它着冷受凉，鼻子堵塞得不通气，它直劲儿唔唔地喘息，咳嗽得有气无
力。……

　　这只羊羔的狼狈相，活象一个可怜的流浪孤儿。这种艺术本领，不能不使
人拍手叫绝。单干户的羊羔伤风感冒啦，鼻子不透气，还直咳嗽哩！这是多么

饶有风趣的描写呵！这等新鲜活泼的诗歌，劳动人民怎能不喜闻乐见呢？它仿佛有一种奇异的魅力，使你迫不及待地听下去或者读下去。叙述到这里，作者并没有直接说明谁好谁坏，然而，听众也会在两只一肥一瘦的羊羔相互对照之下作出正确的判断。但，诗人并没有止于此，他还让两个羊羔谈起话来，一经细谈，就更加深了作品思想的社会意义。肥羊羔肥，是因为牧业社人多力大，有饲养员辛勤的照顾。瘦羊羔谈到自己的遭遇，简直在诉苦了，主人顾了外头，顾不了家里，而且，男主人经常骂它吃不上膘，女主人还经常拿烧火棍打它呢！甚至说着说着落泪了。肥羊羔很同情它，劝它不要伤心，劝它回去告诉主人早日加入牧业社，好日子就会到来。分离的时候，它们还互相呼唤着"再见，再见！"多么真实亲切，多么富有人情！只是在最后，诗人画龙点睛的说了两句："单干的老牧人哪！你们还有啥理由犹豫？"到此，听众就感到一种艺术欣赏的愉快，得到精神的满足，自然而然的希望美的事物的胜利。民间诗歌，是最能够收到寓教育于娱乐之中的艺术效果了。这篇作品，颇有民间童话的浪漫主义色彩，又带有民间寓言的幽默风趣，形成了一种独特的艺术风格。从这篇作品看来，芭杰对艺术特点的理解是很深刻的。他深知艺术教育人，只能是启发善诱，而不是说教。这说明芭杰的艺术修养是较高的，同时，他的思想修养也有相当的水平，因为这和他尊重人民群众有很大关系。就说《两只羊羔》的讽刺吧，也是委婉的，善意的，诗中充满了同情和美好的期望，而不是冷嘲和中伤。这一点，很值得我们深思。

芭杰的诗作是感情浓烈、意象豪壮的。芭杰是具有民族气质和先进的美学理想的诗人，他观察生活深刻，而又善于艺术概括，他很会在草原生活中发现和摄取美的东西，而且构思巧妙、语言精美。这一切，构成了他的诗歌艺术的浓郁的诗意和豪迈壮美的民族风格。我特别欣赏他的《骏马赞》等作品。《骏马赞》是诗意盎然，耐人寻味的优秀诗篇。诗人以充沛的热情和精雕细刻的手法，塑造了一个英俊勇武的骏马的形象。他从马的诞生一直写到骏马在保卫故乡的战场上立了战功的情景。诗人把马写活了，把马画神了。它的眼睛亮如启明星，鼻梁似玉山，嘴唇似花朵，牙齿象明珠，腿似鹿腿，蹄如圆铎，脖似长龙，胸似虎胸，毛发如青云，嘶声象雷鸣，勇猛的性格，则赛凶猛的狮子，总之，"在它全身上下，汇集了万物的美丽"。我很钦佩芭杰使用艺术语言的本领，语言服务于形象的刻划是那么巧妙有力，而又意味深长。写马的可爱，只写外形美是不够的，重要的还在于写它的性格。诗人写马的性格是首先从它和骑手的关系开始的："只要骑手放开缰，卷起尘烟的铁青马。只要骑手坐稳当，穿风劈雾的铁青马。""骑手如果提提缰，连跑带蹦的铁青马。骑手一旦想抽烟，稳如流水的铁青马。"语言是多么凝炼、精彩，不仅富有表现，而且充满智慧。这马是如此通情达理。诗人还说："经常送情人幽会，温柔多情的铁青马。"诗人塑造的这匹马是将生活中许多马的美的特点加以艺术概括的。比如诗人把拉犁力气大、拉车能驾辕、宿露营打更机警、赛马总跑第一等等都集中在它身上，因此，使这个形象达到更典型、更美的境地。而在战场上骏马所表现的大无畏精神，犹如异峰突起，感情浓烈，意象豪壮："一见指挥旗向前摆，横冲直撞的铁青马。面对着凶恶的敌人，勇敢无畏的铁青马。""一听冲锋的号角，奋勇向前的铁青马。踏进混乱的敌群！大显威风的铁青马。""即使遇上熊熊的烈火，绝不畏缩的铁青马。直从怯懦的敌人头顶，猛冲过去的铁青马。""就是密集的枪林弹雨，也不惧怕的铁青马。直到把敌人消灭光，才胜利凯旋的铁青马。"……这个赫赫有名的骏马，就是这样可爱。这是蒙族人民爱马的感情的集中表现。诗篇不仅使我们想象出草原骏马的高大形象，而且使我们联想到英武的骑手。我说它富有诗意，是因为它不仅思想内容美，而且含蓄，能给人以美的想象。勤劳、善良、英勇、豪放等等品质和性格，在我们的心里留下了深刻的印象。诗人赞美了骏马，也歌颂了英勇豪迈的蒙族人民。但，这个思想，诗人不是直接表现的，而是从侧面诱导读者联想到的。这似乎是这篇诗在艺术构思上的奥妙之处了。

　　芭杰的一生，是为人民而歌唱的一生。为了歌唱祖国英雄的人民，他将自己锻炼成为一个杰出的歌唱艺术家。他不仅能说唱许多蒙族民间的英雄史诗，也能将汉族的古典名著《三国演义》、《水浒传》、《西游记》等作品编成诗体故事演唱。芭杰再创作的才能是惊人的，有些作品，一经他编唱，就成为富有独特风格的作品。《英雄的格斯尔可汗》就是芭杰根据蒙族著名的英雄史诗《格斯尔传》再创作的。他在改编或者再创作方面的最突出的一个特点,就是能够根据原作反映的历史生活,充分发扬原作的精神,使某些方面更为突出,而对原作毫无损伤。他的《英雄的格斯尔可汗》很突出的一点,就是极力赞美格斯尔骁勇善战、除暴安良的品德,而竭力鞭挞荒淫无耻、卖国求荣的楚通的罪恶行径。极力赞美真的、善的、美的事物,而痛斥假的、恶的、丑的事物,是民间诗人诗作的显著特点。芭杰在创作中所表现的爱憎分明的态度,也是值得我们学习的。

芭杰给我们遗留下了许多艺术珍品,遗憾的是我不懂蒙文,目前还不能通读他的作品。由于蒙族同志的辛勤翻译,我想,这个愿望不久就会达到的。

在这夜深人静的时刻,我在默悼芭杰同志,我的心情是沉痛的。呵,芭杰同志! 你虽去世了,但是,你的名字和你的诗歌将留芳千古!

悼琶杰同志

内蒙古自治区文联主席　　布　　赫

史料解读

　　该史料为纪念琶杰的悼文，原载于《曲艺》1962 年第 2 期。布赫在悼文中回忆了琶杰的一生，从奴隶到受寺庙束缚的说书艺人再到完全的自由人；新中国成立后他的才能被重视，先后参与文工团、内蒙古自治区文联、中国民间文艺研究会内蒙古分会、中国科学院内蒙古分院语文研究所的工作，其间加入中国共产党，被选为中国曲艺工作者协会理事。他创造性地说唱许多汉族的古典名著，如《三国演义》《水浒传》《隋唐演义》《西游记》等，也说唱许多长篇和短篇的蒙古语作品，为我们留下了许多"好力宝"和长诗。

原文

　　琶杰同志于四月七日在北京协和医院病逝。噩耗传来，使我们悲痛万分！

　　琶杰同志是蒙古族著名的民间说唱艺人、民间诗人、杰出的艺术家。他的一生是从奴隶走向共产主义战士的艰苦曲折的一生。

　　一九〇二年二月十三日琶杰同志诞生在内蒙古自治区哲里木盟扎鲁特旗回苏屯的一个贫苦牧民家庭里。童年时期，琶杰便受到其祖父的挚友老艺人雪朋的影响，使其对民间说唱文学发生了极大的兴趣。幼年时代的琶杰就很聪明，具有惊人的记忆力，六七岁时便能背诵二十多首"好力宝"，这给他后来成为职业的民间艺人打下了基础。

琶杰的家庭是扎鲁特王爷的百户奴隶之一，祖祖辈辈都充当王爷的奴隶，过着马牛不如的悲苦生活。八岁时，琶杰便跟着他的姐姐给王府放鸡牧鹅，受尽了凌辱和打骂。这一年，扎鲁特由于儿子身患重病，许下了向寺庙选送十名聪明孩子的愿心，琶杰也被选上了。九岁时，琶杰便被迫离开了父母的温暖怀抱，强征到寺庙当喇嘛。在寺庙里每天背诵难以理解的"经文"，时常遭受大喇嘛的毒打。所有这些遭遇，都给琶杰幼小的心灵里种下了仇恨的种子。

在寺庙这一时期，琶杰不堪忍受那种孤独寂寞的生活，时常冒着毒打的危险，夜间跑到寺庙附近的雪朋家里偷听迷人的故事和传说。这就使他对无聊的寺庙生活更加厌倦，产生了渴望成为一个"普通的自由人"的思想。

十五岁那年，他两次违犯"教规"逃回家去，但两次都被捉回，挨了法杖的毒打，这使他的性格更趋于倔强，对寺庙的压迫更加痛恨，要求自由的思想更加坚定了。十七岁那年，他越过旗界，逃到阿鲁科尔沁旗。但是他又被当时的旗政府逮捕了。寺庙的统治者称他为"叛逆者"，对他恨之入骨，打得他死去活来，让他发誓，永远不再逃跑，终身作信教徒。但是他却一口咬定，坚决不愿当喇嘛，无奈，寺庙便把他送交官府判罪。王爷听说琶杰善于说书，想利用他给夫人消闲解闷，便出头干预了这件事，寺庙只好"减轻"了他的"罪过"，罚了他一顿"赎罪餐"，并规定在每年三次的庙会上，都得回到寺庙，无报酬地给讲故事。他虽然成了"叛逆者"，但仍属寺庙管制，一生不准结婚。

琶杰经过一次又一次的斗争，虽然没能够完全挣脱寺庙的束缚，但终究得了演唱的机会，十八岁那年便开始了他自幼所向往的艺人生活。

在那阴云笼罩草原的黑暗的年月里，琶杰带着他那相依为命的、唯一的伴侣——四胡，走遍了内蒙古哲里木、锡林郭勒、昭乌达三盟的二十多个旗的土地，他象晚秋的落叶一样，漫无边际的飘荡，受尽了王公诺颜、寺庙的践踏和凌辱，过着乞丐般的流浪生活。这苦难的历程使他对自由、幸福更加向往，在他的歌声或故事里充满了美好的理想和对统治阶级的反抗精神，因而他的演唱博得了广大牧民的深深喜爱。

统治阶级为了宣扬它们的阶级利益,也尽量物色在群众中具有影响的艺人为他们去服务。日寇侵占东北时期,日本鬼子曾几次邀请琶杰去当时伪满"首都"新京,但是琶杰都借故——的回避了,坚决不为敌人说书,表现了他坚贞不移的民族气节。

解放前夕,日本鬼子把五十岁以下,十五岁以上的男人都抓去当兵,琶杰被抓去后,由于他严词拒绝服役而惹怒了日本鬼子,被打得头破血流。不久,伟大的苏联红军向日寇宣战,配合八路军解放了被日寇侵占多年的内蒙地区,琶杰跟千千万万的蒙族同胞一起获得了自由。

解放后,在中国共产党的帮助和教育下,琶杰开始接受了革命真理。他一边全力以赴地投入了家乡的翻天覆地的社会改革运动,一边拉着胡琴向广大乡亲们积极地宣传党的各项政策,因而深深受到群众的爱戴和尊敬,被选为农会主席和村长,并屡次被评为模范干部,得到政府的奖励。

在党的关怀下,一九四九年在扎鲁特旗成立了艺人协会,琶杰当选为会长。

为了更进一步培养和发挥琶杰的艺术才能,一九五〇年十二月,琶杰被吸收到内蒙古东部区文工团工作。从此,琶杰同志便象一块出了土的真金一样,开始焕发出耀人眼目的光彩。不论在抗美援朝运动或是互助合作运动中,在同志们的帮助下,他都热情感人地创作了许多动人的故事,不辞辛苦地奔走在呼伦贝尔、昭乌达、哲里木盟的辽阔草原上,为社会主义建设和世界和平事业引吭高歌。由于他为党的事业忠心耿耿地工作,成绩优异,多次受到奖励。

一九五五年二月十四日,琶杰同志光荣地参加了中国共产党,这是他生平中最大的一件喜事。

为了更有效地发挥他的艺术才能,一九五六年十一月,组织上调他到呼和浩特工作,并为他和毛依罕同志专门设立了蒙语说书厅,让他们演唱各自擅长的传统书曲节目和新节目。

一九五八年和一九六〇年,琶杰同志先后出席了中国民间文艺工作者代表大会、中国曲艺工作者代表大会和中国文学艺术工作者第三次代表大会,在会议期间,他多年梦寐以求的理想实现了——会见了我国各族人民的伟大领袖毛主席,在中国曲艺工作者代表大会上,他被选为中国曲艺工作者协会理事。

一九六〇年,在内蒙古第二次文代会上,芭杰同志被选为内蒙古自治区文联委员、中国民间文艺研究会内蒙古分会副主席。

组织上为了照顾他的健康,并为了帮助他整理他腹藏的文艺遗产、发挥他的创作天才,一九六〇年十月调他到中国科学院内蒙古分院语文研究所工作。

芭杰同志是一位杰出的民间说唱艺人、民间诗人。他能创造性的说唱许多汉族的古典名著,如《三国演义》、《水浒传》、《隋唐演义》、《西游记》等作品,能说唱许多长篇和短篇的蒙语书目,为我们留下了许多"好力宝"和长诗。

他的主要创作有:歌颂领袖的《毛泽东颂》;反映互助合作运动的《互助合作好》、《两只羊羔的对话》;歌颂三面红旗的《红旗人民公社》、《除九害》、《修水库》;歌颂包钢的《白音敖包赞》;赞美内蒙古的《夸内蒙古》;歌唱中苏会谈的《和平的喜讯》;此外还有参加中国民间文艺工作者代表大会时写的《献词》以及《马赞》等等。他还给我们遗留了许多篇辉辉闪光的珍贵长诗。如,根据古典巨著《格斯尔传》创作的长诗《英雄的格斯尔可汗》以及《镇压魔鬼的故事》、《阿拉坦格日勒可汗的楚伦勇士》、《孤儿灭魔记》、《忽热勒巴特尔》等。

他还有不少演唱过而没有经过文字记载的作品。如早期创作的讽刺诗《桑杰塔力亚齐》、《色布金嘎》、《白虎哥哥》;赞词《格丽布尔召》、《苏力赞》、《婚礼赞》、《故乡赞》;配合土改编的《白毛女》;宣传婚姻法时编的《婚姻自主》;抗美援朝时编的《杨根思》、《黄继光》、《中朝友谊》;另外根据长征和一些英雄事迹编的《长征的故事》、《郭俊卿》、《赵一曼》、《刘胡兰》、《丁佑君》、《丹娘》和《苏赫巴特尔》等。

芭杰同志是优秀的中国共产党党员,他虽然年过六十,但他却象一个火辣辣的青年;他歌颂社会主义的热情象"一团火焰"。

芭杰同志是备受群众爱戴的天才诗人,他满腹瑰宝、口如悬河;他的诗歌犹如"一眼喷泉",他的语言象闪闪发光的"珍珠"。从他的歌声里,我们听到了草原幸福生活的回响,它给予我们信心百倍地去建设更加美好未来的力量。

芭杰同志在创作上正处在青春焕发的时期,他本来制定了许多宏伟的创作计划,正待实现,但是可恶的病魔却过早地夺去了他宝贵的生命。

珞杰同志的逝世,不仅使我们失去了一位良师益友,而且也是我们党的文学艺术事业的巨大损失!

我们今天哀悼珞杰同志,要学习他那为党的事业忠心耿耿、热情充沛的奋斗精神;学习他留下来的珍贵的艺术遗产。让我们化悲痛为力量,继承他那未尽的事业,为创造更灿烂的社会主义文学艺术而奋斗!

安息吧,珞杰同志!

哀悼琶杰兄长

蒙古族说唱诗人　毛依罕

史料解读

该史料为诗歌,原载于《人民日报》1962 年 5 月 10 日。毛依罕以诗歌的
形式纪念自己与琶杰度过的岁月,表达了对琶杰逝世的深深悲痛之情。

原文

> 我和挚爱的琶杰兄长,
> 童年时代就亲如手足,
> 仿佛是犍牛的犄角,
> 和睦地生长在一起。
>
> 在饥寒交迫的年代,
> 我们是患难与共的弟兄,
> 在说唱诗歌的时候,
> 我们是互励互勉的同伴。

在黑暗的旧社会，

我们备受咒骂和虐待，

在封建王公统治下，

我们受尽鄙视和欺凌。

全赖伟大革命的胜利，

我们有了自由的权利，

遵照党和领袖的教导，

我们共同为人民歌唱。

在党——母亲的怀抱里，

我们像一对双生子，

在人民的养育下，

我们同声高唱新生活。

未曾想到小旋风，

吹来不幸的消息，

不曾想到健在的你，

竟然和我永久分离。

未曾料到黑旋风，

刮来痛心的噩耗，

不曾料到谈笑的你，

就此和我永远诀别。

紫檀树即使倒下去，
它的枝叶仍然生长，
敬爱的兄长死去了，
挚诚的老弟怎能不悲伤。

红果树就是倒下去，
它的根须依然发芽，
尊敬的兄长死去了，
亲热的老弟怎能不怀念。

才华出众的兄长啊，
你依旧活在我的心里，
你那火焰一般的诗歌，
将世世代代熊熊燃烧。

你那扣人心弦的好来宝，
每天在广播电台播唱，
你那充满活力的身姿，
还通过电影和我见面。

你所从事的革命事业，
将在史册里闪烁光芒，
你所说唱的诗歌故事，
将在人民中广泛传扬。

你那不疲倦的战斗精神，

给我树起学习的榜样，

你那爱党爱人民的教诲，

我将永远铭记和发扬。

你未竟的革命事业，

将由千万同志继承，

你那歌唱社会主义的意志，

我将竭尽全力来担当！

[安柯钦夫译]

生活、语言、创作

蒙古族民间说唱艺人　毛依罕

史料解读

　　该史料是一篇讲稿,是毛依罕为《在延安文艺座谈会上的讲话》发表二十周年所作,原载于《民间文学》1962 年第 3 期。毛依罕在这篇文章中,谈到《在延安文艺座谈会上的讲话》对他说唱创作的影响。生活是文学艺术的唯一的源泉,他以自己四十年的说唱经验证明了这一真理。他认为自己的作品能够深刻地描绘旧社会,是因为他对旧社会有深刻的了解:他在旧社会里度过了半生,接触过各种人物。新中国成立后,他一直坚持下乡,深入生活获取素材。此外,他认为,对于说唱艺人来说,很好地了解人民群众生动而又丰富、优美而又形象的语言,具有特别重要的意义。说唱艺人的语言并不贵在含蓄,而贵在明朗,必须生动形象,必须口语化。因此,要向人民群众学习语言。他从小对民间口头文学十分感兴趣,记录了许多谚语、箴言和俗语,丰富了自己的语言和智慧,也给后来的作品增添了不少光彩。他认为深入人民群众的生活以充实自己的知识,学习人民群众的语言以丰富自己的语汇,是每一个文学艺术工作者不可缺少的两件法宝。

原文

一九五二年，当我在内蒙古文工团工作的时候，我第一次看到了毛主席的《在延安文艺座谈会上的讲话》。作为一个在旧社会里被看做"弓弦锯腿的乞丐，绝子绝孙的秃僧"的说唱艺人，我没有学过文化，哪来阅读毛主席著作的能耐呵！多亏和我一起工作的同志们给我耐心地讲解，才使我抛弃了从前那种把自己从事着的工作看做糊口之道的想法，开始认识到这是"整个革命机器的一个组成部分"，是"团结人民、教育人民、打击敌人、消灭敌人的有力的武器"（《毛泽东选集》第三卷第 870 页），于是，我密切结合政治和生产斗争，努力使自己所说所唱成为新生活的赞歌、愉快劳动的诗篇、英勇斗争的武器。后来，在党的领导下，我学习了文化，摆脱了愚昧无知的情况，亲自阅读了《讲话》①。随着政治和文化水平的不断提高，在一再阅读的过程中，我从《讲话》中一次比一次获得更多的滋养，胸怀开阔，眼睛明亮，越发增强了创作的意志。我那些微不足道的作品，由于毛主席文艺思想的光辉照耀，近年来也获得了显著的成绩。今天，在这《讲话》发表二十周年的日子里，想起了它给我的惠泽，想起它给了我的作品以新的生命，我要在这里说几句感激的话。

一、生活是文学艺术的唯一的源泉

学习了毛主席《讲话》之后，我对我们的文学艺术为谁服务，如何服务，以及普及和提高的关系，鉴别作品好坏的标准等基本问题，有了深刻的理解。毛主席所作的正确而又细致的分析，是照耀我们社会主义文学艺术前进道路的灯塔。

毛主席在《讲话》中指出："人民生活中本来存在着文学艺术原料的矿藏，这是自然形态的东西，是粗糙的东西，但也是最生动、最丰富、最基本的东西；在这点上说，它们使一切文学艺术相形见绌，它们是一切文学艺术的取之不尽、用之

---

① 　编者注：即《在延安文艺座谈会上的讲话》的简称，后同。

不竭的唯一的源泉。"（《毛泽东选集》第三卷第 882 页）这些教导对于我们说唱艺人说来，尤为直接，尤为宝贵。我们的作品"只能有这样的源泉，此外不能有第二个源泉"（同上）。我的四十年说唱经验，雄辩地证实了这一真理。众所周知，说唱艺人不仅是故事的叙述人，而且还是故事中的人和物的扮演者。由于说唱艺人一身兼演出现在故事中的正面人物和反面人物，男人和女人，老年和少年，以至神佛和鬼怪等等，他必须了解这一切人物的不同思想、不同语言、不同形貌、不同性情、不同穿戴、不同工具、不同武器，甚至也必须知道，乌鸦和大雁的不同啼声等等。否则，他就不可能通过自身的表演，生动的讲出人物众多、矛盾复杂、情节曲折的故事，更不可能把听众引入故事世界，使他们为自己故事中正面人物的胜利而兴奋，为这些人物的失败而忧伤。因此，每一个说唱艺人都必须具有生活斗争的丰富知识。不但如此，正如毛主席所说，文艺作品中反映出来的生活，"比普通的实际生活更高、更强烈、更有集中性、更典型、更理想"（《毛泽东选集》第三卷第 883 页），因此，说唱艺人不能满足于对生活环境的表面的一般了解，还必须进行仔细的观察和深刻的研究。这样，才能写出能够"帮助群众推动历史的前进"（同上）的具有重大教育意义的作品来。缺乏阶级斗争和生产斗争的各方面的知识，就不可能创造出有血有肉、有思想有感情的典型形象。人们读了我的《颂歌献给共产党》后说："这个作品里深刻地描述了旧社会的生活。"我所以能够深刻地描述出旧社会里残忍如魔鬼、贪婪如豺狼、狡猾如狐狸的王公和奸商的真实形象；是因为我对旧社会有深刻的了解。我在旧社会里度过了半生，接触过各种人物，熟悉反动政权的暴虐，诺彦格根的荒淫，盛会庆筵的嘈杂，法律规章的不公，赋税徭役的繁重，人民群众的苦痛：

　　昆虫的肠和脯，

　　他们都想炒成菜。

　　狗鳖的红血浆，

　　他们也要烙成块。

干瘪的小扁虱，

他们都想挤点油。

恶臭的尿和屎，

他们也要酿成酒。

千方百计来掠夺，

狡猾奸诈象狐狸；

撮口啜嘴来吮吸，

好象毒蛇一个样。

——《民间文学》1961 年 10 月）

这些情景，都是我亲眼看见，亲身体验过的。正象汉族农民老诗人王老九所说的那样："有生活编快板就不费难。"（作家出版社：《民歌作者谈民歌创作》第 11 页）没有生活就没有作品，因为"……文艺作品，都是一定的社会生活在人类头脑中的反映的产物。革命的文艺，则是人民生活在革命作家头脑中的反映的产物。"（《毛泽东选集》第三卷第 882 页）

毛主席关于人民生活是一切文学艺术的取之不尽、用之不竭的唯一的源泉的指示，对于我们即兴诗人、说唱艺人说来，是一项根本的指示。我们如果把得自生活的丰富的知识"集中起来，把其中的矛盾和斗争典型化，造成文学作品或艺术作品，就能使人民群众惊醒起来，感奋起来，推动人民群众走向团结和斗争，实行改造自己的环境"。（《毛泽东选集》第三卷第 883 页）关于如何获得这种生活的丰富的知识，毛主席也曾指出："中国的革命的文学家艺术家，有出息的文学家艺术家，必须到群众中去，必须长期地无条件地全心全意地到工农兵群众中去，到火热的斗争中去，到唯一的最广大最丰富的源泉中去，观察、体验、研究、分析一切人，一切阶级，一切群众，一切生动的生活形式和斗争形式，一切文学和艺术的原始材料，然后才有可能进入创作过程。"（《毛泽东选集》第三卷第 882 页）这就是我们寻求生活的丰富的知识所必须遵循的最正确、最宽广、最富有创造性的道路。我学习了毛主席《讲话》之后，一直遵循并认真贯彻着这一指示，现在我还坚持一年内有四分之一的时间在乡下度过，深入生活斗争。我的近作中象《奇妙的剪子》、《给幼儿园的孩子们》、《老人的话》、《祭奉神灵的田地》、《永恒的纪念》、《银色水库》、《雪》等"好力宝"，都是采取了在鄂尔多斯体验生活期间搜集的题材写成的。

通过自己的创作过程，我越来越深刻地认识了到工农兵群众中去，到火热的斗争中去，是任何文学艺术工作者不可动摇的基本方向。

二、必须向人民群众学习语言

毛主席教导我们："语言这东西，不是随便可以学好的，非下苦功不可。第一，要向人民群众学习语言，人民的语汇是丰富的、生动活泼的，表现实际生活的。"(《毛泽东选集》第三卷第858页)我们如果想使自己的作品大众化，就必须按照毛主席的指示"……和工农兵大众的思想感情打成一片"。"而要打成一片，就应当认真学习群众的语言。如果连群众的语言都有许多不懂，还讲什么文艺创造呢?"(《毛泽东选集》第三卷第873页)对于说唱艺人来说，很好地了解人民群众的生动而又丰富、优美而又形象的语言，具有特别重要的意义。众所周知，说唱艺术虽然同其他文学形式一样也是用语言作为表达工具的，但它还有明显区别于其他形式的独特的一面——通过听觉为人们接受，因而它所运用的语汇同通过阅读为人们接受的书面文学不可能完全一样。说唱艺人所运用的语汇必须是人民群众日常口语中的生动活泼的语汇。说唱的语言虽然都是入韵合辙的，但最主要之点还不在于此，而在于让听众能够马上理解。换句话说，说唱艺人的语言并不贵在含蓄，而贵在明朗，必须生动形象，必须口语化。

说唱艺人之能涌泉般滔滔不绝地即兴赋诗，是向人民群众的丰富的语言和民间口头文学学习的结果。我从小对于民间口头文学十分感兴趣，而且从老人们的对话和闲谈中记取了许多谚语、箴言和俗话等。这一切不但丰富了我的语言和智慧，也给我后来的作品增添了不少光彩。我们蒙古族民间有这样一句成语："没有不可比喻的东西，没有不拼而成的皮衣。"人民锤炼出来的比喻和警句是极其丰富的。记住它们，把它们应用在合适的地方，寥寥数语往往就会产生表达庞杂的内容的能力。我在创作过程中，十分注意运用人民群众最熟悉的形象、比喻和表现手法等。

例如在《和平的力量》中，我这样唱道：

> 熊熊的大火，
> 一杯白水能浇熄？
> 革命的力量，
> 反动敌人能抑制？
>
> 冲天的烈焰，
> 一张薄纸能包住？
> 人民的斗争，
> 万恶敌人能抵御？
>
> 宛如葫芦当榔头，
> 想把铁块砸成泥；
> 宛如麻雀充大鹏，
> 想同凤凰比高低。
>
> "掷出曲棍伤己身"，
> 自古俗话这样讲；
> 谁想侵略损和平，
> 谁就自己找灭亡。

这里运用的每一个语汇，都是来自人民群众并为他们所熟悉的生动的语汇，因而当群众听到或读到的时候，能够立即理解其中的意思。恕我不客气的说一句：有些人的作品，读来滞涩绕嘴、韵律牵强、矫揉造作，不知所云，充满费解的言词。人民群众是不喜欢这种作品的。正如毛主席所说："许多文艺工作者由于自己脱离群众、生活空虚，当然也就不熟悉人民的语言，因此他们的作品不但显得语言无味,而且里面常常夹着一些生造出来的和人民的语言相对立的不三不四的词句。"(《毛泽东选集》第三卷第 872 页)

由此看来,深入人民群众的生活以充实自己的知识,学习人民群众的语言以丰富自己的语汇,是每一个文学艺术工作者不可缺少的两件法宝。"与其做一个磨穿坐垫的贤哲,不如做一个磨穿鞋底的笨蛋。"今后,我要把进一步深入生活参加斗争当作自己的首要工作。毛主席说过:"人民要求普及,跟着也就要求提高,要求逐年逐月的提高。"(《毛泽东选集》第三卷第 884 页)我的作品的思想性和艺术性还跟不上人民群众日益提高着的欣赏水平。"滴滴白水溢大瓮,句句话语增智慧。"我要更加认真地向人民群众学习语言。

我们有毛主席的宝贵指示,有发展社会主义文学艺术的正确道路,这是我们全体文学艺术工作者的幸福,也是我们在文学艺术事业中取得更大胜利的保证。我们要很好地学习毛泽东文艺思想,紧密地团结在党的周围,鼓足干劲、努力工作。

总而言之,主席《讲话》乃是:

> 即兴诗人的
>
> 甘甜的乳浆;
>
> 说唱艺术的
>
> 活命的滋养。

1962 年 5 月 4 日呼和浩特

巴达拉呼　整理

陈乃雄　　翻译

蓝色的信笺落上了泪行

——悼念琶杰同志

傣族歌手　康朗甩

史料解读

　　该史料为悼念琶杰的诗歌，原载于《文汇报》1962 年 6 月 6 日第 4 版。
傣族民间歌手康朗甩回忆了自己与琶杰在人民大会堂的两次见面和后来的
书信交流，以及未能完成的邀约，表达了对琶杰的怀念之情。

原文

　　　　　　一页蓝色的信笺

　　　　　　落上了我不少泪行

　　　　　　我忍着内心的悲痛

　　　　　　站在澜沧江边眺望着茫茫的草原

　　　　　　我的心呵！飞进那洁白的蒙古包

　　　　　　去把草原的雄鹰琶杰同志哀悼

　　　　　　我骑上回忆的飞马

　　　　　　奔到我们初次会见的时辰

　　　　　　你我并肩走向中南海

　　　　　　坐在我们父亲的身边

摄下了永远映着太阳光辉的照片

相聚短短的时间

情意却那样绵绵

从此我站在竹楼上

只要看见那张映着太阳光辉的照片

眼前立刻出现一只不疲倦的骆驼

驮着你的马头琴徒步在茫茫的草原

你那喷泉似的诗篇

流进了沙漠去滋润繁生的向日葵

二次相聚在人民大会堂

我们坐在玉兰花旁谈心

你诉说了过去王爷对你的鄙视和欺凌

我翻开领主留在我身上的鞭痕给你看

仇恨的怒火燃烧着我们的胸膛

自从天安门升起祖国的太阳

北方草原上的封雪才解了冻

澜沧江边才呈现了黎明

我们才相会在世代梦想的北京城

我们对着天安门宣誓

永远为党为祖国建设的事业献身

你回到了北方,我回到了南方

书信在我们之间展开翅膀

去年的冬天西双版纳的缅桂开得正香

我接到你寄来的巨著《格斯尔王传》

夹在那诗里的一页蓝色信笺上

你说：“你没见过冰雪

邀请你来把千里封冻的草原观赏”

我立刻给你回信：

“邀请你先来看看亚热带的枫叶和槟榔”

可惜我还没实现接待贵宾的理想

苍天竟折断了雄鹰的翅膀

在你寄来的那页蓝色的信笺上

落上了我的泪行

安息吧！琶杰，我的兄长

你的诗篇将永远鼓舞着我们前进

安息吧！琶杰，我的兄长

你将成为我们学习的榜样

我会象你一样把一颗火热的心献给党；献给太阳

从此在我的双肩上

一边挂着你的马头琴，一边挂着我的瑟

在每一个村寨里演唱你未写出的诗章

（陈贵培译）

蒙古族民间艺人琶杰的生平与创作

奎 曾

史料解读

　　该史料是介绍琶杰的生平与创作的文章,原载于《中国民族》1962年第21期。琶杰出生于内蒙古扎鲁特旗一个奴隶家庭,九岁时被送往寺庙当了喇嘛,十八岁走出寺庙四处奔波演唱。新中国成立后在党的民族政策与文艺方针的鼓舞下,他积极参加了各项政治运动,加入了中国共产党,被选为中国曲艺工作者协会理事。1962年琶杰去世,终年61岁。琶杰的艺术成就首先来自民间,来自生活;其次,他努力学习了本民族的优秀文化遗产;再次,他积极学习与改编汉族文学作品。琶杰的艺术成就中最主要的一点,就是他在继承本民族的文艺遗产和运用形式方面做了许多可贵的努力,并且取得了显著的成绩。

原文

虽然你那灼热的心脏跳动停止了,

你那响亮的歌声呵,

还萦回在人民的耳旁……

——纳·赛音朝克图

　　中国曲艺工作者协会理事、民间文艺研究会内蒙古分会副主任、著名的蒙古族说唱诗人琶杰同志，因病不幸于今年 4 月 7 日溘然长逝了！消息传来，无限悲痛。他的逝世，是我国文艺界的一大损失！

　　六十一年前，琶杰同志出生于内蒙古扎鲁特旗一个奴隶家庭，九岁时便被王爷送往寺庙当了喇嘛；他从小就爱好说唱艺术，终于在他十八岁那年走出寺庙，开始了漫长的艺人生涯。在那乌云笼罩的黑暗岁月里，他身背民族乐器，漫游四方，走遍了内蒙古哲、昭、锡、察四个盟的二十多个旗县，过着乞丐般的流浪生活。苦难的生活历程，使他对自由幸福更加向往，在他的歌声里充满了美好的理想和对统治阶级的反抗精神。他到处演唱"好来宝"[①]，为受着日本帝国主义、国民党反动军阀和封建王公的沉重压迫的广大穷苦牧民诉说不平，解忧释恨。他经常演唱流传于蒙古族人民中间的各种传说故事，歌颂正义英雄，抨击邪恶势力；他并且将汉族的许多古典名著改编成适于演唱的好来宝形式，介绍给蒙古族人民；他还创作了不少新好来宝和长诗，丰富和发展了蒙古族人民所喜闻乐见的民间说唱文艺。解放后，在党的民族政策的光辉照耀下和"百花齐放，推陈出新"的文艺方针的鼓舞下，他积极参加了各项政治运动，社会主义思想觉悟大大提高，艺术创作也进入了一个新的阶段。1955 年 2 月，琶杰老人光荣地加入了中国共产党。次年党和政府在呼和浩特建筑了蒙语说书厅，让他和毛依罕来到自治区首府说唱。1958 年和 1960 年，他又先后到北京出席了全国民间文艺工作者代表大会、全国曲艺工作者代表大会和全国第三次文代大会。会议期间，他荣幸地会见了敬爱的领袖毛主席，并在这次会上被选为中国曲艺工作者协会理事。

　　琶杰老人是一位优秀的民间说唱艺术家，同时又是一位杰出的诗人。他遗留下来的作品是很多的。他的一些主要作品，目前正在陆续整理发表并翻译成汉文出版。这里限于篇幅，仅择要介绍他的几首歌颂新生活的好来宝，以及他的脍炙人口的长诗《英雄格斯尔可汗》。

---

① 　好来宝是蒙古族的一种传统说唱文艺形式，以四胡伴奏，边拉边唱。

一

民间说唱文学,是劳动人民自我教育、自我娱乐的一种通俗文艺形式。它的内容广泛,几乎上自国家大事,下至花鸟虫鱼,古今中外,无所不包;它的形式丰富多样,生动活泼,表现力强,优美朴素。接近于汉族的鼓词、快书、弹词的蒙古族曲艺好来宝,就是具有这些特点的。蒙古族民间艺人琶杰所创作、演唱的好来宝,除改编的汉族传统故事与现代文学作品外,就它们的内容来说,大致可分为两类:一类是配合政治运动,以现代题材为内容的作品,比较短小精悍,富有宣传鼓动力量;另一类是根据蒙古族的历史传说或古典文学改编的作品,篇幅一般都比较长,可以接连演唱几天至一月之久。现在,我们先介绍他的前一类作品。

党和政府十分重视民间文艺工作。早在 1950 年 11 月间,内蒙古自治区就召开了内蒙古民间艺人代表会议。会上,乌兰夫同志作了重要指示,号召民间艺人积极行动起来,运用各种文艺武器,深入开展抗美援朝的宣传活动,向人民进行国际主义和爱国主义教育。琶杰和毛依罕等民间艺人热烈响应号召,会后深入牧区草原,随身带着马头琴、四胡等民族乐器,在牧场上,在蒙古包里,及时将抗美援朝、保家卫国的伟大意义和朝鲜人民军、中国人民志愿军并肩作战的英雄事迹编唱演出。在这一时期,他们还改编、演唱了许多汉族的现代优秀作品,如《二万五千里长征》、《刘胡兰》、《黄继光》、《女英雄郭俊卿》等,用革命英雄主义精神激励人民;此外,他们还创作新的作品。琶杰的好来宝《我爱我的故乡》①,就是其中的一篇。他在这首诗歌中唱道:

> 清泉潺潺在歌唱,
>
> 歌唱声中花怒放。
>
> 举目四望喜洋洋,
>
> 勤劳牧民爱家乡。

---

① 《我爱我的故乡》发表于蒙文版《内蒙古日报》1951 年 2 月 1 日,全诗尚未译成汉文。

　　　　　牤牛、乳牛、小牛犊，

　　　　　绵羊、山羊、小羊羔，

　　　　　牛羊盖满山和野，

　　　　　我爱我的好故乡。①

　　这首好来宝描写了解放后草原上富饶美丽的风光和牧民们幸福愉快的生活，激发起人们对家乡对祖国的热爱，并表现了人们保卫家乡，保卫祖国，保卫幸福生活的决心。

　　然而，这仅仅是开始。琶杰反映现代生活真正的代表作品，是在农牧业合作化时期创作的《两只羊羔》和《互助合作好》②。这两篇作品的主题思想大致相同，都是用对比的方法，形象地表现了集体劳动比单干优越，宣传了合作化道路的正确。不过，它们的表现手法却各不相同，互有特点。

　　作者在《两只羊羔》这篇作品里，说了一个诙谐生动的寓言故事，大意是牧业社和单干户的两只羊羔，在一个牧场上相见，那牧业社的羊羔，长得肥胖健壮，单干户的羊羔，却瘦弱得十分可怜。两只羊羔一见面，就互道起自己肥瘦的原因。肥羊说道：

　　　　　我们的主人参加牧业社，

　　　　　人多力壮不怕困难；

　　　　　每个人都兴高采烈，

　　　　　每个人都各显所长。……

　　　　　照顾我们的主人，

　　　　　不分日夜地把我们饲养，

　　　　　虽然遭到各种灾害，

　　　　　我们仍然长得这般健壮。

————————————

① 　此两段译文引自《内蒙古自治区文学史》，内蒙古人民出版社 1960 年 12 月第一版，第 67 页。

② 　两篇作品均载《好来宝选集》，作家出版社 1957 年出版。

这是牧业合作化后带来的好处。而瘦羊呢？它说：

> 我的主人没有参加牧业社，
>
> 家中劳动力不多；
>
> 里里外外的活儿过重，
>
> 日子实在不好过；
>
> 若到野外放牧牛羊，
>
> 就顾不上家里的牲畜；
>
> 若留在家里干活儿，
>
> 就不能到野外去放牧。……
>
> 别说给羊羔搭圈棚，
>
> 就是大羊的羊圈也挡不住风暴；
>
> 别说好吃的饲料，
>
> 就是一把干草也难弄到。

单干，就是使这只羊羔瘦弱的根本原因。作品经过鲜明生动的对比之后，以下面的问话意味深长地作了结尾：

> 这两只羊羔咩咩地叫，
>
> 显得那样的亲密，
>
> 单干的老牧人哪！
>
> 你还有啥理由犹豫？

这篇作品，思想内容异常深刻，但表现得非常浅显、通俗！篇幅不长，但却塑造了两个鲜明的艺术形象。作品中关于两只羊羔的肥与瘦，各有几大段生动的描写。艺人说，肥羊因为健壮，精神饱满，所以"看见高大的东西，便纵身一跃而上；遇见古怪的东西，便向前低头猛撞"。而瘦羊呢，因为肚饥身冷，瘦弱无力，所以"看见个耗子洞，它也怕得远远地绕过；遇到一阵旋风，它也慌得快快地藏躲"。只这短短的两节描写，就把这两只形状不同、性格不同、心情不同的羊羔,刻划得逼真逼肖,跃然纸上! 这里,我们不能不惊叹于艺人对羊羔观察与描写的细致,以及对语言运用的纯熟。不是经常生活于牧区、生活于民间的人,是很难创作出这样富于生活气息的作品来的。

《互助合作好》同样是以生动的对比来说明牧业合作化的优越性。这篇作品的情节也很简单明了:牧业合作社的一个男社员在迎接他那开会回来的妻子时,碰到了一个焦急寻找失散马匹的单干老牧人,而这马匹,他们牧业社早已代他找着了,并且"日日夜夜地精心饲养着"。于是夫妻二人奉劝单干老牧人入社,经过一番动员,最后又拿出实证——老牧人丢失的马匹,老人终于承认了集体劳动的优越性,心服口服地加入了牧业合作社。

这篇作品通过对话,成功地刻划了三个不同性格的人物。作品中的男社员和女社员,都是牧业合作化的热心的宣传者;单干老牧人的转变,也很符合性格的逻辑发展。三个人物思想性格虽然不同,但都可爱可亲。从这篇好来宝里,我们看到了在农牧业合作化高潮中,草原上牧民们思想面貌的巨大变化。

《互助合作好》在艺术上也有它值得重视的地方。在语言上,它运用了蒙古族许多民歌中常用的比兴手法,形象鲜明,优美生动,对仗工整,表现力强。比如:"樱桃树枯萎了的话,它还能结下果实吗? 你自己人孤力量单,牛羊还能够兴旺吗?""雨水如果不调和,榆苗怎能长成树? 牧人不入互助组或合作社,怎能承担增畜保畜的光荣任务?"等等。在形式上,它更突破了过去好来宝一般都以单人或二人对话为限的旧形式,创造性地发展到三人对话。这就使得好来宝便于表达更丰富的思想内容,反映更广阔的社会生活;为好来宝扩大题材,特别是现代生活内容的题材,打开了一条宽阔的道路。

芭杰所创作的这类新好来宝,数量是很多的。其中已经被译成汉文发表的还有:赞美"草原本是个大歌山,新歌谣好比万朵牡丹"的《献词》(《民间文学》1958年7、8月号合刊),歌颂中苏"八亿人民,心心相印"的《和平的喜讯》(《人民日报》1958年8月12日八版),祝福新的一年"生活在上升""干劲鼓得足"的《新春祝福》(《内蒙古日报》1959年2月7日三版),歌颂领袖"高如青天的伟大功勋"的《万岁毛泽东》(《民族团结》1960年2月号)等等。此外,他还改编了蒙古族现代作家的一些优秀作品,如《春天的太阳照耀着乌珠穆沁草原》(纳·赛音朝克图的中篇小说),《草原之子》(敖德斯尔的短篇小说)等。

总起来说,积极地配合政治运动,宣传党的各项政策,热情地歌唱社会主义新生活,反映草原上社会面貌的巨大变化,描写层出不穷的新人新事,这些便是琶杰艺人解放后所编唱的新好来宝的基本内容。而这些新好来宝在艺术成就上,也是比较高的。再加上他那诙谐幽默、富有风趣的演唱天才,就使得他成为内蒙古最受群众欢迎的民间说唱艺人之一。

二

其实,琶杰最擅长的,应是"蒙古说书",即说唱长篇的历史故事,英雄人物。他除了说唱汉族的《水浒》、《三国演义》、《隋唐演义》等外,还根据本民族古典巨著和流传在民间的传说故事,创作了《英雄格斯尔可汗》[①]、《江格尔》、《阿拉坦汗》、《胡日勒巴特尔》等长诗。

蒙古族是一个英雄的民族,具有悠久的历史和优秀的文学遗产。热爱英雄,歌颂英雄,将英雄神化理想化,当作征服邪魔、抗击强暴的正义、勇敢的化身,这是蒙古族文学优秀的传统之一。从古代的民间口头文学开始,蒙古族文学中就产生了不少赞歌、颂词、英雄史诗、传说故事,其中家喻户晓、广为流传的优秀作品,便是《江格尔传》、《格斯尔传》等长篇英雄史诗。特别是《格斯尔传》,在蒙古族人民群众中影响最大;英雄格斯尔可汗的名字,几乎成为一种象征,一种力量,据说远在明代,就已经在蒙古族中间流传开来了。因而,有关英雄格斯尔可汗的故事,自然就成为民间艺人们说唱的最受欢迎的传统节目之一。每当艺人们在辽阔的草原上说唱这个美丽动人的英雄故事时,人们往往通宵达旦聚集在蒙古包内,不等唱完了不休止。据说琶杰所编唱的格斯尔的故事,就可以连续说唱一月之久。

琶杰编唱的长诗《英雄格斯尔可汗》,是他根据英雄史诗《格斯尔传》中的第

---

① 《英雄格斯尔可汗》,作家出版社 1959 年出版。

四章（全书共十三章）及在民间广为流传的关于格斯尔可汗的传说故事，经过精心创造，加工改编而成的。这部长诗，以浪漫主义的手法，塑造了格斯尔可汗的光辉的英雄形象。这位"十方圣主"格斯尔，生来就不平凡，他聪颖、英明，他给人类造福，"使肥壮的畜群，遍布广阔的草原"，"人人都安居乐业，过着和平的生活"。因此，他受到人民的爱戴，成为北方三个部落的首领。但他的叔父朝通，却是一个寡廉鲜耻、卑鄙恶毒的小人。朝通看上了侄媳妇阿尔勒高娃，求欢不遂，就心生毒计，设法招来了最凶恶的十二个头的魔王，夺去了格斯尔最心爱的人儿。朝通并想借此离间格斯尔与阿尔勒高娃的恩爱感情，可是忠于爱情的格斯尔却不顾旅程的艰险遥远，不顾官吏和众百姓的婉劝，毅然决然地要独自出征，为民除害，镇服魔王，救回夫人。格斯尔骑着神马，在三位神姐的暗中保护下出征。这一路上的情景，很有点象汉族古典小说《西游记》里所写的那样，重重磨难，考验和锻炼着我们的英雄。这里，突出描写了格斯尔大智大勇的英雄性格，他有时以力胜敌，有时则以计败魔。他自己必要时会变成乞丐，甚至变成灰尘；他的神圣宝剑可以变成手杖，盔甲可以变成褡裢；而他的神马也是通灵的，可以答话，也可以变化。格斯尔还是一个伟大的仁人义士，在路上他救出了不少被魔王掳去当奴隶的天国里和人世间的无辜的孩子们。格斯尔还有个法宝——火镜，当魔岭阻挡了去路时，"格斯尔拿出火镜一照，黑雾变成霞光万道，魔焰翻滚的黑岭，化作微小的山包"……琶杰艺人对汉族古典小说十分熟悉，很可能在编唱这部长诗时受到《西游记》的影响；但也许，原来《格斯尔传》就是如此，那么，这也可以当作蒙汉文学交流的一个佐证吧。

最后，格斯尔终于进入了魔王的宫殿，会见了一直苦守着的阿尔勒高娃，杀死了十二个头颅的魔王。从此：

> 举世颂扬的圣主，
>
> 消灭了横暴的魔王。
>
> 英雄无比的可汗，
>
> 为人类铲除了灾难。

格斯尔的英雄形象，有着深厚的人民性。诗中强调了格斯尔的正义、仁慈、勇敢、坚贞、聪慧、机智等美德。他之出征，固然是为了搭救自己心爱的夫人阿尔勒高娃；而在更大范围内，却是为了征服妖魔，为民除害，"为人类铲除了灾难"。正因为他是这样的人，所以才能得道多助，所向无敌。格斯尔，实际上是真、善、美的化身，是人民美好愿望的寄托者。

阿尔勒高娃夫人的形象也是十分感人的。作品着重描写了她的善良、温柔、美丽、对爱情的坚贞，和对邪恶势力的不屈。作品形容"美丽的阿尔勒高娃夫人，是辉映世界的一朵金花"，"她的光辉使太阳失色，她的艳丽令百花羞涩，她的热情使铁水熔化，她的坚贞令岩石感动"。这样一个可爱的女子，在小人朝通的陷害下，终于不得不离开自己的丈夫，离开自己的国土。在她临走时，"离宫所有的牧人，都来给夫人送行，人人流着眼泪，大家难舍难分"。但她忍住悲痛，"把所有的宫庭财富，都交给她的奴仆分享"。人民和她，始终是站在一起的。在她被魔王掳去之后，在漫长的岁月里，她始终在等候着格斯尔。她把右脸涂上脂粉，右半身打扮整齐，为的是祝福自己的丈夫永远威武健壮；她把左脸抹上锅灰，左半身穿得丑陋，为的是诅咒凶恶的魔王早日毁灭死亡。当格斯尔到来后，她将他隐藏在澡坑里，并代他谋计划策，成为格斯尔的有力的助手。她聪明地几度哄骗了魔王……应当说，这个女性的形象也是很完美的，同样是理想化了的人物。

和格斯尔、阿尔勒高娃相对立的，是凶恶的魔王和小人朝通。他们身上几乎集中了人间一切丑恶的特征。魔王的形象，作品着重描写了他的凶恶、残暴、丑陋。他"山一般高的身躯上，配着车轮一般大的脑袋"，"狰狞的牙齿在闪光，锋利的獠牙在翘张，闪电般的眼球在眨动，可怕的十二颗脑袋在摇晃"。他有着无数的附体，霸据着险恶的山林。他也会使"一滴一滴的魔血，变成无数的魔鬼"，"一块一块的魔肉，变出众多的魔鬼"。魔王还很狡猾，当最后感到大势已去时，他一边伪装着乞怜求饶，一边却正在化为金刚铁体。幸而格斯尔的三位神姐及时赶到，指点格斯尔犹豫不得，必须立即挥剑砍杀，才能免除他再生，危害人类。在刻划魔王这个反面形象时，作品作了多方面的描写：那险恶的山林，那道路上的各种各样的妖魔，那受难的群众，实际上都烘托了魔王的威势。即如小人朝通，也未尝不可以说是魔王性格的一种补充。

作品里的朝通，是一个奸诈、阴险、卑鄙、狠毒的典型。他嗜酒好色、妄想乱伦，被拒绝后就施行毒计报复。他可以陷害自己的亲人，引进万恶的魔王。这个毒蛇般的衣冠禽兽，在很大程度上概括了历史上那些叛变祖国、出卖民族的奸臣贼子们的性格特征。作品对这个人物加以无情的揭露和鞭挞，是很有意义的。

此外，作品中还出现了不少人物，就连格斯尔所乘的神马，也是有它自己的性格特征的。限于篇幅，这里就不谈了。

长诗的结构宏大而又严谨。故事情节的发展，一步紧接一步。特别是格斯尔征魔途中，屡历险阻，那些场面真是惊心动魄，扣人心弦。情节的紧凑有力、引人入胜，正是一般说唱文学固有的特点，琶杰艺人在这部长诗中，用得恰到好处。传统的英雄史诗，往往都具有浓郁的浪漫主义色彩，这部长诗也不例外。长诗的语言洗练流畅，其中还吸收了不少蒙古族民间常见的颂歌、谚语，如："甘美的水果，甜在喉咙里，久别的夫妻，想在心坎里。"等等。这就使得这部长诗为人民群众喜闻乐见，受到热烈欢迎。

三

从上述代表作品的粗浅分析中，我们可以看出琶杰的艺术成就是很高的。他能成为内蒙古自治区各族人民所尊敬热爱的著名说唱艺人，这决不是偶然的事。

琶杰的艺术成就首先来自民间，来自生活。他非常熟悉本民族人民的思想感情、风俗习尚，以及那浩如烟海的民间故事、传说、歌谣、谚语等等；他更熟悉草原牧区的社会生活，乃至对一匹马、一只羊，他都有自己的观察和感受。这样，日积月累，当他编唱新的好来宝时，就能得心应手，吐出语言的珠玑，描写出具有自己民族特点的各种人物事件。他的作品的惊人的语言魅力，也正是这样得来的。

其次，琶杰艺人努力学习了本民族的优秀文化遗产。他继承了蒙古族古典文学中许多有生命的东西,并加以创造性地革新和运用。《英雄格斯尔可汗》正是这样编唱出来的。他将古典书面文学《格斯尔传》和民间流传的故事结合起来,运用新的观点加以改编,推陈出新,剔除了封建性的糟粕,发扬了民主性的精华,因而,体现在长诗中的英雄格斯尔可汗是那样的光辉夺目,伟大崇高,成为人民理想的化身。

再次,琶杰艺人积极学习与改编汉族文学作品,这也具有重要的意义。他的一些作品,很明显地受到汉族文学作品的影响;而且是经过他消化吸收后,通过本民族的形式表现出来的。多少年来,他将汉族作品改编成蒙古族的好来宝到处演唱,这一工作,无疑地促进了两个民族之间的文化交流。这里应当着重说明的是:他所改编演唱的这些汉族故事中的人物,都已经用蒙古族的生活装饰过了。例如他把《水浒传》里的花和尚鲁智深,说成是一个英雄义气的喇嘛;他说《隋唐传》里的程咬金,爱喝酒,有两只獠牙伸在嘴外,喝酒时獠牙碰得酒坛子"乒乓"作响……[①]经他这一改编,演唱起来格外受到蒙族听众的热烈欢迎。他这种创造性的改编是很好的,说明在接受其他民族的东西时,不能囫囵吞枣,全盘照搬,而应当加以适当的改造,使其适合于本民族人民群众的艺术欣赏习惯。

总的来说,琶杰的艺术成就是多方面的。其中最主要的一点,就是他在继承本民族的文艺遗产和运用民族形式方面作了许多可贵的努力,并且取得了显著的成绩。这是值得我们认真研究和学习的。

琶杰老人已经离开我们了。但他创作的优秀作品将永远流传下去,千古不朽!纪念死者最好的办法,就是整理他的遗作,加以翻译出版,进行研究学习,发扬光大。让我们继承琶杰同志留下的这份珍贵的遗产,为祖国多民族的社会主义文学艺术事业作出更大的贡献!

---

① 见陶钝同志《内蒙古听曲记》,载《人民日报》1962 年 1 月 5 日。

追念琶杰同志

陶　钝

史料解读

　　该史料为纪念琶杰的文章，原载于《曲艺》1963 年第 2 期。作者先是追忆在中国曲艺工作者第一次代表大会上与琶杰第一次见面以及去琶杰家中做客的场景，回忆他温厚的面容。琶杰的蒙古语说书，是一种似说似唱的表演形式，有腔有调有韵像是唱，但腔调韵律都出于自然，主要是把故事说给人们听，伴奏乐器是四胡。他说的书从内容上可以分成三大类。第一类是说蒙古族的历史和歌颂民族英雄人物的，在歌颂民族英雄的说唱中，正面人物和反面人物形象分明。第二类是从汉族传统书词移植的，例如《三国演义》《水浒传》《隋唐演义》《西游记》等，他把书中蒙古族同胞不习惯、不了解的语汇改换成蒙古族同胞熟悉和使用的生活语汇。第三类是新书，他说的很多新书是他自己创作的，常常是随编随唱。

原文

　　从去年四月七日琶杰同志逝世到现在已经一年了。在录音带上听到琶杰同志优美的歌唱，在刊物上翻阅到琶杰同志写的好来宝唱词，不禁想起他温厚的面容。我第一次见到琶杰同志是一九五八年，在中国曲艺工作者第一次代表大会上。他是内蒙古自治区的代表。大会期间各地代表联欢，琶杰同志拉着四胡歌颂了党的领袖毛泽东同志。我们不懂蒙语，可是毛泽东这三个字我们是听明白的。从他那穿着民族服装的魁梧的身躯有节奏的姿态上，从他那因为内心的欢欣而发亮的眼神上，从他那沉重而又响亮的声音中，可以理解他当时是多么激动呵！一九六〇年，芭杰同志来京参加中国文学艺术工作者第三次代表大会，我们就成了熟识的朋友了，又听了他一次演唱。第二年的秋天，蒙古草原上严霜初降牧草金黄的时节，我到了呼和浩特访问了芭杰同志。他的家住在蒙语说书厅后边，房子里的炕烧得暖暖的，他让我们到他的炕上坐，拿出蒙族招待客人的珍贵的酥酪点心来让我们吃。芭杰同志和我们说话已经夹杂着一半汉语了。他的爱人和新生了孙孙的儿媳的汉语比他还好。我们听不懂，她们给补充翻译。他们询问毛主席和党中央同志的健康，询问北京文艺界的动态。他谈到蒙古草原^①在三面红旗指引下的新发展，也谈到他去盟、旗说书时牧民欢迎的情况。我发现芭杰同志比我们前两次会见时瘦了一些，为他的健康担心，劝他注意身体，他昂起头来，挥动了两臂表示他是健康的。晚上他为我们演唱，声音还是那么清亮，态度还是那么愉快。想不到相隔仅仅五个月就得到了芭杰同志患了癌症来京就医的消息。那时我正离职学习没有去看望芭杰同志。很想学习完毕后到医院去看望他，想不到他的病势这样危急，噩耗传来，不得一晤，竟成永别。我不仅在工作职责上有照顾不周之处，就在同志的关系上也留下了一件憾事。

芭杰同志是内蒙古哲里木盟扎鲁特旗贫苦牧民的儿子。祖祖辈辈充当王爷的奴隶。八岁被王府送了去还愿当喇嘛。他不愿过那种非人的生活，喜欢听好来宝艺人说书，逃跑了几次捉回去受毒刑拷打。十八岁那年开始了说书艺人的生活，以后他在阴暗的草原里过着流浪的艺人生活，走遍了哲里木盟、锡林郭勒盟、昭乌达盟二十多个旗。解放以后芭杰同志才获得了自由，他衷心拥护共产党和毛主席，当过村干部，积极地为社会主义宣传。一九五五年参加了中国共产党。一九五八年被选为中国曲艺工作者协会的理事。

---

① 编者注："蒙古草原"应为"内蒙古大草原"。

　　芭杰同志的蒙语说书，是似说似唱的形式。有腔有调有韵律象是唱，但腔调韵律都是出于自然，主要地是把故事说给人们听。伴奏乐器是四胡，他用的那把四胡比一般高大，他对这件乐器比战士爱枪，文人爱笔还珍惜。四胡的杆子和柱头都用贝壳装饰了。弓子和鼓子上都用黄铜片镶了，一来为了美观，二来为了弓子和鼓子相撞，作为一种节奏，也防止日久了容易磨坏。在说书厅内听到这四胡的声音是低沉嗡嗡的，似乎不大响亮。可是到了厅外，听起来反而更觉得清楚。他就是带着这件乐器走遍内蒙草原，为社会主义建设服务的。他说的书从内容上可以分成三大类：

　　第一类是说蒙古族的历史和歌颂民族英雄人物的。例如《英雄格斯尔可汗》和《忽热勒巴特尔》等。芭杰同志接受了蒙古说书的艺术传统，在歌颂民族英雄的说唱中，正面人物和反面人物形象分明，用不同的语汇和不同的口吻形容两种人物。在《英雄格斯尔可汗》第二部第一章形容格斯尔王妃的美丽有这样的句子："太阳见她几乎溶化，月亮见她就要凝结，鸟儿见她忘却飞翔，花儿见她满面怯容。"这说法比汉语说书常用的"沉鱼落雁之容，闭月羞花之貌"更觉得清新。在第二章里描写三个凶恶的可汗想抢劫美人，化为凶鹰的形象则是："它那张开的翅翼，遮住了金色太阳；光明普照的大地，立刻笼罩起阴影。它那刺耳的啼叫，震动得群山回响；一向平静的海洋，也随之水流激荡。"芭杰同志的蒙古说书在形状事物的时候也善于以物比物，使形象非常的具体。三可汗要找一位汗妃："嘴唇象玫瑰一般鲜嫩"，"脸蛋象海棠一般红润"，"心地象水晶一般善良"，"智慧象宝石一般发光"。用了人所共知的美丽的东西来作比，给听众以具体的印象。这些艺术成果虽然是前人开始创造的，得到芭杰同志演唱，增加了新的内容，听起来象诗一样优美。

　　芭杰同志常说的第二类书是从汉族传统书词移植的。例如《三国》《水浒传》《隋唐》《西游记》等。他把书中蒙族人民不习惯、不了解的语汇改换上蒙族人民的生活语汇。我听他说《隋唐》中的程咬金的故事，形容程咬金有两只獠牙伸在嘴外，样子非常凶恶，也是爱酒如命，捧起坛子来大饮，坛子和獠牙相撞，发出乒乓的声响。可是也把程咬金形容得滑稽多趣，武艺不高，三斧子砍过以后就没有本事了。他说的话我虽然不懂,听书时给我翻译的同志只译其大意,但从听众句句有反应,不断的哄堂大笑看来,他说得是很生动的。我问他说《水浒传》的花和尚鲁智深怎样说法,他说他把鲁智深说成很有义气的喇嘛,这样蒙族人民就懂了。他说这样的汉族故事,也是有很多创造的。

第三类是新书。他说的很多新书是他自己创作的。琶杰同志有这样的才能,遇到了新鲜事物,应该歌颂的他就编颂词,应该讽刺的他就编讽刺的话。常常是随编随唱,好象是在脑子里早有储存一样。他歌颂党用这样的赞词:"蔚蓝辽阔的海洋,没有党的思想深广;它那放之四海而皆准的理论,高过直冲霄汉的昆仑。"他歌颂毛主席用这样响亮优美的词句:"金色的世界能够明亮,是因为有火红的太阳;我们能够过上幸福的生活,是因为有了毛泽东思想。"他背着四胡,走遍内蒙古草原,走到哪里唱到哪里,使远在边疆,分住在蒙古包的牧民们都觉得党和毛主席好象是在草原上,在蒙古包内,在自己的身边。为了宣传合作社的优越性,他写了《两只羊羔》。一只是:"脊背那么膘厚,胸脯胖得挺起,身上的绒毛软绵绵,好象就是一个大棉团。"另一只是:"靠着锅城子睡觉,头上的毛儿都被烤焦,从锅底下钻来钻去,浑身变得黑漆漆。"两只羊羔的主人,一个参加了牧业合作社,一个还在单干。这样对牧民宣传互助合作的好处就很具体,容易被牧民接受。琶杰同志一个人,一把四胡所发生的影响是难以估量的。

不幸的是,他的艺术正到了炉火纯青的火候,内蒙古自治区正在记录保存他的艺术成果的时候,病魔夺去了他的宝贵的生命。他身上的珍贵的艺术成果没有全部留下来,造成了不可补偿的损失。现在内蒙古自治区的党和政府正在大力搜集琶杰同志的艺术遗产,用各种可能的方法保存下来,培养有才能的青年来继承。

琶杰同志的艺术常青!

杰出的诗人和艺术家

——纪念琶杰同志逝世一周年

刘英勇

史料解读

　　该史料为纪念琶杰逝世一周年的文章，原载于《内蒙古日报》1963 年 4 月 11 日。文章回顾了琶杰的一生。琶杰从小就喜爱说唱，在十八岁那年背起了四弦琴，走进了农村和大草原，他深入社会底层，广泛地观察了人民的困苦，遭受了反动统治阶级的种种迫害。新中国成立后，他积极而热情地投入各项社会改革运动，并且成为当地基层领导骨干，深受群众的尊敬与爱戴。之后不久，他又加入了内蒙古文学艺术工作者的队伍。琶杰是诗人和艺术家，但他首先是一个同时代并肩前进的革命者。琶杰在新中国成立前后的创作有着截然不同的特点：新中国成立以前，他的创作大都是旧社会的挽歌；新中国成立以后，他的创作是对新社会的赞歌。在整理和改编民族民间古典文学作品方面，琶杰遵循"取其精华，去其糟粕"的教导，遵守"古为今用"的原则，取得了很大成绩。同时，他毕生致力于蒙古族与汉族的文化交流和促进工作，做了很多有意义的事情。

原文

　　琶杰同志逝世已满一周年了，我们全区民族民间文学工作者以崇敬和沉重的心情怀念着这位杰出的诗人和艺术家。琶杰同志的一生经历和他所致力的事业表明,他不仅是我区民族民间文学最优秀的继承者和发扬者,而且也是我们社会主义文学战线上的一位最优秀的战士。

六十二年前,当清朝正处在黑暗和动乱的时候,琶杰同志在哲里木盟扎鲁特旗一个饥寒交迫的牧民家里诞生了。在罪恶的旧社会里,琶杰一诞生,便落在痛苦和不幸之中。为了生活,他从小就被迫给统治阶级当奴隶,九岁时又被迫当了喇嘛。因他性格刚强,热爱自由,时常触犯教规,身上经常落着被宗教统治者罚打的伤痕。

琶杰从小就喜爱说唱,他祖父最亲密的友人——说唱诗人雪朋,成了他的幻想和安慰。琶杰喜爱雪朋的艺术才能,但更喜爱他说唱的《镇压鬼魔》《水浒传》等战胜苦难、英勇壮烈和激动人心的故事。因此,琶杰就立志非要做一个说唱家不可;然而凶恶的教规和森严的寺院,严重地束缚着他的自由。他经过多次的斗争之后,终于在十八岁那年背起了四弦琴,走进了农村和大草原,为农牧民兄弟说唱去了。从此,哲盟农村和草原上广大的农牧民中间,又多了一个知心的朋友。

琶杰深入农村和草原,深入社会底层,广泛地观察了人民的困苦,亲身遭受了反动统治阶级的种种迫害,心里刮起愤怒的暴风雨。为了诉说他内心的不平,为了控告旧社会,他满怀愤恨地抚琴歌唱道:

> 看到穿的和戴的,
>
> 象佛爷一样豪华尊严,
>
> 听到说的和唱的,
>
> 象神仙一样伶俐聪明,
>
> 见到行的和做的,
>
> 象地狱一样黑暗残忍……

"九一八"事变以后,他家乡的同胞和全东北人民一样,陷入了水深火热之中。这时琶杰背上四弦琴,从哲盟走到昭盟,从昭盟走到锡盟,走遍了二十多个旗县,日夜说唱;他说唱蒙古族的民间英雄故事,也说唱梁山泊上汉族英雄好汉的故事，他说唱的这些蒙汉人民英雄的抗拒权贵、敢于向封建统治阶级进行挑战的故事，在客观上起了加强内蒙古各族人民对敌人的仇恨和增强了他们斗争的勇气的作用。琶杰同志对敌人的自发的反抗的精神充分地表现在他的诗歌和琴音里，例如，他在《道尔吉警察署长》中就这样唱道：

> 破晓前的黑暗里，
> 豺狼和狐狸乱窜哪！
> 侦察"思想不良"的人，
> 道尔吉署长忙的欢。
>
> 从黑夜吼到天亮，
> 是饿狼的本性，
> 从夜晚串到清晨，
> 是署长的习惯。

敌人既怕他，又想笼络他，但是琶杰对敌人的笼络，只以嘲笑来回答，表现了他那富贵不能淫、贫贱不能移、威武不能屈的坚贞的民族气节。但是，在旧社会里，琶杰的处境是十分困难的，他几遭不幸。1946年，家乡解放了，他和人民一起迎接着光明的来临。他积极而热情地投入了各项社会改革运动，并且成为当地基层领导骨干之一，深受群众的尊敬与爱戴。之后不久，他又加入了内蒙古文学艺术工作者的队伍，同我区所有的文学艺术工作者一起为发展社会主义的民族文学事业而贡献力量。他不断地靠近党，以顽强的精神和坚韧的毅力学习文化和政治，学习毛主席的文艺思想。他的眼睛更加明亮了，他面前的道路更加宽广了，他的诗情也更加旺盛了，他大张开一个艺术家的翅膀，努力向前飞去。1955年，琶杰同志加入了中国共产党，由旧社会的奴隶变成了一员光荣的共产主义战士。如果说解放以前，琶杰是一块不带光的宝石，那末，入党以后，他就变得金光四射了。这里并没有什么奇迹，这是因为他直接地得到了党的阳光的照耀，直接地得到了党所给予他的无穷无尽的力量。他向党和人民发誓道："我的歌喉是人民的驿马，我的心情是光烈的火焰，我愿把我的诗歌琴音同我的心,永远地奉献给伟大的人民。"

从旧社会里走过来的琶杰,受到了党的抚爱,看到社会主义革命和社会主义建设的胜利,看到伟大祖国的美好前程,心中的热情在沸腾。他以全身心,用最美丽的赞词和最动人的比喻,来歌颂党和毛主席:

> 金色的世界能够明亮,
>
> 是因为有了火红的太阳,
>
> 我们能够过上幸福的生活,
>
> 是因为有了毛泽东的思想。
>
> 银色的夜晚能够明亮,
>
> 是因为有了皎洁的月亮,
>
> 我们能够享有自由和快乐,
>
> 是因为有了伟大的共产党。

(琶杰:《万岁,毛泽东》)

琶杰在入党以后几年里,又创作了为数众多的新诗,并且获得了巨大的成功。他的诗歌真象长上了翅膀一样,在全区飞腾开来,并且深受全区人民的喜爱,然而越是这样,他越戒骄戒躁。他对党老实,对人谦虚和蔼;他喜欢倾听批评,但却丝毫不夸耀自己。直到他病倒在床时,他还对《英雄格斯尔》的译者说:"要多多听取读者的意见,好好修改。"这话出自一个颇负盛名的老诗人和老艺术家之口,实在令人感动!

自参加工作以来,琶杰同志始终听党的话,经常深入生活,深入实际,深入群众,一面寻找创作的源泉,一面继续改造自己。他虽然年迈,且身有旧疾,但仍象一个二十来岁的小伙子,不怕风吹雨打,不怕天寒地冻,爬山越岭,蹚河涉水,走遍了内蒙古大半个土地,到处歌唱新的生活。

琶杰同志是诗人和艺术家,但更重要的,他首先是一个同时代并肩前进的革命者。他积极响应党的号召,以自己的诗歌和琴音,不断地给群众带来鼓舞和力量。在及时反映当前火热的斗争方面,他为我们树立了良好的榜样。他通过自己编唱的《白毛女》，痛诉地主阶级对农民的剥削与压迫，鼓励人民和地主阶级进行斗争；通过《互助合作》和《两只小羊羔的对话》，歌颂了具有历史意义的农牧业合作化运动；通过《歌唱白云鄂博》等作品，反映了我区工业建设的成就；通过《幸福的红旗人民公社》和《大跃进之歌》赞扬了光辉的三面红旗；通过《和平的保证》和《中朝友谊》，歌颂了中苏人民及中朝人民伟大的牢不可破的友谊……

琶杰的解放以前和解放以后的创作，有着截然不同的特点。解放以前，他的创作大都是旧社会的挽歌，他通过对反面人物的揭露与讽刺，通过那悲愤的、淋漓尽致的笔触，无情地刺破旧社会的毒瘤，表现了劳动人民仇恨黑暗、向往光明的理想，表现了他们不达目的决不轻易罢休的英雄气概。解放以后，他用那最饱满的热情、最美丽的形象和最动人的诗句，不遗余力地为党、为人民、为社会主义祖国唱着光明的礼赞，歌颂幸福的今天和更幸福的明天。所有这些创作——尤其是他近几年的创作，思想性和艺术性都达到了相当的高度，其表现技巧、驾驭艺术的本领，都达到了运用自如和非常熟练的地步，并具有高度的感染力量和鼓舞力量，具有强烈的现实感和时代感，具有鲜明的民族特色和地方特色，具有革命浪漫主义风格和轻松愉快的幽默。

在整理和改编民族民间古典文学作品方面，琶杰同志遵循着毛主席"取其精华，去其糟粕"的教导，遵守着"古为今用"的原则，因而取得了重大成绩。琶杰同志正确地继承了古典文学的优良传统，运用正确的观点和正确的处理方法，整理和改编了许多著名的古典文学作品，使它们大放光明，使它们为社会主义服务。特别应当指出的是，琶杰根据古典作品《英雄格斯尔可汗》改编的长诗，引起了国内的民族民间文学研究者与爱好者的广泛重视。

琶杰毕生致力于蒙汉两族文化的交流和促进工作，他在整理、改编、说唱古典文学作品的创造性的经验，不仅运用在蒙古族古典文学作品方面，同样也运用在汉族古典文学作品方面。他在说唱汉族《三国演义》、《水浒》和《隋唐演义》等古典文学作品时，一方面不损其原来的面目，另一方面又给它们加上了蒙古族风味与地方色采，从而丰富了蒙汉两族的文学宝库。

　　琶杰同志的一生，是光荣的一生。琶杰同志虽然已经离开我们了，然而他的政治生命与艺术生命将永远同我们生活在一起，他的名字将永远地写在我们的文学史上。

　　纪念琶杰同志，学习琶杰同志。

长了翅膀的歌

—— 忆琶杰老人

巴·布尔贝赫

该史料是纪念琶杰的忆旧散文，原载于《内蒙古日报》1963 年 4 月 11 日。作者回忆了自己与琶杰老人之间的往事。通过自己第一次听琶杰老人说书、给琶杰老人担任翻译、老人去世后偶然打开收音机听到老人的说书声三件小事，刻画出一个说书技艺高超、语汇丰富的老说书艺人的生动形象。

原文

大约是在 1955 年或 1956 年的时候吧，忘记是哪月哪日了，只记得那是初秋一个周末的晚上。

月亮皎洁，天空晴朗，晚风凉爽。

在老祖母的一再鼓动之下，我第一次去听琶杰老人说书。

走在路上，抬眼一望，只见人流滚滚，熙熙攘攘。其中既有一边抽烟一边加快脚步的老头子；也有牵着孩子的手，让孩子充当夜间领路人的老婆婆；既有双双对对的年轻人；也有干部和解放军战士……

"啊，这么多人！"

"嘿，琶杰能勾人们的魂呢！"有人这样说。

我心里暗忖：这么多人不一定都是去说书厅的吧？琶杰未必能招来这么多

人！但是,却出我所料,就象草原上的万溪千川从四面八方向着低洼处的湖潭汇集一样,这滚滚的人流也从四面八方向着说书厅汇集。我,不由自主地被这人流拥进了说书厅的院子。啊,这说书厅啊,哪象容纳万溪千川的湖泽,简直变成喷溅飞迸着的涌泉了。说书厅里挤得满满的,说书厅外边,也站了不少的人。有的向窗里探身;有的把脑袋挤进人缝;有的耳朵贴着窗隙;矮个子的在高个子背后踮足引颈;自带板凳的在窗外檐下排坐一行。①

说书开始了。果然,象祖母描绘的一样,他说得是那样动人。我也一下子就被迷住了,被他带入了书中那奇妙的境界。后来,我好容易才从那境界中挣脱出来,在明亮的灯光下环视四周。啊,但见有的年轻人在模拟着说书人的口势,把嘴唇时张时合;有的老人在配合着说书的音调和节奏,把须尖时翘时落;有的老妈妈为故事里主人公的喜怒哀乐所感染,额际的皱纹时敛时展;软心的听众不时擦着眼泪;爽朗的人们不时哈哈大笑。琶杰老人不是在说书,简直是在从他的宝库里向外倾倒语言的珍宝！通过他动人的描绘,把一幅幅鲜明灿烂的图画,展示在人们的眼前。人们不是在听书,简直是浸沉在诗的妙境里,同书中的主人公们一起生活着、斗争着、游历着。

哦,我这才体会到刚才途中所听到的话是真实的,琶杰老人的确是能随心所欲地控制着听众的灵魂,驾驭着他们的理智和感情。

休息的时候,我又听到了这样的对话:

"人们说琶杰能把美人的眼神描绘出六十种不同的形象,是真的吗?"

"嘿,六十种？ 七十种也不止吧！"

对,实在是那样！"荒原难用马缰量",琶杰老人美妙的艺术语言,怎么能用数字计算呢！

"语言推琶杰,故事数扎那②。"

人民中间不是早就流传着这样的赞语吗?

后来,我给琶杰老人作了一回翻译,我就更加体会到了他那语言的惊人的

---

① 当时新说书厅尚未建立,以普通房间当说书厅。

② 扎那是和琶杰同辈的说唱艺人,以故事的生动性见长。

丰富！

我做过比较长时间的翻译和编辑工作，老实说，在这以前，自己一直觉得是个相当称职的翻译工作者的。可是，自从给琶杰老人当了那次译员后，我再也不敢以此自负了。不但如此，甚至产生了这样的念头：千万别让我的儿子和孙子选择翻译的职业啊！那次作翻译，实在害得我抓耳挠腮，手足无措。出自琶杰之口的句句都是合辙押韵的即兴诗句，我使尽了浑身解数，也硬是找不出恰当的词汇把他的话翻译出来。

这以后，我一直把琶杰老人奉为自己的艺师。

他，作为一个深受人民爱戴的艺术家，一个对党无限忠诚的宣传员，曾用闪光的诗句在风雪里召唤过春雷，在温熙的季节里赞颂过红太阳。

歌声婉啭的鸟儿爱在檀香树上筑窝，琶杰老人在人民的心中筑成了一个永恒的诗之窝。他的诗是从人民的心里涌出，重又渗入人民的心里。

琶杰老人去世之后。一个晚上，当我打开收音机时，又听到了他那熟悉而又感人的声音：

"魔鬼魑魅清灭净，

妖焰瘴氛驱除清，

温和安详的红太阳，

冉冉升上蓝天顶。"①

我那刚懂事的小女儿玩着玩着，不知怎么，忽然问道：

"爸爸，收音机里在说什么？"

"在说书。"

"谁在说书？"

"琶杰老人。"

"你不是说要领我去听他说书吗？"

"…………"

————————————

①　琶杰老人演唱的《英雄格斯尔可汗》中的一节。

我没有回答小女儿的话。我心里突然激动起来,赶紧走到院子里去。

天空高阔而晴朗。空气清新而凉爽。月亮皎白而沉默。(多象我第一次去听他说书的那个夜晚啊!)一缕薄纱似的白云慢悠悠地在天上浮动,好象在向四面八方传播着他刚才的说书声。

啊,这是琶杰老人的灵魂驾着群云周游着自己的故乡吧?于是,我好象得到了安慰,心儿慢慢地、慢慢地平静了下来。

(陈乃雄译)

听蒙古族歌手哈扎布歌唱

叶圣陶

史料解读

　　该史料为一首诗歌，原载于《民间文学》1961 年第 12 期。叶圣陶以诗歌的形式描写了自己听蒙古族歌手哈扎布演唱蒙古语民歌时的感受。

原文

　　　　　　　他的歌韵味醇厚，

　　　　　　　象新茶，象陈酒。

　　　　　　　他的歌节奏自然，

　　　　　　　象松风，象溪流。

　　　　　　　每个字都落在人心坎儿上，

　　　　　　　叫人默默颔首，

　　　　　　　高一点儿低一点儿就不成，

　　　　　　　快一点儿慢一点儿也不就，

　　　　　　　唯有他那样刚好恰够，

　　　　　　　才叫人心醉神移，尽情享受。

　　　　　　　语言不通又有什么关系，

但听歌声就能知情会意。
无边的草原在歌声中涌现，
草嫩花鲜，仿佛嗅到芳春气息，
静静的牧群这儿是，那儿也是，
共进美餐，昂头舔舌心欢喜。
跨马的健儿在歌声中飞跑，
独坐的姑娘在歌声中支颐，
健儿姑娘虽然远别离，
你心我心情如一，
海枯石烂毋相忘，
誓愿在天鸟比翼，在地枝连理。
这些个永远新鲜的歌啊，
真够你回肠荡气。

他的歌韵味醇厚，
象新茶，象陈酒。
他的歌节奏自然，
象松风，象溪流。
莫说绕梁，简直绕心头。
更何有我，我让歌占有。
弦停歌歇绒幕垂，
竟没想到为他拍手。

内蒙古草原上的说唱诗人

臧克家

　　该史料是访问毛依罕后所写的随感，原载于《光明日报》1962 年 1 月 23 日。毛依罕幼时家贫，寄养在伯母家中，受伯母影响，他对说唱有着浓厚的兴趣。从二十岁起，他开始创作并在内蒙古草原上演出。他的歌唱表达了广大群众的思想和情感，他唱旧社会的不公，也唱新社会的美好。新中国成立后他加入文工团，在公演的余暇，努力学习文化，他的创作热情更加高涨。

原文

　　你听过内蒙古说唱诗人毛依罕唱的《铁牤牛》和《英雄赞》吗？从他口里吐出的歌辞不经过翻译是听不懂的，可是，他的歌声像一把神奇的钥匙，一触到我们的心上，我们的心就豁然洞开了。

　　带着对于这位民间诗人的景慕，带着浪漫、豪迈的情感和美丽的想象，我们去访问毛依罕。

　　他红红的大脸堂上并没有胡须，有的是长期草原生活给他镀上的朴素健康，我的个子已经不能算小了，和他说话的时候得把脸仰起来。一身丝绸的民族服装，给了我们一个鲜明的印象。

他今年 51 岁了，七八岁的时候就学着歌唱。从小家里穷，寄养在伯母家里，伯母有着一颗诗的心，常常思念起她遥远的家乡，思念她亲爱的父母，思念门前的那条小河。她觉得自己故乡的景物特别美丽，连头顶上天空的颜色也两样。当她思念故乡的时候，她编了许多美丽的诗歌来歌唱。毛依罕，那时才是六七岁的一个孩子，他被伯母的歌声打动了，他也学着唱。当他把小羊赶到草地上去的时候，他便对着这无边的大野歌唱起来。

就这样，他的心从小就浸润在诗歌的气氛里，他用自己的歌声表达自己的思想和感情，小的时候，他只是学着别人，用歌唱来娱乐自己，从 20 岁开始，他自己创作诗歌，把它歌唱出来，去启发、提高、娱乐成千上万的人民。他到处受到热情的欢呼，百多里外的人们骑上快马来请他去歌唱。他的歌声落在人民的心上，就像露珠落在广大的草原上。

内蒙古草原上的人民，谁不认识自己的歌手毛依罕？他背起四胡从一个"包"走到另一个"包"，这样在草原上歌唱了 30 多年。"内蒙歌舞团"到各地去演出的时候，每到一个地方，青年小伙子都围拢过来问："毛依罕来了没有？"上了年纪的人另是一种口吻："我们的老朋友来了吧？"

他给草原上的人们说古代英雄们征战的故事，说故事之前，先唱他自己创作的一段"好来宝"作为一个诗的序曲。

看他这样描绘英雄：

"马嚼子嚓嚓的响，

马缰绳像长虹，

骑在马上的英雄发红光，

枪上的红缨一劲颠扬。"

听他这样歌唱爱情：

"百花齐放，出众的只有一朵，

人似山海，我爱的只有一个。"

"鼻子不好的人，

闻不到麝香的香气，

不知道人家在想他的人，

心里好似长了牙齿。"

毛依罕所以成为人民的歌手，主要的是由于他的歌唱表达了广大人民的思想和情感。他的一张嘴，发出了千万人民的心声，他手下四胡琴弦的音响，引起了广大群众的共鸣。

内蒙古人民，在解放以前，一直在重重的压迫下过着奴隶的生活。对于这样一个不平等的"花花世界"，毛依罕用他的歌唱出了他的愤愤不平：

"穿尖长毛的就往上请、

衣服破烂的就往外赶的世界；

挎手枪的横行霸道、

捡大粪的不愿看一眼的世界

……"

"不讲良心的老爷们死了就好了，

不论是非的衙门'黄'了就好了

……"

在反动黑暗的旧社会里，他的诗歌成了草原上人民的"怨愤和复仇的女神"。

在内蒙古解放前夕，我军和敌人正在进行着拉锯战的时候，他第一次见到八路军，他被他们那种为人民牺牲一切，爱护人民无微不至的高贵精神打动了。他的眼睛亮了。土地改革的时候，他尝到了"果实"的美味，抱着他的四胡，就到火热斗争的场合去歌唱。

1949 年，"内蒙歌舞团"把这位人民的歌手请了来，可是他的心还留在那一片大草原上，一个行吟诗人，像大自然的一个骄子，他还过不惯集体的生活。1951 年，乌兰夫主席在"民间艺人代表大会"上的几句话，打动了毛依罕的心，乌兰夫说：

"过去的艺人等于乞丐，跪着给贵族老爷说唱。现在呢，翻了身，你们到处受到人民的尊敬，你们给全国的人民歌唱。"

　　这几句话,使他把歌舞团当成自己温暖的家。以前,他的歌声只响在草原上,如今呢,他的歌声响到了北京,传播到全国了。在公演的余暇,他在学习文化,学习党史。他的政治认识提高了,他的热情更高涨了,他的歌声更响亮了。抗美援朝期间,他到过朝鲜前线,用他的歌声鼓舞过祖国的健儿。回来以后,他带着他的四胡,从察哈尔盟到锡林格勒盟,到处歌唱志愿军的英勇和美国侵略军的残暴。那时候,正值严冬,雪深二尺,马都不能骑,他骑着骆驼挨户去宣传,夜间就睡在雪地里。"您太辛苦了。"人们这样慰问他,他回答道:"志愿军比我苦得多哩。"

　　对于这位人民歌手来说,诗歌就是他最纯真的语言。他用它讽刺反动的旧社会,歌颂解放以后的幸福生活,他也用它对朋友作有力的批评。巴尔登是草原上的一个老艺人,他的说唱也很有声名,人民也很尊敬他,可是他心里滋长着一个不正确的想法:"只要有技术就吃得开。"毛依罕向这位老艺人劝说,当劝说不奏效时,他拿起他的四胡用他诗的语言作起讽谏来了。那位老艺人也用四胡来解释、剖白,彼此反复用诗的语言辩论,巴尔登受到很大的感动,最后终于折服了。

　　当毛依罕和我们对谈的时候,他那富有诗意的语言,好似滔滔不绝的江河在奔流,翻译同志显然有点追赶不上。最后,我们请这位人民的歌手用诗的语言直接和我们的心灵交谈。他拿起他用了二十多年的那张古老的四胡,为我们歌唱了他最近创作的歌颂中、蒙、苏铁路联运通车的长诗——《铁牤牛》(火车)。歌唱的时候,他的声音就像感情的音响,四胡的每一根弦都有了活跃的生命。他的眉毛在飞,他的眼波在流,他脸上的每一条细纹都在作着诗意的蠕动。

　　"您没到北京时,对北京怎么看法?"

　　"大家都说北京特别远,特别好,到过北京的人真有福气。"

　　"现在您到了北京了,觉得怎样?"

　　这时候,我们的歌手调起四弦来,他的手指在丝弦上来回跳跃,他那双炯炯的眼睛向着天花板,仿佛那是大草原上的碧澄澄的长空,长空里就生长着美丽的诗句。他唱完了他歌颂北京的即兴诗。他歌唱的热情深深地使我们感动。

几十年来,他这样即兴地唱过多少诗句! 可惜四胡一放下,诗句就像流云似的跑走了。

"我们希望有机会在内蒙草原上再听到您的歌唱。"

我们告别了这位内蒙草原上的说唱诗人,他送我们,送出老远。我们已经走远了,一个闪着民族服装光芒的魁梧的身影仿佛还在眼前,那热情的歌唱的声音仿佛还响在耳边。

傣族民间文学的传播者——"赞哈"和"埃章"

陈贵培

史料解读

　　该史料是研究傣族民间文学传播者"赞哈"和"埃章"的论文,原载于《光明日报》1956 年 11 月 16 日。"赞哈"是傣族以歌唱为职业和半职业的歌手的名称。他们分布在傣族的各个村寨里,一般具有一定的歌唱经验,能够单独唱一些较长的唱本及常用的贺词。赞哈们为广大的劳动人民歌唱,也义务地为宣慰和召勐等头人唱歌。赞哈在西双版纳有一千多人,唱龄一般比较长。赞哈又分为两类:一类是不识字的赞哈,主要是把民间流传的故事或歌谣丰富后,再以口头传播,或者将甲地流传的故事带到乙地;另一类是识字的赞哈,他们不但能唱,还能改编和收集整理唱本。傣族文学的传播者,除上述的民间歌手赞哈以外,还有"埃章"。埃章之不同于赞哈,主要是埃章只编写唱本,不会歌唱。埃章一般是对佛经有研究的、具有"康朗"水平的人,常把寺院里的经书带回家改编为唱本。傣族人没有掌握印刷术,文学作品只有手抄本。因此,文学的传播工作不得不借助于赞哈的歌喉或识字的赞哈和埃章的抄写。该文呈现的傣族民间文学的创作、传播模式颇有意味。

原文

居住在祖国西南边疆的傣族人民，具有悠久的文学传统。他们不仅有广泛流传民间的口头文学，而且有丰富的本民族文学作品的手抄本。这在我国少数民族文学中是独具特色的。

在傣族民间，差不多为每一个傣族人民所熟知和传诵歌唱的手抄本，就有《大街市》《孔雀公主》《短尾狗和它的主人》《千瓣莲花》《九尾狗》《瘌痢头的帽子》等四十多种，都是情节优美的故事长诗。在这些长诗中，像《瘌痢头的帽子》有二百万字傣文，短的也有一千多行。这些诗歌具有特殊的表现手法，语言感人，内容绝大多数是健康的。有的歌颂了纯真的爱情和历尽千辛万苦，终于得到了幸福的人物（《孔雀公主》），有的歌颂了向自然斗争的英雄（《短尾狗和它的主人》）；《瘌痢头的帽子》共有二十四大本，内容是讽刺幽默的短篇故事。这种文字记载、流传于民间的唱本，使得多年来傣族人民的优秀创作，得以保存下来，不致失传。

歌唱是傣族人民生活中不可缺少的一部分，但是，广大的傣族人民更喜爱听到"赞哈"（直译为歌手）唱的、较长的故事诗。傣族人家每逢节日、结婚、盖新房、嫁姑娘、生小孩，或者有亲朋来访问的时候，往往要请一种以歌唱为职业和半职业的歌手——赞哈，来家里唱一两天。傣族人民传说，这种歌声会给听者带来好福气，因此歌唱不仅成为每一家傣族人的一种娱乐方式，而且形成了一种社会性的风俗习惯。在傣族人民居住的小竹楼上，几乎每家都挂着一两本唱本。我们在版纳勐遮的一家叫娱康拉的农民家里，看到一本《九尾狗》唱本，这部长诗唱本被用洁白的布包裹着，书页用黄腊汁浸着，装帧非常美观。据主人告诉我们，这本唱本已经保存五、六十年了。赞哈可以说是傣族文学的传播者，这是因为一般傣族人民识字的比较少，妇女仅有个别的认识字（过去男的识字的仅有30％左右，现在约有50％以上），而一般唱本都有韵律和曲折的情节，文字精炼，所以由于文化水平的限制，识字的人不一定全看得懂，看懂的人又不一定能唱。在这样的情况下，傣族知识分子中的一部份歌喉很好的人，或善于记忆歌词和演唱的人,便逐渐的成为赞哈——歌手,他们专门以自己的歌声来祝福别人,使听的人感到愉快和高兴,歌唱便成了他们的职业,有的赞哈完全靠歌唱的收入来维持生活。

赞哈分布在傣族人民的各个村寨里。他们一般具有一、二年以上的歌唱经验,能够单独唱一些较长的唱本及常用的贺词。这些赞哈每为主人祝福而歌唱一次,主人必须赠与一定的钱,作为"冲喜"(即祝好)的酬劳。赞哈们为广大的劳动人民祝福而歌唱,过去也义务的为宣慰(领主)和召勐(土司)等头人去唱歌。他们之中,有个别的男赞哈,在受到了领主的赏识以后,被封为"□赞哈"(甲长),或"□赞哈"(村长),或"叭赞哈"(乡长)等官衔。但是这些官衔,除了减免一定的门户负担以外(傣族每户每年向领主缴纳的谷物及捐款),并没有什么实权。我们这次在版纳勐遮时,在项真乡遇到一位叫波阿底安的老歌手,过去他曾被封为"叭赞哈",但在七年前,因牙痛不能歌唱,改做银匠,村里的人们仍称他为"叭报赞哈",直译就是:过去曾经荣任过乡长的歌手。

赞哈在西双版纳约有一千多人,唱龄一般比较高。如项真乡的一位女赞哈玉犒,有二十二年的唱龄。她第一次当赞哈时,在村里曾为一双新婚夫妇歌唱,现在这对夫妇的儿子也当了赞哈,她仍然在为人们歌唱。赞哈一般是由师傅传授技艺,经过一定的时间培养成赞哈的。一个老赞哈往往带一两个徒弟在身边,当有人来请他歌唱的时候,他必须带着徒弟来到主人家,先由徒弟唱,在故事的重要关头,或是听众表示听不悦耳,没有人喊好的时候,老赞哈才亲自出马。师徒所得的报酬,是互相均分的。在傣族中比较富裕的人家,有喜事的时候,往往请上几个赞哈,在这种场合,赞哈就喜欢互比赛一下。在比赛中如有错落的地方,对方便用很幽默的歌词指点出来。如在□景洪景兰村,有一家主人盖新房,请了两位赞哈,他们在比赛时,第一[个]赞哈将一条大江(姆南)唱成小河;轮到第二个赞哈唱时,他就驳斥道:"天呀!赶快下雨吧,不然我们大江里的水呀,快干成了小河!"这些幽默的对唱,往往赢得听众的满堂大笑。

在赞哈中又分为两部分:一部分是不识字的、甚至是盲人,他们除了靠老师傅专教一些歌词的调门音节以外,还靠记忆一些唱本,或者找一些埃章(请见后段的介绍）来教一些唱本，在唱时加上自己内心的情感来丰富和刻划歌词，使歌唱更加生动感人。

这部分不识字的赞哈，主要是把民间流传的一些故事或一些歌谣，加以丰富后，再用口头传播到群众中去，或者将甲地流传的故事带到乙地。

另外一种是识字的赞哈。这种赞哈由于具有一定的文化水平，他们能看得懂唱本，只消记得调门和音阶就能单独演唱了。因此一般学徒时间短，只消几个月的功夫就可以了。他们不但能唱，而且还能改编和收集整理一些唱本。改编和整理唱本是必须具有一定的文化水平和文学修养的，能够胜任的赞哈一般是在缅寺里读过十多年的经文，曾经取得二佛爷地位的人，他们还俗后叫做"康朗"（接近于我们的高级知识分子）。

解放后，傣族人民的生活得到很大的改善，赞哈的创作热情更高涨了，他们编了许多歌词来歌颂现实生活。如歌唱北京，歌唱毛主席，歌唱民族大团结和最近编唱的歌颂互助合作，歌唱中国共产党第八次全国代表大会的召开等，充分地表现了傣族人对祖国的热爱，对中国共产党和毛主席的真诚感激。

傣族文学的传播者，除上述的民间歌手赞哈以外，恐怕要算"埃章"了。埃章之不同于赞哈，主要是埃章只编写唱本，不会歌唱。

埃章又叫缅先生（直译为执佛的人），由于傣族人大都信奉佛教，每个村落都有缅寺，每个缅寺有一个埃章。埃章一般是要对佛经有研究的、具有"康朗"水平的人，他们除减免一切门户负担外，村里每户每年至少还要赠送他一箩或半箩谷子（每箩四十斤）作为他执佛的报酬，因此一般埃章生活比较富裕，本人不参加农业生产。

埃章常常把缅寺里的经书带回家来（傣族中据说除埃章外，别人不能把经书带回来），改编为唱本。这次我们到版纳勐海的曼兴寨，访问了一个名叫波香孟的老埃章，他不但给我们讲述了优美动人的"孔雀公主"和"千瓣莲花"的故事，还将他从事埃章工作三十九年中，经他改编过和抄誊过的六十多本书的情况，向我们作了介绍。在我们拜访他的那一天，他正在编着一本《金乌龟》的唱本。埃章在把傣文贝叶经文上的故事编入唱本的过程中，由于各人的阶级感情不同和见解不一样,因此内容情节就各不相同,其中有的具有宗教色彩。但是从这次我们接触到的许多唱本看来,他们编写的唱本,歌颂劳动人民的勇敢、战胜恶势力等人民性,仍然是比较强烈的。

傣族人民虽然有大量优美的文学创作,但是还只是停留在手抄阶段,没有印刷。因此,这些文学的传播工作,不得不借重于赞哈的歌喉或识字的赞哈和埃章的抄写了。这些抄写的人往往加上些自己的思想情感,因此一种唱本往往有许多不同的细节。

赞哈和埃章往往在整理、编写或抄誊这些唱本的时候,常常喜欢借题发一下牢骚。我们在版纳勐海,曾向一位名叫康朗拉的埃章,借了他抄写的《孔雀公主》来翻译,发现他在书的中页写了这样的插语:"写了七天七夜了。我烟也吸光了,槟榔也嚼光了,钱也没有了。在这样夜深的缅寺里,沉静的烛光照着我一颗孤独的心。深夜回家,老婆又不给我开门。唉!只好挣扎着到天明吧!"我们在版纳勐遮时,在召庄村康拉玉童家借来的一本《十头王子》的长诗,在中页见到编写的赞哈写道:"我受全村人的委托,用两个月的时间写好这书,送给我们村的好朋友康拉玉童……。"这种在抄写唱本时,加上些与主题情节无关的插话的特殊风格,我想在其他民族文艺中好像是比较少见的。

傣族民间文学不仅在形式上表现了深厚独特的民族风格和浓艳的地方色彩,在内容上,也是多种多样的,这些创作,表达了傣族人民热情奔放的情感和本民族的希望和理想。

目前傣族人民在共产党和人民政府的无限关怀之下,基本上完成了土地改革,正在沿着互助合作的道路过渡向社会主义社会。由于他们的经济上升,生活起了根本的变化,傣族人民对文化的要求更加迫切了,傣族文学的传播者——赞哈和埃章,将会得到学习的机会,更好地担负起发扬本民族文学的工作,把祖国文化宝库中的傣族文学的花朵,开放得更美丽,播种得更深更广。

谈谈赞哈的创作

叶振欧

史料解读

该史料是关于赞哈创作的论文，原载于《思想战线》1979 年第 5 期。新中国成立后，赞哈在宣传党的方针政策、传播民族文化、给人们带来知识和美的艺术享受等方面，起着十分重要的作用。因而，提高赞哈的思想水平与艺术水平，对创作更好的作品很有必要。首先要按艺术规律办事。赞哈是一支文艺队伍，又是一批民间文学的创作骨干，对他们的指导和要求应该遵循艺术自身特有的规律。应该让他们用形象思维去反映生活，而不是让他们脱离熟悉而又深刻感受过的东西，即便是宣传政策，也应该按照文艺本身的规律去进行。其次要从实际出发。赞哈创作的形式由现实决定，他们创作出来的大多为短歌，不能一味要求他们写长诗。内容决定形式，形式服从内容，对傣族民间文学的搜集研究以及组织赞哈创作，均应该从实际出发，实事求是，尊重歌手的特长。再次要合作互助、共同提高。可以采取赞哈与民间文学工作者合作的方法，双方必须互相尊重，以达到共同提高的目的。

原文

赞哈是傣族的民间歌手，他们遍布西双版纳的每个村寨。每逢民族节日，或者结婚、贺新房等喜庆日子,他们就用自己的歌声,给乡亲们带来祝福和欢乐。赞哈的演唱,成了傣族人民生活中不可缺少的一部分。据粗略统计,西双版纳就有一千三百多个赞哈。他们在宣传党的方针政策,传播民族文化,给人们带来知识和美的艺术享受等方面,起着十分重要的作用。如何进一步提高赞哈的思想水平和艺术水平,创作出无愧于我们时代的更新更好的作品,这是我们开展民族民间文学工作,繁荣少数民族文学所面临的一个迫切问题。本文想对此发表一点不成熟的意见,求教于同志们。

要按艺术规律办事

正如大家所知道的,傣族的文学艺术遗产非常丰富。民间传说、故事、神话犹如夜空里灿烂的群星。西双版纳的每条河流,每座山峰,几乎都有一个美丽动人的故事,或一首赞美的诗。《召树屯》、《葫芦信》……等已经脍炙人口。解放以来,人民翻身做主,赞哈唱新歌,波玉温、康朗英、康朗甩等老歌手又写出了许多优秀新作,受到了全国人民的欢迎和好评。然而,人们在兴奋之余,还会思考这样一个问题:建国三十年了,拥有一千多个赞哈的西双版纳,为什么不能创作出比过去更多更好的新作品呢? 生活在新社会的赞哈,受到党和国家的重视,他们的写作条件,是在旧社会里过着"唱歌的奴隶"生活的赞哈所不能想象和无法相比的。但他们的创作为什么没有达到应有的水平呢? 这里,有许多复杂的原因,最严重的是林彪、"四人帮"的干扰破坏,但不可否认,也存在着一个如何指导赞哈创作的问题。

总的说来,赞哈对本民族的文化传统,都比较熟悉,都有一定的艺术修养,他们也懂得比较多的民族历史、风习人情等各方面的知识,而且,又都有即兴创作的敏捷才思和编演唱词的熟练技巧。因为任何一个被群众公认的赞哈,他不仅要会吟诵许多现成的唱本,同时,要随时准备接受别的赞哈的邀请与之对唱,这种对唱往往形成互相考问,没有真才实学是不行的。因此,一个出色的赞哈,必然又是作家。历来抓赞哈工作,是注意和发挥了他们这个特点的。然而,在具体要求和指导上,却忽视了文艺创作必须运用形象思维这条根本规律,脱离了赞哈所熟悉的传统。特别是"四人帮"横行时,弄得广大赞哈不敢唱,无法唱。

在我们的工作中，也存在一些问题。最常见的做法是：在组织赞哈创作时，往往是首先学习一篇当前要宣传的文件，然后分工由每个赞哈负责将某一部分的内容改编成唱词，写出来后，印发下去供大家演唱。毫无疑问，为了宣传党的中心工作或重大政策，这是十分必要的，是一项光荣的任务。但是，把赞哈仅仅当成是一支宣传政策的队伍是不对的。应该看到，它还是一支文艺创作队伍。即使需要他们去完成宣传任务时，也应该按照文艺本身的规律去进行，否则便会造成这样的后果：老赞哈丢掉了传统，新赞哈则以为文艺创作就是将一些文件条文改写成有韵的唱词，当中加上一些比喻、形容而已。我们曾经具体调查过一个中年赞哈的创作历史，很能说明问题。他四十多岁，是当地群众公认的有才华的赞哈之一，康朗英生前对他也十分赞赏。他当到二佛爷后还俗，一九五七年起当赞哈，一九五九年开始自编唱词，将近二十年他没有间断过写作，每次县里、公社召集赞哈开会组织创作，他都参加了，并且很好地完成布置给他的编写唱词的任务。他总共写了多少个唱本，连他自己也计算不出来了。这众多的唱本是些什么内容呢，他是记得的，都是宣传各个时期的中心工作和政策的，如农业学大寨，人民公社六十条，新宪法……等等，只有一本是四清运动时他根据一位妇女干部的苦难家史编的，尽管写的是真人真事，但毕竟有人物，有情节地展开了描写，更接近于文艺作品。

这个例子很能够给我们许多启发。试想，一个作者长期写的都不是自己最熟悉而又深刻感受过的东西，怎能发挥他们的才能，以及积累创作经验，提高作品的水平？这是傣族民间文学工作中当前首先值得重视的问题。我们并不反对让赞哈在宣传上起到应有的作用，他们是宣传大军中的轻骑兵，今后还要继续让他们在这条路线上驰骋。但需要指出和强调的是，赞哈演唱是一种艺术活动，他们是一支文艺队伍，又是一批民间文学的创作骨干，对他们的指导和要求，应该遵循艺术自身特有的规律，应该让他们用形象思维去反映生活。这样做，一定会涌现出更多有才华的歌手，产生更多有血有肉的、感人至深的优秀作品，傣族民间文学将会更加繁荣。而他们演唱的宣传教育作用，也必将更加强有力。

要从实际出发

叙事长诗在傣族文学遗产中十分突出。这些长诗,题材丰富,风格多样。有唱民族古老历史和各种传说的,有唱神话故事的,有颂扬人民爱戴的英雄人物和歌唱男女青年忠贞纯洁爱情的,也有无情地揭露反动统治者贪婪无耻和罪恶的。象《召树屯》《葫芦信》《松帕敏和戛西娜》《相勐》《兰嘎西贺》等,都是赞哈经常演唱,群众十分喜爱的叙事长诗。当代的赞哈,有的也很有写作叙事长诗的才能。如波玉温,他创作的《彩虹》,故事情节完整生动,人物描写细腻深刻,是傣族文学的一个新成果。勐海的老赞哈康朗景,解放前,他便写过七部长篇叙事诗,一九五八年,他又以修建勐邦水库工地上舍己救人,壮烈牺牲的傣族青年岩拉的事迹为素材,创作了一部长诗《岩拉之歌》。他们继承与发扬了傣族文学中叙事长诗的传统,这对反映今日更加广阔壮丽的社会主义新生活,歌颂众多的工农兵英雄人物,具有很大的意义。

这是一个方面。另一个方面,由于赞哈活动方式的特点,决定了他们经常创作和演唱的是大量的短歌。他们要即景生情地为一对对幸福的新婚夫妇或盖起了新房的主人编唱祝词赞歌,他们要用诗的语言去描绘革命进程中每一个胜利或生产丰收给人们带来的喜悦,有的还专门为青年们代写情歌情书。这些作品,一般都是抒情短章,许多都写得感情真挚,寓意深刻,妙趣横生,富于哲理,有较高的艺术性。但是有些歌手,却不一定都擅长于结构故事,创作有情节有人物形象的叙事长诗。这种现象,在中外古今文学史上也常见的。可是,有一段时间对赞哈的创作一味要求写长诗,写叙事长诗。似乎只有写长诗才显得有水平,才算有成就。一些评论文章也有这种偏向,对大量的短小精悍的抒情短诗不大注意,缺乏满腔热情的关心和认真的研究分析。在这种影响下,有的赞哈也不顾自己的实际情况,舍弃自己所长,勉强去写长篇的叙事诗,结果力不从心,劳而无功。这样的例子,在西双版纳不是个别的。

内容决定形式,形式服从内容。作品的水平高低不是由它的长短决定的。我们对傣族民间文学的搜集研究以及组织赞哈创作,均应该从实际出发,实事求是,既要重视优秀的叙事长诗,也要十分重视那些精炼的短诗,充分尊重和发挥每个歌手的特长，不强求一律。唯有如此，民间文学才会百花竞艳，五采缤纷。我们看看康朗英在五十年代写的《看到了毛主席》这首只有三十二行的抒情诗，就可知道赞哈的短诗创作是不容忽视的。在这首诗里，作者抒发了第一次见到毛主席的喜悦心情，开始他唱道："我的母亲生下了我，没有力量把我抚养，我的父亲养育了我，没有力量给我买一件衣裳。"然后一转："毛主席呵，我们各族人民的太阳！自从森林里照遍您的阳光，我才开始感到人间有温暖……多少个做梦的夜晚，我都梦见插上翅膀，飞到您的身旁，瞻仰着您的容颜，为您赐给我们民族的幸福而歌唱。今天，我象是从梦幻中醒来，遍身感到无限温暖，原来我已坐在太阳身边。"深沉的爱和奇妙的想象结合得多么好啊，它的艺术价值难道会比某些叙事诗逊色吗！有什么理由生硬地要求赞哈按照一个规格去写作呢！

合作互助　共同提高

每个民族科学文化水平的提高（包括文艺创作水平的提高），毫无例外地需要吸收其他民族的先进经验，互相交流以丰富自己。祖国大家庭各兄弟民族之间的文化进行交流，尤其显得必要。（这种交流事实上每时每刻都在进行）为了提高赞哈的创作水平，这项工作需要有意识地加强。因为赞哈虽然可以从本民族的传统文化中取得养料，可以在实践中积累一些创作经验，然而，他们毕竟还有许多局限，首先，绝大多数赞哈只懂傣文，不懂其它文字（有的女赞哈连本民族的文字也不懂），而傣文出版物又太少，文艺著作出版得更少，翻译别个民族的文艺作品简直没有。于是，造成一种不该有的现象：那些出版了作品的著名赞哈，多少年了还不知道社会上对他的作品有过什么评论。加之傣族历史上还未有过系统地总结创作经验的理论著作，使他们很缺乏借鉴和理论指导。其次，赞哈都是农村社员，他们的一生主要是在本地参加生产劳动。这一切，不可避免地影响了他们生活视野的扩大和艺术修养的提高。为了摸索解决这些问题的途径，"文化大革命"前，在西双版纳的汉族民间文学工作者采取直接与赞哈合作的方式，创作了《贺新房》《京比迈》等作品。这种作法的结果，不仅使这些作品的思想性和艺术性在同一类唱词中达到了新的高度，更重要的是在创作过程中,通过共同讨论,互相帮助,赞哈有机会具体地而不是抽象地,生动地而不是教条地学习到了诸如提炼主题、选择情节、结构故事、刻画人物等有关文艺理论和创作的基本知识。汉族文艺工作者,从当中也学到了许多好东西,更加深入地了解和熟悉民间歌手在反映生活、表达思想、运用语言等方面的特点,翻译出来的作品,也就能保持其原有的风味,具有浓郁的民族特色。

在合作过程中,特别要强调的是必须互相尊重和耐心。尤其是汉族文艺工作者,要抱着学习的态度。民间歌手提出的各种意见要认真考虑,充分体会,不要用主观主义的想当然,来代替或轻易否定他们富有民族特点的而为我们自己所不知道,或一时尚不理解的艺术手法,如比喻,人物的心理活动……等等。

实践证明,这是一条成功的经验。可是,当它正需要充实提高的时候,竟遭到“四人帮”的摧残,弄得赞哈不敢找民间文学工作者帮助,民间文学工作者也怕接触赞哈。生机勃勃的民族民间文学工作被窒息了。今天,为了向四个现代化进军,为了繁荣各少数民族的社会主义文学,我们需要认真总结过去的经验教训,彻底肃清林彪“四人帮”的流毒,对过去的一些行之有效的做法,应继续推广充实,以利于提高赞哈的思想水平和艺术水平,创作出更多更好的作品。

后　记

从国家社科基金重大项目"新中国少数民族文学研究史（1949—2009）"获准立项至今，正好是岁星绕太阳一周的时间，也是生肖轮回的一个完整周期。这12年，少数民族文学史料的阅读和整理，成为我生活的一部分。本书是这些史料重新整理和研究的成果，也是国家社科基金重大项目"新中国少数民族文字文学史料整理与研究"的阶段性成果。

本书的史料搜集整理涉及1949—1979年间少数民族文学各学科领域，史料形态多样，分布空间广阔，留存情况复杂，涉及搜集、整理、转换、校勘、导读撰写诸多方面，难度之大，可以想见。因此，在本书即将付梓之际，特向为此付出了大量心血和努力的学界师长、同仁以及团队成员致以谢意。

感谢朝戈金、汤晓青、丁帆、张福贵、王宪昭、罗宗宇、汪立珍、钟进文、阿地力·居玛吐尔地、李瑛、邹赞、刘大先、吴刚、周翔、包和平、贾瑞光等学界师长和同仁的悉心指导和鼎力支持。

感谢宛文红、王学艳、陈新颜、杨春宇以及各边疆省（自治区）图书馆的大力支持。特别要感谢大连民族大学图书馆宛文红12年来持续、有力的支持和帮助。

感谢团队各位成员的参与和付出。参加史料解读撰写和修改的有：王莉（33篇）、丁颖（29篇）、韩争艳（39篇）、苏珊（35篇）、邱志武（43篇）、李思言（38篇）、邹赞（42篇）、王妍（25篇），王微修改了古代作家（书面）文学卷的史料解读和概述初稿。撰写史料解读和部分概述初稿的有：王潇（71篇）、包国栋（58篇）、王丹（89篇）、张慧（65篇）、龚金鑫（16篇）、雷丝雨（85篇）、卢艳华（58篇）、王雨椹（39篇）、冯扬（35篇）、杨永勤（15篇）、方思瑶（15篇）。王剑波、王思莹、并蕊校对了部分史料原文。

李晓峰撰写了全书总论、各卷导论,审阅、修改了全书本辑概述和史料解读,并重写了各卷部分本辑概述和史料解读。

由于种种原因,许多整理出来并已经撰写了解读的史料(图片)未能收入书中,所以,团队成员撰写的篇目数量与本书实际的篇目数量存在出入。史料学是遗憾之学,相信,未收入的史料定会以其他方式面世。

再次对多年来关心、支持我和本课题研究的各位师长、同仁、家人表示衷心感谢。

李晓峰

2024 年 11 月 12 日于大连